唐人音樂詩研究

音樂詩研究

以箜篌
琵琶
笛箏為主

劉月珠

1963年生
中國文化大學中文研究所博士
崇右技術學院專任副教授
實踐大學兼任副教授

致力於古典詩歌研究

Liu Yueh-chu

【目次】

第一章　緒論

第一節　研究動機與目的

一、研究動機

　　中國歷史上，唐朝（西元 618 年～906 年）是強盛富庶的時期，在太平盛世的環境下，思想自由，各種不同文化藝術的匯注與衝擊，凝聚出豐富的文化內涵。此外，這個時期也是中國詩歌發展史上，急遽轉型的階段，不僅確立唐代近體詩模式，提昇詩歌與前代不同的創新風貌，造就唐代詩歌的鼎盛與輝煌，這些豐富多彩的資源匯流而來，奠定唐代詩歌的地位，具備承先啟後的作用，因此唐代詩歌的成就，在質與量都創下盛況空前的記錄。

　　旦人岸邊成雄認為「唐朝是中國音樂最蓬勃興盛的時代，外族音樂入匯交流的鼎盛時代，戲劇音樂濫觴的時代，教坊樂妓充斥的時代。」[1]並且進一步強調「唐王朝幾位君主對音樂的喜好，積極的倡導與從事下，影響著唐代詩歌內容，帶有濃厚的音樂性。因此，唐朝宮廷貴族的豪華文化生活中，音樂占了不可或缺的地位。」[2]在上述因素的影響下，宮廷中歌舞遍徹的盛況，可以想見。詩人們接受這樣環境的感染，詩歌自然隱含一些音樂的成分，展現出獨特的風格與面貌。接下來逐一敘述三點的研究動機：

---

[1]　（日）岸邊成雄著，梁在平・黃志炯譯：《唐代音樂史的研究》（上），譯者序。（台北：臺灣中華書局，民 62 年。）頁 2。

[2]　參前註，著者自序之頁 2。

（一）唐樂興盛的觀念

　　長久以來，傳統音樂的觀念受到「禮」、「教」規範的影響，總是結合禮儀教化的精神為主，但唐代的音樂風潮，偏向於音樂藝術的成分，慢慢脫離禮儀教化的功用與規範，貼切社會風情與文人雅興，不再獨具「雅樂」的基礎，而是用於宴會、遊樂以及一切從事樂舞活動的「燕樂」[3]，這些燕樂性質成為這一時期重要的活動主題。此外，當時傳入的西域曲調如龜茲樂、西涼樂、高昌樂等等，大都是融和傳統雅樂所出現融匯創造的音樂風格。如《舊唐書‧音樂志》云：

> 周、隋以來，管絃雜曲將數百曲，多用西涼樂，鼓舞曲多用龜茲樂，其曲度皆時俗所知也。……西涼樂者，後魏平沮渠氏所得也。晉、宋末，中原喪亂，張軌據有河西，符秦通涼州，旋復隔絕。其樂具有鐘磬，蓋涼人所傳中國舊樂，而雜以羌胡之聲也。……北周武帝（西元 557 年～580 年）聘虜女為后，西域諸國來媵，於是龜茲、疏勒、安國、康國之樂，大聚長安。胡兒令羯人白智通教習，頗雜以新聲。張重華時，天竺重譯貢樂伎，後其國王子為沙門來遊，又傳方音。……太宗（627 年～649 年）平高昌，盡收其樂，又造讌樂，而去禮畢曲。德宗（784 年～804 年）朝，又有驃國亦遣使獻樂。[4]

---

[3]　（宋）沈括《夢溪筆談校證‧樂律》（五）：「外國之聲，前世自別為四夷樂，自唐天寶十三載，始詔法曲與胡樂合奏，自此樂奏全失古法。以先王之樂為雅樂，前世新聲為清樂，合胡樂為宴樂。」（台北；世界書局，民 50 年 2 月初版。）頁 232。陰法魯〈唐宋大曲之來源及其組織〉也云：「雅樂亡而清樂繼起，清樂亡而隋唐燕樂獨盛於世。」收錄《國立北京大學五十週年紀念論文集》，（1948 年 12 月。）

[4]　（後晉）劉昫：《舊唐書‧音樂志》，（北京：中華書局，1975 年。）卷三十，志第十，音樂三，頁 1089。

如上所述，透顯出中原雅樂與西域胡樂互為影響的訊息。因此「雜以羌胡之聲」與「雜以新聲」以及「盡收其樂，又造讌樂」等，對音樂而言，皆是全新創造的概念。

基於上述因素，音樂成分廣泛出現於詩歌之中，數量十分可觀，若以此探究音樂在詩歌中出現的情形與價值，不僅可以獲知宮廷音樂繁華盛景，也可明白詩人本身對音樂的興趣與素養，抑或投諸詩歌內容所表現自我精神與心靈體現等生命情調的藝術境界，這些都具備著當時社會背景的意義以及詩人個別獨特的感受，以上正是本書研究第一層動機。

（二）樂器與擬音的角度

1. 詩中樂器

以傳統詩歌觀念來看，一論及音樂性，大都傾向詩歌語言所自成的韻律效果，正如朱光潛《詩論》所言：「詩源於歌，歌與樂相伴，所以保留有音樂的節奏；詩是語言藝術，所以含有語言的節奏。」[5]詩歌本身，所具有音樂性質，與詩句本身之平仄押韻所造成的音律性是有很大的關聯。換言之，詩歌本身有音樂性，是從語言音調上所傳達出來的。詩歌音樂性不僅包括韻律性之外，當然也具有純粹音樂成分，這是詩人隱含心靈深處，而未揭出的部分，或者存藏著共通的原則，抑或代表個人獨特的風格。朱光潛進一步認為：

> 就詩與樂的關係說，中國舊有「曲合樂曰歌，徒歌曰謠」的分
> 別。「徒歌」完全在人聲中見出音樂，「樂歌」則歌聲與樂器

---

[5]　朱光潛：《詩論・詩與樂・節奏》，（台北：漢京文化公司，71 年 12 月 25 日初版。）第六章，頁 131。

相應。「徒歌」原是情感的自然流露，聲音的曲折隨情感的起
伏，與手舞足蹈諸姿勢相似；「樂歌」則意識到節奏音階的關
係，而要把這種關係用樂器的聲音表出，對於自然節奏須多少
加以形式化。[6]

引文所述確立詩歌是一種文學與音樂的結合，就語言結構而言，音樂
性是平仄、押韻所形成音律和諧效果。將此關係，以樂器表達，突顯
音樂可聽的感覺。

　　除此之外，曾遂今說：「中國是一個多民族的國家，在這個多民
族國家裡，音樂文化生活是每一個民族文化的重要組成部分，而樂器
這種靠人工的心理─生理智力活潑激發，並發出諧波系列的樂音，並
成為有組織的樂音音階體系的某種器物，就成了音樂得以實現的物質
基礎。大概可以這樣斷言，沒有樂器就談不上音樂。樂器的產生與發
展進化，就是音樂藝術的產生、發展與進化。從中國的原始時代開始，
只要是樂器，人們會賦予之多元化的審美意義，除聲音外，在外形、
色彩、裝飾、觸感等方面，古人都是別具匠心的。」[7]可見，樂器是能
夠助長人們內心歡樂與奔放自由的情緒，除了演奏上技藝發揮外，也
能夠融入自我感情中的憤慨與孤傲，以體現個人生命的藝術性。所
以，樂器演奏所展現的靈活美妙、變化多端，不再侷限於樂器本身，
是自我匯注的生命與熱情。

　　音樂性質所存在的方式，可以透過樂器的彈撥達到效果。本書想
以樂器的觸發去突顯音樂可聽之感，並抒發出詩人內在情感。詩人常
以樂器來抒發情感，樂器所輕彈的音響，反映出無限情意。以詩中各

---

[6]　參註 5，頁 13。

[7]　曾遂今：《消逝的樂音─中國古代樂器鑒思錄》，（四川：教育出版社，1998
　　年 7 月第 1 版。）頁 2、3。

有琵琶樂音的表現，表露詩人所託懷的內涵是截然分別。例如董思恭〈詠琵琶〉：「摧藏千里態，掩抑幾重悲。……始彈風響急，緩曲釧聲遲。空餘關隴恨，因此代相思。」主題以昭君懷抱琵琶的動人情節為背景，表白出情緒低落、沉重，曲中的餘恨，只有「相思」兩字。相較於白居易〈琵琶行〉中琵琶女彈奏琵琶樂音的精湛，不只是對琵琶女身世命運的詠嘆，進而傳達白氏仕途上不遇，在在顯示了兩位詩人詠頌琵琶樂音，所展現不同的生命情態。前者是依戀愛情所呈現的悲感；後者是個人抒懷與寄予際遇。透過相同樂器的不同演奏表現出時而高亢，時而低吟的心緒，對應出詩人情懷的絕異不同，以捕捉出詩人獨特的性格，故而詩人們彈奏樂器抒懷，應驗在各種不同的時間、空間以及作用，皆賦予出不同的意涵。因此，岑參「胡琴琵琶與羌笛」熱烈豪情式的送別；抑或李白「誰家玉笛暗飛聲」離別思鄉的情調，都是藉助樂器演奏方式，傳達詩人們對際遇與生命的立場以及心靈感受的呈現。

2. 擬音效果

音樂是一種抽象概念的藝術形態，著重在聽覺效果的感受能力，各種不同樂器的音色會以一種擬聲方法，來強調效果，使詩歌中表現獨異音響性。音樂既是抽象概念，對於音樂的理解與體會，只能仰賴詩人以文學上擬音技巧將其具體化、概念化，或從樂器特點，抑或從曲調性質，去點化詩人心靈世界中所欲表涵的內在與沉潛的思想。因此，本書以唐代樂器詩歌為研究主體，去探討有關音樂表現的類型、描繪技巧、精神內涵，當然也著重樂器聲音比擬的分析。

樂器聲音的表達須有諸多比喻，大都藉外在客觀聲音去傳達一種「以聲寫聲」描寫手法，以聽賞者角度，作主觀感覺的呈現，以符合

音樂傳聲上的聽覺藝術。對於箜篌樂擬音表現，如顧況〈李供奉彈箜篌歌〉：「聲清泠泠鳴索索，垂珠碎玉空中落。」或張祜〈楚州韋中丞箜篌〉：「千重鉤鎖撼金鈴，萬顆真珠瀉玉瓶。」對於琵琶樂的擬音表現，例如無名氏〈琵琶〉：「山僧撲破琉璃鉢，壯士擊折珊瑚鞭。珊瑚鞭折聲交嘎，玉盤傾瀉真珠滑。」或牛殳〈琵琶行〉：「一彈決破真珠囊，迸落金盤聲斷續。」皆有清朗明晰的樂音效果。

　　詩歌手法運用，有時以「聽聲類形」[8]手法來產生的效應，達到心靈上各種感覺的作用。例如李賀〈李憑箜篌引〉：「昆山玉碎鳳凰叫，芙蓉泣露香蘭笑。」或顧況〈李供奉彈箜篌歌〉：「大弦似秋雁，聯聯度隴頭。」表現清楚的視覺效果，聽覺與視覺之所以可以相通，大都是音樂上的模仿與塑造了自然界的聲音、景象所造成的效果，抑或音樂上高低起伏的旋律所產生的現象。

　　如上所述，本書的作法上，會傾力於這方面的重點，去進行詩歌音樂性之探討，這是本書研究第二層動機。

（三）詩人音樂的內涵

　　根據翁柏偉之「從音樂研究領域談音樂科系學生的學習規劃」，演講文稿中，針對「音樂」論述了重要概念：

> 人，透過有組織的聲音，針對某些對象，傳達出特定的意義或具備某特定的功能。……音樂是一種文化系統，一種經由各種活動與反應、各種想法與感覺。各種聲音與意義以及各種價值

---

[8] 周振甫：《周振甫文集》，〈聽聲類形〉單元節錄錢鍾書《管錐編》所引用《樂記》：「止如槁木，累累乎端若貫珠云云，均是聽聲類形。」而謂「聽聲類形」即聽到聲音想到形象，聽覺與視覺可以相通。用形象來比擬聲音，這就是錢先生提出的通感說。（南京：江蘇教育出版社，2005年。）頁335。

　　與結構等許多觀念呈現所交織而成的一種文脈交疊網絡。在這
　　個網絡中所有的元素都具有著相互依賴且相互牽引的關係。[9]

將這樣的觀念，進一步應用在詩歌的研究上，的確可以增顯詩歌內涵
的廣闊性以及推進的力量。因為聲音之所以呈現，攸關著時代、社會、
文化、心理等層面的意義，透過這些脈絡，皆有或深或淺、或大或小
的影響，是可以提供我們在研究詩歌時的輔助與憑藉，進而在這些層
面之中歸納出一些共同論述音樂思想的主題，當然也藉此去探索詩人
情感的流露與精神內涵的境界。

　　如同林谷芳所說：「文人是中國社會中一種特殊階層，文人講究
生命理念與知識系統合一，與學有專精的知識份子，仍有本質差別。
中國文人以整個歷史中成就的一些根本價值為依歸，生命格局常超越
特定時空之侷限，成為文化中不變的傳統。文人音樂即以這個傳統的
生命價值為內容，因此更強調生命的轉化，境界的提昇，這樣的音樂
主要以古琴為代表，但涉及的層面還包含琵琶、笛子、箏的某些部份，
及歌樂中的詞曲音樂。文人音樂不像禮樂般嚴肅、儀式，非音樂性，
也不像燕樂般歌舞，娛樂性。它帶有一種擴充精神深度作用，所標舉
的藝術性，遠大於生活性，而生命性又大於狹義的藝術性。文人是中
國文化產物，強調通人養成，追求文化中不變價值，音樂自是胸中丘
壑的自然顯現。」[10]詩歌體現了詩人（文人）生命的情調、際遇得志、
自我價值的提昇，音樂修養其實也可增益心靈內在的藝術層次。因
此，以音樂素養，從事詩歌創作，乍看之下，或許只是隨心所至、隨

---

[9]　此為潘柏偉先生於 2001 年 10 月 2 日台中師院演講草稿，題目：〈音樂、音
　　樂學與音樂科系生─從音樂研究領域談音樂科系學生的學習規劃〉。（網址：
　　http://powei.mto.idv.tw/Articles/speech.htm）

[10]　林谷芳：《傳統音樂概論》，（台北：漢光文化公司，民 87 年 7 月 31 日版。）
　　頁 31。

性而發的傾訴，終究是詩人展現情懷或寄託抱負的方式，以增顯詩歌是具有文化背景的意義，這些所延伸的內容，更是值得深究，也是本書所要進而闡發的目標，以此展現詩人內心世界的深層內蘊，這是本書研究第三層動機。

二、研究目的

（一）音樂與詩歌的關係

　　早期詩歌與音樂似乎是兩條不同的發展路線，「詩歌」雖有歌的成分，還是很重視在文字的敘述上，與音樂節奏的關係，沒有明顯的必要性。詩歌依然流傳至今，久而久之，蘊含在詩中的音樂聲響很容易銷聲匿跡，兩者是有必然關聯，因此從詩歌中探求音樂成分是極具意義價值。

　　對於音樂與詩歌關係，黃炳寅就曾提過：「總括來說，哲學家、史學家、文學家共同可以肯定一個結論：中華民族原本是『樂天知命』的民族。在音樂欣賞方面，無論其為高層次的神性、悟性、基本修養的感性，中國人從古以來就懂得音樂的莊嚴、微妙、詼諧、隱喻、趣味；中國人的文學有音樂性，而中國人的音樂亦有文學。」[11]此外，也進一步說明「中國詩文書畫之依賴音樂充實其內容，可說是自古亦然，有創作所以鏗鏘有聲，畫面生趣盎然，多與是否安排音樂氣氛有關。詩詞，傾全力從詩文中表現某種音樂性。」[12]足見詩歌與音樂的發展進化的路線是相近，抑或可以交疊共論。唐代既是詩歌與音樂的

---

[11]　黃炳寅：《中國音樂文學史話》，（台北：國家出版社 1999 年 4 月初版。）頁 96。
[12]　參前註，頁 168、174。

鼎盛時期，詩歌與音樂的結合，有其高度的發展以及研究的價值。唐人將音樂與詩歌結合創作的情形，有些是詩人個人化的創作，心理因素大於社會因素，有些也受到社會文化背景的影響，因此描繪許多諸類詩歌的面貌與風格。

　　從唐詩中所敘述、描繪的音樂境界來看，大都停留在美感經驗上所獲得的感動。因此對於音樂上的旋律、調式、節奏、音階等難能有精準的刻劃與形容，整體而言，就審美經驗與情態，去建構出美感領域的呈現。因此對於音樂與詩歌的關係，以普遍的規律去環繞著音樂的觀念，逐步探析二者關係，冀望對唐代音樂詩歌的了解，有逐漸深層之效。並探究其中藝術的成分，以及美學內涵，以彰顯音樂詩歌中審美情趣。

（二）聽覺與美感的呈現

　　聽覺的呈現，必須透過樂器的彈撥來感受，所以論及每一種樂器的聽覺性，主要分析基礎就是以各樂器所吹撥出的音質特色作結合，把樂器音響傳達出來。基本上，聽覺是以聲音作為呈現，強調聲音的表現模式，以音色為主，亦即是強調音響對情緒刺激的反映。換言之，這是音響的表現。初掠耳際的音感，是聽覺上的直接反映，尚未進入內心深層，只有高低起伏的效果，或是刺激出情緒的感受，即是聽覺感官的模式。

　　美感的呈現則是樂器音響的發揮、延伸或作用，也就是對詩人的生命境界有象徵性和隱喻性的深刻表達。因此必須結合時代背景、社會現象、個人際遇、自我價值等關聯，整體融匯後，會產生什麼樣的體悟與感動，這是樂器音響深化至內心深處所獲得的體會與感動。

　　總而言之，初聽樂器的輕揚與厚實，所導致愉悅或沉悶的角度，就是一種聽覺呈現的範圍。基於此，所聆聽到的音響，再去結合自我人生經驗中的美好或困頓的境遇，即是美感呈現的探討角度。聽覺與美感呈現的次序關係，如下所示：

第一階段　（初步接收音響的訊息，如大小、高低、尖鈍、清濁等。）
　　　　　　↓直接接收、聆聽
第二階段　（刺激情緒的反應，如清新、舒暢、沉重、哀傷）
　　　　　　↓配合個人際遇以體認之
第三階段　（內在深層的慨嘆或欣喜全然揭出）

第二節　音樂詩之界說與內涵

　　本書的研究方向，首先確立「音樂詩」的具體涵義，本章節釋名對象，即是「音樂詩」，對於「音樂」涵義的範圍，隨著各時代演變而有不同的解釋與認知。在此，僅就音樂詩作一適切的定義以及所選取箜篌、琵琶、笛、筝之說明。

一、「音樂詩」之界說與內涵

　　音樂是基本上透過樂器所吹撥之下，所出現音響旋律與節奏，經由有組織的樂音展現，透過聽覺感官能力，反應出各種不同情緒與美感經驗，這是對音樂的普遍認知。

　　早期「音樂」不是單一觀念，而是融和的概念，根據《禮記·樂記》說法：「聲成文，謂之音。凡音之起，由人心生也。人心之動，物使之然也。感於物而動，故形於聲，聲相應，故生變；變成方，謂

之音。比音而樂之，及干戚羽旄謂之樂。詩，言其志也；歌，詠其聲也；舞動其容也；三者本於心，然後樂器從之。」[13]可見，闡述音樂的內容與形式，在聆聽之下須感動於心，以展現美與善的關係。因此所反應步驟是：人心所感→聲→音→樂。「音」是單純的音調、節奏，「樂」則是詩歌、音樂、舞蹈融和體，也以「樂舞」稱之，三者融匯和諧後，即以樂器搭配，「詩樂舞」這種音樂的涵義，具有共通普遍性，廣為人所接受的定義。對於音樂？《說文》認為：

> 音，聲生於心，有節於外，謂之音。
>
> 宮商角徵羽，聲也。絲竹金石匏土革木，音也。
>
> 樂，五聲八音總名。[14]

音樂之所由來，有兩個條件，一是樂器的彈撥（八音之樂器），另一是確定音階之樂音（五聲音階），通過樂器這項媒介，發出有條理的聲音，傳達音律高低與節奏緩急。此後「音樂」一詞，漸漸專指樂器彈撥之下所傳達聲階高低的樂音。

　　以唐人音樂詩為研究重點，可以從詩人創作得到不同的審美感受，這些詩人對音樂的審美態度與感知是具有獨特境界。因此全篇之論，主要以音樂詩的概念為基礎，詩歌中反映唐人彈奏樂器、音樂情狀描繪、樂師專業技藝表現、詩人的音樂內涵以及音樂與詩歌的關係皆為論述的重點，此外，唐代的音樂典籍、音樂機構、或唐人詩歌中反映唐人音樂生活的作品，作為參證論述，以上都可以總稱為「音樂

---

[13] 阮元校勘：《十三經注疏》—《禮記・樂記》，（台北：藝文印書館，民90年12月版）卷37，頁662。

[14] （漢）許慎：《說文解字》，（台北：黎明文化公司，民63年9月初版。）頁102、頁267。

詩歌」。這些因素一則受到社會潮流趨勢的影響，一方面也受到外來
音樂的衝擊，所造成音樂改良創新與承襲的想法。

二、箜篌琵琶笛笳選取原則

唐代在音樂表現上受西域音樂的影響很深，這些影響包含樂器、
音樂、曲調等等，都間接豐富詩歌的內容，尤其在樂器方面。本書探
討重點在唐代音樂中所演奏的絲竹樂器，依照明・朱載堉《律呂精義》
說法：「學樂先絲，造樂先竹，何也？堂上之樂以絲為尊，堂下之樂
以竹為首。」[15]絲竹樂器能各據樂壇一方，皆有獨異的特色，絲弦樂
器聲音清亮，在樂團之上大都是居主奏地位，竹樂聲音亦為獨特，但
取材方便，因此展現在造樂的訴求，崇尊首要條件果真如此，難以定
論，但對人民而言，這是接受度最高，普遍性最廣的樂器。

既以選定絲竹樂器為考察對象，那絲竹樂器包含那些？根據《新
唐書・禮樂志》所說：「絲之屬：有箏、琵琶、箜篌。竹之屬：有觱
篥、簫、笛。」[16]如此之多的絲竹樂器，以何種原則為主？大致有三
個角度：

---

[15] （明）朱載堉・馮文慈點注：《律呂精義》，（北京：人民音樂出版社，1998
年7月。）〈律呂內篇〉卷之八，頁602。《舊唐書・音樂志》已有提及「立
部伎」與「坐部伎」之制度與情形，因而有此觀念上的影響。

[16] （宋）歐陽脩《新唐書・禮樂志》：「絲有琵琶、五弦、箜篌、箏。竹有觱
篥、簫、笛。匏有笙。革有杖鼓、第二鼓、第三鼓、腰鼓、大鼓。土有附革
而為鞀，木有拍板、方響，以體金應石而備八音。」（北京：中華書局，1975
年5月。）卷二十二，志第十二，禮樂十二，頁474。

第一，從<u>唐</u>十部伎樂器使用圖來看（附錄一）

　　<u>唐</u>代十部伎中絲弦樂器使用情形，以箏、琵琶、箜篌這三種占的比例最多，三者之中又以琵琶、箜篌兩種在各部伎中使用頻繁，因此以「多」之觀念，作為選定對象。

　　竹樂器使用情形，則以觱篥、簫、笛占多數，三者之中又以笛、觱篥使用機會最多，同樣考量原則應以笛、觱篥為考察對象，發現十部伎中沒有「笳」的編制，只有「吹葉」[17]屬於讌樂部，可見<u>唐</u>人愛以樹葉為聲更為盛行，樂隊中時而出現。「吹葉」是以蘆葉卷之，造形如笳首，之間是否有巧妙關聯？值得深究。

　　此外，根據<u>薛宗明</u>《中國音樂史‧樂器篇》說法：「笳，笛類，胡人吹之為曲，笳有具按孔、無按孔二種。有按孔者已為篳篥所取代，無按孔者多用於鹵簿鼓吹，經<u>漢魏</u>、<u>六朝</u>而<u>隋唐</u>。」[18]如此可見，笳是較早出現的樂器，先前以卷蘆葉為首，後來一分為二，有按孔的笳為「篳篥」之稱，無按孔為「笳」名，後世廣為鹵簿使用。可見，篳篥是在笳的基礎上發展起來，篳篥較先進，笳較古老。「篳篥」既然是從「笳」演化而來，因此，將邊塞之地普遍聽聞的「笳」取代「觱篥」，以窺先前特殊的面貌。

---

[17]　（宋）<u>歐陽脩</u>《新唐書‧禮樂志》：「清商伎者，<u>隋</u>清樂也。……設有歌二人，吹葉一人，舞者四人。……<u>高宗</u>即位，景雲見河水清，<u>張文收</u>采古誼為景雲河清歌，亦名燕樂，有吹葉……。」（北京：中華書局，1975 年 5 月。）所以清商伎、景雲河清歌皆有吹葉形象，吹葉聲大抵與管樂之聲是相近。卷二一志十一禮樂十，頁 469 及頁 471。

[18]　<u>薛宗明</u>：《中國音樂史‧樂器篇》（上），（台北：台灣商務印書館，民 72 年 9 月。）頁 419。

第二，箜篌琵琶笛笳皆入教坊來看

根據（唐）崔令欽《教坊記》記載：

> 平人女以容色選入內者，教習琵琶、三弦、箜篌、箏等者，為
> 『搊彈家』。[19]

「琵琶」與「箜篌」成為教坊中訓練的基本樂器，可見其重要性，唐人廣為喜愛、接受，當然得順應社會潮流。

對於笛而言，《舊唐書・音樂志》：「太常有別教院，教供奉新曲，太常每凌晨，鼓笛亂發於太樂署。」[20]可見，笛也是發展重點樂器之一。開元時期李謨曾拜西域龜茲人為師，笛子吹得超凡入妙，成為當時著名的演奏家。因此，（明）胡震亨《唐音癸籤》：

> 謨本教坊子弟，隸吹笛第一部。[21]

亦見笛在教坊中地位是重要且不容小覷。

此外，《新唐書・禮樂志》：

> 唐時盛行吹葉，傳入教坊。[22]

---

[19]　（唐）崔令欽：《教坊記》，（台北：世界書局，民 67 年 10 月三版。）收錄於《唐國史補》等八種，頁 5。

[20]　（後晉）劉昫《舊唐書・音樂志》，（北京：中華書局，1975 年 5 月。）卷二十八志第八音樂一，頁 1052。

[21]　（明）胡震亨《唐音癸籤》：「至謂玄宗按樂上陽，謨傍宮牆竊得其譜，世豈有天家屋垣，僅如窗隔，能屬耳得聲調宛悉者哉？考之謨本教坊子弟，隸吹笛第一部，明皇嘗召之，與永新娘逐曲。樂譜正所有事，何須竊聽？好事者姑為說，詫天上樂不易流傳。……謨嘗吹笛江上，寥亮逸發，能使微風颯至，舟人賈客有怨嘆悲泣之聲」（上海：古籍出版社，1981 年）卷 14，頁 155。

[22]　（宋）歐陽脩《新唐書・禮樂志》：「清商伎者，隋清樂也。……設有歌二人，吹葉一人，舞者四人。……高宗即位，景雲見河水清，張文收采古誼為景雲河清歌，亦名燕樂，有吹葉……。」（北京：中華書局，1975 年 5 月。）所以清商伎、景雲河清歌皆有吹葉形象，吹葉聲大抵與管樂之聲是相近。卷

更見吹葉在唐人心目中的重要地位，以「樹葉為聲」的吹奏模式在社會上廣為盛行。

以上箜篌、琵琶、笛、笳四種樂器能進入教坊之中，訓練、演出之過程來看，大致呈現兩項重要意義：

一、上層階級的肯定，有利於音樂的生存空間。

二、社會基層的認同，能符合人民的精神活動。

第三，從唐詩數量來看

唐詩以樂器為主題的角度，箏一二三首、琵琶九十二首、箜篌三十五首。觱篥三十六首、笳二一九首、笛四〇二首。箏詩的部分先已「單篇論文」[23]刊出，不再贅述，觱篥詩數量少，則以笳為主，以符合研究唐人創作上的主要傾向。

各種樂器在歷史考察的部分，試圖去探索唐之前各種樂器發展的軌跡，歷史的傳續之下，了解各時代的承繼，以及接受外族器樂的交流與創新，所適應出唐時代所需求的定型化器樂，並尋繹各樂器在社會上各種活動的表現與定位，這些絲竹樂器的詩歌，會從作品本身進行解析，並以聽覺、美感所呈現的藝術個別角度去考察與詮釋，將「樂器」與「詩歌」兩者作綿密的聯繫，以展現詩人創作的心理感受與藝術意識的彰顯。

二一志十一禮樂十，頁 469 及頁 471。（唐）杜佑《通典》：「葉，銜葉而嘯，其聲清震，桔柚尤佳。」原注：「或云卷蘆葉為之，形如笳首也。」（北京：中華書局，1991 年。）樂四，卷一四四，頁 1224。

[23]　筆者單篇論文〈唐代詠箏詩之聽覺藝術〉刊登中國文化月刊第 278 期，2004 年 3 月，頁 31～56。

第三節　研究範圍與研究方法

一、研究範圍

　　以唐詩來觀察唐代詩人們面對社會或自我獨處時，所呈現內在精神世界的心態，是一個值得研究的範圍。再加上自古以來，人類心靈深處一直是醉心於音樂藝術的氛圍之中，無疑地，恰也提供一個最明晰、最具代表性的切入角度與觀察的途徑，藉以探索詩人表現藝術的方式以及所欲展現的內在意涵。

　　本書從唐代詩歌中，摘取足以表現音樂性質的作品，無論是自己所想要表達個人生命歷程的坎坷與順遂，抑或自己本身共感共賞的生命情調，從樂器的演奏、音樂情境等角度予以考察與詮釋，期以彰顯唐代音樂詩歌的面貌與意涵。

　　在詩歌作品選取方面，以康熙四十六年（西元 1707 年）敕編《全唐詩》，共九百卷，著錄兩千二百多家的詩，共四萬八千多首為主，採取的版本以北京中華書局出版為主。由於音樂詩數量多，筆者認為應可達到基本的推論，對《全唐詩補編》只略作參考，個人詩集不再參酌。

　　在選取範圍中，本書以權衡方式是從詩題和詩句中尋求作品運用器樂的演奏、以及所表達音樂情境的痕跡，選取原則，就以演奏音樂的樂器為主，衡量的角度與範圍如下：

　　1. 詩題有具體箜篌琵琶笛笳之名

　　即題目名稱直接以樂器來命題者，如張祜〈笛〉、〈箜篌〉；李嶠〈琵琶〉；等，可以明顯知道這些樂器是探討的主題。

2. 詩題即是古題樂府詩名

樂府詩本身雖與音樂就有密切關係，故題目名稱本身是樂府舊題，內容有描述此類樂器者，抑或其內涵者。如王昌齡〈箜篌引〉、白居易〈琵琶行〉以及王維〈從軍行〉：「笳悲馬嘶亂，爭渡黃河水。」；李白〈從軍行〉「笛奏梅花曲，刀開明月環。」都是樂府舊題，其內容有涉及此類樂器的描述，則採納之。

3. 詩句出現箜篌琵琶笛笳之描繪或別稱之線索。

題目未以樂器為名稱，如詩歌內容涉及音樂情狀之描繪或言及器樂形制者作品者，或相關樂器之詞者。如李賀〈龍夜吟〉：「鬈髮胡兒眼睛綠，高樓夜靜吹橫竹。」「橫竹」則是指笛之別稱。

4. 專門樂師演奏情態的描寫。

如白居易〈聽曹剛琵琶兼示重蓮〉和〈悲善才〉以及薛逢〈聽曹剛談琵琶〉的曹剛；或張祜〈李謩笛〉的李謩；以及楊巨源〈聽李憑彈箜篌〉的李憑；元稹〈琵琶歌〉所提之賀懷智、崑崙善才等。其涉及彈奏專精之樂器，也一併選入探討。

以上原則，遇及趙摶〈琴歌〉：「琴聲若似琵琶聲」描述，詩中雖列有「琵琶」之詞，是以古琴之聲如似琵琶聲為述，因為並非以琵琶作為敘述主題者，則不列入。此外，以琴操弄胡笳曲調者，如戎昱〈聽杜山人彈胡笳歌〉與李頎〈聽董大彈胡笳弄〉等，此曲調因與胡笳樂相關則納入。若遇及同首詩包含兩種以上樂器者，如李頎〈古意〉：「遼東小婦年十五，慣彈琵琶解歌舞。今為羌笛出塞聲，使我三軍淚如雨。」含涉琵琶與笛兩種。沈宇〈武陽送別〉：「羌笛胡笳

淚滿衣」，則包含笛與胡箎兩種。雖有重覆之虞，但為顧及其所要探討器樂的不同特性，則重覆統計之，全部納入，以普及討論的範圍。

二、研究方法

本書研究重心從各種不同聲音角度，闡發音樂詩歌的豐富內在，以探求並深入音樂詩的內涵，因此在研究方法上，大致有四種：

（一）歷史考證法

對於各項樂器的形制、命名以及歷史考察，逐一探討其演變的情形，以及流傳到唐代所普遍呈現的型態。

（二）美學研究法

音樂詩是藝術的一部分，藝術上的審美觀照，事實上是離不開感知能力與想像作用，聽覺與美感的呈現，既是一種精神與心靈的領略，須仰賴自由性的想像力，以呈現優美的感受。因為詩歌與音樂的內涵表達，攸關審美的觀感，以及真善情感的表現，就以審美情趣的表達，期以達至全面性論述。

（三）歸納推論法

針對各種音樂詩歌的內容進行剖析，因此對音樂詩的探索，歸納其所呈現的不同類型，以結合時代的背景、形制、歷史進行探討，詮釋其詩歌音樂的運用情形，以歸納出運用的共通原則。

（四）分析演繹法

　　最後匯集上述各種方法，基於<u>唐</u>詩出現樂器的普遍原則與方向，以「音樂詩歌」的審美情趣角度，進行探討與推論，期以達到與前面論述的關聯性，並且體驗音樂詩的美感經驗。

　　基於此，本書將以八個章節作為主要論述，除第一章緒論與第二章探討唐樂部分，第三～六章則對各絲竹樂器（箜篌、琵琶、笛、笳）作分別論述，第七章則彙整前六章節之論述為基礎，總述音樂詩的審美情趣。第八章依據前七章之推論，彙整要點，總為結論。

第二章　<u>唐樂興盛之歷史考察</u>

　　<u>李淵</u>統一各部族，建立<u>唐</u>朝之後，不但繼承並且發揚<u>南北朝</u>以來的文化傳統，持續吸收其他民族的文化與藝術，一點一滴豐厚了<u>唐代</u>社會發展的條件。此外，<u>唐代</u>的繁榮昌盛，<u>唐太宗</u>是功不可沒的，他採納<u>魏徵</u>「中國既定，四夷四服」政策，致力內政改革，同時也不斷地向西域方面擴展勢力範圍。從<u>高祖</u>（西元 618 年～626 年）到<u>玄宗</u>（713 年～755 年）共計一百多年期間，的確造就社會安定，經濟富裕的光榮景象，尤其<u>唐太宗</u>（726 年～649 年）所締造「貞觀之治」以及<u>唐玄宗</u>「開元之治」盛況，加速整個社會出現蓬勃發展的局面，這種繁榮富裕的影響下，加上先前統一各部族，與各國都有頻繁音樂藝術的交流，如此基礎，促使音樂創造出一些有利的發展條件，這是一條不同於<u>周</u>朝正統雅樂的發展路線，別異傳統的音樂觀。所以，<u>許之衡</u>《中國音樂小史》一書，對於<u>唐代</u>音樂的發展認為：「<u>唐</u>為俗樂大盛，是雅樂混入俗樂的時代。」[1]外族音樂的傳入，的確對<u>唐代</u>之樂有深切影響，明白這種趨勢的演化痕跡，便可證實<u>唐樂</u>繁富興盛的道理。下列章節，以這些面向分析<u>唐樂</u>興盛的原因。

---

[1]　<u>許之衡</u>：《中國音樂小史》，將歷代雅、俗樂的變遷情形，做一概觀論述，總共分為九個：「（一）<u>周</u>為雅樂極盛，俗樂浸興時代；（二）<u>秦</u>為雅樂殘缺，俗樂漸盛時代；（三）<u>漢</u>為雅樂尚存，俗樂日盛時代；（四）<u>魏至隋</u>為雅樂，俗樂雜亂時代。（五）<u>唐</u>為俗樂大盛，雅樂混入俗樂時代。（六）<u>宋</u>為樂律紛更，雅樂難復時代。（七）<u>遼金元</u>為雅、俗樂混亂殘缺時代（八）<u>明</u>為雅樂式微，雜用俗樂時代（九）<u>清乾隆</u>以前為修明雅樂時代，以後為俗樂淫哇時代。」（台北：臺灣印書館，民 85 年 5 月台二版。）第五章〈歷代雅樂變遷之概觀〉，頁 19-38。

第一節　重胡輕雅樂的刺激

　　從南北朝直至唐代，朝廷對胡樂的提倡，促使俗樂流傳的現象愈加明顯化，這當然與交流頻繁有相當大的關聯。如《舊唐書‧音樂志》：「開元以來，歌者雜用胡夷里巷之曲。」[2]可見，唐代音樂來源，以「民間流行音樂」和「外來西域音樂」兩大項為主，融和衍化後，以胡聲作為特色的音樂藝術。音樂要有規律性的樂音，攸關各種不同樂器的表現，為使音樂可以傳承久遠而不會喪亡，必須建立「音律制度」[3]，以期保存。樂器本身的形制，不見得保持原有原貌，這一方面是因為原有樂器的歷史變遷之故，抑或因為各部族樂器的輸入，而使得各種樂器的形制，不僅要配合歷史進化的原則，以及因應各地方風俗情形，因地制宜而有所改變。不同的樂器，所呈現的音樂性會有所差異，隨著國內外各種途徑的交流影響，有一些曲調、樂器的傳入，在樂制上也會產生改變。

　　所以《新唐書‧禮樂志》有此記載：

> 周、隋與北齊、陳接壤，故歌舞雜有四方之樂，至唐，東夷樂
> 有高麗、百濟，北狄有鮮卑、吐谷渾、部落稽，南蠻有扶南、
> 天竺、南詔、驃國，西戎有高昌、龜茲、疏勒、康國、安國，

---

[2] （後晉）劉昫：《舊唐書‧音樂志》，（北京：中華書局，1975 年。）卷三十，志第十，音樂三，頁 1089。

[3] （宋）歐陽修《新唐書‧禮樂志》云：「聲無形而有器，古之作樂者，知夫器之必有弊，而聲不可以言傳，懼夫器失而聲遂亡也，乃多為工法以著之，故始求聲者以律。」（北京：中華書局，1975 年 5 月。）卷二一，志第十一，禮樂十一，頁 459。

> 凡十四國之樂，而八國之伎，列於十部樂。
>
> 周、隋管弦雜曲數百，皆西涼樂也。[4]

由上所述，漢族音樂得有機會與胡樂進行密切的交流融和，所以隨著唐統一天下後，承續前代影響，音樂得到進一步的發展，因此，唐人對外族音樂採取開放的態度，得以吸收「東夷樂」、「南蠻樂」、「西涼樂」特色，造就空前的發展。

另外，《舊唐書・音樂志》：

> 北周武帝（西元 557 年～580 年）聘虜女為后，西域諸國來勝，於是龜茲、疏勒、安國、康國之樂，大聚長安。胡兒令羯人白智通教習，頗雜以新聲。[5]

引文所述，周武帝娶突厥女阿史那氏為皇后，西域各國諸多者前來陪嫁，造成各國音樂齊聚長安城。白智通是一位音樂家，到中原擔任樂府教習工作，所教習音樂「雜有新聲」，除了表示具有作曲編曲的才能外，也間接證明異樂新聲逐漸融入中原音樂的現象。

隨著胡人音樂的大量傳入，促進唐代音樂藝術的蓬勃興盛，胡樂的輕靈美妙，以及饒富情感的曲調，提供人民不同的感官享受，讓人民情緒得以宣洩。因此，新奇繁複的音樂風格，對於唐代社會而言，是一項新鮮刺激的經驗。所以，日人岸邊成雄認為：「唐初以後，雅樂再度衰退，最後僅保存了制定開元禮樂之名目；相反的，胡、俗樂益形隆盛。」[6]可見雅樂之衰，胡、俗樂融和之新樂的隆盛現象。

---

[4]　參註 3，卷二二，志第十二，禮樂十二，頁 474、478。

[5]　參註 2，志第九，音樂二，頁 1069。

[6]　（日）岸邊成雄著，梁在平・黃志炯譯：《唐代音樂史的研究》（下），（台北：臺灣中華書局，1973 年 10 月。）頁 662。

　　從下列詩歌，可以說明這種音樂是當時人民普遍接受的。例如<u>李山甫</u>〈贈彈琴<u>李處士</u>〉：

> 情知此事少知音，自是先生枉用心。
> 世上幾時曾好古，人前何必更沾襟。
> 致身不似笙竽巧，悅耳寧如<u>鄭衛</u>淫。
> 三尺焦桐七條線，<u>子期師曠</u>兩沉沉。[7]

引詩道出時人對雅、俗樂所接受的差異程度，「三尺焦桐七條線」之句，是指七弦古琴，古琴是典型雅樂的代表樂器，於今已無人願意去彈，就連<u>春秋</u>時期音樂家<u>鍾子期</u>以及<u>晉國</u>宮廷樂師<u>師曠</u>音樂光芒都已沉黯不顯，因此作者道出「今人不好古音」之嘆。「致身不似笙竽巧」之語，揭示其因乃是古琴不像笙、竽等那般的靈巧，樂音不如<u>鄭衛</u>之聲的悅耳，這是對<u>唐</u>代俗樂的批評與不滿，另一角度卻是點出俗樂的聲音特色，頗為深化人心，「靈巧」、「悅耳」，是廣受時人喜愛的因素。

　　長久以來，雅樂挾著王室權威，突顯地位，存有教化人心的意義，隨著時代變遷，雅樂有逐漸式微的趨勢，音樂成為貴族詩人享樂的工具，以及民間人士宣洩情緒的管道。因此雅樂逐步失去統治階層的支持立場，繼之而起是「胡聲新樂」加入，這說明新時代來臨，統治者為了順應時代的現實基礎，產生嶄新的觀念，有了不同於前朝的要求，因此，禮樂體系的社會功能與教化意義，逐漸被娛樂抒情的性質取代。

---

[7]　（<u>清</u>）<u>康熙</u>御編：《全唐詩》，（北京：中華書局，1996 年。）第 19 冊，643 卷，頁 7367。

　　由於時代的需求，環境的改變，胡樂大量進入<u>長安</u>，獲得朝廷的青睞，這股音樂勢力的抬頭，自是銳不可當。所以，雅樂衰微，胡、俗樂的嶄露頭角，以相對觀念來看，代表<u>唐</u>代社會多元化的訴求，是歷史進化的發展軌跡，誠如<u>楊蔭瀏</u>所言：

> 不同時代的雅樂理論家，原則上有著共同之點，就是反對當前現
> 實的民間，追求渺茫無跡的遠古時代，反對進步，傾向倒退。[8]

每一時代提倡雅樂的理論家，有堅定不移的觀點，強調雅樂具有傳統教化精神，面對當前社會的現實狀況，卻不願意順應潮流，抱持反對的立場。殊不知歷史是必須具有進化觀念，社會要有多元化的發展，音樂內涵也不能夠有所設限，才不致開倒車，過度趨於保守，對於任何的發展都會造成停滯不前。

　　綜合上述，音樂發展牽繫著社會背景及外來條件的刺激，上至宮廷下至民間力求多元的音樂性，君主與詩人莫不賞音知樂，音樂機構建立，<u>唐</u>代音樂的傳承發展，已具豐富之趨向。以下章節一探究竟。

第二節　君主的愛好與提倡

　　任何制度的推行或者是觀念上的革新，除了本身喜愛的因素可以產生動力之外，常有賴於朝廷極力的倡導。在上位者如果沒有強大的支持力量，對任何發展的方針，則起不了任何的作用，再加上「上行下效」的自然發展，其影響的效應是無遠弗屆。基於此，可見唐樂之所以興盛之故。因為<u>唐</u>代諸位君主普遍對音樂都有相當大的喜愛，本

---

[8]　<u>楊蔭瀏</u>：《中國古代音樂史稿》，（台北：丹青出版社，民 76 年 4 月 2 日三版。）第五章〈繁盛的燕樂和衰微雅樂〉，頁 59。

身也擅於各項樂器的彈奏，除此，更樂於接納各外部族新進音樂的洗禮薰習，例如<u>中宗</u>（西元 650 年～683 年）[9]、<u>代宗</u>（768 年～824 年）[10]、<u>文宗</u>（826 年～840 年）[11]、<u>武宗</u>（840 年～846 年）[12]、<u>宣宗</u>（847 年～860 年）[13]等，這些君主之中，則以<u>太宗</u>與<u>玄宗</u>最明顯，故以這兩位君主為代表，將倡導從事音樂的情形，作一分析：

一、唐太宗（599 年～649 年）

　　<u>唐高祖</u>登基之後，<u>唐</u>代宮廷中的燕享音樂，還是因循<u>隋</u>代的舊制，使用「九部之樂」[14]，根據《新唐書・禮樂志》說法：

9　（<u>宋</u>）<u>歐陽修</u>《新唐書・禮樂志》：「<u>中宗</u>時，百濟樂工人亡散，岐王為太常卿，復奏置之，然音伎多闕。舞者二人，紫大袖、裙襦、章甫冠、衣履。樂有箏、笛、桃皮觱篥、笙篌、歌而已。」（北京：中華書局，1975 年 5 月。）卷二十二，志第十二，禮樂十二，頁 479。

10　參前註，《新唐書・禮樂志》：「<u>代宗</u>繇廣平王復二京，梨園供奉官劉日進制寶應長寧樂十八曲以獻，皆宮調也。大曆元年，又有廣平太一樂、涼州曲，本<u>西涼</u>所獻也。其聲本宮調，有大遍、小遍。」卷二十二，志第十二，禮樂十二，頁 477。

11　參前註，《新唐書・禮樂志》：「<u>文宗</u>好雅樂，詔太常卿馮定采開元雅樂，製雲韶法曲及霓裳羽衣舞曲。」卷二十二，志第十二，禮樂十二，頁 478。

12　（<u>宋</u>）<u>馬端臨</u>，《文獻通考》：「<u>武宗</u>會昌初，宰臣<u>李德裕</u>命樂工製萬斯年曲以獻。」（台北：臺灣商務印書館，民 24 年 9 月初版，民 76 年 12 月台一版。）第一冊，卷一二九，樂二，頁 1155。

13　參註 9，《新唐書・禮樂志》：「<u>大中</u>（<u>宣宗</u>）初，太常樂工五千餘人，俗樂一千五百餘人，宣宗每宴群臣，備百戲。帝製新曲，教女伶數十百人，衣珠翠緹繡，連袂而歌，其樂有播皇獸之曲。」卷二十二，志第十二，禮樂十二，頁 478。

14　（<u>唐</u>）<u>魏徵</u>・<u>令狐德棻</u>撰，《隋書》云：「始開皇出定令，置七部樂，一曰國伎，二曰清商伎，三曰高麗伎，四曰天竺伎，五曰安國伎，六曰龜茲伎，七曰文康伎。……及<u>大業</u>中，煬帝乃定清樂、西涼、龜茲、天竺、康國、疏勒、安國、高麗、禮畢，以為九部，樂器工依創造既成，大備於茲矣。」（北京：中華書局，1973 年 8 月。）卷十五，志第十，音樂下，頁 376—377。

> 隋樂每奏九部樂終，輒奏文康樂，一曰禮畢。太宗時，命削去
> 之，其後遂亡，及平高昌，收其樂。……自是初有十部樂。[15]

引文所述，可以明白沿襲隋之九部樂後，唐太宗去掉禮畢曲，加入讌樂和高昌之樂。可見，唐太宗時就已收編這些曲樂，將九部樂改為十部伎，「十部伎」依序為讌樂伎、清樂伎、西涼伎、天竺伎、龜茲伎、疏勒伎、高昌伎、康國伎、安國伎、高麗伎，因為這些樂制與隋代差異不大，而將這些曲樂全部納入唐宮廷燕樂之中。所以，宋・計有功《唐詩紀事》記載：

> 貞觀六年（632 年）九月，帝幸慶善宮，帝生時故宅也。因與
> 貴臣宴、賦詩。起居郎請平宮商，被之管弦，命曰：「功成
> 慶善樂」。使童子八佾為九功之舞，大宴會與破陣樂，偕奏
> 在庭。[16]

貞觀六年慶祝君主功業，命令童子以縱橫八人為隊形跳九功之舞，配上破陣樂曲調，以肯定唐太宗的威儀與功蹟。基於上述，唐太宗收編音樂、建立樂制的動作，以及極盡宴會歌舞之能事來看，對音樂有明顯的表現和十足的喜愛，然而唐太宗對音樂的態度為何？在唐・吳兢《貞觀政要・禮樂》有此記載：

> 太常少卿祖孝孫所定新樂。太宗曰：「禮樂之作。是聖緣物設
> 教，以為撙節，治政善惡，豈此之由？」御史大夫杜淹對曰：
> 「前代興亡，實由於樂。陳將亡也，為玉樹後庭花。齊將亡也，

---

[15] （宋）歐陽修《新唐書・禮樂志》，（北京：中華書局，1975 年 5 月。）卷二一，志第二，禮樂十一，頁 469~471。

[16] （宋）計有功：《唐詩紀事》（上），（台北：木鐸出版社，民國 71 年 2 月初版。）卷一，頁 61。

　　而為伴侶曲，行路聞之，莫不悲泣。所謂亡國之音，以是觀之，
實由於樂。」<u>太宗</u>曰：「不然。夫音聲豈能感人，歡者聞之則
悅，哀者聽之則悲。悲悅在於人心，非由樂也。將亡之政，其
人心苦。然苦心相感，故聞而則悲耳，何樂聲哀怨，能使悅者
悲乎？今玉樹、伴侶之曲，其聲俱存。朕當為公奏之，知公必
不悲耳。」尚書右丞<u>魏徵</u>進曰：「古人稱：『禮云禮云，玉帛
云乎哉？樂云樂云，鐘鼓云乎哉？』樂在人和，不由音調。」
<u>太宗</u>然之。[17]

上述這段話來看，對於御史大夫<u>杜淹</u>所提「前代興亡，實由於樂」之
論點，認為音樂是可以決定政治的善惡與國家的盛衰，這是站在樂教
思想來考量的，因此隋代滅亡，是源於音樂之影響。<u>唐太宗</u>不以為然
的表示「音聲豈能感人，歡者聞之則悅，哀者聽之則悲。悲悅在於人
心，非由樂也。」嗣後，<u>魏徵</u>回應：「樂在人和，不由音調。」<u>唐太
宗</u>深感認同。

　　「緣物設教，以為撙節」觀念由來已久，<u>唐太宗</u>對禮樂作用即在
此，至於「樂與政通」的觀念是政通人和或政亂人苦而後音樂所反映
出來的現象，但不認為哀樂之感是亡國之徵兆，可見，<u>唐太宗</u>想法是
肯定人心在悲悅上的主體性，按照其想法根本沒有哀傷或歡樂的音
樂，悲樂之情在於人心之所感。這樣新觀念的產生，相對促進<u>唐</u>代音
樂的發展。其實<u>唐太宗</u>與<u>魏徵</u>的想法比較能結合時代的發展趨勢，音
樂的多元與創新，和時代進步的因素確有相當大的關聯。

---

[17]　（唐）<u>吳兢</u>：《貞觀政要》，（台北：黎明文化公司，民 78 年 7 月初版，民
　　79 年 6 月 4 日。）第七卷〈論禮樂〉第二十九，頁 201。

　　整體而言，<u>唐太宗</u>在音樂上採取寬容且開放的策略，使得上至宮廷貴族下至凡夫庶民都勇於接納變化無窮的音樂曲調，只要是富麗多采的音樂都能蔚為風潮。

二、唐玄宗（713 年～755 年）

　　<u>唐太宗</u>建立「十部伎」的樂曲制度，到<u>武后</u>、<u>中宗</u>時漸衰[18]，直至<u>唐玄宗</u>則將「十部伎」更改為「坐部伎」和「立部伎」兩大類。[19]前者分六部，後者分八部。像《舊唐書・音樂志》談到「立部伎」之八部時：

> 自破陣樂以下，皆擂大鼓，雜以龜茲之樂，聲震百里，動蕩山谷；大定樂加金鉦，惟慶善樂獨用西涼樂，最為閑雅。[20]

上述可知，樂曲之中雜用足以動蕩山谷的龜茲之樂和閑雅的西涼樂。而論及「坐部伎」六部時，則認為：

> 自長壽樂以下，皆用龜茲樂。[21]

由上所述，一方面可以明白「坐部伎」與「立部伎」中所使用的樂器，大部分是<u>龜茲</u>和<u>西涼</u>地區的胡地音樂，另一方面也透顯出外族音樂與漢族音樂交流融合的痕跡，誠如<u>楊蔭瀏</u>所言：

---

[18] （後晉）<u>劉昫</u>撰，《舊唐書・音樂志》：「坐部伎，<u>則天</u>、<u>中宗</u>之代，大增造坐立諸舞，尋以廢寢。」，（北京：中華書局，1975 年。）卷二十九，志第九，音樂十二，頁 1061。

[19] 參前註，《舊唐書・音樂志》云：「立部伎八部：『安樂、太平樂、破陣樂、慶善樂、大定樂、上元樂、聖壽樂、光聖樂。』坐部伎六部：『讌樂、長壽樂、天授樂、鳥歌萬歲樂、龍池樂、小破陣樂。』卷二十九，志第九，音樂十二，頁 1066。

[20] 參前註，卷二十九，志第九，音樂十二，頁 1060。

[21] 參前註，卷二十九，志第九，音樂十二，頁 1063。

各民族音樂文化融合的過程，是長期的。從歷代記載中間也可看出一些。表現在所用的樂器方面，如在隋、唐的「九部」、「十部樂」中用於演奏各民族音樂和各外國音樂的樂器；原來漢族所以用慣的樂器，往往用於演奏其他民族的曲調，反過來也是如此。[22]

引文所傳達訊息，得見各民族音樂文化的融和，並非一蹴可幾，而是長期蘊釀逐漸形成的固定模式。因為「九部伎」與「十部伎」中所演奏樂器，是夾雜各民族的不同樂器，不會去限制演奏何種樂器，或者是演唱的曲調。此外，《新唐書‧禮樂志》：

分樂為二部：堂下立奏，謂之立部伎；堂上坐奏，謂之坐部伎。太常閱坐部，不可教者隸立部，又不可教者，乃習雅樂。[23]

如此看來，「坐部伎」與「立部伎」是有懸殊階級與地位差別，技藝高者，如太常，是在室內坐著演奏；其次是室外站著演奏；如果技藝更差者，則打入雅樂部。從表演的階級身分以及形態來看，也看出正統雅樂的沒落以及燕樂興盛的情形。另外，《新唐書‧禮樂志》：

玄宗……每千秋歲，舞於勤政樓下，後賜宴設餔，亦會勤政樓，其日未明，金吾引駕騎，北衙四軍陳仗，列旗幟，被金甲，短後繡袍。太常卿引雅樂，每部數十人，間以胡夷之技。[24]

---

[22] 楊蔭瀏：《中國古代音樂史稿》，（台北：丹青出版社，民76年4月2日三版。）第五章〈繁盛的燕樂和衰微雅樂〉，頁28。

[23] （宋）歐陽修《新唐書‧禮樂志》，（北京：中華書局，1975年5月。）卷二二，志第十二，禮樂十二，頁475。

[24] 參前註，卷二二，志十二，禮樂十二，頁477。《唐會要‧諸樂》云：「開元十七年（西元七二九年）8月5日，源乾曜、張說等請以是日為千秋節，休暇三日。」（北京：中華書局，1991年。）卷三，頁614。

由於八月五日<u>唐玄宗</u>的生日，以此命名為「千秋節」，休假三天讓君臣共為享樂。可以瞭解君臣共歡，極盡宴會享樂之能事，值得注意的是，<u>太常卿</u>所引彈雅樂部分，摻雜胡夷之技，這應是臣子投君主所好的作法，<u>唐玄宗</u>沒有任何制止之行為，其實<u>玄宗</u>對於異域之樂是喜吹擊且愛聽的。由此可見，<u>唐玄宗</u>對音樂慎重其事，往往透過音樂的演奏，慢慢融進一些胡夷的技能，以饗聽覺，所以<u>玄宗</u>對於胡樂器的觀感應是持正面稱頌，才會毫無異議。

如《唐語林・豪爽》所載：

> <u>玄宗</u>性俊邁，不好琴，會聽琴，正弄未畢，叱琴者曰：「待詔出。」謂內官曰：「速令花奴將羯鼓來，為我解穢。」[25]

引文內容提到<u>玄宗</u>不愛聽琴，竟命令<u>汝陽王李璡</u>（<u>花奴</u>）快將羯鼓取來，為他解解悶，可見長期以來代表端然正音的古琴，終究是無法獲得君皇之心，無形中對胡樂推動與從事的痕跡，似乎得見端倪。

除此以外，<u>玄宗</u>曾改<u>西涼</u>所進「婆羅門曲」為「霓裳羽衣曲」[26]，展現少數民族音樂與漢族融合的觀念，有正面積極的態度，說明曲名

---

[25] （唐）<u>王讜</u>：《唐語林》，（台北：臺灣商務印書館，民 68 年 7 月臺一版。）卷四〈豪爽〉，頁 96。何謂「羯鼓」？《新唐書・禮樂志》記載：「帝（<u>玄宗</u>）好羯鼓，而<u>寧王</u>善吹橫笛，達官大臣慕之，皆喜言音律。帝常稱：『羯鼓，八音之領袖，諸樂不可方也。蓋本戎羯之樂，其音太簇一均，<u>龜茲</u>、<u>高昌</u>、<u>疏勒</u>、<u>天竺</u>部皆用之，其聲嘽緩，特異眾樂。」頁 477。

[26] （宋）<u>王灼</u>撰《碧雞漫志》云：「<u>西涼</u>創作，<u>明皇</u>潤色。」收錄於《知不足齋叢書》，卷三，頁 47。（日）<u>岸邊成雄</u>著，<u>梁在平・黃志炯</u>譯，《唐代音樂史的研究》：「<u>玄宗</u>帝所做之法曲，當時，膾炙人口的『霓裳羽衣』，雖係<u>開元</u>年代<u>河西</u>節度使<u>楊敬忠</u>呈獻之胡曲『婆羅門』之改名，如《碧雞漫志》所說之「『<u>西涼</u>創作，<u>明皇</u>潤色。』故曲名改變之基本精神，實為中國化性質而已。<u>楊敬忠</u>獻樂在<u>開元</u>八年（西元七二〇年）之前，因為<u>開元</u>八年<u>楊敬忠</u>敗於<u>突厥</u>而被削職，獻樂必在削職之前。但<u>楊敬忠</u>削職之後，『以白衣檢校<u>涼州</u>都督』，並未離開<u>涼州</u>，如果推想<u>楊敬忠</u>獻樂，是因為削職而意圖取媚君上，亦不無可能。因此，只能根據<u>白居易</u>《霓裳羽衣舞歌》自注：『<u>開</u>

變更的基本精神，是胡曲漢化的結果。玄宗對音樂喜愛是不容置疑的，然而有些大臣並不採取配合的立場，這是因為長期受到儒家經典、雅樂觀念的薰陶，對胡曲音樂還是抱著懷疑的想法，認為具離經叛道的內涵，如宋·馬端臨《文獻通考》云：

> 涼州進新曲，明皇命諸王於便殿觀之，曲終諸王皆稱萬歲，獨寧王不賀。明皇詢其故，寧王曰：「夫曲者，始於宮，散於商，成於角徵羽。臣見此曲宮離而少微，商亂而加暴。宮者君也，商者臣也。宮不勝則君體卑，商有餘則臣事僭。臣恐異日臣下有悖亂之事，陛下有播越之禍，兆於斯曲矣。」洎祿山南犯，明皇西幸，始知寧王善音，而胡音適以亂華也，可不戒哉。[27]

寧王力排眾議，就是根據：「夫音樂至重，所感者大者。」[28]的觀念，分析胡樂淫亂的不良影響，以五音比喻君臣的道理，說明五音協調，則君臣和諧，國則以治理。五音乖違，則君臣忤逆，國則以滅亡。可見，寧王的音樂觀念是站在樂教的立場，強調樂和人和政和的作用。因此，藉音律的和諧，傳達出政治敗亡與興盛，認為這與玄宗耽溺樂舞是有相當大的關聯。此外，《新唐書·禮樂志》記載：

元中，西涼節度使楊敬述造』，推判獻《霓裳》的時間在開元之中。」《唐代音樂史的研究》（下），（台北：臺灣中華書局，1973 年 10 月。），頁613。

[27] （宋）馬端臨：《文獻通考》，（台北：臺灣商務印書館，民 24 年 9 月初版，民 76 年 12 月台一版。）卷一四八，樂二，頁 1155。

[28] （漢）應劭《風俗通義》：「僅按劉歆《鐘律書》，……聞其宮聲，使人溫潤而廣大；聞其商聲，使人方正而好義；聞其角聲，使人整齊而好禮；聞其徵聲，使人側隱而博愛；聞其羽聲，使人善養而好施。宮聲亂者，則君驕；商聲錯者，則其臣壞；角聲謬者，則其民怨；徵聲洪者，則其事難；羽聲差者，則其物亂。」（台北：臺灣中華書局，民 70 年 6 月豪華一版。）收錄於《四部備要》子部，據漢魏叢書本校刊，聲音第六，頁 2。

> 開元二十四年（746 年），升胡部於堂上，而天寶樂曲，皆以
> 邊地名，若涼州、伊州、甘州之類。後又詔道調法曲與胡部新
> 聲合作。明年安祿山反，涼州、伊州、甘州皆陷吐蕃。[29]

唐玄宗採取「詔道調法曲與胡部新聲合作」作法，確實把唐時所傳入的西域音樂提昇至大雅殿堂之上，列居崇高之位，對西域音樂的重視程度，可以想見。西域音樂傳入長安都城，對唐代音樂的影響與發展是有利的，對於人民國家似乎產生負面的作用，如寧王所預示「胡音亂華」現象，希望君主能起而率先推動，卻事與願違。所以，唐玄宗「升胡部於堂上」以及「詔道調法曲與胡部新聲合作」兩項作為政策之後，雖把胡樂漢化達至巔峰，卻也招致安祿山叛反的局面，各項胡樂活動充斥長安城內，造成荒理朝政，使得胡人安祿山趁隙而入，導致難以挽救的局勢，間接印證寧王所預言，是巧合？或一語成讖？一時難以辯及，然而引動胡人趁隙入侵，的確是必須引以為戒。

　　唐玄宗是否因過度從事音樂，造成安祿山的叛亂，姑且不去論斷歷史上的功過或者是非對錯。然而，其喜好音樂的熱誠及極力的倡導，對音樂發展與貢獻應該有正面且積極的作用。

---

[29] （宋）歐陽修《新唐書・禮樂志》：「『道調』係唐朝俗樂二十八調，與仙呂調均為具有道教意義之調名。『法曲』係玄宗在梨園親自教授之音樂，係正樂之意。」（北京：中華書局，1975 年 5 月。）卷二二志十二禮樂十二，頁 476-477。根據（唐）段安節《樂府雜錄・胡部》云：「樂有琵琶、五弦、箏、箜篌、觱篥、笛、方響、拍板，合曲時亦擊小鼓鈸子。合曲後，立唱歌，涼府所進本，在正宮調大遍小遍。」（台北：臺灣商務印書館，民 55 年 3 月。）頁 14。「胡部新聲」是指胡樂之意。（唐）杜佑《通典》云：「有新聲自河西至者，號胡音聲，與龜茲樂、散樂俱為時重，諸樂咸為之少寢。」（北京：中華書局，1975 年。）樂六，卷一四六，頁 3726。所以「來自河西之胡音聲之新聲」，即是胡部新聲。

第三節　成立音樂專責單位

　　由於君主們積極參與音樂，以及潮流之所致，產生出大量的音樂，這些音樂數量若無一些統籌的單位來處理，恐會凌亂不堪，加上音樂的呈現需要有舞台，舞台上更待一流的表演人才，另外審音、度曲的工作亦須專業人士來從事，因此音樂機構的設置，便成為發展重點及趨勢目標。依照楊蔭瀏《中國音樂史》，把唐代的音樂機構，總共規劃有四個部門：「太樂署、鼓吹署、教坊、梨園。」[30]這些音樂單位，是基於符合君主的喜好與因應社會需求所設置。下列部分，分別說明這四個音樂部門：

一、太樂署

　　「太樂署」是掌管雅、俗樂二大系統的政府音樂機構，根據《舊唐書‧音樂志》記載：

> 太樂令調合鐘律，以供邦國之祭祀享宴。大宴會則設十部伎。
> 凡大祭祀，朝會用樂，辨其曲度章服，而分始終之次。凡習樂，
> 立師以教。每歲考其師之課業，為上中下三等，申禮部，十年
> 大校之，量優劣面黜陟焉。凡樂人及音聲人應教習，皆著薄籍，
> 覈其名數，分番上下。[31]

---

[30] 楊蔭瀏：《中國古代音樂史稿》，（台北：丹青出版社，民 76 年 4 月 2 日三版。）頁 44。

[31] （後晉）劉昫：《舊唐書‧音樂志》，（北京：中華書局，1975 年。）卷四四，志二四，職官三，頁 1875。

太樂署是屬於「太常寺」[32]的機構，不僅掌管雅樂，也兼管燕樂，設有若干樂師擔任教學，每年要經過考核，考核成績分為上、中、下三等。十年則必須經過大考核，根據所評定的成績好壞，決定職位的升遷、貶職或罷免，考核是十分的嚴格。另外，《新唐書‧百官志》也提到：

> 十五年，有五上考，七中考者，授散官，直本司，年滿考少者，不敘。教長上弟子，四考。難色二人，次難色二人，業成者，進考，得難曲五十以上，任供奉者為業成。行脩謹者為助教；博士缺，以次補之。長上及別教未得十曲，給資三分之一；不成者，隸鼓吹署。習大小橫吹，難色四番而成，易色三番而成；不成者博士有譴。內教博士及弟子長教者，給資錢而留之。[33]

這些藝人在十五年中，要經過五次「上考」，七次「中考」，才能授予「散官」這個官職。若考的次數不夠多，就不敘用任何官職。最重要的是，必須學習「難曲」五十曲以上，且能夠在宮中演奏，並擔任「供奉」官職，才算是修業完成。「長上」及「別教」等樂工，學習不到十曲的人，只給予三分之一的工資。學不成者，則調到鼓吹署，去學習大小橫吹。從上述資料看來，對於這些藝人們及音樂的要求是相當謹嚴慎重，都必須經過長期的訓練以及嚴格的考核過程，才得以獲得肯定，否則淘汰開除。

由太樂署的編制與要求來看，大致有兩個意義：

---

[32] 參註 31，《舊唐書》：「太常卿之職，掌邦國禮樂、郊廟、社稷之事。以八署分而理之：一曰郊社、二曰太廟、三曰諸陵、四曰太樂、五曰鼓吹、六曰太醫、七曰太卜、八曰廩犧。總其官屬，行其政令。」頁 1875。

[33] （宋）歐陽修《新唐書‧禮樂志》（北京：中華書局，1975 年 5 月。）卷四八，志第三八，百官三，頁 1243。

（一）訓練考核是署內例行性的事務，「供奉」之職是最崇高的
　　　肯定。

（二）依照技藝深厚淺薄程度，給予薪資之多寡。

二、鼓吹署

「鼓吹署」也是屬於太常寺的一個機構，是掌管軍樂系統的單
位，如《舊唐書・職官志》：

> 鼓吹令，掌鼓吹施用調習之節，以被鹵簿之儀。[34]

掌管軍樂者為「鼓吹令」，負責調習的節奏，後來被用於鹵簿，也就
是當帝王或者皇親貴族外出時，掌管儀仗中間的鼓吹音樂。

唐代音樂正值鼎盛之際，當時從事音樂的人士，大都隸屬在「太
樂署」和「鼓吹署」兩單位，得以想像數目之多。根據《新唐書・禮
樂志》說法：

> 唐之盛時，凡樂人、音聲人、太常雜戶子弟，隸太常及鼓吹署，
> 皆番上，總號音聲人，至數萬人。[35]

上述則呈現當時的樂人、音聲人、太常雜戶子弟，隸屬太樂署和鼓吹
署，這些樂工全以編號管理，通稱「音聲人」，合計共有數萬人之多，
在整體的編制上是相當龐大，可見，潮流之趨勢。

---

[34] （後晉）劉昫撰：《舊唐書・音樂志》，（北京：中華書局，1975 年。），
卷四四，志第二四，職官三，頁 1875。

[35] （宋）歐陽修撰：《新唐書・禮樂志》，（北京：中華書局，1975 年 5 月。），
卷二二，志第十二，禮樂十二，頁 477。

三、教坊

　　「教坊」是管理音樂、教習音樂的機構。開元二年（714 年）以後，共有五處教坊：「內教坊在宮廷裏」[36]；另外四處教坊，根據唐‧崔令欽《教坊記》說法：「兩處在西京（長安），兩處在東京（洛陽），皆隸屬宮廷的管轄範圍。」[37]教坊之所以成立，與胡樂、俗樂的隆盛有很大的關聯。誠如宋‧陳暘《樂書》所載：

> 唐全盛時，內外教坊近及二千員。梨園三百員，宜春、雲韶諸院及掖庭之伎，不關其數，太常樂工動萬餘戶。[38]

可見，「教坊」是唐代歌舞集中的精華之地，匯聚各項音樂藝術的表演人才，人數幾近二千人。

　　且看崔令欽《教坊記》：

> 妓女入宜春院，謂之『內人』，亦曰『前頭人』，常在上前頭也……樓下戲出隊，宜春院人少，即以雲韶添之。雲韶謂之『宮人』，蓋賤隸也。……平人女以容色選入內者，教習琵琶、三弦、箜篌、箏等者，為『搊彈家』。……凡樓下兩院進雜婦女，上必召內人姐妹入賜食。[39]

---

[36] （宋）歐陽修《新唐書‧禮樂志》：「玄宗即位，命寧王主藩邸樂，以亢太常，分兩朋以角優劣，置內教坊於蓬萊宮側，居新聲、散樂、倡優之伎。」（北京：中華書局，1975 年 5 月。）卷二二，志第十二，禮樂十二，頁 475。

[37] （唐）崔令欽：《教坊記》：「西京右教坊在光宅坊，左教坊在延政坊。右多善歌，左多工舞，蓋相因習。東京兩教坊，俱在明義坊，而右在南，左在北也。」收錄於《唐國史補》等八種，（台北：世界書局，民 67 年 10 月三版。）頁 5。

[38] （宋）陳暘：《樂書》，（北京：中華書局，1991 年。）欽定四庫全書珍本，卷一八八，頁 8。

[39] 參註 37，頁 5、6。

就其描寫女子而言，顯現教坊中對人的評價角度與階級觀念，所以「教坊」表演工作的等級之分，有「內人」、「宮人」、「搊彈家」、「雜婦女」四種。

再看崔令欽《教坊記》：

> 開元十一年（723年），製聖壽樂，令諸女衣五方色衣歌舞之。宜春院女，教一日，便堪上場。惟搊彈家彌月不成，至戲日，上令宜春院人為首尾，搊彈家在行間，令學其舉手也。
>
> 宜春院亦有工拙，必擇尤者為首尾。首既引隊，群所屬目，故須能者。樂將闋，稍稍失隊，餘二十許人。舞曲謂之『合殺』，尤要快健，所以更須能者也。[40]

基於此，大致呈現四個重點：

（一）重視「內人」的才藝，宜春院是其居處。

（二）「宮人」是候補的角色，表演機會不常有，亦要齊備美麗的容貌與高超的技藝，雲韶院是其居處。

（三）「搊彈家」是專習樂器的女子，出身是良家平凡女子。

（四）「雜婦女」，當即是「內人」、「宮人」的見習的學徒，平日亦得照顧內人、宮人的衣食生活。

總括來說，「教坊」的機構單位所培育的對象，著重表演性的人才，不僅有樂器彈奏的訓練，也有舞蹈方面的藝術表演。若是以教坊中女子而言，這些女子普遍居於附屬的角度，被看作是商業性或工具性的地位，本身沒有主導的立場，平日只是聽命從事，明顯看出音樂發展之下現實的一面。

---

[40] （唐）崔令欽：《教坊記》，收錄於《唐國史補》等八種，（台北：世界書局，民67年10月三版。）頁5。

四、梨園

梨園是專門學習「法曲」的機構，「法曲」包含歌、舞二者，要有專精的音樂技藝才能善盡這項表演，一般人難以達成。唐代的梨園組織，大約有三種：

（一）宮廷中的梨園

宮廷中梨園表演者有三百人，包括男藝人是從「坐部伎」子弟中選出來的；女藝人是從宮女中選出來的，所以，《舊唐書・音樂志》提到：

> 玄宗在位多年，善音樂。……玄宗又於聽政之暇，教太常樂工子弟三百人為絲竹之戲，音響齊發，有一聲誤，玄宗必覺而正之，號為皇帝弟子，又云梨園弟子，以置院近於禁苑之梨園。……玄宗又制新曲四十餘，又新製樂譜。[41]

上述可知，唐玄宗在位多年，一直專精在音樂的領域，閒暇之餘，教習樂工絲竹之樂，當音響齊發，卻能聽賞其中之音誤，精準的音感，絲毫不差。此外，又常制作新曲，數量有四十首之多，如此可見，唐玄宗不僅愛好音樂，音感敏細，自己也能自創音律以及譜寫新曲。

此外，《新唐書・禮樂志》也云：

> 唐玄宗知音律，又酷愛法曲，選坐部伎子弟三百教於梨園，聲有誤者，帝必覺而正之，號「皇帝梨園弟子」。[42]

---

[41] （後晉）劉昫：《舊唐書・音樂志》，（北京：中華書局，1975 年。）卷二八，志第八，音樂一，頁 1051~1052。

[42] （宋）歐陽修：《新唐書・禮樂志》，（北京：中華書局，1975 年 5 月。）卷二二，志第十二，禮樂十二，頁 476。

玄宗對音樂的喜好與倡導，設置「梨園」，確立了唐代音樂發展，所達到巔峰的階段。日人岸邊成雄也認為：「玄宗時期，曾投注大量財幣，供宮廷享樂，當時宮廷文化，雖達燦爛極峰，音樂在文化上佔有重要的地位，成為中國音樂史上最發達之時期。」[43]元稹也有詩道出這種愛樂情事，詩云：「玄宗愛樂愛新樂，梨園弟子承恩橫。」則能夠貼切其中的敘述。

（二）太常梨園別教院

根據宋‧王溥《唐會要‧諸樂》記載：

太常梨園別教院，教「法曲」樂章等。[44]

這是教授「法曲」特定的單位。另外，《舊唐書‧音樂志》：

太常有別教院，教供奉新曲，太常每凌晨，鼓笛亂發於太樂署。別教院稟食常千人，宮中居宜春院。[45]

一清早即以展開訓練，可看出嚴格性，不容絲毫疏失。除此，太樂署中常可以聽到鼓笛齊發的現象，亦可了解訓練人數之多，並加強吹奏的和諧度。而《新唐書‧百官志》亦云：

長上及別教未得十曲，給資三分之一；不成者隸鼓吹署，習大小橫吹。[46]

---

[43]　（日）岸邊成雄著，梁在平‧黃志炯譯：《唐代音樂史的研究》（下），（台北：臺灣中華書局，1973 年 10 月。）頁 12。

[44]　（宋）王溥：《唐會要‧諸樂》（中），（北京：中華書局，1991 年。）卷三，頁 614。

[45]　（後晉）劉昫：《舊唐書‧音樂志》，（北京：中華書局，1975 年。）卷二十八，志第八，音樂一，頁 1052。

這是考核上的要求，並按照程度與能力，核定薪資，可見，其訓練要求，並不會太高。

（三）梨園新院

根據段安節《樂府雜錄》所記載：

> 古都樂工，計五千餘人。內一千五百人俗樂，係梨園新院。於此，旋抽入教坊。計司每月請料，於樂寺給散，太樂署在寺院之東，令一丞一。鼓吹署在寺西，令一丞一。[47]

上述看來，梨園新院的表演者概有一千五百人左右，表現優秀者則及時選入教坊中，定期給予薪資。層層篩選，逐層考核選定優秀者。

承上所述，唐代各項表演藝術的主要來源，應有兩個方向：

（一）原先不具有社會地位且沒沒無聞的表演藝術伶人，基於長期訓練與努力，使他們表現出精湛卓越的技藝，展現精鍊之美。

（二）表演單位富於吸收各地靈感的創造能力，深深得到當時文人的青睞與從事。

所以從這方面的發展軌跡來看，是由民間湧現而出，再得之於上層宮廷的倡導，所形成這股龐大的音樂潮流，慢慢形成對唐代社會底層的影響，人民的生活與精神層面，也領略著這樣的音樂氛圍。

---

[46] （宋）歐陽修：《新唐書・百官志》，（北京：中華書局，1975 年 5 月。）頁 1244。

[47] （唐）段安節：《樂府雜錄》，（台北：臺灣商務印書館，民 55 年 3 月。）頁 43-44。

第四節　音樂觀的多元取向

　　唐以前儒家所提倡的雅樂，是具有主流正統的角色，不但排斥所謂的「鄭衛之聲」，對樂器的各項表演，都必須具備教化人心的意義，音樂演奏只是一項傳達在上位者管理人民的手段，被視作為實用的工具，抑或作為祭祀祈神時所反映出來移風易俗的功用。既然是一種目的，只由賤隸身份去為上層宮廷作表演宣導，身份較高的士大夫是不願去從事的。唐代之際，多方面向的衝擊之下，吸收了各種不同觀念，促進文人思想的靈活性與多元化，拘守儒家之道，已經不是安身立命的唯一法則，多重的選擇性，造就了唐代社會多樣化的發展。

　　長久以來，文人以政治、仕途為最高追求的目標，以儒家思想作為基本方針，博古通今，開展積極用世之心。逐漸地文人也開始走向山林田園，從事文學藝術的領域。由儒到道，安於榮辱之間，淡泊名利，不再以取仕為當然目的。生活之中，若能以興趣、雅性為出發點，內心自然能夠獲得歡心娛情。有些詩人身兼音樂家、演奏家，以嶄新形象尋求社會全新的定位，所喜歡音樂性質不再是儒家所認可、具教化意義的雅樂，完全願意接納社會潮流中汩汩而動的外來音樂，這樣情況似乎代表著今昔之間喜好音樂型態的改變。

　　再者，白居易在〈新樂府〉對上層宮廷有諸多批評，指出眾人只是一昧「奔車看牡丹，走馬聽秦箏。」[48]，並對這種趨之若鶩的情形發出慨嘆，甚至道出今人不願聽古樂的始作俑者，其實是：「羌笛與

---

[48] （清）康熙御編：《全唐詩》。白居易〈鄧魴張徹落第〉：「古琴無俗韻，奏罷無人聽。寒松無妖花，枝下無人行。春風十二街，軒騎不暫停。奔車看牡丹，走馬聽秦箏。眾目悅芳艷，松獨手其貞。眾耳喜鄭衛，琴亦不改聲。懷哉二夫子，念此無自輕。」（北京：中華書局，1996 年。）第 13 冊，424 卷，頁 4666。

秦箏」[49]，另外，〈江南遇天寶樂叟〉詩更抨擊「歡娛未足燕寇至，弓勁馬肥胡語喧。」[50]對如此現象作了強烈批判。元白所推動的新樂府運動，是在傳統教化的觀念建立起來的，白氏因樂著教的觀念，融進〈新樂府〉創作實踐和理論之中，這是可以理解的；此外，元稹在〈立部伎〉提到：「法曲胡音忽相和」、「明年十月燕寇來」，強調國家之所以混亂不息乃是胡樂所致，對胡樂在社會上蓬勃的發展，是抱持反對與斥責的態度，認為是一種「奸聲入耳佞人心」的危害。

　　另一角度來看，白居易若不論及樂教思想之際，其對音樂還是情有獨鍾，發自內心的喜愛，亦不排斥今樂，〈琵琶行〉詩即道出：「今夜聞君琵琶語，如聽仙樂耳暫明。」如仙樂一般的琵琶樂音，也令得舒暢無比，「琵琶」就是屬於胡地之音，如今也感受古樂之外另一種異地音樂的美妙，可見愛好程度之深，加上白居易晚年蓄養歌妓，詩、酒、樂三者相合，更增添一份音樂素養，堅持「為人生而藝術」的道路上，也開拓「為藝術而藝術」的另一個人生出口。

　　承上所述，「這也證明著異方樂舞之新奇特異，驚世駭俗極能逗引唐人審美趣味，所以『五十年來竟紛泊』（元稹〈法曲〉），『五十年來制不禁』（白居易〈胡旋女〉），西域樂舞本身具有魅力令人難以抗拒，所以元白諸人的偏見並不能扭轉四海和同的大氣候。」[51]似乎說明元、白在推動〈新樂府〉精神內涵之餘，也默享這份異域之樂，感染其中。一般人對於「雅樂」，總是賦予樸素、穩重、莊嚴的特色，相較唐代流行的燕樂，認為是一種繁聲急調的曲性。

---

[49]　參註 48，白居易〈廢琴〉：「絲桐合為琴，中有太古聲。古聲澹無味，不稱今人情。玉徽光彩滅，朱弦塵土上。廢棄來已久，遺音尚冷冷。不辭為君彈，縱彈人不聽。何物使之然，羌笛與秦箏。」第 13 冊，424 卷，頁 4656。

[50]　參前註，第 13 冊，435 卷，頁 4811。

[51]　馬蘭州：《唐代邊塞詩研究》，（天津：古籍出版社，2003 年 4 月。）頁 62。

　　而宋・王灼《碧雞漫志》一書云：

> 至唐稍盛，今則繁聲淫奏，殆不可數。[52]

引文則清楚道出，它是極富變化多端及刺激性的俗樂。宋・馬端臨《文獻通考》，記載北朝演奏燕樂情景，其云：

> 自宣武以後，始愛胡樂，泊於遷都。屈茨琵琶、五弦、箜篌、胡箎、胡鼓、銅鈸、打沙羅，胡舞鏗鏘鏜鎝，洪心駭目，撫箏新靡絕麗。歌音全似吟哭，聽之者無不淒愴。琵琶及當路琴瑟殆絕，音皆初聲頗復閑緩度曲，轉急躁，按此音所由，源出西域。……是以感其聲者，莫不奢淫躁競，舉止輕飄，或踴或躍，乍動乍息，蹻腳彈指，憾頭弄目，情發於中，不能自止。[53]

文中所稱均是胡樂器：「胡箎」、「打沙羅」皆是罕見樂器，「屈茨琵琶」與「龜茲琵琶」同音異字，龜茲伎代表樂器是「五弦琵琶」與「琵琶」。當時北魏・宣帝極為愛好此樂器，遷都後更為盛行。引文描述，原先聽來緩慢沉穩的樂音，忽轉而一變為急促音節的樂音，都是源自西域的風格。因而對此燕樂的感染，呈現興奮與激動的情緒，舉止輕飄搖擺，搖頭晃腦，一時難以停止，這如同近年所見之嘻哈風潮的行徑，難怪提倡雅樂者，大致認為是一種淫蕩人心的音樂，殊不知這才證明音樂的多元化，與時代發展的趨勢，更是詩人人生的享樂與心理上的宣洩。

---

[52]　（宋）王灼：《碧雞漫志》，收錄於《知不足齋》叢書，卷一，頁3。

[53]　（宋）馬端臨：《文獻通考》，（台北：臺灣商務印書館，民24年9月初版，民76年12月台一版。）第一冊，樂二，卷一二九，頁1151。

　　由於社會的開放，思想自由，文人士子風流享樂，使得在這環境下綻放光彩，宮廷廟堂音樂逐漸轉入民間，朝廷也樂見時代的需求與發展。

　　不管雅樂抑或唐代的胡樂，對於音樂本身而言，如果可以把攸關道德倫理和教化這些成份排除於外，純粹以音樂之本質來領略，所謂的胡地音樂，也不見得只是淫亂人心，旋律的繁複多變，恰也能適應人情之中的豐富多采，其優美動聽、憾動人心魂魄的樂曲，其表現力和精神性，明顯地比唐代之前的音樂，都提昇了音樂的旋律以及多樣的樂曲風格。因此，在這種情勢的推動，詩人的人生態度和價值取向，必然會產生變化，追求新奇與享樂佔了重要的比例，使得音樂有更大的空間與彈性，能蓬勃發展的機會。

　　中國音樂有史以來就是以中和為序的「雅樂」以及「鄭衛之音」為憑藉的俗樂，這兩人系統始終是互相扯結著，儘管歷史重雅輕俗的君臣，極盡排斥通俗音樂之能事，但因它深深絮根於廣大民間族群，著實衍生出無限的生命力。

第五節　小結

　　根據林谷芳說法：「中國音樂的歷史發展的模式為雅俗，而每次的雅俗相爭可導源於兩個原因：一、傳統音樂的僵化。二、異文化的衝擊。前者是個助緣，後者往往形成主力，因此，每次俗樂的興起會使雅樂退縮，然而雅樂代表傳統的力量，俗樂多少會接受雅樂的修正，所謂『入中國則中國之』，如此直至這個俗樂變成大家所接受而流行的『中國音樂』，這種形態持續到下一次的雅俗之爭出現而改變，由於另一音樂的興起，上一代俗樂反變成傳統音樂的最大代表，接受

其挑戰而終至退縮。」[54]由此可知，歷代都有雅樂與俗樂對立的現象，雖然是對立的狀況，然而其存在的立場，並不是要消滅或掩蓋掉某一個的觀念，應是同時呈現於世上，彼此之間再逐步的互相影響，融合後衍化出新創音樂的觀念。

再者，音樂本身並不會彼此消長，無形中還會吸收各朝代人文、藝術、觀念、特點等精華，以豐富內涵。這就是為何到了唐代，音樂上就特別追求繁富的色彩？誠如劉承華所說：「這與唐代的精神氛圍有了關係。唐代精神直接從漢、晉承續發展而來，在兩漢時期所表現的人物、對自然世界的征服氣概，經由魏晉時生命意識的覺醒，到南北朝之時，形成一股強盛的享樂主義和唯美主義的風氣。這股風氣雖然經過頻繁的朝代更替，卻沒有因此而銷聲匿跡，而是愈演愈烈。到唐時，經過貞觀、開元之治的太平盛世，經濟達到前所未有的繁榮，更刺激了享樂風氣的蔓延。所以，人的思想自由，胸襟也極為開放，助長那時代的生活繁麗豐富，色彩紛呈，尋求奇異的刺激。」[55]除此之外，唐樂的盛行不只是「胡部新聲」單一造成的結果，還包括當地民間里巷的歌謠。因為音樂的觀念是逐漸隨著時代的進步，慢慢向社會世俗靠攏，貼近人民的需求，對於音樂長期以來所附加的意義與內容，也隨之脫節而分開，轉化為純粹娛樂身心，鼓舞心緒的成分，如此才能彰顯音樂的內在本質。

音樂以優美動人成分吸引人民追求，掙脫人為的秩序規則，以及中和不逾的束縛，暢然感受音樂當中的悲喜之情。所以，不要受限於

---

[54] 林谷芳：〈中國音樂的藝術性及其價值〉，收錄於《中華文化復興月刊》，（民65年2月。）九卷二期，頁24。

[55] 劉承華：《中國音樂的人文闡釋》，（上海：上海音樂出版社，2002年10月。）頁146。

典章教化影響，對於高揚的現實生命熱情，以及推動音樂內涵以及音樂情調，才能夠提昇更多的開創。

　　唐代音樂特質，是「由於帶有濃郁的世俗性，再加以官方大規模的支撐，因此是以大曲的形式知名的，它是一個和歌舞樂再加上器樂為一體的大篇樂章。」[56]另外，再如謝海平所說：「自唐代中葉以後，因政治、軍事、商業諸因素影響，來華之國人愈多，其人多有長於音聲樂器。……其人吹笛彈琴情形，多為詩人用做吟詠題材。」[57]所以西域傳入中原的歌舞樂曲及樂器，逐漸深化於唐代社會各階層，展現唐人廣納百川的胸襟與氣度；尤其是樂器，更成為唐代音樂的主流（如箜篌、琵琶、笛、箛），點綴出絢麗多彩的社會風貌，對於當前的君主能夠不介意胡樂並展開雙手歡迎，聆聽胡樂以抒發感受，並對胡人樂師表達出誠摯崇高的贊美，唐納胡樂，接受胡音，這都是產生燦爛富麗的鼓舞力量。可見，唐樂能全面性發展，其民間音樂的基礎與外來音樂影響背景是相當強大的。

　　綜上論述，可以證明一個觀念：唐人追求風尚的音樂潮流，對新樂的喜愛，可以明白追求奇特新穎的想法，順應唐人生活，也是符合人之常情。下面幾章節逐一分析上述樂器進入唐代社會之後，對各階層有何影響？

---

[56] 林谷芳：《傳統音樂概論》，（台北：漢光文化公司，民87年7月31日版。）頁95。

[57] 謝海平：《唐代詩人與在華外國人之文字交・與西域文士樂伎之文字交》，（台北：文史哲出版社，1981年1月。）頁11。

第三章　箜篌樂詩之藝術內涵

　　唐詩中關於描寫箜篌樂的詩歌，總共收錄三十五首。詩人巧筆的描繪，從樂器的形制，一直到演奏技巧的描摹，以及詩人內在意涵和音樂藝術的境界，都可以從這類詩歌一窺端倪。詩人們聆聽樂器，或自己演奏，感發其音，皆有深刻情感的表現，所詠頌箜篌音樂詩，不僅有形制的直接描述，對音色聲響也作出生動描摹，展現或遠而近的聽覺效果，不管如歷眼前，抑或忽覺他方的音感傳達，悠揚耳際或縹緲天際各有不同呈現。此外，亦有間接反映該樂器在社會上的角色定位、歷史發展性或審美情趣的描述，因此藉由箜篌樂詩之探討，以瞭解人文藝術的層面，進而了解唐詩以箜篌為樂的藝術特色。

第一節　箜篌的命名與形制

　　箜篌是中國古代的彈撥樂器，其形制如何？可以從唐代箜篌樂詩中大體了解，首先還是以歷史考察的角度進行探討箜篌的演變情形。對於箜篌的古代形制，根據東漢・劉熙《釋名・釋樂器》：

> 箜篌，此師延所作，靡靡之樂也。後出桑間濮上之地，蓋空國之侯所存也。師涓為晉平公鼓焉，鄭衛分其地而有之，遂號鄭衛之音，為之淫樂也。[1]

---

[1]　（漢）劉熙：《釋名・釋樂器》（二），（北京：中華書局，1985 年北京新一版。）第七卷，第二十二，頁 206。

這段說法尚未對箜篌形制作出明確描述，只強調箜篌樂器所具的本土性質，並界定在浮靡淫蕩的性質上，相傳殷商時期音樂家師延為紂王制作，紂王偏愛萎靡之音，大作此調而亡國。而後箜篌樂與「亡國之音」產生關聯，而「空侯之音」意謂「空國之侯」，並流行在濮水河邊，如此之故，有了與「箜篌」諧音的命名，「鄭衛之音」，賦予淫靡的音樂內涵。引文針對箜篌本身所發出音響而定位，認為是違背雅樂性質，以偏離正道，浮動人心的角度看待。唐‧段安節《樂府雜錄》也說：

> 箜篌乃鄭衛之音權輿也。以其亡國之音，故號空國之侯，亦曰坎侯。[2]

段安節對於漢時所認為箜篌的涵義並無任何異義。

關於「箜篌樂」為亡國之音，與紂王朝政腐敗、禮樂不興有關。紂王在歷史上是淫靡奢華代表，荒理朝政，禮樂自然崩壞，師延是紂王時期樂師，以箜篌制樂，當然是投其好樂，順從君意所致。箜篌樂是否真如鄭衛之音之淫穢，實難以定論，一般可視為兩個意義：

（一）是以禮樂崩壞的觀念所作聯想，使其劃上等號。

（二）戰國末期，禮樂制度已經失去基本的憑藉與影響力，音樂內涵的發展自然沉淪而下。

嗣後，「箜篌」之樂普遍出現於祝禱方面，淫蕩的成分逐漸脫離。漢‧應劭《風俗通義》一書，有祝禱說法：

---

[2] （唐）段安節：《樂府雜錄》，（台北：臺灣商務印書館，民55年3月臺一版。）收錄於《叢書集成簡編》，頁28。

> 孝武皇帝賽南越，禱祠太一，后土，始用樂人侯調依琴作坎坎
> 之樂。言其坎坎，應節奏也。侯以姓冠章耳，或說空侯取其空
> 中，琴瑟皆空，何獨坎侯耶？斯論是也，[3]

相同說法亦見《史記‧封禪書》：

> 於是塞南越，禱祠太一，后土，始用樂舞，益召歌兒，作二十
> 五弦及空侯琴瑟，自此起。[4]

兩則資料參照，主要部分都指出「箜篌」之名，是漢孝武帝出塞南越時，有祭祀祝禱之需，令侯調樂人依照琴法、配合節奏所發出「坎坎」之聲得其名，「空侯琴瑟」，是一種琴瑟類且橫放式箜篌樂器，隸屬漢制箜篌。這種橫放式漢制箜篌，可以唐‧李商隱〈擬意〉為例：

> 真防舞如意，佯稱臥箜篌。[5]

詩中所提「臥箜篌」即是屬於這種琴瑟箜篌，是橫擺到平台上來彈奏，應該是琴瑟箜篌初步的雛型。

---

[3] （漢）應劭：《風俗通義》，（台北：臺灣中華書局，民76年4月豪華一版。）收錄於《四部備要》，據漢魏叢書本校刊，聲音第六，頁4。

[4] （漢）司馬遷：《史記‧封禪書》，（北京：中華書局，1973年。）卷二八，頁1396。

[5] 李商隱〈擬意〉詩：「悵望逢張女，遲迴送阿侯。空看小垂手，忍問大刀頭。妙選茱萸帳，平居翡翠樓。雲屏不取暖，月扇未遮羞。上掌真何有，傾城啟自由。楚妃交薦枕，漢后共藏鈎。夫向羊車覓，男從鳳穴求。書成被襖帖，唱殺畔牢愁。夜杵鳴江練，春刀解石榴。象床穿幰網，犀帖釘窗油。仁壽遺明鏡，陳倉拂綵毬，真防舞如意，佯稱臥箜篌。濯錦桃花水，濺裙杜若洲。魚兒懸寶劍，燕子合金甌。銀箭催搖落，華筵慘去留。幾時銷薄怒，從此抱離憂。帆落啼猿峽，樽開畫鷁舟。急弦腸對斷，翦蠟淚爭流。壁馬誰能帶，金蟲不復收。銀河撲醉眼，珠串咽歌喉。去夢隨川后，來風貯石郵。蘭叢銜露重，榆莢點星稠。解佩無遺跡，凌波有舊遊。會來十九首，私諷詠牽牛。」（清）康熙御編：《全唐詩》，（北京：中華書局，1996年。）第16冊，541卷，頁6521。

　　由於漢代所流行清商樂，清商樂中臥箜篌是被定位為代表「華夏正聲」之風，因此與中原地區琴瑟結構較為類似，產生密切聯繫。可見，漢制臥箜篌原為祭祀典禮的樂器，而後也在民間地區廣泛的流傳，成為流行的民間之樂。其實，臥箜篌在歷史上的記載模糊，未有明顯樂器性能與音律，漢後則明顯衰微。嗣後，由於唐樂興盛，促使樂隊地位崇高，箜篌樂器得以發揮音質特色，因此隋、唐時期「高麗樂」[6]之中，頻繁常見。唐・杜佑《通典》說：

> 箜篌，舊制一依琴制，今按其形似瑟而小，七弦，用撥彈之，如琵琶也。[7]

箜篌依循琴瑟而制，形狀像瑟一般，形體較小，共有七弦，以撥彈方式呈現。另外，《舊唐書・音樂志》認為：

> 漢武帝使樂人侯調所作，以祠太一。或云侯輝所作。其聲坎坎應節，謂之坎侯，聲訛為箜篌。舊說依琴制，今按其形似瑟而小，七弦，用撥彈之，如琵琶也。豎箜篌，胡樂也。漢靈帝好之，體曲而長，二十三弦，豎抱於懷中，而兩手齊奏，俗謂擘箜篌。鳳首箜篌，有項如軫。[8]

---

[6]　（唐）魏徵・令狐德棻撰：《隋書・音樂志》：「高麗，歌曲有〈芝栖〉、舞曲有〈歌芝栖〉。樂器有彈箏、臥箜篌、豎箜篌、琵琶、五弦、笛、笙、簫、小篳篥、桃皮篳篥、腰鼓、齊鼓、擔鼓、貝等十四種，為一部。工十八人。」（北京：中華書局，1973 年 8 月。）卷十五，志第十，音樂下，頁 380。另外《舊唐書・音樂志》云：「高麗樂……樂用彈箏一，搊箏一，臥箜篌一，豎箜篌一，琵琶一，義觜笛一，笙一，簫一，小篳篥一，大篳篥一，桃皮篳篥一，腰鼓一，齊鼓一，擔鼓一，貝一。（北京：中華書局，1975 年 5 月。）卷二十九，志第九，音樂二，頁 1029。

[7]　（唐）杜佑：《通典》，（北京：中華書局，1999 年。）樂四，卷一四四，頁 3680。

[8]　（後晉）劉昫撰，《舊唐書・音樂志》，（北京：中華書局，1975 年 5 月。）卷二九，志第九，音樂二，頁 1076。

從「空國之侯」（鄭衛之音、亡國之音）演變為「空侯」（空侯取其琴瑟中空）再衍化為「坎侯」（侯調樂人之名與坎坎之聲的融合）後來傳訛為「箜篌」之聲而定名，橫式箜篌樂器，逐漸隱沒在中原地區，另外開展獨特造型，即是後來流行於世的一種豎箜篌形式。

　　根據琴瑟之形發展出原型箜篌形制，以此區分，大致有兩種：

　　（一）臥箜篌─橫式，屬中原琴瑟系統。

　　　　　　例：在集安高句麗臥箜篌樂伎壁畫，如琴瑟般橫放膝上。

　　（二）豎箜篌─直式，共二十三弦，抱在懷中，以兩手來回撥彈的技巧進行彈奏，屬胡樂系統。一作「胡箜篌」。

　　　　　　例：敦煌第四三一窟，左手頂住琴身，以右手撥彈。

　　對於豎箜篌的描述，可以唐・王建〈宮詞〉為例：

　　十三初學擘箜篌，弟子名中被點留。

　　昨日教坊新進入，並房宮女與梳頭。[9]

引詩部分，揭示兩種現象：

　　（一）是「擘箜篌」之「擘」即是彈奏動作，兩手交錯，力道強勁，這是豎箜篌的基本彈法。

　　（二）屬胡樂系統之豎箜篌已正式進入教坊，作為培訓技藝的重要樂器。

　　此外，尚有一種「鳳首箜篌」，是豎箜篌所演變而來，曲頸鳳形，而有此稱呼。例如：在克孜爾石窟第二三窟所呈現箜篌是披著彩帶，上半身裸露，雙眼微睞，以左臂挾著豎箜篌，雙手撥弄絲弦，整個琴

9　王建〈宮詞〉：「十三初學擘箜篌，弟子名中被點留。昨日教坊新進入，並房宮女與梳頭。」（清）康熙御編：《全唐詩》，（北京：中華書局，1996年。）第 10 冊，302 卷，頁 3441。

身有明顯雕飾，造型相當奇巧。對於鳳首箜篌形體，可以晉‧曹毗〈箜篌賦〉為例：

> 龍身鳳形，連翩窈窕，纓以金彩，絡以翠藻。[10]

箜篌外形是龍身鳳形，甚至會以金彩翠玉去作裝飾，巧奪天工之下更見亮眼炫麗，展現十足異族風貌。根據《隋書‧音樂志》說法：

> 豎頭箜篌，出自西域，非華夏舊器。[11]

如此造型特殊，確實是從西域傳入，以金彩珠玉環繞周身的裝扮風格，相當符合西域的藝術風貌。

豎箜篌從西域傳入中原之後，針對本土的需要，加以斟酌修改來符合漢族的風格與習慣。藉由吸收與交流的機會，互相融匯，彼此影響，開啟樂器在形制、演奏上富麗多彩的內涵，使得「漢曲華聲」在旋律上和風格上起了明顯的變化。

對於侯調、師延等制作箜篌，只是穿鑿附會的說法，未必是真實的，早期臥箜篌是由琴瑟所發展起來的，是一種琴瑟形制，在西域石窟中並沒有。但豎箜篌以及加以雕飾鳳首箜篌，是由西域傳入，豎箜篌如同於當今所見的西方豎琴，弦數由少入多，皆可以看出演變的痕跡，無疑地是要增加音域的寬廣，因應日漸複雜多變的音樂曲性，甚至強調箜篌樂器在彈奏上的實用功能，以加強彈奏時所注入情感的豐富性。在精益求精的要求下，弦數的增加是有其必要的發展。

---

[10] （晉）曹毗：〈箜篌賦〉收錄於（清）陳元龍輯：《歷代賦彙》，（北京：北京圖書館出版社，1999 年 11 月。）卷九十四，頁 294。

[11] （後晉）劉昫：《舊唐書‧音樂志》，（北京：中華書局，1975 年 5 月。）卷十五，志第十，音樂下，頁 375。

　　形制上從橫臥式到直立式的轉變來看，當然也是因應彈奏技巧的繁富多變，原為左手揉按，右手彈撥的方式，卻無法適應樂曲的多變性，後以左右手彼此交錯雜彈的方式去演奏，足以發揮其樂音上激越昂揚的獨特風格。

第二節　箜篌樂的歷史考察

　　春秋戰國時期，已經有臥箜篌樂器，它是依琴瑟而制作，被認定為「華夏正聲」，能代表漢族敦厚樸質的精神。關於箜篌器樂記錄，得見於漢樂府詩歌，以東漢〈孔雀東南飛〉為例：

　　　　……十三能織素，十四學裁衣，十五彈箜篌，十六誦詩書。……[12]

詩歌透露出民間已有彈箜篌的風氣，這裡所指的箜篌應該是屬於「琴瑟箜篌」。因為琴、瑟這兩種樂器在上古時期就賦予樸質中序的象徵意涵。從傳統觀念來觀察，十五歲的女子讓她學習箜篌之樂器應該是為了奠定良好雅致的典範，以符合或順應當時傳統社會與保守家庭的期待，因此學習箜篌就成為賢淑女子基本的訓練。「十三能織素，十四學裁衣。」應是培養生活的本能，而「十五彈箜篌，十六誦詩書。」則是要開始涵養自我的內在氣質，使內外都能德容並蓄。

　　此外，晉・曹毗〈箜篌〉詩提到：

　　　　東士君子，雅善箜篌。[13]

---

[12] 〈孔雀東南飛〉，收錄《玉臺新詠》，（北京：中華書局，1991 年。）頁 15。

[13] 逯欽立：《先秦漢魏南北朝詩》，（台北：木鐸出版社，民 72 年 9 月。）〈晉詩〉，頁 890。

早期的箜篌應被賦予一份君子風範的性質，君子樂於從事以增顯自己的內在修為。培養彈奏箜篌的能力，不管君子抑或淑女，在其風度氣質上是能夠的涵養內在之修德。

承上所述，箜篌在當時應該是一件隨處易得的樂器，深入一般家庭生活，連平凡女子都要被訓練且會彈奏，或許是臥箜篌質樸的樂音，能夠涵養人性，可以發揮內在修為的效用，因此普遍流傳於民間。箜篌樂的作用，是透過不同的角度，來建構其音樂陶冶的性質，基於「女子與箜篌」關係，則聯想出引導心志，怡情養性。針對「君子與箜篌」關係，則聯想出作為修身理性、安身立命。經由箜篌樂音的感通作用，蘊含出濃厚的貞德風範。

除此，這一時期「箜篌引」曲調，藉箜篌樂器表達其悲淒的內涵，根據西晉・崔豹《古今注》云：

> 箜篌引，朝鮮津卒霍里子高妻麗玉之作也。子高晨起刺船，有一白首狂夫，披髮提壺，亂流而渡，其妻隨而止之，不及，遂墮河而死。於是援箜篌而鼓之，作公無渡河之曲，聲其悽愴，曲終亦投河而死。子高還，以其作，語其妻麗玉，麗玉傷之，乃引箜篌，而寫其聲，名曰箜篌引。[14]

這首援引箜篌樂器而編寫的曲調，道盡「公無渡河，公竟渡河，渡河而死，當奈公河。」無限的感傷。這段引文彰顯兩層意義：

（一）經驗層面：曲調根源於一種心理反映的過程，在於經驗的感受上，目睹不堪，多有感慨，嘆其生命消逝，是普遍流露的不捨態度。

---

[14] （西晉）崔豹：《古今注》，（台北：臺灣中華書局，民76年4月豪華一版。）收錄於《四部備要》子部，據漢魏叢書本校刊，卷中，音樂第三，頁5。

（二）音樂層面：曲調的內涵在於心情上的轉換，將現象與旋律
　　　　聯想所產生的作用，以捕捉悲傷的內涵。

　　有關箜篌引的音樂曲性，大都以悲傷的角度切入於詩歌之中，嗣後，箜篌樂大部分在民間活動。

　　魏晉、南北朝由於相和歌得到一些民謠的滋潤，豐富了內容，因此在東晉時，相和歌已經包括「吳歌西曲」，同時流行於南朝之際，但不再用相和歌之名，稱之「清商樂」[15]，所以，接續相和歌而起的清商樂之中，箜篌樂器被廣泛運用在這一類的民間曲調，以箜篌樂器搭配歌唱的曲調，可以看出當時所使用情形，是頻繁、普遍的，且接受度很高的撥彈樂器。

　　隨著箜篌樂器普及民間和「箜篌引」曲調的產生，箜篌樂的藝術進入了一個嶄新的時代，逐漸發展成為絲竹樂的伴奏，原為一種簡單樂音的傳達，如今在節奏上較有繁複音節的變化。因此魏・曹植〈箜篌引〉所云：「秦箏何慷慨，齊瑟和且柔。陽阿奏奇舞，京洛出名謳。」[16]這首名為〈箜篌引〉，保持原有哀傷性質，感嘆人生之無常的成分，宴會上所表演「箜篌引」曲調，其音域一定是相當寬廣，因

---

[15] （宋）郭茂倩《樂府詩集・清商曲辭》：「開皇初，始置七部樂，清商伎其一也。大業中，煬帝乃定，清樂、西涼等為九部，而清樂歌曲，有楊伴舞曲，有明君并契。樂器有鐘磬、琴、瑟、擊琴、琵琶、箜篌、筑、箏、節鼓、笙、笛、簫、篪、塤等十五種為一部。」第 44 卷，頁 2。（台北：臺灣中華書局，民 76 年 4 月豪華一版。）收錄於《四部備要》集部，據汲古閣本校刊，卷第二十六，頁 2。

[16] （魏）曹植〈箜篌引〉：「置酒高殿上，親友從我遊。中廚辦豐膳，烹羊宰肥羊。秦箏何慷慨，齊瑟和且柔。陽阿奏奇舞，京洛出名謳。樂飲過三爵，緩帶傾庶羞。主稱千金壽，賓奉萬年酬。久要不可忘，薄終義所尤。謙謙君子德，磬折欲何求？驚風飄白日，光景馳西流。盛時不可再，百年忽我遒。生存華屋處，零落歸山丘。先民誰不死，知命復何憂？」收錄（梁）蕭統編・（唐）李善注：《昭明文選》，（台北：五南出版社，民 80 年 10 月。）卷二十七，樂府上，頁 709。

為從引詩部分可以知道具有箏之高昂、激越聲音；瑟所具備中和柔美的聲音，搭配著歌舞，表現力十分的豐富，音色呈現多樣變化，可看出攀附上層社會的情形，表現酒足飯飽的娛樂性，在娛興的背後，反映個人抒懷。再如梁・簡文帝〈賦樂器得名箜篌〉：

> 捩遲初挑吹，弄急時催舞。釧響逐弦鳴，衫回半障柱。
> 欲知心不平，君看黛眉聚。[17]

箜篌樂音之鏘鏘作響與美人歌舞極致相合，營造出熱鬧精彩的局面，也構成一幅歡愉畫面，可見，在美人主角與箜篌歌舞關係，要求和諧共韻，追求一種諧調的流行。

箜篌意涵隨著時代演變而更動、造成多元化的性質，從歷史發展的考察，大致上歸納有三種情態：

（一）修德典範的加持—孔子以來的儒家，強調君子修為與淑女賢德，須即早養成，早期又以禮教為重，更要有培養順應家庭社會的能力。對個人良善、家庭責任、社會展現，都期許能堅持一個既定的行為模式與道德準則去生活，這是早期箜篌的表現情態。

（二）感傷悲調的依附—音樂可以用來抒發，強調社會現象的真諦，能體認在心，反映悲天憫人、人溺己溺的情懷，體認生命的可貴，對於意氣而為的行徑，構成體恤人情的畫面，這是「箜篌引」的內涵。

（三）歌舞樂曲的演奏—箜篌音樂的用途被擴大，投諸在一個龐大集團歌舞音樂。原單純只為表達音樂，後卻有意識的去

---

17 （梁）簡文帝（蕭綱）：〈賦樂器得名箜篌〉，收錄於逯欽立：《先秦漢魏南北朝詩》，（台北：木鐸出版社，民 72 年 9 月。）梁詩卷二十二，頁 1964。

表達情感，須依附貴族，以尋求棲身之所，改變原先在民
間活絡的生命情態，聚集成眾，形成一股音樂集團的勢力。

因此，從箜篌活躍於城市來看，也是造成表現的複雜因素，以貴
族宮廷作為活動舞台，表演舞台擴大。

有關箜篌樂的文章，首見晉‧曹毗〈箜篌賦〉，賦中有制作、造
型、音質內涵等描繪，貼切入裡，而且對箜篌描繪，脫離先前被認為
淫靡內容，強調出「樂而不淫」的精神，可看出對箜篌之美與其音色
是贊頌不已。賦云：

> 嶧陽之桐，殖潁岩標，清泉潤根，女蘿被條，爾乃楚班制器，
> 窮妙極巧，龍身鳳形，連翩窈窕，縹以金彩，絡以翠藻。其弦
> 則烏號之絲，用應所任勁質朗，虛置自吟，於是召倡人妙姿，
> 御新肴，酌金罍，發愁吟，引吳妃，湖上颯沓以平雅，前溪藏
> 摧而懷歸。東郭念於遠人，參覃愁於未達。[18]

另一篇晉‧鈕滔母孫氏〈箜篌賦〉，亦值得注意：

> 考茲器之所起，實侯氏之所營，遠不假於琴瑟，顧無取乎竽笙，
> 爾乃陟九峻之增岩，晰承溫之朝日，剖嶧陽之孤桐，伐楚宮之
> 椅漆，微班輸之造器，命伶倫而調律，浮音穆以逴暢，沉響幽
> 而若絕，樂操則寒條早榮，哀曼華朝減，邈漸離之清角，超子
> 野之白雪，然思超梁甫，願登華嶽路險，悲秦道難蜀，遺逸悼
> 行邁之離，秋風哀年時之速，陵危柱以頡頏，憑哀弦以踟躕，

---

[18]　（晉）曹毗：〈箜篌賦〉收錄於（清）陳元龍輯：《歷代賦彙》，（北京：
北京圖書館出版社，1999 年 11 月。）卷九十四，頁 294。

> 於是數轉難測，聲變無方，或拂搦以飄沉，或頓挫以抑揚，或
> 散角以放羽，或擫徵以騁商。[19]

前述兩篇文章有互相輝映之效果。從整個發展趨勢來看，大致提出幾項特殊重點：第一，皆認為桐木是決定箜篌樂器的重要材質，強調桐木天生所具有清高之性質。第二，選用的絲弦以「烏號」之絲，並強調任勁質朗的特性。第三，突顯人與箜篌樂之間相應的道理，通過班輸造器、伶倫調律，極盡表現各種情調，以符合情緒之依歸。例如：「或拂搦以飄沉，或頓挫以抑揚。或散角以放羽，或擫徵以騁商。」之描繪，貼切表現出輕拂琴弦的悠揚音色，或者擊觸琴弦使其發出沉厚音色；忽而有「頓挫」的漸歇節拍，時而「抑揚」的高低之音，在在揭示說明箜篌的音域寬廣。描繪飄散之聲以「角」音來表現，刻劃開懷之情以「羽」音來傳達，發抒的內在心情則用「徵」音，表現馳騁之緒則用「商」音，因此認為箜篌可以窮盡了「五音」[20]（宮、商、角、徵、羽）的奧秘和精微，匯集各種音響，成為主調，也超越眾多的樂音，所以占有顯要的地位，可見箜篌樂聲清朗高亮；慷慨激昂、迴旋曲折，真不愧為眾樂之冠。以上的敘述不僅突顯箜篌樂的超然出眾，更強調千形萬態之起伏迴旋的變化，這些都能顯現箜篌樂音與眾不同的獨特音質，以及證明箜篌在魏晉時期也是相當受到歡迎與贊賞，其社會地位也是廣受推崇備至。

---

[19]　參註18，頁294。

[20]　根據《管子》說明五音音質的喻況：「凡聽徵，如負豬豕覺而駭；凡聽羽，如鳴馬在野；凡聽宮，如牛鳴竇中；凡聽商，如離群牛；凡聽角，如稚登木以鳴，音疾以清。」商音如離群牛，迷途失望無奈之哀音。而徵音如背上之豬豕，驚絕前途危難命運之哀號之聲。聽起來都是悲嘆感傷的聲音。卷十九〈地員〉第五十八雜篇，頁9。

　　再者，「隨著箜篌樂器逐漸進入唐代燕樂之後，有『大箜篌』、『小箜篌』，其中以手撥彈出的音響曲調，猶如鶴的鳴叫聲，抑或是玉石清朗聲，這種激越的聲音應該是外來樂器的特性。」[21]可見箜篌在唐代得到了充分的發展，彰顯其特色，足以說明受歡迎的程度，似乎也高過傳統以來文人所從事箜篌琴瑟之趨勢。

　　由於早期的「臥箜篌」是依照琴瑟之制，一開始即有技巧的增添或移入，但隨著時代演進與樂器本身不斷地開展、創新，而後豎箜篌的音色又已掙脫如琴瑟那樣古樸、素雅、幽靜、沉穩的樂音，而以洪亮、清朗、勁建的格調，融入唐時期人民的情緒心靈，以適切內在的氣質，反應出熱情洋溢的風格。在演奏技法上不再像琴瑟那樣滯澀、樸拙、緩慢，音色在彈奏間發揮緊湊密合的方式呈現出來，使得樂音流露出輕靈、暢快、炫麗的特色，恰好符合唐時音樂豐富的繁富色彩，加上兩手運指的交互配合，開展出更多變化多端的音色。此外，「豎箜篌」、「鳳首箜篌」來自西域，在體型、演奏上皆保有外族色彩，進入中原，多半使用於宮廷、各部伎樂，具有一定地位，堪見全盛局面。唐代音樂蓬勃興盛，帶給箜篌樂藝術更為廣闊的表演空間，也點出時人歡彈喜奏的樂器對象。可見，在唐代箜篌樂轉變為個人獨立表現的形態，進入唐詩中，一探箜篌音樂詩的究竟。

21　（宋）陳暘《樂書》：「舊說皆如琴制，唐制似瑟而小，其弦有七，用木撥彈之，以合二變，故燕樂有大箜篌、小箜篌，音逐手起，曲隨弦成。蓋若鶴鳴之嘹唳，玉聲之清越者也。」（北京：中華書局，1991年。）欽定四庫全書珍本，卷一四九，頁6。

第三節　箜篌樂詩的聽覺呈現

　　箜篌的表現是透過聲音的傳達，聲音的發揮往往是一種抽象的認知，無法以具體的概念去呈現，然而，唐詩中有關箜篌樂，就訴諸文字表達，以「聽」之感知能力的效用，匯集了箜篌樂在聽覺上的基本概念，誠如王次炤《音樂美學新論》所云：

> 人們往往根據時空關係將藝術分為三種類型。一種是時間藝
> 術：包括是詩歌、文學和音樂。一種是空間藝術：包括繪畫、
> 雕塑和建築。另一種是時間和空間相結合的藝術，主要有戲
> 劇、舞蹈。[22]

音樂與詩歌屬於時間藝術，恆長時間後皆感受到美感的存在，這段引文清楚揭示詩歌與音樂的密切關係，透過聽覺與知覺的能力，可以明顯感覺其中的內在聯繫。因此，聽覺的概念即是透過聲音的高低、清濁、遠近以及音色的變化所產生的各種不同的知覺，所以經由這種感覺認知的能力，便可以進一步體會箜篌樂的特質。詩樂藝術是透過各種不同感官能力呈現出審美觀感，藉此去判知箜篌樂的審美感官之呈現，這就是所謂「通感」[23]。從意蘊上來看，它具有獨特性的美學概念。外在客觀的事物會反映到人的頭腦之中，即能形成表象，進而塑造出鮮明的藝術形象，以呈現出審美的藝術境界。因此這一單元，以

---

[22]　王次炤：《音樂美學新論》，（台北：萬象公司，1997年3月初版。）頁109。

[23]　李元洛《詩美學》：「聽覺與視覺的通感現象，是通感中最常見和最主要的一種，這是因為在人的多種感官中，聽覺與視覺這兩種感覺中的高級感官，而嗅覺、味覺、觸覺則屬於低級感官。」，（台北：東大圖書公司，1990年2月。）頁535。

此作一探討，透過箜篌樂所傳達出來的音響效果，可以呈現出那些不同的感受：

一、鏗鏘清脆之金石珠玉聲

　　諸多詩歌詠頌箜篌樂的美妙主題中，彈奏技巧不僅可以增加樂曲的繁富變化亦可彰顯起伏飛揚的心靈感受，這是音色與撥彈力度所造就的特殊差異。唐代是箜篌發展的輝煌時期，除了有許多演奏技巧能達到很高的水準之外，也造就多位傑出的箜篌演奏家，如張小子[24]、李齊皋[25]、李憑等，皆能完美傳達箜篌演奏的技巧與絕妙音色。最著名者是李憑，李憑（西元 713 年～755 年）是唐玄宗時人，拜玄宗愛好音樂之賜，開啟一條音樂仕途的管道，進入宮中擔任「供奉」之職，顧況亦玄宗時人，有機會聆聽並感受有如天樂般的超絕藝術，顧況（727 年～816 年）〈李供奉彈箜篌歌〉中所描繪的李供奉是實況現場中所作的刻畫，因此呈現如歷眼前，如雷貫耳的響亮：

> 國府樂手彈箜篌，赤黃條索金鎝頭。
>
> 早晨有敕鴛鴦殿，夜靜遂歌明月樓。
>
> 起坐可憐能抱撮，大指調弦中指撥。
>
> 腕頭花落舞衣裂，手下鳥驚飛撥剌。
>
> 珊瑚席，一聲一聲鳴錫錫。羅綺屏，一弦一弦如撼鈴。

---

[24]　（唐）段安節《樂府雜錄》：「咸通中第一部，有張小子，忘其名。彈弄冠於今古，今在西蜀。」（台北：臺灣商務印書館，民 55 年 3 月臺一版。）收錄於《叢書集成簡編》，頁 28。

[25]　同前註，（唐）段安節《樂府雜錄》：「太和中有李齊皋者亦為上手，曾為某門中樂史，後有女亦善此伎為先徐相姬。大中末，齊皋尚在有內官，擬引入教坊，辭以衰老乃止，胡部中此樂妙絕，教坊雖有三十人，能者一兩人而已。」頁 28。

急彈好，遲亦好。宜遠聽，宜近聽；

左手低，右手舉，易調移音天賜與。

大弦似秋雁，聯聯度隴關；小弦似春燕，喃喃向人語。

手頭疾，腕頭軟，來來去去如風卷。

聲清泠泠鳴索索，垂珠碎玉空中落。

美女爭窺玳瑁簾，聖人卷上真珠箔。

大弦長，小弦短，小弦緊快大弦緩。

初調鏘鏘似鴛鴦水上弄新聲，

入深似太清仙鶴游秘館。

李供奉，儀容質，身材稍稍六尺一。

在外不曾輒教人，內裡聲聲不遣出。

指剝蔥，腕削玉，饒鹽饒醬五味足。

弄調人間不識名，彈盡天下崛奇曲。

胡曲漢曲聲皆好，彈著曲髓曲肝腦。

往往從空入戶來，瞥瞥隨風落春草。

草頭只覺風吹入，風來草即隨風立。

草亦不知風到來，風亦不知聲緩急。

爇玉燭，點銀燈；光照手，實可憎。

只照箜篌弦上手，不照箜篌聲裡能。

馳鳳闕，拜鸞殿，天子一日一回見。

王侯將相立馬迎，巧聲一日一回變。

實可重，不惜千金實一弄。

銀器胡瓶馬上馱，瑞錦輕羅滿車送。

此州好手非一國，一國東西盡南北。

除卻天上化下來，若向人間實難得。[26]

彈奏箜篌歌，其精闢貼切的描寫，令人激賞，尤其是對其彈撥技巧精湛的刻畫，具有得天獨厚的能力，獨領唐樂壇之風騷。全詩分為三個部分：

第一，對李憑地位、裝扮作一說明。

「赤黃條索金鎝頭」顯示唐代箜篌頂端有金黃色的雕刻裝飾，可以推測箜篌流傳已轉進宮廷，純就個人精闢技巧之表演，富有貴族的性質。

第二，詩中明顯呈現多種感覺，尤以聽覺為主。

詩中營造出鮮明的視覺畫面，而後，再轉進聽覺去感受李憑所彈奏的箜篌技藝，最主要是基於音樂上的模仿或對自然界聲音之塑造，而有所牽動。

「珊瑚席，一聲聲鳴鍚鍚。羅綺屏，一弦弦如憾鈴。」就是用「以聲寫聲」擬音手法來呈現，金屬的「鍚鍚」之聲，以及鈴的搖動之聲來描摹箜篌樂音之「急」、「遲」、「遠」、「近」，音域上高低抑揚與節拍上快慢遲速，皆能展現其特色。陸續而下的詩句都是聲音感覺的交互聯想，「聲清冷冷鳴索索」則以雜細瑣碎之聲來表現，「垂珠碎玉空中落」與「大珠小珠落玉盤」有異曲同工之妙，只不過從空

---

[26] （清）康熙御編：《全唐詩》，（北京：中華書局，1996年。）第8冊，265卷，頁2947。

中灑落珠玉的話，所表現的力度較強，可以想像箜篌樂音的清脆有如珍珠玉石之拍碎。

嗣後，繼而描繪演奏的情態，以「左手低，右手舉。」呈現彈箜篌時手勢高低且兩手交錯的不同形態，以視覺、聽覺交互的移轉，突顯樂音上幻化的效果，創造音樂熱烈的歡騰景象。因此「大弦似秋雁，聯聯度隴頭；小弦似春燕，喃喃向人語。」藉由聽覺的效果轉移到視覺上的想像，此即是聽聲類形所達到的效應。因為弦的長短會造成彈奏時長弦震動緩，則音色會較沉，相對小弦則調得緊，震動頻率快，音色較亮，聲音抽象，卻以大小弦的視覺觀感呈現聽覺的基本概念。

第三，強調技藝與音樂之美。

以「李供奉，儀容質，身材稍稍六尺一。」塑造出儀態容貌的特質，訴諸美好的視覺印象。「指撥蔥，腕削玉。」描繪彈奏時輕巧手勢，這種形容大部分是指女子十個手指有如撥開春蔥後的雪白手腕，但這不是女子所專屬的，其實諸多彈琴者手腕都具備纖長細緻的特色。「手頭疾，腕頭軟。」強調手指的快速與手腕的柔軟，可稱譽彈箜篌者善於運用手指的彈撥技巧來傳達音色，有聲有色的傳遞下，蘊蓄出「曲中有情，情中有曲」之融合之勢。「往往從空入戶來，嫛嫛隨風落春草。」描繪出樂曲終結有如風劈草落截斷的氣勢或者是快速的嘎然而止，聲繁激越，熱情奔放，起伏波瀾，表現清亮剛健、活潑明快的強烈高亢樂音。曲終之後，彈者的氣定神閒，聽者陶醉於箜篌樂的境界之中，整篇刻劃演奏者之神態與聆聽者的感受互相交會，相當生動精鍊。最後，以此句「除卻天上化下來，若向人間實難得。」作為對箜篌樂最重要的評價，認為「此樂只應天上有」，將此推至「天

樂」的境界，可見上達帝王權貴，下至平民百姓，對李憑彈箜篌的本事，認為是超絕於世，揭示對箜篌音樂藝術的喜愛與推崇。

　　基於上述，可見顧況對李憑音樂之美的具體描述，有「聲清冷冷嗚索索」、「垂珠碎玉空中落」般聲化文字，對音樂節奏與旋律，在始奏與終奏之間變化，較有專業角度，不只是比喻而已。在感覺的轉換上，認為可以相通，大都是音樂上的模仿與塑造了自然界的聲音、景象所造成的效果，抑或音樂上高低起伏的旋律產生的現象。

　　李賀（西元 791 年～817 年）以〈李憑彈箜篌引〉對李憑贊美，強調如似亂石崩雲的音樂力量，造就相當強大的心靈震憾：

> 吳絲蜀桐張高秋，空山凝雲頹不流。
> 江娥啼竹素女怨，李憑中國彈箜篌。
> 崑山玉碎鳳皇叫，芙蓉泣露香蘭笑。
> 十二門前融冷光，二十三絲動紫皇。
> 女媧鍊石補天處，石破天驚逗秋雨。
> 夢入坤山教神嫗，老魚跳波瘦蛟舞。
> 吳質不眠倚桂樹，露腳斜飛溼寒兔。[27]

整首詩作全是以聽覺寫聲音，更加入各種知覺及想像，像是「昆山玉碎鳳凰叫，芙蓉泣露香蘭笑。」前句「以聲喻聲」，描繪清脆及嘹亮的樂聲，後句則「以形喻聲」，分別抒寫曲調的悲傷與歡悅。而「女媧鍊石補天地，石破天逗秋雨」更進一步以境喻聲，樂音讓女媧忘了以石補天，箜篌聲震破天際，秋雨也淅瀝灑降到人間，在在均傳達李憑演奏的神妙境界。這些都是以不同音響來比擬箜篌樂聲，訴諸於人

---

[27]　（清）康熙御編：《全唐詩》，（北京：中華書局，1996 年。）第 12 冊，390 卷，頁 4392。

的聽覺角度，強調樂音抑揚頓挫的變化。誠如清・方扶南對李賀（李長吉）所寫〈李憑彈箜篌引〉的評價：「李長吉「李憑箜篌」，李足以泣鬼。」[28]不僅褒揚李憑精湛獨特的演奏技藝，也稱譽李賀迥然於他人之細膩絕異的詩歌功力。

　　隨著時空的改變，音樂是不可能留存在現場，或曾聆聽過的經驗，將零星記憶描繪，對箜篌樂明顯詮釋出來，可見，李賀以敏銳聽覺能力，賦予靜態事物豐富的聲音，去描摹李憑音樂能力，應該是一種幻想虛境的寫法，以神話角度去描繪這種神奇的音樂境界。故而一開始，以「李憑中國彈箜篌」道出現實角度，後以神話題材出現，則將箜篌樂聲超脫於幻想之中。

　　以外在相關物件或物象來作為擬聲手法，造就鏗鏘清脆的音色效果，張祜〈楚州韋中丞箜篌〉詩，有相同的描繪：

> 千重鉤鎖撼金鈴，萬顆真珠瀉玉瓶。
> 恰值滿堂人欲醉，甲光纏觸一時醒。[29]

　　前兩句即是以物件彼此敲擊的聲音來描寫箜篌樂聲，數以萬計的真珠，一股腦地傾瀉在玉瓶之中，形成一種清脆之感，將「鏗鏘」、「清脆」兩種音響組合起來，形成堅實有力與變化多端的樂音，有輕巧、有嘹亮，表現溫柔強烈的不同情感。這種箜篌樂音表演，來自家蓄妓樂，表現出歌舞昇平的畫面，建立出有別於原始意義的生活形態，不再拘圍於古老模式的規範。

28　（清）方扶南《李長吉詩集批注》云：「白香山「江上琵琶」，韓退之「穎師琴」，李長吉「李凭箜篌」。韓足以驚天，李足以泣鬼，白足以移人。」參見《李賀詩注》，（台北：世界書局，民 80 年。）卷一，頁 6。

29　（清）康熙御編：《全唐詩》，（北京：中華書局，1996 年。）第 15 冊，511 卷，頁 5844。

　　箜篌樂聲的輕細美妙是獨特難得的，對於箜篌樂音的聽覺描寫，有的純粹以聽覺感官去呈現箜篌樂的精湛，有時會以不同感覺的移就方式，由美好的「視覺」印象，轉而由箜篌樂本身的「聽覺」效果去呈現，不僅有美好的畫面，亦產生有獨特的音色。

二、滑音柔指之悠揚空靈聲

　　詩歌以「言盡意無窮」的方法表達境界，音樂意境的傳達，不在於單音純調的清晰手法，而在於餘韻猶存的領略，所以詩中的箜篌樂音，如似天籟一般，這是一種柔化樂音內涵的寫意手法，臻為最高境界，因此這種樂音往往令人沉思吟詠，幽遠綿長，卻也饒富韻味。

　　如楊巨源兩首〈聽李憑彈箜篌〉所述，詩云：

> 聽奏繁弦玉殿清，風傳曲度禁林明。
> 君王聽樂梨園煖，翻到雲門第幾聲。之一
> 花咽嬌鶯玉漱泉，名高半在御筵前。
> 漢王欲助人間樂，從遣新聲墜九天。之二[30]

此詩有明顯視覺與聽覺意象呈現，如「繁弦玉殿清」、「禁林明」、「梨園煖」、「翻到」、「花咽嬌鶯」、「墜九天」。更以描述性語言陳述箜篌樂音高低，以境界取勝。「翻到雲門第幾聲」可以體會出高音之所在，所流露高音致使詩歌具備悠遠綿長之氣勢。「餘音繞樑，三日不絕。」的悠揚曲韻，代表著箜篌樂迂迴而上所產生的深長悠遠，這只是憑藉詩人豐富意念下，以想像力所營造的氛圍。「墜九天」刻畫出低音效果，忽高乍低表現出箜篌樂音音域之寬廣，似有天籟一般

---

[30]　（清）康熙御編：《全唐詩》，（北京：中華書局，1996 年。）第 10 冊，333卷，頁 3738。

的美妙，有一種空靈輕妙的悠遠之音。飄揚而上的箜篌樂，又流墜人間依舊縈盪，無非是把箜篌樂提昇到高超空靈的無上境界，希望派遣九重天樂的新聲降臨人間，愉悅人心。

　　箜篌之於李憑，是彈箜篌的精英代表，可以呈現三點意義：

　　第一、身為「供奉」之職，表示是經由長期淬礪所達到自我高超　　　獨絕的技藝。

　　第二、柔和悠遠的聲音，深化內心，容易引起迴盪，可見李憑是　　　以箜篌樂音，記載著不可一世的榮耀。

　　第三、反映出彈奏的經驗豐富，散發渾然天成的情韻，其藝術氣　　　息自然流露。

三、慢弄輕捻之感嘆悲怨聲

　　音樂對情緒的影響，自古皆然。深刻細膩的音樂性，代表詩人鮮明的情緒變化，有深沉含蓄、哀怨纏綿的各有不同呈現。如盧仝〈樓上女兒曲〉詩云：

> 誰家女兒樓上頭，指揮婢子掛簾鉤。
> 林花撩亂心之愁，卷卻羅袖彈箜篌。
> 箜篌歷亂五六弦，羅袖掩面啼向天。
> 相思弦斷情不斷，落花紛紛心欲穿。
> 心欲穿，憑欄干。相憶柳條綠，相思錦帳寒。……[31]

---

[31]　盧仝〈樓上女兒曲〉：「誰家女兒樓上頭，指揮婢子掛簾鉤。林花撩亂心之　　愁，卷卻羅袖彈箜篌。箜篌歷亂五六弦，羅袖掩面啼向天。相思弦斷情不斷，　　落花紛紛心欲穿。心欲穿，憑欄干。相憶柳條綠，相思錦帳寒。直緣感君恩　　愛一迴顧，使我雙淚長珊珊。我有嬌靨待君笑，我有嬌娥待君掃。鶯花爛熳　　君不來，及至君來花已老。心腸寸斷誰得知，玉階羃羃生青草。」收錄於（清）

此詩也是以多種感覺印象互相轉化，以加強詩人內在情意表達。首句
先以視覺的感官去作呈現，再轉入聽覺感官的部分，以外在的景象來
比喻聲音，因此「卷卻羅袖彈箜篌」的樂音，應該都是表現一種悲嘆
之聲、哀淒之音、悲切之情，連帶觸動視覺與聽覺的二種感知能力。
所以多種感官的感受，是有助於作者內在情感的表露。以「箜篌歷亂
五六弦」點出徐疾不一的拍子，由於心思煩亂，節奏上造成忽而慢板，
忽而快板，以凌亂無章的節拍去突顯高悲低怨的複雜情緒，可見所彈
的曲調是苦悶、心酸的，道出「相思弦斷情不斷」難以排遣情緒，藉
此展現出無法訴說的情感。

四、高調輕撥之低吟呢喃聲

　　箜篌樂的特色是弦弦清朗，音音分明，絲絲入扣，能傳達清脆悅
耳的音色。因此箜篌弦之撥弄，可以配合節奏音律，把箜篌聲高急輕
慢的變化，融染於手指間流瀉而出，有如飛雪一般飄落自在，亦可以
展現柳絮翩然飄飛的輕細，尤其是在弦間慢慢滑落而出，流暢迴盪的
自然旋律，韻味深長，這種細膩低吟的呈現，反映出內在深層的情感，
如張祜〈箜篌〉：

　　　　星漢夜牢牢，深簾調更高。亂流公莫度，沉海嫗空嗥。

　　　　向月輕輪甲，迎風重紉條。不堪聞別引，滄海恨波濤。[32]

引詩的描述是在佈滿星辰的夜晚，幽深的簾幕之內傳頌著箜篌曲調，
在兩手交替彈奏下曲調越來越高揚。曲調之中些許透顯出「公莫渡

　　康熙御編：《全唐詩》，（北京：中華書局，1996 年。）第 10 冊，333 卷，
　　頁 3738。

[32]　（清）康熙御編：《全唐詩》，（北京：中華書局，1996 年。）第 15 冊，510
　　卷，頁 5813。

河，公竟渡河」的悲哀成分，仰望明月，迎拂清風吹來並輕輕撥彈細細的絲弦，娓娓道出不忍聽到別離的曲調，隱約流露內心不捨的低呢輕喃之聲，似乎在內心產生滄海遺恨的激盪。可見，彈奏箜篌引的原始意義，不去強調彈奏技巧卻隱約流露出內在低吟聲音。

聆聽者以主觀的角度作出不同的聽覺感受，將神情意態、彈奏的模式以及常用的擬音材料，再作整體的歸納方式。茲歸納其彈奏的情形與音色材料的運用，如表列所示：

表一　唐代箜篌樂詩聽覺呈現歸納表：

神情 意態	斜抱箜篌未成曲
	卷卻羅袖彈箜篌
	能彈箜篌弄纖指
	清弦脆管纖纖手
彈奏方式 （技巧運用）	腕頭花落舞衣裂，手下鳥驚飛撥刺。
	起坐可憐能抱撮，大指調弦中指撥。
	左手低，右手舉，易調移音天賜與。
	手頭疾，腕頭軟，來來去去如風卷。
	扼臂交光紅玉軟，起來重擬理箜篌。
【擬音材料】 一、物件	「千重鉤鎖」憾「金鈴」，萬顆「真珠」瀉「玉瓶」。
	昆山玉碎鳳凰叫，芙蓉泣露香蘭笑。
	一弦一弦如「憾鈴」
	「垂珠碎玉」空中落
二、現象	入深似太清仙鶴游秘館
	女媧煉石補天處，石破天驚逗秋雨。
	夢入神山教神嫗，老魚跳波瘦蛟舞。
	吳質不眠倚桂樹，露腳斜飛濕寒兔。
三、疊字	一聲一聲鳴「錫錫」，聲清「泠泠」鳴「索索」。
	大弦似秋雁，聯聯度隴頭。
	小弦似春燕，喃喃向人語。
	初調「鏘鏘」似鴛鴦水上弄新聲
	「瞥瞥」隨風落春草

綜合表列內容，對於箜篌樂彈弦奏曲的聽覺呈現，大致有三個重點：

（一）對於箜篌樂的絕調妙曲，大都以「前急後緩」、「先高後
低」去表現，也就是說，速度分配上在於前急後緩，音階
上在於先高後低，是音樂樂章的最佳佈局。

（二）彈奏之勢、曼妙之姿，透過「調弦指撥」、「易調移音」、
快慢行進之間，表現出箜篌「靜中有動」的內在節奏。

（三）箜篌樂之聽覺呈現，是「音絕意存」之一種餘音繞樑不已
之意，這是彈奏者所想要達到音樂美之境界，聆聽出音樂
的審美感受。

第四節　箜篌樂詩的美感呈現

詩人可以用文字來表現內在情緒，透過樂調的呈現，也能感受音
樂的歡喜悲傷，因此經由箜篌樂的聆聽與知覺上的感受，以考察出唐
代箜篌樂詩的表現，茲可分為以下幾種的意涵：

一、沉隱痛切是箜篌引之內涵

由於「箜篌引」是來自古樂府，霍里子高妻麗玉援箜篌而譜作〈公
無渡河〉的曲子，因此這首曲調基本內涵是傳達內心的哀嘆。爾後這
一類「箜篌引」之樂府舊題，所表達的內容多屬感傷之意，直至唐所
引用的舊題，其基本精神還是相通、有一致性的。李咸用（生半不詳）
〈公無渡河〉詩有相關的描述，詩云：

有叟有叟何清狂，行搔短髮提壺漿。

亂流直涉神洋洋，妻止不聽追沉湘。

> 偕老不偕死，箜篌遺淒涼。
>
> 刳松輕穩琅玕長，連呼急榜庸何妨？
>
> 見溺不援能語狼，忍聽麗玉傳悲傷。[33]

詩歌內容亦涵蓋樂府詩題的背景，「偕老不偕死」道盡感傷，只能藉由箜篌之曲調，透顯強烈淒清悲涼的遺憾。

除此，陳標之〈公無渡河〉詩，但角色人物有所轉換，詩云：

> 陰雲颯颯浪花愁，半度驚湍半挂舟。
>
> 聲盡雲天君不住，命懸魚鱉妾同休。
>
> 黛娥芳臉垂珠淚，羅襪香裾赴碧流。
>
> 餘魄豈能銜木石，獨將遺恨付箜篌。[34]

從內容來看，這是一首殉情詩歌，背景依然是河流岸邊，由於無法喚回郎君之心，珠淚雙垂、心力交瘁之下，赴就流域之中，逐漸隱沒身影，最後則藉箜篌所傳達出來的哀感之音，將自己的遺恨一一吐露出來。再如李白（701 年～762 年）〈公無渡河〉：

> 黃河西來決崑崙，咆哮萬里觸龍門。
>
> 波滔天，堯咨嗟。大禹理百川，兒啼不窺家。
>
> 殺湍湮洪水，九州始蠶麻。其害乃去，茫然風沙。
>
> 被髮之叟狂而癡，清晨臨流欲奚為。
>
> 旁人不惜妻止之，公無渡河苦渡之。
>
> 虎可搏，河難憑。

---

[33]　（清）康熙御編：《全唐詩》，（北京：中華書局，1996 年。）第 19 冊，644 卷，頁 7379。

[34]　參前註，第 15 冊，508 卷，頁 5769。

公果溺死流海湄，有長鯨白齒若雪山。

公乎公乎挂骨於其間，箜篌所悲竟不還。[35]

此詩敘述滔滔黃河水流，不段奔騰、咆哮而且衝擊著崑崙山的高峰，似乎有意營造壯麗的山河，事實上也反映出黃河的驚險，藉此將「公無渡河，公竟渡河」的悲哀，表露無遺，一句「虎可搏，河難憑。」道出水流之無情，李白借用〈公無渡河〉的主題寫下悲歌，是有其象徵意義，詩中塑造白髮狂夫亂流的自我形象，具有深沉悲壯且撼動人心的情感。

二、悲苦情傷是箜篌樂之曲調

音樂能感動人心，歡喜悲傷各有流露，箜篌樂亦然。箜篌樂的繁弦曼聲，可以傳情達意，宴席之中經常道出酒與箜篌之相合，悠然而意得，也是樂事一件，然在唐代箜篌樂詩的描述上，悲多於喜卻是不爭的事實。

如同顧況(727 年～815 年)〈王郎中妓席五詠—箜篌〉的刻劃，詩云：

玉作搔頭金步搖，高張苦調響連宵。

欲知寫盡相思夢，度水尋雲不用橋。[36]

彈奏箜篌樂的感受，以「苦」、「相思」為主，這些具有愁緒的成分，表現出來的樂音是一股低調氣息，對內心有相當的衝擊，因此想要藉

---

[35] （清）康熙御編：《全唐詩》，（北京：中華書局，1996 年。）第 5 冊，162 卷，頁 1680。

[36] （清）康熙御編：《全唐詩》，（北京：中華書局，1996 年。）第 8 冊，267 卷，頁 2968。

由彈箜篌來排遣相思、遙寄相思，此訴求明顯反映在箜篌樂中。王昌
齡（698 年～約 756 年）〈箜篌引〉，點出箜篌「苦幽」之情弟的描述：

> ……有一遷客登高樓，不言不寐彈 箜 篌。……
> 九族分離作楚囚，深谿寂寞弦苦幽。……[37]

此首詩歌以楚囚喻遷客，遷客登高以望遠，欲訴情懷，卻以「不言不
寐」的態度，獨自彈著箜篌，來表明內心的感慨，其實「不言不寐」
表達的是「難言難寐」的無奈，猶如楚囚拘禁的「苦幽」情感，難以
傾吐出內心的苦悶。

　　上述以彈箜篌作為吐露心聲的描繪，其實把箜篌聲的曲調予以人
情化，猶如離別時欲語凝噎的難過，「苦調」、「苦幽」都點出樂調
悲苦的成分。全詩以聽覺作描寫，以悲怨為調性，藉箜篌樂來傳達心
聲，抒發感時傷別之情，透過撥彈，曲曲都是悲怨的迴響。

---

[37] 參註36，王昌齡〈箜篌引〉：「盧谿郡南夜泊舟，夜聞兩岸羌戎謳。其時月黑
猿啾啾，微雨霑衣令人愁。有一遷客登高樓，不言不寐彈箜篌。彈作薊門葉
葉秋，風沙颯颯青冢頭。將軍鐵驄汗血流，深入匈奴戰未休。黃旗一點兵馬
收，亂殺胡人積如丘。瘴病驅來配邊州，仍披漢北羔羊裘。顏色飢枯掩面羞，
眼眶淚滴深兩眸。思還本鄉食犛牛，欲語不得指咽喉。或有強壯能咿嚘，意
說被他邊將讎。五世屬蕃漢主留，碧毛氈帳河曲游。橐駝五萬部落稠，敕賜
飛鳳金兜鍪。為君百戰如過籌，靜掃陰山無鳥投。家藏鐵券特承優，黃金千
斤不稱求。九族分離作楚囚，深谿寂寞弦苦幽。草木悲感聲颼颼，僕本東山
為國憂。明光殿前論九疇，簏讀兵書盡冥搜。為君掌上施權謀，洞曉山川無
與儔。紫宸詔發遠懷柔，搖筆飛霜如奪鉤。鬼神不得知其由，憐愛蒼生比蚍
蜉。朔河屯兵須漸抽，盡遣將來拜御溝。便令海內休戈矛，何用班超定遠侯，
史臣書之得已不。」第 4 冊，141 卷，頁 1436。

三、心指相合是箜篌樂之共鳴

　　箜篌的彈奏，是以手指的撥弄所發出清脆的聲響，聲音之所以為聲音，也只是有大小、高低、清濁等之分別。而音樂之所以成為音樂，卻是節奏與音調上的配合。對於任何一種音樂，會產生出諸多的感觸或共鳴，其實這是個人情感融入於特定物之中的呈現，認為這特定物之中也有如人一般的情緒與感受。誠如朱光潛《談美》一書所提到的觀點：

> 樂調祇能有物理而不能有人情。我們何以覺得這本來只有物理的東西居然有人情呢？這也是由於移情作用。……聽一曲高而緩的調子，心力也隨之作一種高而緩的活動；聽一曲低而急的調子，心力也隨之作一種低而急的活動。這種高而緩或是低而急的心力活動，常蔓延、浸潤到全部心境，使它變成和高而緩或是低而急的活動相同調，於是聽者心中遂感覺一種歡欣鼓舞或是抑鬱悽惻的情調。這種情調本來屬於聽者在聚精會神之中，他把這種情調外射出去，於是音樂也就有快樂和悲傷的分別了。[38]

把胸中飽含的某種情感，投射於自己所欲描寫的事物之中，是一種情與景物融合，由於將己身情感滲透其中，致生出不同的情緒，就是一種「移情作用」的描寫手法。如張說〈贈崔二安平公樂世詞〉詩：

> ……地濕海苔生舞袖，江聲怨嘆入箜篌。
> 自憐京兆雙眉嫵，會待南來五馬留。[39]

---

[38] 朱光潛：《談美》，（台北：康橋出版社，民 75 年 3 月初版。）頁 27、28。
[39] 張說〈贈崔二安平公樂世詞〉：「十五紅妝待綺樓，朝承握槊夜藏鉤。君臣一意金門寵，兄弟雙飛玉殿遊。寧知宿昔恩華樂，變作瀟湘離別愁。地濕海

詩人將自己主觀的情緒，移入箜篌樂器之中，藉此表現樂音的悲傷情調，江聲不會怨嘆，只是加入人的情感所致，嗣後，再將此怨嘆轉入箜篌樂聲之中，詩人把離別的哀思帶進箜篌予以傳達出來，則是運用了移情的方式，將自己的情感融入箜篌樂之中，表現出無限的愁思，並投以萬般的憤恨感慨。

四、穿透激越是箜篌樂之威力

　　歌聲與樂聲曲調的結合，所發揮出來的力量是無遠弗藉，穿透性極為強大，誠如楊衒之《洛陽伽藍記》所記載：

> 美人徐月華善箜篌，能為明妃出塞之曲歌，聞者莫不動容。永安中，與衛將軍原士康為側室，宅近青陽門，徐鼓箜篌而歌，哀聲入雲，行路聽者俄而成市。[40]

美人徐月華鼓箜篌而歌，哀聲穿入雲霄，縈迴不散，令聆聽者為之聚集，久久不去，這就是「歌樂相和」強大的穿透力，直刺人心，可見音樂對人的感染力，所言不虛。

　　再者，音樂本身「強調深度性，其音樂的力度因為來自其深度，故中國音樂的魅力在於它只給你深心的陶醉，而很少會給你付諸形體動作的衝動。這則是『穿透』，或者說是：『超越』感官（聽覺感官）而直接作用於你的心靈，而且是心靈的最底層、最深處，故它的美感

苔生舞袖，江聲怨嘆入箜篌。自憐京兆雙眉嫵，會待南來五馬留。」（清）康熙御編：《全唐詩》，（北京：中華書局，1996 年。）第 3 冊，86 卷，頁941。

[40]　（魏）楊衒之：《洛陽伽藍記》，（台北：臺灣商務印書館，民 70 年 2 月初版。）卷三，頁 32。

狀態完全是內在的陶醉。」[41]獨立性極強的箜篌樂亦具特殊音質，容易引人進入意境之中，讓人慢慢去欣賞、品味、領悟。與《列子》所云：「瓠巴鼓琴，而鳥舞魚躍。」[42]之相同體會。相關例子如李賀〈李憑彈箜篌引〉：

> ……十二門前融冷光，二十三弦動紫皇。
> 女媧煉石補天處，石破天驚逗秋雨。
> 夢入坤山教神嫗，老魚跳波瘦蛟舞。
> 吳質不眠倚桂樹，露腳斜飛溼寒兔。[43]

「融冷光」即是箜篌樂所發揮的感染作用，嗣後，將其轉入了神話的境界，這種想像大膽超奇，出人意表，營造一個遼闊深廣、神奇瑰麗的審美境界。美妙的樂音又傳至坤山，就連善彈箜篌的「神嫗」[44]贊嘆不已，原本軟弱乏力的老魚和清瘦蛟龍，竟也隨著音樂在波浪中翩翩起舞，想像奇特，後兩句則寫到成天砍伐桂樹而勞累不堪的吳剛，倚靠著桂樹凝聽此樂音，竟忘記睡眠，蹲在一旁的玉兔，任憑深夜的露水浸濕皮毛，不肯離去，以突顯感染的效果。

　　這種從手指間流瀉出來的萬般情感，具有強大力量，能夠騰躍天際，飄飛進入天界，使神話人物凝聽出神而怠惰其職，具有振作疲累之態的神力，這股神力，似乎就是來自箜篌樂這種穿透性的聲波。

---

[41] 劉承華：《中國音樂的人文闡釋》，（上海：上海音樂出版社 2002 年 10 月。）頁 88。

[42] （戰國・周）列禦：《列子・湯問》，收錄於《四部備要》，據守山閣本校刊，（台北：臺灣中華書局，民 70 年 6 月豪華一版。）頁 14。

[43] （清）康熙御編：《全唐詩》，（北京：中華書局，1996 年。）第 12 冊，390 卷，頁 4392。

[44] （晉）干寶《搜神記》：「晉永嘉中，有神見兗州，自稱樊道基。有嫗，號成夫人，夫人好音樂，能箜篌，聞人弦歌，輒便起舞。」（北京：中華書局，1991 年。）卷四，頁 29。

基於上述，對於箜篌樂詩美感的呈現，大致有四個重點：

（一）「箜篌引」符合原始意義，意象呈現如波浪滔天，茫然風
　　　沙前景，外在癡狂、淒厲，傾吐內在悲嘆與遺恨，彰顯生
　　　命流逝的無奈。

（二）以箜篌樂吐露心聲，心態上是愉悅、自在的，但只是解消
　　　眼前立場的憂慮，這種投射是藉由感動所形成的慰藉，只
　　　能「短暫」解憂，一旦面對現實情境時，悲苦之情再度
　　　出現。

（三）強調技巧的運用，只要輕觸絲弦，就能產生一個實音，更
　　　有一些餘韻的音響效果。若連續彈撥，則有長續聯結的樂
　　　音，自由運用之間，任意變化，造就了音樂的張力、氣韻、
　　　抑揚頓挫的變換。

（四）箜篌音箱大，迴音效果與共鳴度都非常的好，穿透、渲染
　　　的力量強烈。

第五節　小結

　　一般而言，箜篌樂器的聲音較為明朗、清雅、緊實、細膩，所以
其彈奏的曲調，能使詩人們的內心充滿歡樂、心靈自由的美好呈現，
除了表演技藝外，其實也融入詩人自己憤激情感與孤傲的個性，這顯
示本身對個體生命的藝術觀感，其活潑多樣、輕靈美妙，抑或是心醉
神傷、黯然悲嘆，這都是自己生命的匯注、以及真情流露的方式。所
以《藝術原理》就提到：「當情感沒有被表現時，它所能感到的就是
那種沒有希望和沉重的壓迫感。而當情感得到表現時，他感到在這種

方式中沉重的壓迫感消失了，他的心靈多少變得輕鬆和舒坦。」[45]所以情感是表現音樂藝術的重要內容，以樂器作為媒介，就可以體會到樂器彈奏所呈現豐富的音樂性以及音樂中所傳達出的情感，也是詩人精神內涵的基本想法。

　　箜篌樂表現於詩歌中所象徵的意義是苦悶的象徵，以悲苦為主題，以陳述離別、傷情、知音難尋的內容。這樂音的傳達，有詩歌的刻劃與闡發，如此的把音響效果與美感經驗融入詩歌之中，更能揭示內在意涵的表露。儘管在考察唐代箜篌樂詩歌中，普遍出現的是一種哀感之音，代表詩人當時的基本心態。

---

[45]　（英）科林伍德著，王至元・陳華中譯：《藝術原理》，（北京：中國社會科學出版社。1985 年）頁 113。

第四章　琵琶樂詩之藝術內涵

　　琵琶在中國傳統樂器之中，相當具有獨特的音樂性，音色優美柔和，不僅有淳厚紮實的音色，也可傳達出清晰明亮的樂音。其音域十分的寬廣，可以表現輕細和順的抒情曲調，也可以詮釋雄渾昂揚、雄壯威武的熱烈曲調。漢、晉時期，從西域進入中原，隨著時代不斷的變遷交流之後而產生許多的變化，其形制、姿勢、指法都有明顯的不同。基於此，逐步對此作一探討。唐詩中有關琵琶樂詩共摘錄九十二首，藉此考察琵琶的產生背景與發展的狀況，更進一步了解它是如何躍上了唐代的樂壇，成為當時的主流趨勢。

第一節　琵琶的命名與形制

　　關於琵琶命名，最早是根據東漢・應劭《風俗通義》說法：

> 僅按，近世樂家所作不知誰也。以手批把，因以為名。長三尺五寸，法天地人與五行，四絃象四時。[1]

上述記載，可以得知琵琶是以演奏手法來命名的樂器，並說明琵琶命名的起源。而後，東漢・劉熙《釋名》也說：

> 批把，本出於胡中，馬上所鼓也，推手前曰批，引手卻曰把，象其鼓時，因以為名也。[2]

---

[1]　（漢）應劭：《風俗通義》，（台北：台灣中華書局，民76年4月豪華一版。）收錄於《四部備要》，聲音第六，頁6。

[2]　（漢）劉熙：《釋名・釋樂器》（二），（北京：中華書局，1985年北京新一版。）第七卷，第二十二，頁107。

劉熙不僅說明具體的演奏方法，並說明出處。其實琵琶在應劭與劉熙之前就已經流行於胡人所聚集的區域，兩人所指的是不同的樂器。劉熙所指的是出自胡人部落，而且是習慣於馬上演奏的樂器。所謂「胡」，漢代係指北狄而言，以後遷移西方。南北朝、隋、唐時期，係指新疆一帶，狹義之西域而言。所以，認為「琵琶是源自於胡中，是從外國民族文化的傳入，這說明琵琶是源自胡地，這也是長期以來所流傳的說法。可見，琵琶從漢朝即傳入中國，至南北朝時均視為俗樂，與天竺伎相同，為使十部伎完備而編入，所以琵琶是胡樂器。」[3]然而「琵琶最早的命名是因為彈奏手法所致，命之為『批把』，之後改為『枇杷』，最後定名為『琵琶』。」[4]這代表著外來樂器的傳入中原多少是有受到漢化的影響，衍化成適合表現漢族華音的特質，而流行於中原各地。晉‧傅玄《琵琶賦‧序》云：

> 漢遣烏孫公主嫁昆彌，念其行到思慕，故工人知音者裁箏、筑、箜篌之屬，作馬上之樂，欲從方俗語，謂之琵琶，取其易傳於外國也。……杜摯以為，嬴秦之末，蓋苦長城之役，百姓弦鼗而鼓之。[5]

3　韓淑德、張之年著《中國琵琶史稿》：「我國古代的史學家，很早就把除漢族以外的我國北部、西部部分少數民族稱為胡。歷史上，戰國後期，就開始稱匈奴族為胡。」（台北：丹青圖書公司，民 76 年）頁 14。司馬遷《史記‧匈奴列傳》對匈奴已直稱胡，班固《漢書‧西域傳》也是把匈奴直接稱之胡。（北京：中華書局，1973 年。）頁 13。《史記‧匈奴列傳》與班固《漢書‧西域傳》皆有此敘述：「於是秦有隴西，北地上郡築長城以拒胡，而趙武靈王亦變俗，胡服騎射，北破林胡樓煩築長城……燕有賢將秦開為質於胡，胡甚信之歸而襲破走東胡，東胡郤千餘里……」頁 1179。《唐代音樂史的研究》，頁 527。

4　齊柏平：〈唐詩樂器管窺〉：「琵琶，樂器，又當作「枇杷」。從「 」旁至「木」旁再到玉頭的琵琶。定名為琵琶乃是受古琴的影響。」收錄於《黃鐘》，（湖北：武漢音樂學院學報，1994 年第 3 期。）頁 67；或中國期刊網：www.cnki.net）。

5　（晉）傅玄：〈琵琶賦‧有序〉，收錄（清）陳元龍輯：《歷代賦彙》，（北京：圖書出版社，1999 年 11 月。）卷九十四，頁 297。

根據傅玄說法，是以歷史淵源的角度，去確立名稱，流遷的方向是由中原出至外域，是烏孫公主出嫁所產生的模式。這種形制產生的相關說法，如《舊唐書‧音樂志》所言：

> 琵琶，四弦，漢樂也。初秦長城之役，有弦鼗而鼓之者。及漢武帝嫁宗女於烏孫，乃裁箏、筑為馬上樂，以慰其鄉國之思。推而遠之曰琵，引而近之曰琶，言其便於事。[6]

這兩則資料都強調秦（西元前 214 年）築長城之時，百姓將鼗鼓的兩根弦拉直，固定於底端，以鼓身作音箱，用來演奏，叫做弦鼗，主要用以安慰去國離鄉之思念。

　　以現有資料來看，琵琶應該在漢代之前就已傳入中原，發展於東漢時期，逐漸衍化具漢樂的風格之後，納入漢族華風的音樂系統，被認定為漢樂，又稱「秦琵琶」或「秦漢子」。杜佑《通典》說：

> 今清樂秦琵琶，俗謂之秦漢子，圓體修頸而小，疑是弦鼗之遺制。[7]

另外，唐‧虞世南〈琵琶賦〉也說：

> 乃弦鼗之遺事，強秦創其濫觴，盛漢盡其深致。[8]

一致認為琵琶的形狀，與弦鼗是有關聯，是琵琶的雛形，起源於秦朝，由此作為開端，而在漢代時期發展並興盛的。

[6]　（後晉）‧劉昫修撰：《舊唐書‧音樂志》，（北京：中華書局，1973 年。）卷二九，志第九，音樂二，頁 1076

[7]　（唐）杜佑：《通典》，（北京：中華書局，1975 年。）卷一四四，樂四，頁 753。

[8]　（唐）虞世南：〈琵琶賦〉，收錄（清）陳元龍輯：《歷代賦彙》，（北京：圖書出版社，1999 年 11 月。）卷九十四，頁 300。

總結前面所作的敘述，初步了解唐之前琵琶形制是：「長有三尺五寸，共有四條弦緊繫琴身。」唐時定形為「圓體直頸，較為小型。」此外，傅玄〈琵琶賦・序〉也證明關於琵琶形制的概念與說法：

> ……觀其器，中虛外實，天地象也。盤圓柄直，陰陽敘也。柱有十二，配律呂也，四弦法四時也。[9]

描繪具體形狀是以木質為主，圓盤直項，有十二柱，受當時的環境影響，把陰陽五行的原理，套上這個理論，以符合漢族的概念。

直項琵琶在晉代，還進行過一次重大的改革，將原來的小腹，改成大腹，讓音箱增大，共鳴度加強，並且短柄改為長柄，自然聲音清朗宏亮，十二柱也增加為十三柱，增多一柱，使得音域加大，表現力也相應地增強，相傳是魏晉名士阮咸所作的改革。所以《新唐書・元行沖傳》記載：

> 有人破古冢，得銅器似琵琶，身正圓，人莫能辨。行沖曰：「此阮咸所作器也。」命易以木，弦之，其聲亮雅，樂家遂謂之「阮咸」。[10]

引文提到古冢內的銅器相當類似琵琶，琴身為圓形狀，而元行沖認為是阮咸所制作的樂器，其聲響明亮清雅，後來樂家將此樂器稱為「阮咸」。

明・王圻《三才圖會》也認為如此：

> 或謂咸豐肥此器，以移琴聲四弦十三柱。[11]

9　參註8，頁297。

10　（宋）歐陽脩：《新唐書・元行沖傳》，（北京：中華書局，1975年5月。）卷二〇〇，列傳第一百二十五，儒學下，頁5690。

11　（明）王圻：《三才圖會》（三），（台北：成文出版社，民59年臺一版。）器用十二卷，頁1138。

如此可知，「阮咸所彈的琵琶，是直項琵琶的改革與發展，又因為至今還沒有發現比阮咸更早的人演奏這種樂器，因此認為此樂器乃阮咸所造是可信的。」[12]由此看來，「弦鼗」、「直項琵琶」、「阮咸」應該是起源於相同的系統，只是因應時代的需求與發展，而衍化出些許不同的形制，或許是一種同中求異的發展方式。

　　唐‧段安節《樂府雜錄》云：

> 始自烏孫公主，馬上彈之，有直項者、曲項者。曲項，蓋使於急關也。[13]

琵琶有兩種形制，一為直項琵琶，另一為曲項琵琶。直項琵琶即是前面所述的類似鼗鼓的樂器，即是所謂的「秦琵琶」。曲項之所以與直項不同，根據齊柏平說法：「曲項琵琶之所以如此「曲」，也是由於弦粗壯堅韌，力量極大，為了拉緊又不滑鬆就須「彎脖子」來完成這個艱鉅任務而達到目的。所以《琵琶雜錄》中「急關」作「轉軸」講。有了轉軸這個媒介，弦才能緊而不鬆。如此須猛力彈撥的大琵琶，如若暴風驟雨般響起，其力量和技巧應是一般人所望塵莫及的。這泰山壓頂之勢，雷霆萬均之力來表現唐代的欣欣向榮的形勢也恰如其分，同時也滿足大眾「宏心駭耳」的心理。」[14]可見，將弦軸轉緊之音，這是直項、曲項在形制及調音的差異。此外，也揭示曲項琵琶在攜帶上的方便性，說明澎湃響亮的音質，也對應出大唐帝國的盛大氣，以及中原、西域之間往來頻繁的現象。

---

[12]　韓淑德、張之年：《中國琵琶史稿》，（台北：丹青圖書公司，民76年。）頁14。

[13]　（唐）段安節：《樂府雜錄‧琵琶》，收錄於王雲五編《叢書集成簡編》，（台北：臺灣商務印書館，民55年3月台一版。）頁22。

[14]　齊柏平：〈唐詩樂器管窺〉，（湖北：武漢音樂學院學報，1994年第3期。），收錄於《黃鐘》，或中國期刊網：www.cnki.net）頁69。

基於上述，則將琵琶衍化情形，表列如下：

時代	秦	漢	魏晉		唐
名稱	弦鼗	批把	琵琶	阮咸	清琵琶、秦琵琶 直項琵琶
形制	兩弦拉直至底端，有鼓身音箱	三尺五寸 四弦	盤圓 柄直 十二柱 四弦	身圓 腹大 長柄 十三柱 四弦	圓體 修頸 小型
命名		批把→枇杷→琵琶→		／直項琵琶 ＼曲項琵琶	

表欄中值得注意的是曲項琵琶，根據《舊唐書・音樂志》記載：

> 唐樂有大小琵琶之制，今教坊所用乃其用曲項者非直項也。⋯⋯曲項者，亦本出胡中。[15]

唐代對於琵琶的形制只有大琵琶與小琵琶之分，然而教坊中所使用的樂器是「曲項琵琶」，認為是源自胡地，在南北朝時經由絲綢之路傳入了中原後，便深植在唐代社會之中，成為唐代樂部中的首要地位。在克孜爾第二三、三〇號石窟中，描述一個伎樂飛天形象，有四個軸，四根弦，樂伎左手食指按弦，中指微抬，右手撥弦，神情十分投入，這就是曲項琵琶的具體彈奏形象。另外，《隋書・音樂志》說：

> 西涼者，起符氏之末，呂光、沮渠蒙遜等，據有涼州，變龜茲聲為之號秦漢伎。⋯⋯今曲項琵琶、豎箜篌之徒，並出自西域，並非華夏舊器。[16]

---

[15]　（後晉）・劉昫修撰：《舊唐書・音樂志》，（北京：中華書局，1973 年。）卷二九，志第九，音樂二，頁 1076。

[16]　（唐）魏徵、令狐德棻撰：《隋書・音樂志》，（北京：中華書局，1973 年。）卷十五，志第十，音樂下，頁 378。

從呂光、沮渠蒙遜，滅龜茲得其聲，並佔有河西涼州之地，把當地西域的龜茲樂變為秦漢伎，成為西涼伎的前身，可以透露出曲項琵琶應該是這個時期所傳入。加上北周武帝娶突厥女阿史那氏，許多龜茲音樂家如蘇祇婆跟隨而來，由於龜茲樂的主要樂器是琵琶，相當受到歡迎。可見「曲項琵琶」係來自西域，並非華夏本有樂器，是流行於西域的地區。而《隋書・音樂志》所提到天竺樂與琵琶也有密切的關係：

> 天竺者起自張重華據有涼州，重四譯來貢男伎，天竺即其樂焉，天竺中有琵琶。樂器有鳳首箜篌、琵琶、五弦、笛、銅鼓、毛員鼓、都曇鼓等九種為一部，工十二人。[17]

根據引文可以了解這是印度（天竺）音樂傳入中國的情形，因晉朝張重華佔據涼州時傳入，被稱之為天竺伎，天竺樂的樂器中，主奏樂器者則是琵琶，這應該是最早曲項琵琶傳入中原文字記載。

此外，《隋書・音樂志》又提到：

> 龜茲者，起自呂光滅龜茲，因得其聲。……開皇中，其器大盛閭閭。時有曹妙達、王長通、李士衡、郭金樂、安進貴等，皆妙絕弦管，新聲奇變，朝改暮易，持其音技，估衒公王之間，舉時爭相慕尚。……其樂器有豎箜篌、琵琶、五弦、笙、笛、簫、篳篥、毛員鼓、都曇鼓、答臘鼓、腰鼓、羯鼓、雞婁鼓、銅拔、貝等，十五種，為一部，工二十人。[18]

可見「龜茲音樂之傳入，是在呂光滅龜茲之後，才獲得這種音樂。其中包括曲項琵琶的樂器，一般都認為「龜茲樂」流傳到中原以後的時候，曲項琵琶因為是龜茲樂的主要樂器，因此就隨著龜茲樂的傳播，

17　參前註，卷十五，志第十，音樂下，頁378。
18　參註16，卷十五，志第十，音樂下，頁378。

而得以廣泛流傳。再加上龜茲文化，一方面受中原漢族文化的洗禮，一方面又受到波斯、天竺和阿拉伯各國文化的薰染。因而形成了風格殊異、且絢麗多姿的「龜茲樂」，並對後來的隋、唐「燕樂」，產生了深刻的影響。」[19]當西域諸樂東傳之時，西域樂人亦攜帶樂器前來東方演奏樂曲，有許多的演奏家為了受到唐代宮廷所重用，也紛紛來到中原，由於眾人崇尚新奇之故，宮廷中所演奏的樂隊規模龐大而且壯觀，琵琶則順勢成為主奏地位的重要器樂。

上述資料可以發現，所彈奏的樂器當中，除有琵琶之外，另有一項「五弦」之名的樂器，在《舊唐書・音樂志》有此記載：

> 五弦琵琶，稍小，蓋北國所出。[20]

可以表示「琵琶」與「五弦」是兩種截然不同名稱的樂器，形制上頗為類似，較為小型。曲項琵琶是四弦，五弦琵琶則有五弦。應可以作如此說明，琵琶最初形制應有兩種，中原區域發展起來的琵琶叫做「直項琵琶」，由西域傳入的琵琶則謂「曲項琵琶」，唐代的曲項又可分為「四弦琵琶」和「五弦琵琶」，可見，琵琶形制，各時期都有明顯的演變。除形制有明顯演變，琵琶曲調也深受影響。

最關鍵的影響點是在開皇二年（582 年），有位鄭譯對中原所流行「七聲之內，三聲乖應。」不大懂得，後北周・武帝時，龜茲人蘇祗婆擅長彈琵琶，把西域七調的樂理傳入中國，受到啟發而有所明白，進而促進漢族樂調的發展與完善。

所以，《隋書・音樂志》記載：

---

[19] 韓淑德、張之年：《中國琵琶史稿》，（台北：丹青圖書公司，民 76 年。）頁 50。

[20] （後晉）・劉昫修撰：《舊唐書・音樂志》，（北京：中華書局，1973 年。）卷二十一，志第十一，禮樂，頁 471。

> 先是周武帝時，有龜茲人曰蘇祇婆，從突厥皇后入國，善胡琵
> 琶。聽其所奏，一均之中，間有七聲。因而問之，答云：「父
> 在西域，稱為知音，代相傳習，調有七種。」以其七調，勘校
> 七聲，冥若合符。[21]

所謂調式七種即是宮、商、角、徵、羽、變宮、變徵七個音，對唐朝音樂有深遠重大的影響。其使用胡琵琶是龜茲樂的代表樂器，稱之為「龜茲琵琶」，是龜茲人蘇祇婆攜來的龜茲琵琶，據日人岸邊成雄考證乃為「印度的五弦琵琶，與曲項在弦數上略有不同。」[22]可見，南北朝之際，所傳入一種梨形音箱的琵琶，是屬曲項，有四弦、五弦之分，演奏時是橫抱，左手按弦，右手持撥彈弦，隨著中西絲路交通發達，逐漸風行於中原，到了隋、唐時期則達到高峰。

唐·薛收〈琵琶賦〉描述，更證明這種形制已成為唐代社會流行的典型：

> 惟茲器之為宗，總群樂而居妙，應清角之高節，發號鐘之雅調。
> 處躁靜之中權，執疏密之機要。過浮雲而散彩，揚白日以垂耀。
> 爾其狀也：龜腹、鳳頸、熊據、龍旋，戴曲履直，破觚成圓虛
> 心，內受勁質外，宣磅礴象穹崇法，天候八風而運軸。感四氣
> 而鳴弦金華徘徊而月照，玉柱的歷以星懸。[23]

---

21 （唐）魏徵、令狐德棻：《隋書·音樂志》，（北京：中華書局，1973年。），卷十五，志第十，音樂下，頁379。。

22 （日）岸邊成雄著；梁在平·黃志炯譯：《唐代音樂史的研究》（上），（台北：臺灣中華書局，民62年10月初版。）頁6。

23 （唐）薛收：〈琵琶賦〉，收錄（清）陳元龍輯：《歷代賦彙》，（北京：圖書出版社，1999年11月。）卷九十四，頁300。

對於賦之內容道出兩個重點：第一，琵琶為樂器的宗主，因為可以響
應清角高越的節奏，亦傳達幽雅的曲調，善盡各種曲調。第二，唐代
流行曲項琵琶是龜腹、鳳頸、熊據、龍旋造型，是普遍呈現的類型。
善表現磅礴氣勢的曲調，音域運轉於四面八方，也可以傳達春喜秋悲
的感受，亦可抒發星空月下的感懷。

　　琵琶有富麗多彩的形象，有清新細膩、婉　柔情、哀怨動人、不
凡氣魄等不同的角度。因此，琵琶在唐代確實成為主奏的地位，彈奏
與樂音上的不同凡響，恰與大哉盛唐的氣勢，融合為一，因此，逐漸
開展出不可一世的大唐盛世。

第二節　琵琶樂的歷史考察

　　對於琵琶樂的文學描繪，在漢代已有零星的作品，藝術的風格，
不致於有那麼豐富細膩，當時琵琶也只不過是在相和歌裏擔任伴奏的
角色，地位並不顯著，事實上相和歌一開始時，只是一種清唱的單一
表演模式，而後逐漸演變成使用若干樂器來搭配的歌曲形式。因此，
《晉書・樂志》載云：

　　　相和，漢舊歌也，絲竹更相和，執節者歌。[24]

相和歌是一種利用絲竹樂器的伴奏，並擊節成拍的演唱型態。另外，
《樂府詩集》也說：

　　　在「相和大曲」樂隊中，秦琵琶先是像笙、笛、節、琴、瑟、
　　　箏等做為一般性伴奏的樂器。[25]

---

[24]　（唐）房玄齡：《晉書・樂志》，（北京：中華書局，1973 年。）卷二三，
　　　志第一三，樂下，頁 716。

引文提列出經常且普遍會去搭配的絲竹樂器，如笙、笛、琴、琵琶等。可見，漢代之際，相和歌是一種普遍存在民間各地的表演形式。而後在樂隊當中，擅長彈琵琶的人，專以即興創作新曲樂風的實力，開始嶄露頭角，逐漸吸引觀眾的凝神注聽，把整個音樂帶進熱烈、歡樂的場面之中。

　　此外，《宋書・樂志》云：

> 魏晉之世，有孫氏善宏舊曲，宋識善擊節倡和，陳左善清歌，
> 列和善吹笛，郝索善彈箏，朱生善琵琶，尤發新聲。[26]

由上所述，說明各演奏名家，展現自我專精且擅長的樂器—如擊節、唱歌、箏、琵琶、笛等伴奏性的樂器，得見相和歌在魏晉時期，是相當的普遍以及盛行，這些現象，有助於推動琵琶演奏的藝術提昇，相對地奠定琵琶樂曲在民間的地位。

　　隨著政治中心的轉移，相和歌流行到了江南一帶，宣武帝時，江南「吳歌」和荊楚一帶「西曲」與相和歌相糅合，創造了清商，而「清商樂」[27]也是一種由多項樂器組成樂隊的伴奏方式，琵琶便是其中一種重要的演奏樂器。日人岸邊成雄也說：

25　（宋）郭茂倩編：《樂府詩集》〈相和六引〉，（台北：臺灣中華書局，民76
　　年4月豪華一版。）收錄《四部備要》集部，據汲古閣本校刊，卷26，頁2。
26　（梁）沈約：《宋書・樂志》，（北京：中華書局，1973年。）卷一九，志
　　第九，樂一，頁559。
27　《樂府詩集・清商曲辭》：「開皇初，始置七部樂，清商伎其一也。大業中，
　　煬帝乃定，清樂、西涼等為九部，而清樂歌曲，有楊伴舞曲，有明君并契。
　　樂器有鐘磬、琴、瑟、擊琴、琵琶、箜篌、筑、箏、節鼓、笙、笛、簫、篪、
　　塤等十五種為一部。」（台北：臺灣中華書局，民76年4月豪華一版。）收
　　錄《四部備要》集部，據汲古閣本校刊，第44卷，頁2。王運熙《六朝樂府
　　與民歌》：「絲竹是清商曲的主要樂器……其聲調特點是清越哀傷。」（北
　　京：中華書局，1961年）頁10。

以清商三調為中軸，琵琶成為中心的樂器。……其原始雖為胡樂器，然稱之為中國之俗樂器，亦無不當。[28]

琵琶源於胡地，屬胡樂，普及於中原地區，逐漸成為重要演奏樂器。因此，稱之為中原所流行的通俗樂器，應該是可以被接受的觀念，再依據《樂府雜錄》所載：

古曲有陌上桑，范曄、石苞、謝奕，皆善此樂也。[29]

透過琵琶樂曲長時間在中原地區浸息潤合的相融，開始有了自己的獨奏曲—陌上桑，像范曄、石苞、謝奕都是善於此曲的演奏家。李白〈夜別張五〉詩提到「琵琶彈陌桑」，可見陌上桑是當時流行的琵琶樂曲。

關於琵琶的製作情形，晉・孫該〈琵琶賦〉，即有如此的敘述：

惟嘉桐之奇生，於丹澤之北垠，下修條而迴迴，上糺紛而干雲。開黃鐘以挺幹，表素質於蒼春。然後託乎公班，妙意橫施，四分六合，廣袤應規，迴風臨樂，刻飾流離。弦則岱谷檿絲，篚貢天府，伯奇執軛，杞妻抽緒，大不過宮，細不過羽。清朗緊勁，絕而不茹。[30]

引文中可看出制作情形，大致彰顯三個意義：

第一，稟受天地精華的桐木是制作良木。

第二，以山東地區出產的柞蠶絲作弦。

第三，音域由宮聲至羽聲，以四弦來律定五音的音階。

---

[28] （日）岸邊成雄著；梁在平・黃志炯譯：《唐代音樂史的研究》（上），（台北：臺灣中華書局，民 62 年 10 月初版。）頁 3。

[29] （唐）段安節：《樂府雜錄・琵琶》，收錄於王雲五編《叢書集成簡編》，（台北：臺灣商務印書館，民 55 年 3 月台一版。）頁 22。

[30] （晉）傅玄：〈琵琶賦・有序〉，收錄（清）陳元龍輯：《歷代賦彙》，（北京：圖書出版社，1999 年 11 月。）卷九十四，頁 298。

　　而後更對琵琶這項樂器有整體性的詠頌，如晉・孫該〈琵琶賦〉
刻劃琵琶演奏的高超技巧，亦描寫了情韻動人的藝術性，文曰：

> 操暢絡繹，游手風飀。抑揚按捻，柱搦攏藏。爾乃叩少宮，騁光
> 明，發下柱，展上腔。儀祭氏之繁絃，仿莊公之倍簧。於是酒酣
> 日晚，故為秦聲。壯涼慷慨，土風所生。延年度曲，六彈俱成。
> 紃邪存正，疏密有程。離而不散，滿而不盈；沉而不重，浮而不
> 輕。綿駒遺謳，岱宗梁甫，淮南廣陵，郢都激楚。每至曲終，歌
> 闋亂以眾契，上下奔騖，鹿奮猛屬，波騰雨注，飆飛電逝。[31]

引文中把琵琶繁複多變的演奏藝術以及內涵作了深入的描述。大致從
三個方向來說明：

第一，指法的確立，「按」、「捻」皆是左手技巧，加上「操暢
　　　絡繹，游手風飀。」則顯按彈之間搭配無遺。

第二，前奏是先緩後速，中間則為猛屬澎湃，卻在曲終之前煞然
　　　而止，為琵琶曲調在鏗鏘變化所表現的形態。

第三，音質節奏，層次分明，各種曲性風格表現，恰到好處。
　　　再者，傅玄〈琵琶賦〉也有相關的描述，其文曰：

> 素手紛其若飄兮，逸響薄於高梁，弱腕忽以竟騁兮，象驚電之
> 絕光。飛纖指以促柱兮，創發樂以哀傷。時旃搦以劫寒兮，聲
> 檄耀以激揚，起飛龍之祕引，逞奇妙於清商，哀聲內結，沉氣
> 外激，舒誕沉浮，徊翔曲折。[32]

---

[31] 參前註，頁 298。

[32] （晉）傅玄：〈琵琶賦・有序〉，收錄（清）陳元龍輯：《歷代賦彙》，（北
京：圖書出版社，1999 年 11 月。）卷九十四，頁 298。

藉由手勢，技巧搭配，發揮迴旋自如的效果，再度見識到琵琶曲調快速特性。文中「促柱」是更新調弦，強調轉緊琴軫，會使音調升高，用來表現哀傷之音，隨著移動音調，音樂會出現較大的波動。

而後，齊・王融有首〈詠琵琶〉詩，用琵琶樂表達內心的情深意韻：

> 抱月如可明，懷風殊復清。絲中傳意緒，花裡寄春情。
> 掩抑有奇態，淒鏘多好聲。芳袖幸時拂，龍門空自生。[33]

以琵琶樂音貼近於心靈意緒之中，刻畫的內在情意。即所謂「掩抑有奇態，悽鏘多好聲」，以沉重的曲音，表達悽惻的情緒，期待有人疼惜與厚愛。梁・簡文帝（蕭綱）〈誅內人畫眠〉詩，藉琵琶之樂，表達對內人的思念，詩云：

> ……攀鉤落綺障，插淚舉琵琶。[34]……

以琵琶樂音表現委婉情態，以及感傷層面，極盡刻畫追思的內涵。可見，先前琵琶以技巧取勝，發展至此，音樂內涵也不斷提昇。

綜合上述，唐以前琵琶發展確實重視彈撥技巧，後較為傾向音樂曲性的內涵。由於西域音樂家大舉來到長安，如康昆侖、段善本、賀懷智、曹剛等，這些演奏家都以技巧取勝，在演奏手法上去力求精進，因此，唐代再度強調琵琶技巧性。

首先是唐太宗時樂師斐神符以全手彈奏而不用單指撥彈用於五弦琵琶，使手指各顯其能，發揮手指聯用運行，得見對樂器彈奏的改革觀念，這個記載，見於《新唐書・禮樂志》：

---

[33] （齊）王融：〈詠琵琶〉，收錄於逯欽立：《先秦漢魏南北朝詩》，（台北：木鐸出版社，民72年。）〈齊詩〉卷二，頁1402。

[34] 參前註，梁・簡文帝〈誅內人畫眠〉：「北窗聊就枕，南簷日未斜。攀鉤落綺障，插淚舉琵琶。箆文生玉腕，香汗浸紅紗。夫婿恆相伴，莫誤是倡家。」〈梁詩〉卷二十一，頁1941。

> 五弦，如琵琶而小，北國所出。舊以木撥彈，樂工斐神符初以
> 手彈，太宗悅甚，後人習之為搊琵琶。[35]

唐・崔令欽《教坊記》也有關於琵琶說法：

> 平人女以容色選入內者，教習琵琶、三弦、箜篌、箏等者，為
> 「搊彈家」。[36]

這種以全手彈奏方式叫做「搊琵琶」。這種彈法，豐富多樣，用手彈時可以產生許多變化，深得唐太宗喜愛，後人也紛相學習，似乎在彈奏的效果上重新佔上風。此以全手彈雖蔚為風潮，然是否能夠順應在琵琶（四弦）的彈奏上，就難以定論，唯一可以肯定當時四弦琵琶是以「撥」彈奏方式，造就流行的風格。

如段安節《樂府雜錄》所載：

> 貞元中有王芬、曹保，保其子善才，其孫曹綱，皆襲所藝，有
> 裴興奴與綱同時。曹綱善運撥，若風雨而不事扣弦。興奴長於
> 攏撚，不撥稍軟。時人謂曹綱有右手，興奴有左手。[37]

曹綱以「撥」善盡琵琶之技藝，唐詩對於撥子的描述，有許多的例子：
白居易〈代琵琶弟子謝女師曹供奉寄新調弄譜〉：「珠顆淚霑金捍撥，

---

[35] （宋）歐陽脩：《新唐書・禮樂志》，（北京：中華書局，1975 年 5 月。）卷二十一，志第十一，禮樂，頁 471。

[36] （唐）崔令欽：《教坊記》，（台北：世界書局，民 67 年 10 月三版。）收錄於《唐國史補》等八種，頁 5。

[37] （唐）段安節：《樂府雜錄・琵琶》，收錄於王雲五編《叢書集成簡編》，（台北：臺灣商務印書館，民 55 年 3 月台一版。）頁 22。

紅妝弟子不勝情。」[38]與〈琵琶〉：「弦清撥剌語錚錚，背卻殘燈就月明。」[39]以及〈聽琵琶妓彈略略〉：「腕軟撥頭輕，新教略略成。」[40]。張祜〈王家琵琶〉：「只愁拍盡涼州破，畫出風雷是撥聲」[41]。李商隱〈戲題樞言草閣三十二韻〉：「上貼金捍撥，畫為承露雞。」[42]許渾〈聽琵琶〉：「欲寫明妃萬里情，紫槽紅撥夜丁丁」[43]王建〈宮詞〉：「半夜美人雙唱起，紅蠻捍撥貼胸前」[44]李紳〈悲善才〉：「銜花金鳳當承撥，轉腕攏弦促揮抹。」[45]李群玉〈王內人琵琶引〉：「檀槽一曲黃鐘羽，細撥紫雲金鳳語」[46]

　　上述皆是以撥彈奏的技巧，來能表現其錚瑽清脆的樂音，以及淋漓盡致的發揮出琵琶獨絕精妙的音樂性。再如〈琵琶行〉女主角即「曲終收撥當心畫」，以作為彈奏完畢的動作，都可見識到以撥子來觸弦所發揮琵琶精湛的音響。

　　由於四弦琵琶是纏弦，弦質較粗，因此必須以撥子來彈，甚至換以「鐵撥」，段安節《樂府雜錄》說：

　　　　開元中，有賀懷智，其樂器，以石為槽，鵾雞筋作弦，用鐵撥
　　　　彈之。[47]

---

[38] （清）康熙御編：《全唐詩》，（北京：中華書局，1996 年。）第 14 冊，455 卷，頁 5154。

[39] 參前註，第 13 冊，442 卷，頁 4948。

[40] 參前註，第 13 冊，447 卷，頁 5036。

[41] 參前註，第 15 冊，511 卷，頁 5844。

[42] 參前註，第 16 冊，541 卷，頁 6242。

[43] 參前註，第 16 冊，538 卷，頁 6139。

[44] 參前註，第 10 冊，302 卷，頁 3441。

[45] 參前註，第 15 冊，480 卷，頁 5466。

[46] 參前註，第 17 冊，568 卷，頁 6584。

[47] （唐）段安節：《樂府雜錄・琵琶》，收錄於王雲五編《叢書集成簡編》，（台北：臺灣商務印書館，民 55 年 3 月台一版。）頁 24。

以鐵撥來彈奏，可以適應大型的四弦琵琶，以及較粗的琴弦，因此需要猛力彈撥，不僅可以發展出如曹綱運撥所造成狂風暴雨的震憾，而這運撥所開展雷霆萬均的力量，也呼應金玉盛世的榮景。

　　唐・段成式《酉陽雜俎》亦載：

> 古琵琶用鵾雞筋。開元中，段師彈琵琶用皮弦，賀懷智破撥彈之，不能成聲。[48]

開元時期，段師以皮作弦來撥彈外，琵琶高手賀懷智試圖不用鐵撥去彈奏的新方法，結果撥彈不出任何聲音。一方面可以知道賀懷智的手勁力道沒有段師那麼好，另一方面以撥子搭配鵾雞筋來彈奏，其出音量較強，以手彈的話，若在快速彈撥中，出音量是較弱的，不容易達到樂曲出音的程度。雖然在琵琶樂器的彈奏上欲求創新的想法，但其音響、音量卻沒有預期的大，尤其以皮弦配上手撥方式的創意，手勁不強，是不見任何效果，如同元稹〈琵琶歌〉所提「頑聲少得似雷吼，纏弦不敢彈羊皮。」[49]可見絲弦的材質與撥子的材質以及手指、手腹的撥彈方式，對樂器的音量音質是有重要的影響。

　　除此，曹綱的學生廉郊也發揮運撥的能力，唐・段安節《樂府雜錄》有相關敘述：

> 武宗初，朱崖李太尉有樂吏廉郊者，師於曹綱，盡綱之能，綱嘗謂儕流曰：「未曾有此性靈弟子也。」郊嘗宿平原別墅，值風清月朗，攜琵琶於池上，彈「蕤賓調」，忽聞芰荷間有物跳躍之聲，必謂是魚。及彈別調，即無所聞，復彈舊調，依舊有

48　（唐）段成式：《酉陽雜俎》，（北京：中華書局，1985 年。）卷之六，頁 65。
49　（清）康熙御編：《全唐詩》，（北京：中華書局，1996 年。），第 14 冊，455 卷，頁 5154。

> 聲，遂加意朗彈，忽有一物，鏘然躍出池岸之上，視之，乃一
> 片方響，蓋蕤賓鐵也。以指撥精妙，律呂相應也。[50]

引文敘述曹師贊賞廉郊是一位有靈性的弟子，廉郊能窮盡曹師之運撥
之技能，以自己的指甲來彈奏琵琶，澎湃又清朗，竟能以聲律和諧相
致，十二律呂互相感應，使得物類之間能互有通感，以琵琶演奏「蕤
賓調」所引出同調方響的互諧相應，十分特殊。

　　除了以「運撥」、「轉軸撥弦」、「抹復挑」之右手技巧之外，
尚有「輕攏慢撚」之左手技巧，長攏撚的裴興奴因左手按工獨特，
而有「裴左手」封號。左手按著弦，在品柱上揉移著，可以美化音
色，對曲調有關鍵性的發揮，表現細膩的情調。宋・葛立方《韻語
陽秋》云：

> 彈絲之法，妙在左手。右優而左劣，亦何足論乎？嘗觀《琵琶
> 錄》云：曹綱善運撥，興奴長於攏撚。……綱劣於左手，則琵
> 琶之妙處逝矣。[51]

引文前半所述，著實得其絕妙，後述恐為武斷。琵琶左右手技巧各有
精巧，以右手彈撥，強調清朗的音響效果，重於「聲響」；以左手攏
撚，賦予幽深情意，重於「情韻」，兩相合作無間，皆可善盡曲性之
發揮。

　　從上述的文獻資料的記載來看，許多音樂家的超絕技藝，令人驚
訝。如善運撥的「曹右手」與長攏撚的「裴左手」、廉郊在荷花池演

50　（唐）段安節：《樂府雜錄・琵琶》，收錄於王雲五編《叢書集成簡編》，
　　（台北：臺灣商務印書館，民 55 年 3 月台一版。）頁 24。
51　（宋）葛立方：《韻語陽秋》，（台北：藝文印書館影印石影本，民 60 年 2
　　月三版。）收錄於何文煥編《歷代詩話》卷十五，頁 10。

奏蕤賓調引出同調方響而予以相應，彈奏石琵琶的賀懷智，都可以見
識到琵琶音樂的流行普及和音樂家閒情寫意的一面。

第三節　琵琶樂詩的聽覺呈現

　　音樂既有大小、高低、遠近、清濁等特性，訴諸人的聽覺，其音
色會如何表現？室內所限制的空間抑或室外遼闊無比空間的傳達
上，其聽覺又有何不同？其聽覺又因何產生？誠如李浩所言：「對於
聲音的知覺是由合適的振動頻率、振幅和波形構成的音波，作用於人
的耳膜所產生的。聽覺形象具有時間上的流動性，音樂就是通過時間
上流動的音波來撥動人們感應的心弦。從這一點上看，詩與音樂是一
對姐妹藝術，但詩與樂畢竟是兩種不同載體的符號系統。音樂是音符
聲響直接刺激人們的聽覺器官，而詩歌則是通過語言文字符號來暗
示，引起人們對聲響的聯想，這是一種間接的、想像的、極不確定的
聲音感受。是詩歌對聲音的再模擬和再創造。」[52]因此，音樂既然是
傳達音響的一種藝術，當然是得依附樂器之中去演奏，透過這種方式
表現出不同的音響性。所以絲弦樂器可以透過柔指撥動琴弦來表達彈
奏者的內在情緒，營造出獨特的藝術境界。到了唐代，琵琶產生空前
絕後、不可遏止的發展勢力，就如葉緒然所強調「西域傳入了曲項琵
琶，琵琶發展很快，相當普及，產生不少獨奏曲和獨奏家，盛行於當
時的大曲，琵琶處於領奏的地位，在多種類別的琵琶中，四弦曲項琵
琶，逐漸佔了主導地位，並且出現了橫抱改為豎抱，廢撥用手演奏的

---

[52]　李浩：《唐詩的美學詮釋》，（台北：文津出版社，2000 年 5 月一刷。）頁 102。

兩項劃時代的重大改革，為琵琶以後的發展奠定了技術基礎。」[53]基於此，探究詩歌語言如何以生動的描摹與精闢的比擬來表現琵琶的特殊樂聲。歸納出三點，以說明琵琶樂詩的聽覺呈現。

一、琵琶獨奏的精湛

　　獨奏的內涵，往往是為了顯示旋律上的優美，抑或是節奏上的氣勢雄偉，如果沒有高超絕妙的技巧，是難以表現出其中的意境與內涵，因此，不管高揚或者是低沉的樂音，皆有待熟捻技巧去表現，如此才能傳達出旋律優美或氣勢磅礡的不同音響。對於琵琶樂曲的傳達，首推白居易（西元 772 年～846 年）千古傳誦的〈琵琶行〉，是以精巧的詩歌語言來表現琵琶女子高超絕妙的琵琶音樂技藝，當然也強調了獨奏的特，其詩：

>　……轉軸撥弦三兩聲，未成曲調先有情。
>　弦弦掩抑聲聲思，似訴平生不得志。……
>　輕攏慢撚抹復挑，初為霓裳後六么。
>　大弦嘈嘈如急雨，小弦切切如私語。
>　嘈嘈切切錯雜彈，大珠小珠落玉盤。
>　間關鶯語花底滑，幽咽泉流水下灘。
>　水泉冷澀弦凝絕，凝絕不通聲暫歇。
>　別有幽愁闇恨生，此時無聲勝有聲。

---

[53]　葉緒然：〈中國琵琶發展史上的第三高峰─論二十世紀琵琶演奏技術的發音和應用〉收錄於《北市國樂》，199 期，雜誌版 117 期，（2004 年 6 月出刊。）頁 19-22。

　　銀瓶乍破水漿迸，鐵騎突出刀槍鳴。

　　曲終收撥當心畫，四弦一聲如裂帛。[54]

引詩中「弦弦掩抑聲聲思」之「掩抑」[55]一詞，是一種演奏的手法，以微弱的彈奏力度，表達一種沉重的風格，這是彈奏琵琶的獨特技巧。「嘈嘈」之詞，是急雨驟下的狀大與急促之聲；「切切」是如似耳語般輕微細柔的聲音。從琵琶女子手指間流瀉出來的樂聲，忽而如急風驟雨的澎湃；忽似切切私語的細密；忽而如珠瀉玉盤的婉轉流暢，忽而如鶯語花底滑的快意自在；忽而似泉咽冰凍的凝絕不響；忽而如銀瓶乍破的震憾；忽而似馬嘶刀鳴的熱烈氣勢；忽而似錦帛撕裂的強勁。這諸多擬音意象的比喻是多麼奇妙出色，令人嘆為觀止。再者「『水泉冷澀弦凝絕，凝絕不通聲暫歇。』是形容音樂進行過程中一種漸慢、漸弱的表現。而『銀瓶乍破水漿迸，鐵騎突出刀槍鳴。』則是突快與突強的音樂效果。『此時無聲勝有聲』就正是這種速度與音量轉折上的關鍵時刻。一時之間，音樂似乎處在幾近停頓的空無狀

---

[54] （清）康熙御編：《全唐詩》，（北京：中華書局，1996 年。）第 13 冊，435 卷，頁 4822。

[55] 參見彭元岐〈琵琶行「掩抑」二字的釐清與琵琶婦演奏心境的探討〉一文云：「『掩抑』二字應用是用『微音』表達的一種『奇態』，是一種獨到的『表情術語』。所謂『表情術語』（expression）又分兩種：一種是有關『力度』的術語，如：pp－甚弱 p－弱 mp－次弱 f－強 ff－最強。一種是有關『風格』的術語，如 affabile－溫柔地 agitato－熱烈地 spirito－抖擻地 grave－沉重地……等。而「掩抑」二字，就演奏的『力度』來說：他是『微音』－可能是 p 或 pp；就演奏的『風格』來說：他可能是 grave－沉重地。所謂「誠於中，形於外」，琵琶婦之所以有如此『微弱』而又『沉重地』的指觸，更是由於演奏者心境的「低抑」，感情的『壓抑』呀！《國文天地》，第 101 期，（民 82 年 10 月。）頁 76。

態，實係外馳內張地積聚即將爆發的巨大能量。」[56]除此，也把這些對琵琶音樂的聯想，轉化為精妙的比喻，以一連串客觀物件的音響來作比喻，繪聲繪色，淋漓盡致的表現琵琶女高超的演奏技巧。把曲調節奏的起伏、高低、大小、快慢、斷續、錯雜的變化，曲調的起始、高潮和結尾的不同特徵，音樂的動感和境界，都極其生動的描繪出來。

誠如陳銘所說：「語言文字是空間藝術，不可能取代音樂這種時間藝術的功能。因此作者們把更多精力放在比喻手法的應用，以一連串互相關係的比喻，把音樂的聽覺形象變為語言的視覺形象，取得了非常精采的效果。除此，對琵琶聲的描寫，又　入詩人自身的感受，感情色彩強烈。」[57]由於琵琶的腹體較大，共鳴性較高，而且音域寬廣很適合演奏氣勢雄壯的曲子，由於技巧、力度、速度的變化自如，可以盡情刻畫出熱鬧、昂揚的聲調，銀瓶破裂、鐵騎刀槍的殺伐之氣。

另外，清・方扶南說：「白香山「江上琵琶」，足以移人。」[58]這裡所謂「移人」之意義，應該是說詩人在琵琶音樂的描繪上，具有一種穿透感染的強大力量。

〈琵琶行〉是白居易描寫音樂之美的作品，透過語言文字上的特質，產生近似音樂的效果，展現「詩樂一體」的情境，大致有三種意義的呈現：

---

[56] 樊慰慈：〈我聞琵琶已嘆息，又聞此語重唧唧─從白居易〈琵琶行〉的美學推演看國樂欣賞進階六步曲〉，收錄於《中國音樂賞介》，（國立臺灣藝術館，民88年6月初版。）頁39。

[57] 陳銘：《意與境─中國古典詩詞美學三昧》，（杭州：浙江大學出版社，2001年11月。）頁237-238。

[58] （清）方扶南《李長吉詩集批注》云：「白香山「江上琵琶」，韓退之「潁師琴」，李長吉「李憑箜篌」。韓足以驚天，李足以泣鬼，白足以移人。」參見《李賀詩注》，（台北：世界書局，民80年。）卷一，頁6。

第一、<u>白</u>氏對琵琶音樂的興趣，基於主動，有了互動模式，才產
　　　生共鳴的效果。

第二、以「嘈嘈」、「切切」、「急雨」、「私語」等表現音符
　　　速度與音樂力度與質感。

第三、以琵琶專業技巧來描寫詩歌，極為生動貼切，表現音樂藝
　　　術造詣的深度。

　　由上可知，在沒有任何附屬伴奏的情況下，獨奏的性質，則比較
強調演奏時的力度上，如無名氏〈琵琶〉所述一般：

> 粉胸繡臆誰家衣？香撥星星共春語。
> 七盤嶺上走鸞鈴，十二峰頭弄雲雨。
> 千悲萬恨四五弦，弦中甲馬聲駢闐。
> 山僧撲破琉璃鉢，壯士擊折珊瑚鞭。
> 珊瑚鞭折聲交戛，玉盤傾瀉真珠滑。
> 海神驅趁夜濤回，江娥蹙踏春冰裂。
> 滿座紅妝盡淚垂，望鄉之客不勝悲。
> 曲終調絕忽飛去，洞庭日落孤雲歸。[59]

從「七盤嶺上走鸞鈴」到「江娥蹙踏春冰裂」皆是「以聲寫聲」手法
讓一切如歷眼前，如臨耳邊的靈活靈現，生動非凡，表現生動的聽覺
效果。「甲馬聲駢闐」比擬嘈雜而雄渾的聲響；「撲破琉璃鉢」、「折
擊珊瑚鞭」、「玉盤傾瀉真珠滑」表現琵琶清脆滴碎的聲音。

　　以「海神趁驅夜濤回，江娥蹙踏春冰裂。」之「海神」、「江娥」
神話傳說加強視覺上的神奇效果，再以「海濤」與「冰裂」聲來描寫

---

[59]　（清）<u>康熙</u>御編：《全唐詩》，（北京：中華書局，1996年。）第22冊，785
　　卷，頁8860。

琵琶聲的悲壯哀怨的聲音，最後則以「洞庭日落孤雲歸」的比喻，刻劃出琵琶曲聲休止後的餘韻無窮，留待欣賞者「曲盡意未盡」的無限想像空間。

　　對於聆聽音樂的欣賞者，要有互動的藝術，透過交流，彼此體認，音樂的產生才能進入另一境界，聽者主觀意識的出發，隨著心情來感受。這首琵琶樂音表現是：

　　第一、以快速節奏去憾動情緒，表現音樂激刺人心感受的強烈。

　　第二、「曲終意存」表現人與音樂之間互動的過程與想像的作用。

　　再看白居易〈聽琵琶彈略略〉，則能領略出琵琶所具的獨特音色與意境：

> 腕軟撥頭輕，新教略略成。四弦千遍語，一曲萬重情。
>
> 法向師邊得，能從意上生。莫欺江外手，別是一家聲。[60]

從琵琶師學得彈奏方法後，卻能從意境上作提昇。所以，「弦中有語」、「曲中有情」、「法中生意」都是意境上的表現，以突顯「別是一家聲」的獨特。

　　如白居易〈聽曹剛兼示重蓮〉詩云：

> 撥撥弦弦意不同，胡啼番語兩玲瓏。
>
> 誰能截得曹剛手，插向重蓮衣袖中。[61]

除對曹剛高超技巧的狀寫外，對曹剛運撥輕重得宜，徐疾有致，一撥一弦，左推右進，彈奏的力度與音色的感受，錯落參差，表現出胡人

60　（清）康熙御編：《全唐詩》，（北京：中華書局，1996年。）第13冊，447卷，頁5036。

61　（清）康熙御編：《全唐詩》，（北京：中華書局，1996年。）第14冊，449卷，頁5061。

番族的豪邁風情。另一首〈聽李士良彈琵琶〉：「聲似胡兒彈舌語」[62]
這似乎說明琵琶的樂音特點，與胡兒學語一樣，有異族樂音的風格。

　　而元稹〈琵琶〉：「學語胡兒撼玉玲」[63]的想法不謀而合，道出
對琵琶伎婉轉輕撥的技巧，抒發出千般言語、萬種情意，令得曲情與
技巧兼具，表現韻致婉曲，達到高度和諧性。

　　再如白居易〈春聽琵琶兼簡長孫司戶〉，有相同見解：

> 四弦不似琵琶聲，亂寫真珠細憾鈴。
> 指底商風悲颯颯，舌頭胡語苦醒醒。
> 如言都尉思京國，似訴明妃厭虜庭。
> 遷客共君想勸諫，春腸易斷不須聽。[64]

詩歌道出白居易音樂素養，聽賞得出胡語漢聲，可以判別出不同風格
的琵琶樂音。「亂寫真珠細憾鈴」以真珠玉鈴之叮噹清脆的聲音，比
喻琵琶聲的美妙動聽，產生極度鮮明的音響效果，聽覺的感受十分強
烈。「指底商風悲颯颯」之「商風」是指秋風[65]，而「商音」對應「秋
天」，表達出樂調的悲涼。

62　參前註，第 12 冊，439 卷，頁 4895。
63　參前註，第 12 冊，415 卷，頁 4590。
64　參前註，第 13 冊，440 卷，頁 4909。
65　五音、四序、四方對照表：

五音	宮	商	角	徵	羽
四序	總四方	秋	春	夏	冬
四方	中央	西	東	南	北

《禮記‧鄉飲酒義》云：「西方者秋，秋之為言愁。」卷第六十一，第四十
五，頁 1008。（漢）董仲舒《春秋繁露‧陽尊陰卑》云：「秋之為言，由湫
湫也。……湫湫者，憂悲之狀也。」收錄於《四部備要》，（台北：臺灣中
華書局，民 76 年 4 月豪華一版。）卷十一，第四十三，頁 4。

　　承上所述，可以發現白氏只要是演奏名家總是佩服，能聽出胡曲漢調，並區別不同風格的琵琶樂，因此將琵琶風格以「胡兒學語」、「玉鈴」、「叮噹」來描繪，真不愧是賞樂分析者。

　　看元稹〈琵琶歌〉詩云：

曲名無限知者鮮，霓裳羽衣偏宛轉。

涼州大遍最豪嘈，六么散序多攏撚。

我聞此曲深賞奇，賞著奇處驚<u>管兒</u>。

<u>管兒</u>為我雙淚垂，自彈此曲長自悲。

淚垂捍撥朱弦溼，冰泉鳴咽流鶯澀。

因茲彈作雨霖鈴，風雨蕭條鬼神泣。

一彈既罷又一彈，珠幢夜靜風珊珊。

低回慢弄關山思，坐對<u>燕然</u>秋月寒。

月寒一聲深殿磬，驟彈曲破音繁併。……

管兒還為彈六么，六么依舊聲迢迢。……

歌此歌，寄管兒，管兒管兒憂爾衰，爾衰之後繼者誰？……[66]

<u>管兒</u>是琵琶樂師<u>賀懷智</u>、<u>段師善本</u>、<u>康崑崙</u>、<u>曹善才</u>後繼者，遵循琵琶彈奏上的訓練原則，「低回慢弄」到「驟彈曲破」之間，可以慢慢感受到由慢趨快的節拍，間奏處強調「風雨蕭條鬼神泣」、「珠幢夜靜風珊珊」作為急拍促節主調，是基本彈奏模式。此外，「六么散序多攏撚」[67]之「攏」、「撚」是以左手按弦的指法，這是前有所繼、

---

[66]　（清）康熙御編：《全唐詩》，（北京：中華書局，1996 年。）第 12 冊，421卷，頁 4630。

[67]　（宋）王灼撰《碧雞漫志》云：「凡大曲有散序、靸排、遍攧、正攧、入破、虛催、實催、袞遍、歇指、殺袞，始成一曲，此為大遍。」又云：「六么一名綠腰，一名樂世，一名錄要。」段安節琵琶錄云：『綠腰本錄要也，樂工進曲，上令錄其要者。』」收錄於《知不足齋》叢書，卷三。

後有所祖的傳承方式。散序在演奏的行進速度是屬於慢板、自由的節拍，藉由用攏、撚的指法，強調左手的表現力，藉以傳達柔婉內斂的情懷，情感深化後，以「冰泉嗚咽流鶯澀」表達出泣訴之狀。

此外，張祜〈王家琵琶〉，詩曰：

> 金屑檀槽玉腕明，子弦輕撚為多情。
> 只愁拍盡涼州破，畫出風雷是撥聲。[68]

以「子弦輕撚」寫出多情的面貌。琵琶以四弦定音，四條弦名稱（由細弦至粗弦）分別是：「子弦、中弦、老弦、纏弦」，「子弦」是屬於最細的弦，聲音清柔明亮，適合表現深刻的情思。最後，以「風雷聲」氣勢霎那間劃上休止符，這是撥子音色響亮，適合表現剛勇激淒烈之態。再看薛逢聽曹剛演奏的描述，如〈聽曹剛彈琵琶〉：

> 禁曲新翻下玉都，四弦振觸五音殊。
> 不知天上彈多少，金鳳銜花委半無。[69]

以琵琶的四根弦，彈奏出五音的繁複多變，見識到獨具的風情韻致，不斷縈迴天界之中。這也是聆聽者透過想像所達到互動感染。

琵琶曲調的豐富多彩，變化多端，儘管自由運用與隨意的表現，都能捕捉樂曲的精髓，呈現最深層的音樂本質，加深人們的聽覺想像，由上所述，琵琶的音響性有下列不同的聽覺感受：

（一）磅礡氣勢的樂音：如「銀瓶乍破水漿迸」，「鐵騎突出刀槍鳴」、「大弦嘈嘈如急雨」、「畫出風雷是撥聲」、「七盤嶺上走鸞鈴」、「弦中甲馬聲駢闐」。

---

[68]　（清）康熙御編：《全唐詩》，（北京：中華書局，1996年。），第15冊，511卷，頁5844。

[69]　參註68，第16冊，548卷，頁6334。

（二）清脆悅耳的樂音：如「大珠小珠落玉盤」、「亂寫真珠細撼鈴」、「玉盤傾瀉真珠滑」。

（三）舒卷自如的樂音：如「間關鶯語花底滑」、「六么散序多攏撚」、「小弦切切如私語」。

（四）哀婉情思的樂音：如「四弦千遍語，一曲萬重情。」「十二峰頭弄雲雨」、「千悲萬恨四五弦」。

（五）淒泣斷腸的樂音：如「幽咽泉流水下灘」、「風雨蕭條鬼神泣」、「冰泉鳴咽流鶯澀」、「海神趁驅夜濤回」、「江娥蹙踏春冰裂」、「指底商風悲颯颯」。

這個部份以琵琶音響為取向，琵琶樂詩的主題，多有展現。從上述情形看來：

（一）專業演奏人員，自成派別，獨樹一格。

（二）琵琶獨奏以技巧見長。

（三）「猶抱琵琶半遮面」即以豎抱方式呈現美感，造就出豐富變化的雙手技巧。

（四）表現琵琶曲調與節拍，先慢後快，由緩轉急是表現琵琶曲藝的基本精神。

二、琵琶與笛的協奏

從歷史的發展來看，琵琶在唐代躍上了主流地位，當然備受時人的重視，在音樂上享有主奏的盛名，詩歌的舉用上相當受到青睞。由於「笛的音色明亮獨特，穿透力強以及靈活善變的適應能力，笛在樂隊中亦常擔任領奏，也可以陳述樂思的主旋律，還可以在樂器群中穿

插運動，加花點綴，句段填空，發揮十分重要藝術表現作用。」[70]琵琶獨奏表現堪稱一絕的樂音，詩歌中常與笛互相的搭配，協奏出曲調上的不同凡響。

何謂「協奏」？「協奏」（concerto）[71]其英文字義有「競賽」的意義，即是一個樂器演奏完，另一樂器接續進行，輪流變換之間，似乎有暗中較勁的意味，然而演奏的概念，與漢之相和歌的表現模式，相去不遠。以絲、竹樂器相和，予以交相遞奏，搭配方式並不是一開始就轟然而發，以絲弦樂器先彈奏完畢，再由竹樂器接續吹奏，造成快慢有序、緩急有致且剛柔並濟的風格。彼此競相遞奏之下，營造出異族音樂風格的獨異韻味。

由於笛性悠遠，容易烘托瀚海闌干的空間感，聲傳天際，浩瀚邊塞如天際自然鋪散開來，令人感到清柔悠閒。笛音內涵又強調懷念之情感，故李頎（690 年～751 年）〈古塞下曲〉：「琵琶出塞曲，橫笛斷君腸。」[72]是以琵琶、笛一彈一吹的方式，表達出塞時的斷腸情緒。另外一首〈古意〉，有類似描述，詩云：

　　……遼東小婦年十五，慣彈琵琶解歌舞。

　　今為羌笛出塞聲，使我三軍淚如雨。[73]

---

[70]　曾遂今：《消逝的樂音—中國古代樂器鑒思錄》，（四川：教育出版 1998 年 7 月第 1 版。）頁 21。

[71]　康謳《大陸音樂辭典》：「協奏曲（concerto）是管弦樂團與一種獨奏樂器的曲子，其主要特徵是獨奏者與管弦樂團並非處在主僕的地位，而是平等競奏。這個意思從字源上就看得出來，拉丁文 concertate，意為『戰鬥』、『競爭』。」（台北：全音樂譜出版社，民 82 年 1 月 20 日。）頁 261。

[72]　（清）康熙御編：《全唐詩》，（北京：中華書局，1996 年。）第 4 冊，132 卷，頁 1338。

[73]　參前註，第 4 冊 133 卷，頁 1355。

詩歌確立琵琶與笛都是塞外之音，也反映了少數民族中這兩項樂器的
流行程度，因為少婦十五以慣彈琵琶樂器。在琵琶歌舞與羌笛出塞的
場面，對照出一悲一喜。劉長卿〈王昭君歌〉提到：「琵琶弦中苦調
多，蕭蕭羌笛聲相合。」[74]可見，琵琶與笛的協奏，常運用於邊塞，
以表達「陽關出塞」苦悶情緒。相關敘述如李益（748 年～827 年）
〈夜宴觀石將軍舞〉：

> 微月東南上戍樓，琵琶起舞錦纏頭。
>
> 更聞橫笛關山遠，白草胡沙西塞秋。[75]

熱鬧的琵琶樂聲以及橫笛悠然飄遠的特色結合，不僅表現歡樂歌舞的
場面，開闊了胡地無邊無界的視野，這是曲調上長拍拖延的效果。

　　透過琵琶與笛協奏的藝術形式表現離情別意之外，在宴會的娛興表
演之中也看得到，如岑參（715 年～770 年）〈酒泉太守席上醉後作〉：

> ……琵琶長笛曲相和，羌兒胡雛齊唱歌。
>
> 渾炙犛牛烹野駝，交河美酒歸金羅。
>
> 三更醉後軍中寢，無奈秦山歸夢何？[76]

以琵琶、長笛絲竹協奏，羌兒、胡雛齊聲唱歌來應和著琵琶笛旋律，
展現異國的情調，琵琶與笛相和，大都用來烘托歌舞的場合。胡地傳
入的音樂歌舞，唐代鍾情於這種表演，尤其是急轉如風的「胡旋舞」[77]

---

[74]　參前註，第 5 冊 151 卷，頁 1579。

[75]　參前註，第 14 冊 468 卷，頁 5324。

[76]　參註 72，第 6 冊 199 卷，頁 2055。

[77]　（後晉）劉昫撰，《舊唐書・音樂志》：「康國樂，工人皂絲布頭巾，緋絲
　　布袍，錦領。舞二人，緋襖，錦領袖，綠綾渾襠褲，赤皮靴，白　帗。舞急
　　如風，俗謂之胡旋。樂用笛二，正鼓一，和鼓一，銅鈸一。」（北京：中華
　　書局，1975 年 5 月。）頁 1071。

和高騰急踏的「胡騰舞」[78]兩種舞蹈，皆具有熱情奔放的特性，體現胡人民族熱勁活潑的性格，如此洋溢熱烈的舞蹈精神在詩歌中傳達出唐人欣賞的趣味。

如岑參〈田使君美人如蓮花北鋋歌〉是贊頌美人婆娑起舞的輕盈曼妙，詩云：

> 美人舞如蓮花旋，世人有眼應未見。
> 高堂滿地紅氍毹，試舞一曲天下無。
> 此曲胡人傳入漢，諸客見之驚且歎。
> 慢臉嬌娥纖復穠，輕羅金縷花蔥蘢。
> 回裾轉袖若飛雪，左鋋右鋋生旋風。
> 琵琶橫笛和未匝，花門山頭黃雲合。
> 忽作出塞入塞聲，白草胡沙寒颯颯。
> 翻身入破如有神，前見後見回回新。
> 始知諸曲不可比，采蓮落梅徒聒耳。
> 世人學舞祇是舞，姿態豈能得如此。[79]

---

[78] （清）康熙御編：《全唐詩》，李端〈胡騰兒〉詩：「胡騰本是涼州兒，肌膚如玉鼻如錐。桐布輕衫前後卷，葡萄長帶一邊垂。帳前跪作本音語，拾襟攪袖為君舞。安西舊牧收淚看，落下詞人抄曲與。揚眉動目踏花氈，紅汗交流珠帽偏。醉卻東傾又西倒，雙靴柔弱滿燈前。環行急蹴皆應節，反手叉腰如卻月。絲桐忽奏一曲終，嗚嗚畫角城頭發。胡騰兒，胡騰兒，故鄉路斷知不知。」（北京：中華書局，1996年。）第9冊，284卷，頁3238。胡騰舞是從西域石國（今烏茲別克共和國塔什干一帶）傳入中原，以急促多變的跳躍和騰踏舞步為主要特徵。此舞蹈需要太多體力的緣故，胡騰舞的舞者多為肌膚如玉、鼻如錐的胡人。舞者頭戴綴珠的尖頂蕃帽，身著窄袖胡衫，為起舞方便，舞者常常把前後衣襟卷起來，束著帶有葡萄花紋的長腰帶，長帶垂在身體一側，腳穿柔軟華麗的錦靴。

[79] （清）康熙御編：《全唐詩》，（北京：中華書局，1996年。）第6冊，199卷，頁2057。

詩歌內容稱贊胡人歌舞的絕妙天下，令人驚心駭目，此外，在輕捷妙轉的舞姿下，又以琵琶橫笛的搭配而協奏出塞外之聲，再與「白草胡沙寒颯颯」的映襯下，呈現異域的風光。詩歌確實有力地描述胡旋舞旋轉迴環的獨特，湃膨厚實的琵琶聲代表著矯建的步伐，而飛揚飄逸的笛聲代表旋轉時的輕盈，可見這兩種綿密和諧的伴奏之下，恰能貼切這種舞姿剛柔並濟的協調，令得美人、健兒千匝萬轉而不停止、生動跳出迴旋飛轉的舞蹈，這不僅呈現歡聲樂動與舞姿絕妙的激烈情感，足以稱頌這種以快速旋轉為節奏的舞蹈是難以得見的。

再看劉言史〈王中丞宅夜觀舞胡騰〉：「四座無言皆瞪目，橫笛琵琶遍頭促。」[80]描述夜觀胡騰舞的情景，舞動急踏的同時，也在橫笛、琵琶相間的節奏之中緊湊細密，視聽之娛，令人嘆為觀止。協奏有「競賽」意義，但也要能達到協調，才能有安定、滿足完美的聽覺與視覺感受。

李嶠〈琵琶〉詩曾云：「將軍曾制曲，司馬屢陪襯。」[81]可見琵琶在邊塞地區，是普遍尋常的事物，連軍中的將軍、司馬都樂於從事。笛又是輕便隨處可得的樂器，在排遣心志上亦不可或缺，因此，歡宴盛會之際，笛、琵琶就成為必要吹彈的樂器。

綜合以上所述，琵琶與笛之協奏方式，大都在邊塞之中呈現，以舞曲歌謠作烘托，並且以是附屬在音樂背景作為呈現。

---

[80]　劉言史〈王中丞宅夜觀舞胡騰〉：「石國胡兒人見少，蹲舞尊前急如鳥。織成蕃帽虛頂尖，細疊胡衫雙袖小。手中拋下蒲萄盞，西顧忽思鄉路遠。跳身轉轂寶帶鳴，弄腳繽紛錦靴軟。四座無言皆瞪目，橫笛琵琶遍頭促。亂騰新毯雪朱毛，傍拂輕花下紅燭。酒闌舞罷司管弦，木槿花西見殘月。」收錄於（清）康熙御編：《全唐詩》，（北京：中華書局，1996年。）第14冊，479卷，頁5324。

[81]　（清）康熙御編：《全唐詩》，（北京：中華書局，1996年。）第3冊，59卷，頁709。

三、小型樂隊的和諧

　　唐代宮廷設有太樂署、教坊、梨園等專門的樂舞機構，造就了鼎盛的樂舞局面，如此龐大音樂歌舞團的規模本身就足以說明宮廷樂舞之盛。再者，「上行下效，各地方官府也養有官伎，節度使帳下養有營伎，士大夫家養有家伎。養伎風氣的盛行，為中小型樂舞的興盛和完善提供了條件。」[82]因此，「從唐代中葉以後，原為宮廷貴族的享樂生活者，已由堂下大規模之樂舞，轉變成堂上，演出小規模之具有柔和細纖樂風之音樂，音樂藝術的要求，逐漸提高。」[83]不僅如此，原為宮廷貴族所壟斷的享樂風潮，慢慢也流向民間，使得這些音樂普及的層面愈來愈擴大，增加平民享樂的流行度，而社會各階層的人民都樂於從事這方面的樂舞藝術，如此大型樂隊的藝術表演模式也慢慢轉變小型樂隊的藝術表演型式。

　　如白居易〈和微之〉就有此描述，詩云：

　　　　……有奴善吹笙，有婢彈琵琶。十指纖若筍，雙鬟翳如鴉。……[84]

---

[82] 李乃龍：《雅人深致與宗教情緣──唐代文人的生活樣態》，（台北：文津出版社，2000 年 5 月。）頁 17。

[83] （日）岸邊成雄著；梁在平‧黃志炯譯：《唐代音樂史的研究》（上），（台北：臺灣中華書局，民 62 年 10 月初版。）頁 69。

[84] （清）康熙御編：《全唐詩》，白居易〈和微之〉詩：「聞君新樓宴，下對北園花。主人既賢豪，賓客皆才華。初筵日未高，中飲景已斜。天地為幕席，富貴如泥沙。嵇劉陶阮徒，不足置齒牙。臥甕鄙畢卓，落帽嗤孟嘉。芳草供枕藉，亂鶯助諠譁。醉鄉得道路，狂海無津涯。一歲春又盡，百年期不賒。同醉君莫辭，獨醒古所嗟。銷愁若沃雪，破悶如割瓜。稱觴起為壽，此樂無以加。歌聲凝貫珠，五袖飄亂麻。相公謂四座，今日非自誇。有奴善吹笙，有婢彈琵琶。十指纖若筍，雙鬟翳如鴉。履舄起交雜，杯盤散紛挐。歸去勿擁遏，倒載逃難遮。明日宴東武，後日遊若耶。豈獨相公樂，謳歌千萬家。」第 13 冊，445 卷，頁 4988。

詩歌道出貴族家世，往往都有蓄伎情況，家僕奴婢的演奏是司空見慣之事。家庭盛會中，以男奴吹笙，女婢彈琵琶，各自展現出色的技巧，也烘托宴會的歡樂場面。

　　隨著琵琶獨奏盛世，到了晚唐，表演規模不再盛大，轉入民間之後，融入樂隊之中，小型樂隊的表演模式逐漸在貴族之家擴展開來。

　　晚唐・唐彥謙〈春日偶成〉有清楚敘述

> 秦箏簫管和琵琶，興滿金樽酒量賒。
> 歌舞留春春似海，美人顏色正如花。[85]

宴會上有管樂（簫管）和彈撥樂器（秦箏、琵琶）組成的樂隊，這些「弦管樂器在合奏中都能表現特殊節奏性，明朗活潑而圓滑的音色，以琵琶技巧的彈奏，可產生急速跳動，變化富麗，多彩多姿的美妙效果。」[86]宴會上的美人婆娑起舞、清亮歌聲，輝映無暇，加上樽酒助興，一派歡樂之景象呈現其中。

　　像張祜〈觀宋江于使君家樂琵琶〉：

> 歷歷四弦分，重來界上聞。玉盤飛夜電，金磬入秋雲。
> 隴霧笳凝水，砂風雁咽群。不堪天塞恨，青塚是昭君。[87]

即是琵琶、磬、笳所組成的小型樂隊。

　　對於樂隊中所表達哀傷描述，可參看劉商〈胡笳十八拍〉詩：

> ……龜茲觱篥愁中聽，碎葉琵琶夜深怨。[88]

85　（清）康熙御編：《全唐詩》，（北京：中華書局，1996 年。）第 20 冊，671 卷，頁 7667。

86　郭長揚：《音樂美的尋求》，（台北：樂韻出版社，民 80 年 6 月。）頁 46。

87　參註 85，第 15 冊，510 卷，頁 5812。

88　（清）康熙御編：《全唐詩》，（北京：中華書局，1996 年。），劉商〈胡笳十八拍〉云：「男兒婦人帶弓箭，塞馬蕃羊握霜霰。寸步東西起自由，偷

〈胡笳十八拍〉[89]以悲傷為主調，來自西域的「觱篥」、「琵琶」交相演奏之下，異地生活的無限惆悵，油然而生。

再看崔顥（704 年～754 年）〈渭城少年行〉：

> ……可憐錦瑟與琵琶，玉壺新酒就君家。[90]

此詩以通過這兩項樂器輕輕抒發，美人樂伎的可憐命運以及無以自主的坎坷一生。基於上述，唐詩中有不少小型樂隊的描述，有不同樂器的搭配，以及一些歌曲伴奏，這些都少不了琵琶主奏的角色，可見琵琶所影響的層面擴大，更見在樂隊中，琵琶是不可忽視的主調。

中國樂器的表現，有獨奏性與協奏性，再者，「更喜歡以齊奏的方式呈現，這是因為文人雅士聚集，並不以音高為訴求，而是以隨興暢意去和諧音色，達到情感的抒發。」[91]小型樂隊的表現，大都是臨場情緒，藉以各種樂器的齊奏出音來表現，因此在視覺與聽覺上都有一種恢弘氣

生乞死非情願。龜茲觱篥愁中聽，碎葉琵琶夜深怨。竟夕無雲月上天，故鄉應得重相見。」第 10 冊，303 卷，頁 3451。

[89] （宋）郭茂倩編：《樂府詩集》在〈胡笳十八拍〉題解中引劉商〈胡笳曲序〉：「胡人思慕文姬，乃卷蘆葉為吹笳，奏哀怨之音，後董生（董庭蘭）以琴寫胡笳為〈十八拍〉，今之〈胡笳弄〉是也。」（台北：臺灣中華書局，民 76 年 4 月豪華一版。）收錄《四部備要》集部，據汲古閣本校刊，頁 196。

[90] 參註 88，崔顥〈渭城少年行〉詩：「洛陽三月梨花飛，秦地行人春憶歸。揚鞭走馬城南葡萄館裏花正開。念此使人歸更早，三月便達長安道。長安道上春可憐，搖風蕩日曲江邊。萬戶樓臺臨渭水，五陵花柳滿秦川。秦川寒食盛繁華，遊子春來不見喜。鬥雞下社春初合，走馬章臺日半斜。章臺帝城稱貴里，青樓日晚歌鐘起。貴里豪家白馬驕，五陵少年不相饒。雙雙挾彈來金市，兩兩鳴鞭上渭橋。渭城橋頭酒新熟，金鞍白馬誰家宿。可憐錦瑟與琵琶，玉壺新酒就君家。小婦春來不解羞，嬌歌一曲楊柳花。」（北京：中華書局，1996 年。）第 4 冊，130 卷，頁 1324。

[91] 莊本立〈中國傳統音樂的特色與類別〉云：「過去好友知己雅樂時，常取下室中懸掛之簫、笛、琵琶、胡琴等樂器隨興齊奏，並不需要分譜，技巧好的可加花變奏，技巧差的可減字演，相互配合，最主要的是用各種不同的音色的樂器來齊奏。西洋和的是不同音高，中國和的是不同音色。」收錄於陳篤正編《中國音樂賞介》（台北：國立臺灣藝術教育館，民 88 年 6 月。）頁 2。

勢，音響的表現效果也較為擴大寬廣，也由於使用多種樂器的演奏，增添音樂的豐富性，使得悲者更悲，樂者更悅，情感表達也更為深刻。

　　琵琶是屬於多品位的樂器（從十八品至今為二十五品），有六個把位，腹體很大，所以具有寬廣的音域，適合於獨奏，表現多樣化的樂音，以及大範圍的音域。然而協奏上，也能搭配其他樂器，由於其有效音域集中於中音的區段，可以改善和諧度，發出更好的協調音色。若以小型樂隊來呈現，由於樂器的多種，更能就此補充其它樂器音域所不能傳達到的標準，可以圓滿其音響，讓樂隊有整體上的發揮。因此，基於上述可歸納其結論：

　　1.琵琶用之於獨奏—突顯音色的獨特。

　　2.琵琶用之於協奏—達成和諧的共鳴。

　　3.琵琶用之於合奏—完整劃一的圓融。

表一　唐代琵琶樂詩聽覺呈現歸納表

神情意態 （初彈至曲終）	猶抱琵琶半遮面→纖纖軟玉削春蔥→腕軟撥頭→銜花金鳳當承撥→低眉信手續續彈→轉腕攏弦促揮抹→抽弦度曲新聲發→沉吟放撥插弦中
彈奏方式 （技巧運用）	操暢絡繹，游手風飆。抑揚按捻、枉搦摧藏 飛纖指以促柱，六么散序多攏撚 輕攏慢撚抹復挑
【擬音材料】 一、物件	一彈決破「真珠」囊，迸落「金盤」聲斷續。 山僧撲破「琉璃」鉢，壯士擊折「珊瑚」鞭。 「銀瓶」乍破水漿迸，鐵騎突出「刀槍」鳴。 「金鈴」「玉珮」相蹉切 「月珠」敲擊「水晶盤」 「七盤嶺」上走「鸞鈴」 「玉盤」傾瀉「真珠」滑 「大珠小珠」落「玉盤」 四弦一聲如「裂帛」 亂寫「真珠」細「憾鈴」

二、現象	間關「鶯語」花底滑，幽咽「泉流」水下灘。
	海神驅趁「夜濤」回，江娥蹙踏春「冰裂」。
	大弦嘈嘈如「急雨」，小弦切切如「私語」。
	幽關「鴉軋」胡雁悲，斷弦「砉騞」層「冰裂」。
	「猿鳴」雪岫來三峽，「鶴唳」晴空聞九霄
	「花翻鳳嘯」天上來，裴回滿殿「飛春雪」
	又似賈客數道間，「千鋒萬磬」鳴「空山」。
	弦中「甲馬」聲駢闐；「冰泉」嗚咽「流鶯」澀
	風雨蕭然「鬼神泣」；畫出「風雷」是撥聲
	「噴雪含風」意思生
	「十二峰頭」弄「雲雨」
	「學語胡兒」憾「玉鈴」
	「胡啼番語」兩玲瓏
	「霜刀破竹」兩殘節
三、疊字	指底商風悲「颯颯」，舌頭胡語苦「醒醒」。
	大弦「嘈嘈」如急雨，弦「切切」如私語。
	此調「呦呦」兮「啁啁」，「嘈嘈」兮「啾啾」。
	紫槽紅撥夜「丁丁」
	金槽琵琶夜「振振」
	「振振」山響答琵琶
	「歷歷」四弦分
	弦清撥刺語「錚錚」
	仲容銅琵琶，項直聲「淒淒」
	珠幢夜靜風「珊珊」
	六么依舊聲「迢迢」
	白草胡沙寒「颯颯」

綜合以上所述，有以下結論：

（一）琵琶的發展路線，由民間傳入貴族、宮廷，觸角寬廣，從
　　　事的人數相當多。

（二）獨奏音樂的聽覺呈現，先以慢調蘊含情緒，再以快節拍造
　　　就澎湃氣勢，後以「無聲勝有聲」強調曲盡意存的境界。

（三）琵琶在右手指法運用上，以指撥方式為重要觀念，初步碰
　　　觸上要和諧溫潤，才是基本審美觀點。

（四）右手作聲，左手成韻，因此兩手互用才是傳達音樂情韻之
　　　重點。

（五）深受眾人喜歡，顯然得益於磅礴的表現力。

第四節　琵琶樂詩的美感呈現

　　琵琶從魏晉南北朝至唐，逐步發展的樂器，在十部伎是重要的樂
器，坐部伎也以琵琶為主，可見，到了唐代取得樂隊中霸主的地位。
後來，琵琶樂器廣泛出現邊塞區域，唐詩中可以得見端倪。例如：

李嶠〈琵琶〉：「本是胡中樂，希君馬上彈。」[92]

董思恭〈昭君怨〉：「琵琶馬上彈，行路曲中難。」[93]

王翰〈涼州詞〉：「葡萄美酒夜光杯，欲飲琵琶馬上催」[94]

李頎〈古意〉：「遼東小婦年十五，慣彈琵琶解歌舞。」[95]

---

[92] （清）康熙御編：《全唐詩》，李嶠〈琵琶〉：「朱絲聞岱谷，鑠質本多端。
半月分弦出，叢花拂面安。將軍曾制曲，司馬屢陪襯。本是胡中樂，希君馬
上彈。」（北京：中華書局，1996 年。）第 3 冊，59 卷，頁 709。

[93] 參前註，董思恭〈昭君怨〉：「琵琶馬上彈，行路曲中難。漢月正南遠，燕
山直北寒。鬢鬟風拂亂，沒黛雪霑殘。斟酌紅顏改，徒勞握鏡看。」第 3 冊，
63 卷，頁 742。

[94] 參前註，王翰〈涼州詞〉：「葡萄美酒夜光杯，欲飲琵琶馬上催。醉臥沙場
君莫笑，古來征戰幾人回。」第 5 冊，156 卷，頁 1605。

[95] 參前註，李頎〈古意〉：「男兒事長征，少小幽燕客。賭勝馬蹄下，由來輕
七尺。殺人莫敢前，鬚如蝟毛磔。黃雲隴底白雲飛，未得報恩不能歸。遼東
小婦年十五，慣彈琵琶解歌舞。今為羌笛出塞聲，使我三軍淚如雨。」第 4
冊，133 卷，頁 1355。

　　岑參〈涼州館中與諸判官夜集〉：「涼州七里十萬家，胡人半解彈琵琶。」[96]

　　以上這些詩例皆說明三項重要意義：

　　（一）普及、流行的程度，不言可喻。

　　（二）提示西北地區琵琶的概況，老少皆宜。

　　（三）「馬上彈」可看出琵琶與塞外的密切關係。

　　琵琶尋常可見，卻具重要地位，下面以琵琶樂器為敘述主角，大致從三個角度，敘述與胡天西域邊地，有何關聯的成份與意義：

一、琵琶與美女，「和親」[97]共諧的呈現

　　詩歌內涵常會包含歷史的成份，清楚表明的地點，這種自然地域的概念，總是會象徵某一人物，或對事物寄託感情的意象，歷代對於昭君出塞的形象，就是以歷史背景來概括，而後逐漸被後世文人輾轉發揮，王昭君似乎離不開與琵琶搭配的形象。唐之前，對於王昭君的

---

[96] 參前註，岑參〈涼州館中與諸判官夜集〉：「彎彎月出掛城頭，城頭月出照涼州。涼州七里十萬家，胡人半解彈琵琶。琵琶一曲腸堪斷，風蕭蕭兮夜漫漫。河西幕中多故人，故人別來三五春。花門樓前見秋草，豈能貧賤相看老。一生大笑能幾回，斗酒相逢須醉倒。」第6冊，199卷，頁2055。

[97] （漢）司馬遷《史記・劉敬叔孫通列傳》：「劉敬對曰：『陛下誠能以適長公主妻之，厚奉遺之，彼知漢適女送厚，蠻夷必慕以為　氏，生子必為太子。……若陛下不能遣長公主，而令宗室及後宮詐稱公主……。』高帝曰：『善』欲遣長公主，呂后日夜泣曰：『妾唯太子，一女，奈何　之匈奴，』上敬不能遣長公主，而取家人子名為長公主，妻單于，使劉敬往結和親約。」（台北：中華書局，1973年）列傳第三十九卷，卷九十九，頁2715。（唐）吳兢《貞觀政要・征伐》：「北狄風俗，多由內政。亦即生子，則我外孫，不侵中國，斷可知矣。以此而言，邊境足得三十年來無事。……和親之策，實天下幸甚。」卷九〈議征伐〉三十五，頁228。（台北：黎明文化公司，民79年6月4日版。）可見「和親」是一種求得短暫偏安的政治手段，以婚姻作為媒介。

看法，是集中在「遠嫁難為情」觀念上，訴諸紅顏而薄命，常有昭君怨或明妃曲這一類曲調的抒發，到了唐代也有邊塞曲或出塞曲之類的詩歌，所結合胡地風光的景象，涵蓋西北邊塞的領域。這大都是以和親為主軸，將王昭君與琵琶作聯想，以彰顯其中意涵，這成為日後表現模式之一。

陳叔達〈聽鄰人琵琶〉，則是透過這一形象作描繪：

> 本是龍門桐，因妍入漢宮。香緣羅袖裡，聲逐朱弦中。
>
> 雖有相思韻，翻將入塞同。關山臨卻月，花蕊散回風。
>
> 為將金谷引，添令曲未終。[98]

以「龍門桐」喻指「王昭君」所具備的優美氣質，桐木是制作琵琶的材質，昭君出塞時與琵琶密不可分，揭示之間微妙互動的關係，此詩借用王昭君和親故事，道出憤慨不平的情緒。

根據《後漢書‧南匈奴列傳》[99]對王昭君的記載，姓王名嬙，南郡人，漢元帝時命以良家女而被選入宮中，凡被選入宮者，照慣例須經畫工描摹容顏，後呈上御覽，準被召幸。毛延壽是宮廷畫工，生性貪鄙，屢向宮女索賄，宮女為得寵幸，紛相賄贈金錢，讓畫工能增添幾筆妍麗。王昭君入宮非於自願，加上未賄賂毛氏而被冷落，自願提出和親的想法，等到元帝召見昭君，婚配以單于之時，一切都為時已晚，昭君戎服乘馬，抱一琵琶而去。李商隱（812年～約858年）〈王昭君〉，道出昭君美人的無奈與孤獨：

---

[98] （清）康熙御編：《全唐詩》，（北京：中華書局，1996年。）第2冊，卷30，頁430。

[99] （漢）范曄《後漢書‧南匈奴列傳》云：「昭君豐容靚飾，光明漢宮，顧景裴回，竦動左右，帝見大驚，意欲留之，而難於失信，遂與匈奴。」（北京：中華書局，1973年。）卷八十九，南匈奴列傳第七十九，頁2941。

　　毛延壽畫欲通神，忍為黃金不顧人。

　　馬上琵琶行萬里，漢宮長有隔山春。[100]

把歷史的面貌再度揭示，再看董思恭〈昭君怨〉：

　　琵琶馬上彈，行路曲中難。漢月正南遠，燕山直北寒。

　　鬢鬟風拂亂，眉黛雪沾殘。斟酌紅顏盡，何勞鏡裏看。[101]

「和親」是敘述的主題，以「行路曲中難」道出王昭君遠嫁匈奴，胸中充滿無限的怨懟，只能眼睜睜回望漢宮逐漸消逝在塵沙之中，任憑北風吹亂了髮鬢，飛雪沾染了妝容，一點一滴殘盡生命。

　　人類處於社會之中，聚散是難免的，尤其與親友相離相隔，內心苦痛的翻攪是難以掩飾，畢竟感情是人生最真摯的部分，詩人透過史實刻意去突顯「不得歸」的傷感。因此思念故國家園，就成為內心波瀾四起的真實寫照。

　　顧況〈劉禪奴彈琵琶歌〉，所涵蓋的史實更多，內涵上還是牽繫著「不歸」的主題：

　　樂府只傳橫吹好，琵琶寫出關山道。

　　羈雁出塞繞黃雲，邊馬仰天嘶百草。

　　明妃[102]怨中漢使回，蔡琰愁處胡笳哀。

---

[100] （清）康熙御編：《全唐詩》，（北京：中華書局，1996年。）第16冊，卷540，頁6209。

[101] 參前註，第3冊，卷63，頁742。

[102] （宋）郭茂倩《樂府詩集》：「西晉·石崇〈明君辭〉，於卷第二十九歸〈相和歌辭〉：『明君，歌舞者也，晉太原中，季倫所作也。王明君本名昭君，以觸文帝諱，故晉人謂之明君。匈奴盛請婚於漢元帝之後，良家子明君明君配焉。初武帝以江都，王建女細君為公主，嫁烏孫王昆莫，令琵琶馬上作樂，以慰其道路之思，送明君亦然也。』」（北京：中華書局，1961年。）冊二，頁1。

鬼神知妙欲收響，陰風切切四面風。

<u>李陵</u>寄書別<u>蘇武</u>，自有人生無此苦。

當時若值<u>霍驃姚</u>，滅盡<u>烏孫</u>奪公主。[103]

敘述<u>劉禪奴</u>彈關山月曲調，以聽覺的意象揭示邊塞的遼闊，開展出視覺上的浩瀚無界。「羈雁出塞繞黃雲，邊馬仰天嘶百草。」道出邊塞特殊景象，<u>王昭君</u>在關外看到遼天的秋雁與闊地的白草，以此產生聯想。因為「雁」是羈旅飄泊的象徵，當仰望天際，長天遼闊，大地廣袤，眼前所見盡是邊地的風光景物，多少點染悲淒的氣氛，引觸難以回鄉的愁緒。以這樣的塞外景物與<u>漢</u>代史實作一聯想，除了有<u>明妃</u>怨歎外，兼及聽見<u>蔡琰</u>胡笳聲的悲淒，以及「<u>李陵</u>寄書別<u>蘇武</u>」的無奈，泣訴關山地遠無法回鄉的感傷，整首詩強化曲調的悲怨淒涼，點出昭君思<u>漢</u>的感傷情緒，也寄寓邊地的無限感慨。

再看<u>杜甫</u>（712 年～770 年）〈詠懷古跡〉：

群山萬壑赴荊門，生長明妃尚有村。

一去紫臺連朔漠，獨留青塚向黃昏。

畫圖省識春風面，環珮空歸月夜魂。

千載<mark>琵琶</mark>作胡語，分明怨恨曲中論。[104]

以<u>王昭君</u>為主題的描述，大都以「怨恨」作為全詩的精神。「獨留青塚向黃昏」道出淒涼的命運，「環珮空歸月夜魂」說明<u>王昭君</u>死後身上環珮的聲音已經斷絕，只剩靈魂在月光下空然無依的回鄉，相當悲慘。「千載琵琶作胡語，分明怨恨曲中論。」就是以琵琶聲聯想到昭

---

[103]　（<u>清</u>）<u>康熙</u>御編：《全唐詩》，（北京：中華書局，1996 年。）第 8 冊，卷 265，頁 2948。

[104]　（<u>清</u>）<u>康熙</u>御編：《全唐詩》，（北京：中華書局，1996 年。）第 7 冊，卷 230，頁 2511。

君出塞的無奈，進一步道出離鄉背景、流落異域的無奈感嘆，怨恨的
情緒，卻只能在曲調中隱約訴說出來。

　　而許渾〈聽琵琶〉詩云：

> 欲寫明妃萬里情，紫槽紅撥夜丁丁。
> 胡沙望盡漢宮遠，月落天山聞一聲。[105]

這首詩試圖去勾勒王昭君出塞，所蘊蓄內在的情感，琵琶「丁丁」樂
聲，道盡邊地黃沙漫漫的寂寥與感傷。

　　另外，王建（約766年～約830年）〈太和公主和蕃〉詩云：

> 塞黑雲黃欲渡河，風沙瞇眼雪相和。
> 琵琶淚溼行聲小，斷得人腸不再多。[106]

內容以和蕃為主題，主角雖不同，所呈現的依舊是冷冽的邊地與悽愴
的感受。「淚溼琵琶」，泣訴連琵琶樂音也感染這種斷腸情緒，樂聲
漸行漸小，猶似人的哀感愈覺哽咽，以致無聲嘆息。以琵琶喚起邊塞
情景，產生悲切的聯想，實是情思腸斷的表現。

　　此外，董思恭〈詠琵琶〉詩云：

> 半月無雙影，金花有四時。
> 摧藏千里態，掩抑幾重悲。
> 促節縈紅袖，清香滿翠帷。
> 始彈風響急，緩曲釧聲遲。
> 空餘關隴恨，因此代相思。[107]

---

[105] 參前註，第8冊，卷265，頁2948。
[106] 參註104，第9冊，卷301，頁3426。
[107] 參前註，第16冊，卷538，頁6139。

引詩主題以昭君懷抱琵琶之動人情節為背景，在急吟慢詠之間，令人動容不已。琵琶曲調由急聲轉為緩聲，與愁緒相融呼應，本想藉音樂消愁除憂，卻因「掩抑幾重悲」，讓情緒更低落、沉重，曲中的餘恨，只有「相思」兩字。以昭君彈奏琵琶的情景，表現相思悠遠，意長情深，日後琵琶也作為「相思」的代稱。

　　昔日和親的政策，乃攸關兩國交誼的奠定，琵琶樂詩的主題呈現，看不到對昭君和親的推崇，反而換取一生沉怨。「青塚」一詞，隱約道出葬身胡地，以琵琶傳唱無限深怨。「昭君出塞」的主題循著烏孫公主嫁昆彌的概念，與琵琶結合以傳唱歷史記憶，來表達唐人對和親亦存哀嘆之情。以上所舉，似有以昭君之死去烘托歷史的記憶，或許和親對唐人而言，是有所感傷的。

　　針對時間而言，以歷史史實事件統攝著王昭君的「怨」，即所謂「明妃怨中漢使回」。若以空間來看，遼闊的塞外變成離情的觸媒，琵琶的樂曲也成為淒苦的催化劑，正所謂：「公主琵琶幽怨多」這股深層無比的感傷。

　　再者，「自古美人懷抱琵琶，用於出塞之際，往往都是聯繫兩國交好的一種政治婚姻，非自願而委身相許之下得去國離鄉，故感傷成份無以能比。從外形來看，琵琶是胡樂器成功中國化的典型，故事中常與美人相連，但本質卻很陽剛。」[108]另外，琵琶樂器因為出音量大，音域廣，又可傳達昂揚活躍的節奏，表現雄偉的特性。因此，琵琶的陽剛本色搭配美人的柔情氣質，尤其「剛」代表著北方邊地壯闊的氣勢，「柔」則象徵南方中原文化的氣息，所以在這種剛柔並濟的發揮之下，頗為符合中國傳統上陰陽調和的精神。

---

[108] 林谷芳：《傳統音樂概論》，（台北：漢光文化公司，民87年7月31日。）頁56。

二、琵琶與將士，豪情征服的呈現

　　西域地區的少數民族與漢族的政權之間，常是和平與戰爭反覆交替著，因此唐代有關戍守邊地的詩歌，總是激發出豪邁氣慨，邊地生活蘊含孤寂落寞的同時，寄託著將士建功立業的希望，「琵琶」是在邊地相當活躍的樂器，對於戍守邊地的將士而言，自有不同的體驗。

　　如王昌齡〈從軍行〉，道出關山地遠所產生的愁情苦楚：

　　琵琶起舞換新聲，總是關山離別情。

　　撩亂邊愁聽不盡，高高秋月照長城。[109]

以樂舞表現邊塞將士思念家鄉親人的愁苦，一開始寫戍邊將士在琵琶伴奏的新曲中翩翩起舞，場面、情緒是歡樂的，次句為之一轉，寫出離別的愁苦，使人覺得歌舞，只不過是深埋將士心底愁苦的一種發洩，是強作歡樂的表情。以歡樂反襯離別的愁苦，關山路遠，與家人分離，暗示出哀傷離別為主題。在悲傷情緒的表達上，透顯開闊明朗的氣派豪情。

　　岑參〈白雪歌送武判官歸京〉：「中軍置酒飲歸客，胡琴琵琶與羌笛。」寫出中軍帳置酒餞別的情景，宴飲時奏樂來助興，演奏以少數民族的三種樂器－胡琴、琵琶、羌笛，充滿異鄉的情調，雖然沒有直接寫到音樂本身，想像出管急弦切的嘈雜場面。邊地的器樂，對於送別者能觸動鄉愁，送別之際更增添感染傷感之情。可見，軍中置酒作樂，少不了「胡琴琵琶與羌笛」，對征戍者來說，帶著異族情調，容易召喚起強烈的感觸。另一首〈涼州館中與諸判官夜集〉：

---

[109] （清）康熙御編：《全唐詩》，（北京：中華書局，1996 年。）第 4 冊，卷 143，頁 1444。

> 彎彎月出掛城頭，城頭月出照<u>涼州</u>。
> <u>涼州</u>七里十萬家，胡人半解彈<mark>琵琶</mark>。
> <mark>琵琶</mark>一曲腸堪斷，風蕭蕭兮夜漫漫。……[110]

大筆淋漓，酣暢不已的寫法，勾勒出西北重鎮的氣派與風光。<u>涼州城</u>的居民大都是少數民族，能歌善舞，多半會彈奏琵琶，城內時常盪漾著琵琶樂聲，這裏寫出此地的歌舞繁華，和平安定，同時帶著濃厚的邊地情調。

上述詩歌，將戰士必備的琵琶與生活作密切關係結合，戍守邊地者，必須要有相當深厚的精神後盾，琵琶成為戍守者基本生活的慰藉，意氣風發的戰士有了琵琶來解憂，彼此相襯，以符合英姿氣概的行軍形象。

<u>王翰</u>（景雲間進士）〈涼州詞〉，描述著「苦中作樂，樂中道苦」無奈的情緒：

> 葡萄美酒夜光杯，欲飲<mark>琵琶</mark>馬上催。
> 醉臥沙場君莫笑，古來征戰幾人回。[111]

樂觀激昂，陶醉於邊地特定的產品，讓心情有錦上添花之妙，邊地荒寒艱苦的環境，帶動出緊張動盪的征戍生活，有幸遇到那麼一次，那激昂興奮的情緒，那開懷痛飲、至死方休的期待，是不難想像。因此，胡人用琵琶樂器來助興，搭配「沙場」、「征戰」字眼，都表現出一種濃郁的邊地色彩和軍營生活的風貌。如上述，呈現三個意義：

（一）呈現異地胡域的概念，有樂觀積極豁達的情懷。

---

[110]　參前註，第 6 冊，卷 199，頁 2055。

[111]　（<u>清</u>）<u>康熙</u>御編：《全唐詩》，（北京：中華書局，1996 年。）第 5 冊，卷 156，頁 1605。

（二）盡興盡意的外向性格，表現唐人享樂主義，對戰事懷有視
　　　死如歸的決心。

（三）琵琶音樂極為動聽誘人，信手一彈，情意隨弦而溢，飽含
　　　隨意隨性、隨處暢快之豪爽開朗的性格。

　　另外，孟浩然（689 年～740 年）〈涼州詞〉，表達赴邊立功的
游俠少年懷鄉情感：

> 渾成紫檀金屑文，作得琵琶聲入雲。
> 胡地迢迢三萬里，那堪馬上送明君。
> 異方之樂令人悲，羌笛胡笳不用吹。
> 坐看今夜關山月，思殺邊城游俠兒。[112]

以「聲入雲」道出琵琶樂音響徹雲霄，傳遍闊地之遠，藉琵琶聲音的
渾厚堅實、傳聲闊遠之特性，表達久戍不歸，倍感身世的淒苦，加強
邊塞深度，可見詩歌表達精神與現實生活不一致。此外，總營造一個
無比雄偉、浩瀚無窮的壯麗場面，如詩中所提「胡地迢迢三萬里」。
在迢迢邊境上，寄託無依的愁緒。

　　上述詩歌所提到的「涼州」、「胡地」、「關山」等地理區域名
稱，都是各民族與戰爭的歷史緊密相連。此外，也與西域自然物象相
連，如「白草」、「葡萄」、「夜光杯」、「胡笳」等這些意象，揭
示塞外的軍旅生活，體現將士危機四伏的戰爭前夕，豪邁中似乎又帶
有對戰爭憂慮的心理狀態。

　　從外觀而言，琵琶的陽剛樂音配合著將士的豪邁性格，增添著一
股氣勢非凡的壯烈場面。再以內在意涵來看，戍守在遼闊的邊地，年

---

[112] 參註 111，第 5 冊，卷 160，頁 1668。

久日遠，鐵錚錚的漢子，難免被鄉思之情磨損不少豪情壯志，即使有
澎湃的琵琶樂聲，依舊流露出一絲絲的無奈與感傷。

三、琵琶與樂師，演奏風格的呈現

　　唐代琵琶演奏活動，十分活躍、普及，上達宮廷教坊，下至民間，
弦音錚錚，處處聽聞，琵琶演奏人才濟濟，整個充斥長安社會各階層。
唐詩中，對於琵琶演奏家有諸多的描述，如康崑崙、賀懷智、管兒、
曹綱等，都是頂尖琵琶樂手，是從西域輾轉前來的音樂家。茲以詩歌
中一探演奏家技藝之究竟，元稹〈琵琶歌〉詩云：

　　……段師弟子數十人，李家管兒稱上足。……[113]

段師的弟子中，以李管兒獨佔鰲頭，無非希望有朝一日能承繼師業，
延續琵琶音樂的生命，可見琵琶已有師承派別的現象。

　　元稹〈連昌宮詞〉：「夜半月高弦索鳴，賀老琵琶定場屋。」[114]

　　「賀老」即是賀懷智，在宮廷樂師之中，總是居於首要地位，因
為其他彈琵琶者都是根據賀懷智的琵琶音高來定弦，可見，在當時地
位是尊崇顯貴，以及學習對象。

　　元稹另一首〈琵琶歌〉也提到這位樂師，詩云：

　　玄宗偏許賀懷智，段師此藝還相匹。
　　自後流傳指撥衰，崑崙善才徒爾為。[115]

---

[113] （清）康熙御編：《全唐詩》，（北京：中華書局，1996 年。）第 12 冊，卷
　　421，頁 4630。
[114] 參前註，第 12 冊，419 卷，頁 4613。
[115] 參前註，第 12 冊，卷 421，頁 4630。

歷數琵琶樂手前輩，賀懷智與段師堪稱匹敵，之後康昆崙和曹善本就顯得微不足道。唐玄宗本身擅長彈琵琶，賀懷智能受寵於玄宗，基於以鐵撥彈琵琶，技能精湛所致，最後雖然廢撥以手彈奏，卻也造就了康崑崙這位樂師的名氣。康崑崙雖出眾，卻難能凌駕段善本之上。就在「開元年間，段善本首創以皮制弦，彈音宏亮，當時演奏家賀懷智彈其琵琶，卻是彈不響弦音。」[116]可見，段師的技巧獨異，手腕力道是常人所不及的。除此，他也善於移調演奏，在《樂府雜錄》中就記載著康崑崙和段善本之間的競技與互動，兩人在長安市上的祈雨活動，有「賽琵琶」[117]一事，段善本技藝超凡獨特、出神入化，所見技藝性的專精，令人折服，也無人能敵，致使其甘拜下風。康崑崙得其指點染化之後，便善盡段氏之藝，而出類拔萃，這段描述，可以知道唐代有「競賽琵琶」的風氣，比鬥方式是先隱埋姓名，改易裝扮，最後出奇制勝，較量其中勝負，才揭曉比賽中的參賽人物。

---

[116] （唐）段安節：《樂府雜錄・琵琶》，（台北：臺灣商務印書館，民 55 年 3 月台一版。）收錄於王雲五編《叢書集成簡編》頁 22。

[117] 參註 116，段安節：《樂府雜錄》：「開元中有賀懷智，其樂器以石為槽，鵾雞筋作弦，用鐵撥彈之。貞元中有崑崙第一手，始遇長安大旱，詔移兩市祈雨，及至天門街市人廣較勝負，及鬥聲樂，即街東有康崑崙，琵琶最上。必謂街西無以為敵也，遂請崑崙登綵樓，彈一曲『新翻羽調綠腰』。其街西亦建一樓，東市大誚之。及崑崙度曲，西市樓上出一女郎抱樂器。先云：『我亦彈此曲兼移在楓香調中，及下撥聲如雷，其妙如神。』崑崙即驚駭，乃拜請女郎，遂更衣出現，乃僧也。蓋西市豪族厚賂莊嚴寺僧善本，以定東 之勝。翌日德宗召入令陳本藝異常嘉獎，乃令教授崑崙，段奏曰：『且請崑崙彈一調及彈。』師曰：『本領何雜兼帶邪聲』崑崙驚曰：『段師神人也，臣少年，初學藝時偶於鄰舍女巫授一品弦調後，乃易數師，段師精鑑如此之妙也。』段奏曰：『且遣崑崙還盡樂器十餘年，使忘其本領，然後可教，詔許之後，果盡段之藝。』」頁 22-24。此外，《杜陽雜編》云：「元載子伯和之門客，善琵琶，自製西梁州曲，康崑崙傳其伎。」（台北：臺灣商務印書館，68 年 5 月臺一版。）頁 16。

「鬥琵琶」方式，對音樂本身是具有良性互動，一方面吸收對方精華，也可藉由競爭以開拓音樂發展之路。

另外一位具有盛譽者是曹善才，李紳（772 年～846 年）在〈悲善才〉序中寫道：「余守郡日，有游客者，善彈琵琶。問其所傳，乃善才所授。頃在內庭日，別承恩顧，賜宴曲江，敕善才等二十人備樂。自余今播遷，善才已沒。因追感前事，為悲善才。」詩云：

……東頭弟子曹善才，琵琶請進新翻曲。
銜花金鳳當承撥，轉腕攏弦促揮抹。
花翻風嘯天上來，裴回滿殿飛春雪。
抽弦度曲新聲發，金鈴玉佩相蹉切。
流鶯子母飛上林，仙鶴雌雄唳明月。
……三月曲江春草綠，九霄天樂下雲端。[118]

曹善才的父親是曹保，兒子是曹綱，家學淵源各具名聲。對於曹善才演奏琵琶樂曲，李紳描述所聽樂曲如見識到「花翻風嘯天上來，裴回滿殿飛春雪」之花與雪的飄揚飛拂，呈現豐富的視覺觀感；而彈奏的聲響，如同聽到「金鈴玉佩相蹉切」與「仙鶴雌雄唳明月」一般，鏗鏘有力，清晰耳際，突顯聽覺上的感受，名聲可以用「九霄天樂下雲端」的比喻來評價。可見，對其推崇備至，他的兒子曹綱以右手運撥，聲音有如風雷之勢，也相當具有名氣。

以白居易〈聽曹剛琵琶兼示重蓮〉來看：

---

[118] （清）康熙御編：《全唐詩》，（北京：中華書局，1996 年。）第 15 冊，卷 480，頁 5466。

撥撥弦弦意不同，胡啼番語兩玲瓏。

誰能截得曹剛手，插入重蓮衣袖中。[119]

可以看出此詩描述曹剛的隨意撥彈，自成曲調，表現出不同的意涵，「胡啼番語」則道出異族的風格特性。

而劉禹錫（772 年～842 年）〈曹剛〉：

大弦嘈嘈小弦清，噴雪含風意思生。

一聽曹剛彈薄媚，人生不合出京城。[120]

引詩可看出詩人把曹剛推崇極致，只要能聽到曹剛所彈奏的「噴雪含風」之「薄媚」曲，人生不必出京城，道出此生無所遺憾。再看薛逢（生平事蹟不詳）〈聽曹剛彈琵琶〉詩云：

禁曲新翻下玉都，四弦振觸五音殊。

不知天上彈多少，金鳳銜花委半無。[121]

引詩可知，對於曹綱所彈奏的曲調，認為有新奇獨絕之感，輕輕振觸四條琴弦，就能以五個音階撥彈出完美的曲調。

唐詩中得見詩人對其欣賞的樂師，都會作詩予以推崇表揚，若不是本身對音樂有所涉獵及修習的話，對每一位樂師的描摹，是很難掌握其精神氣韻。所以，詩歌中各家之長，皆所獨見，例如：曹綱—曹右手；段師—力道強勁；康昆崙—移調之風格；賀懷智—破撥之創新改革等等。

對於樂師演奏風格，大致呈現四個重要意義：

---

[119] （清）康熙御編：《全唐詩》，（北京：中華書局，1996 年。）第 14 冊，卷449，頁 5061。

[120] 參前註，第 11 冊，卷 365，頁 4127。

[121] 參註 118，第 16 冊，卷 548，頁 6334。

（一）諸位演奏家，在唐代社會是相當備受尊重，地位崇高。都
　　　是以擅彈琵琶，展顯榮耀。

（二）以技藝較量方式，促其精進成長，以尋求社會定位。

（三）琵琶傳授上，已有師承觀念建立，系出名門變成重要考量。

（四）演奏時強調繁富多變的曲性，展現氣勢，以發揮音樂境界。

　　綜合以上美感呈現之所見，琵琶樂詩著眼於明妃、戰士、樂師，
各從和親、邊塞、技藝上去聯結，這是琵琶相當重要的發展模式，可
以呈現如下之意涵：

第一，昭君和親主題，烘托為國效忠的悲調，和親對唐人而言，
　　　或許期許甚高。

第二，戍守征戰，為海內修干戈，或為君主凱戰，皆是為求個人
　　　功業的開展。

第三，記錄外族琵琶演奏家與音樂入駐長安，音樂有了系統的整
　　　合與發展，以延續琵琶樂的藝術生命。

第五節　小結

　　琵琶因為沒有雁柱的設置，聲音較為厚實，再加上以左手緊按纏
弦，配合右手撥彈的聲音，音色也較為沉穩，很適合發揮豪邁渾厚的
音質。琵琶在唐代一直是受人喜愛的樂器，儘管社會歷史的變遷，或
者經濟文化的蕭條，唐人的熱情始終沒有冷落過琵琶，否則就不會有
音樂與文學結合而抒發出千古傳唱的〈琵琶行〉詩。各琵琶演奏家的
熱衷投入，對琵琶的彈奏技巧不斷的研究與創新，提供詩人各種精闢
比喻的題材，能巧妙反映了人與音樂之間，從接觸到互動細膩過程和
深刻體驗。

　　琵琶樂器與邊地塞外結合之故，較有雄渾、壯美的聲調，因此聽覺上與視覺上都有一種恢宏的氣勢。古代常以美女的形象結合，賦予一種細膩柔美的感覺。由於音域廣，音質清亮，音響豐富，能大能小，能斷能連，表現力相當強烈，加上演奏技巧與演奏形式符合人們審美心理，獲得眾人的喜愛。

　　琵琶之所以能在唐代盛行，成為主奏樂器，正因為「盛唐時期，都市的繁華景象和人們追求享受、美飾的心理，決定了只有擅長表現繁富色彩的琵琶，才是它唯一最理想的載體。隨著時代的推進，樂器的出音密度越來越高，音色越來越亮，這兩者都是向盛唐音樂對繁富色彩的要求作一步步地適應，都是在向越來越世俗化、享樂化的心理作一步步地接近，彈撥樂器到唐代便完成了自己的軌跡，不再有新的重要樂器被創造出來，正從反面說明彈撥樂器是在音樂對自身色彩的追求中得到發展的。」[122]無論在樂器、樂調均受西域的影響極大，從宮廷到民間，處處可見新奇與多元化的氣氛。從琵琶的流行趨勢來看，必定有新一波彈奏技巧的學習，可驗證詩人在創作上所結合這股潮流，這應該是琵琶所具的社會地位以及被以詩歌來傳頌的因素。

---

[122] 劉承華：《中國音樂的人文闡釋》，（上海：上海音樂出版社，2002 年 10 月）頁 157-158。

第五章　笛樂詩之藝術內涵

　　社會大眾對於笛這項樂器，普遍的概念是，笛身小巧玲瓏，不像其它樂器那樣的厚重，所以攜帶方便。笛的音質，相當清遠嘹亮，可以表現出各種不同的音色，音調上可以吹出許多的變化。由於笛身輕巧，以及可以發揮繁複多變的音色，使得多數大眾願意從事與紛相學習，普及的程度可見一斑。唐詩中有關笛樂詩共摘錄了四百零二首，基於這些笛樂詩歌的描繪，可藉此考察笛的產生背景與發展的狀況，進一步探討其在唐代的地位，以及受歡迎的情況抑或其展現的藝術內涵是如何？

第一節　笛的命名與形制

　　由於年代久遠，笛的起源有很多不同的說法，一般觀念都是以黃帝命令伶倫所制作的律管樂器，為最早的說法，然而早期的律管樂器並非是後來所定型的橫式笛，是屬於直式律管，如同《呂氏春秋·古樂》所說：

> 昔黃帝令伶倫作為律，伶倫自大夏之西，乃之阮隃之陰，取竹嶰谿之谷，以生空竅厚均者，斷兩節間，其長三寸九分而吹之，

以為黃鐘之宮，吹曰含少，次制十二筒，以之阮隃之下，聽鳳
皇之鳴，以別十二律。[1]

相關的說法，如東漢・應劭《風俗通義》[2]也有此記載，應劭所指的笛
是漢武帝仲丘所作。《呂氏春秋》說法是遠古時期笛樂起源的傳說，
反映出當時先民以竹管制作樂器來吹奏的事實。

　　同時期還有一種類似竹管的樂器─「箎」，這種樂器是以竹子來
制作的，有底部的。像陳暘《樂書》提到：

箎之為器，竹為之，有底之笛也。而戰國時期曾侯乙墓笛，共
七孔。[3]

「箎」是屬於竹制而且有底的管類樂器，戰國時期所出土曾侯乙墓笛
是七個孔，吹音孔和出音孔向上，五個指孔向外，為我國早期橫吹方
式的竹管樂器，《詩經・小雅・何人斯》：「伯氏吹塤，仲氏吹箎。」[4]，
所提到「箎」樂器，就是屬於七個孔且橫吹式的管樂器。可見，「箎」
在上古時期是類似笛的竹管樂器，同為七個孔，與「笛」都是屬於橫
吹的方式。一般認為「箎」與「笛」兩者的外形雖有類似之處，最大
的差別在於「有無底部」[5]。陳勝田認為「殷周以後，竹類樂器迅速的

1　（戰國・秦）呂不韋：《呂氏春秋・仲夏紀第五・古樂》，（台北：臺灣中
　　華書民76年4月豪華一版。）收錄於《四部備要》，卷五，頁8-9。

2　（漢）應劭：《風俗通義》云：「昔皇帝使伶倫，自大夏之西崑崙之陰，取
　　竹於嶰谷，生其竅，厚均者，斷兩節而吹之。」（台北：臺灣中華書局，民
　　76年4月豪華一版。）收錄於《四部備要》，聲音第六，頁1。

3　（宋）陳暘：《樂書》，（北京：中華書局，1991年。）欽定四庫全書珍本，
　　卷一四七，頁4。

4　《詩經・小雅・何人斯》詩云：「仲氏吹箎。」注云：「竹曰箎，長尺四寸，
　　圍三寸，七孔，一孔上出，徑三分，橫吹之。」

5　郭德維：《藏滿瑰寶的地宮・曾侯乙墓綜覽》云：「曾侯乙墓出土的橫吹竹
　　管樂器是箎。箎是一種似笛非笛的橫吹竹管樂器。它也有七個孔，但『一吹
　　孔和一出音孔開在管身兩端近旁，五個指孔平行開在與吹孔、出音孔呈九十

發展，為數不同的按音孔陸續發現，大部份都是直吹的（如管、筦、
筧、簫、篁、篍、籥、篴、筞、籥、篴、簫、筦、筊等等），唯有「箎」
是橫吹。箎雖為橫吹，但孔的位置和現在的橫笛形制不同，只能說是
橫式笛的萌芽階段。」[6]可見，當時並沒有形成一種既定的樣式，可以
直吹，亦有橫吹的方式。

　　根據其他歷史記載，笛的另一起源，認為漢武帝時丘仲所制作
的，就如東漢・應劭《風俗通義》所載：

> 謹按《樂記》，武帝時，丘仲之所作也。笛者，滌也。所以蕩
> 滌邪穢，納之於雅正也。長二尺四寸，七孔，其後又有羌笛。[7]

根據引文陳述，笛與曾侯乙墓笛一樣，有別於西域羌笛。為何叫做
「笛」？認為是「笛」是以「滌」之諧音，有滌洗之概念，強調笛能
「洗滌邪穢」，具有「雅正」意義。宋・陳暘《樂書》亦云：

> 笛之滌也，可以滌蕩邪氣出揚正聲，七孔，下調，漢部用之。
> 蓋古之造笛，剪雲夢之霜筠，法龍吟之異韻，所以滌邪氣，出
> 揚正聲者也，其制可謂善矣。[8]

度的管身一側。……吹奏時，雙手執箎端平，手心向裡（不像今之操笛，手
心向下），箎身橫向吹，此即『橫吹』……兩端封閉，即所謂『有底』。笛
與箎的根本區別，正在於無底與有底。笛為開管樂器，箎為閉管樂器，它們
是音律體系完全不同的樂器。』（北京：文物出版社，1991年。）頁71-72。

[6]　陳勝田：《中國笛之演進與技巧研究》，（台北：生韻出版社，民72年4月
　　初版。）頁9-11。

[7]　（漢）應劭：《風俗通義》（台北：臺灣中華書局，民76年4月豪華一版。）
　　收錄於《四部備要》，聲音第六，聲音六，頁5。

[8]　（宋）陳暘：《樂書》，（北京：中華書局，1991年。）欽定四庫全書珍本，
　　卷一四七，卷一四九，頁8。

笛之所以為笛，是因為可以「滌蕩邪氣，出揚正聲。」古代造笛的材料是以雲夢之地的竹，仿效龍吟之聲韻，才得以出揚正聲，笛因而具備完善的音色。因此，<u>東漢</u>·<u>劉熙</u>《釋名》以音質的角度來說明：

> 篴[9]，滌也。其聲滌滌然也。[10]

「篴」與「笛」的音義雖然相同，但二者分屬不同吹奏的領域，「篴」卻是古代的雅樂，屬豎吹的方式，<u>春秋</u>時期所使用的笛，並非是<u>漢</u>族的七孔笛，而是<u>羌</u>人所創。

所以，根據《說文》說法：

> 笛，七孔筩也，从竹由聲。羌笛三孔。[11]

清楚區分笛與篴的不同。根據<u>楊蔭瀏</u>說法：「羌笛最初只有四個按孔，西元前第一世紀，經過<u>京房</u>（西元前 77—西元前 37）在後面加了一個最高音的按孔，才有五個按孔。」[12]與《說文》有別，可見，<u>楊蔭瀏</u>應該是沿用馬融〈長笛賦〉說法，誠如漢·<u>馬融</u>〈長笛賦〉所記載：

> 近世雙笛，從<u>羌</u>起，<u>羌</u>人伐竹未及已，龍鳴水中不見己，截竹吹之，聲相似。剡其上孔，通洞之，裁以當撟便易持，易<u>京君</u>

9　（明）朱載堉《律呂精義》：「蓋篴與笛音義並同，古文做篴，今文作笛。」（台北：鼎文書局，民 64 年 5 月。）收錄於<u>楊家駱</u>主編：《中國音樂史料》，頁 2412。《周禮·笙師》：「笙師掌教……篴……，以教祴樂。」（台北：藝文印書館，90 年 12 月。）收錄於《十三經注疏》，頁 366。（漢）應劭：《風俗通義》：「蓋篴與笛，音義並同，古文作篴，今文作笛，其名雖謂之笛，實與橫笛不同。」頁 5。

10　（漢）<u>劉熙</u>：《釋名·釋樂器》（二），（北京：中華書局，1985 年北京新一版。）第七卷，第二十二，頁 108。

11　（漢）<u>許慎</u>：《說文解字注》，（台北：黎明文化公司，63 年 9 月初版，民 73 年 2 月 10 版。）頁 199。

12　<u>楊蔭瀏</u>：《中國古代音樂史稿》，（台北：丹青出版社，民 76 年 4 月。）頁 128。

> 明賢識音律，故本四孔加一，<u>君明</u>所加，孔後出，是謂商聲，
> 五音畢。[13]

引文指出，<u>京房</u>因為善音律，所以把原本只能吹四聲音階的直吹式
三孔笛，改進成了多一個「後出孔」的四孔笛，多加的這個孔是商
音，之後五音就可以吹奏齊全。根據《說文》：「羌笛三孔」以及
〈長笛賦〉：「本四孔」的說法，似乎呈現說法不一的情況。再者，
「『本四孔』，並非說『原本四個音孔。』這是計量方法不同，古
人所謂的幾孔，常常是連同底孔（即所謂「笛體中聲」）一起算的。
認定「原本四孔」是連帶了底孔（笛體中聲）的，所以可以推知漢
時羌笛，大體樣式：吹孔切削而成後，兩端通洞，並且只有三個音
孔的豎吹笛，也就是說京房改進後成了多一個「後出孔」的四孔豎
笛，至於<u>東漢</u>、<u>魏晉</u>時期，這種能奏出五音的長笛，獲得能奏全七
聲音階的發展。」[14]因此《說文》所言「羌笛三孔」，若加上底孔，
後又加上一按孔，則符合「本四孔加一」的說法。

　　笛發展到<u>唐</u>代，設置在「太常四部樂」[15]，四部樂中都有笛這
種的樂器，可見笛是占有相當重要的地位，除此，來源說法以及定
型方面，<u>唐</u>時期更有明白記載，如唐・<u>段安節</u>《樂府雜錄・笛》：

> 笛者，羌樂也。[16]

---

[13] （漢）<u>馬融</u>：〈長笛賦〉，收錄於（清）<u>陳元龍</u>輯《歷代賦彙》，（北京：北京圖書館出版社，1999 年。）卷九十四，頁 309。

[14] 〈羌笛研究〉，網址：http://www.diyun.com/title1/jdy.htm

[15] （日）<u>岸邊成雄</u>著，<u>梁在平</u>・<u>黃志炯</u>譯：《唐代音樂史的研究》云：「<u>唐</u>朝之太常四部樂：一、龜茲樂：鼓樂器（羯鼓、偕鼓、腰鼓、鷄婁鼓）；管樂器（笛、觱篥、簫）；打擊樂（方響、拍板、銅鈸）。二、胡部：弦樂器（箏、箜篌、五弦、琵琶）；管樂部（笙、笛、觱篥）；打樂部（方響、拍板、銅鈸）。三、大鼓部：大鼓。四、鼓笛部：笛、杖鼓、拍板。」（台北：臺灣中華書局，1973 年 10 月。）頁 43。

[16] （唐）<u>段安節</u>：《樂府雜錄・笛》，（台北：臺灣商務印書館，民 55 年 3 月台一版。）收錄於<u>王雲五</u>編《叢書集成簡編》，頁 30。

另外，《舊唐書‧音樂志》也云：

> 漢武帝工丘仲所造也。其元出於羌中。[17]

笛是羌族的音樂，《舊唐書‧音樂志》依循漢時說法，也認為笛是漢武帝時的丘仲所制作的，對於羌笛的部分，進一步說明源自羌地。此外，對於羌笛何時出現在中原，有人認為是張騫出使西域後所傳入的，如崔豹《古今注》記載：

> 橫吹，胡樂也。張博望入西域，傳其法於西京，唯得「摩訶」、「兜勒」二曲。李延年因胡曲，更造新聲二十八解，乘以為舞樂，後漢以給邊將軍和帝時萬人將軍得用之。[18]

張博望即是張騫，通西域所獲得「摩訶」、「兜勒」的曲調，便將此奇特的經驗傳佈於西京（長安），指出橫吹樂器是從西域所傳入的，這橫吹樂器相傳就是羌笛。楊蔭瀏則進一步指出：「橫吹的笛在鼓吹（橫吹）中間占有相當重要的地位，是從西元前第一世紀末期漢武帝的時候開始，這可能和張騫由西域傳入吹笛的經驗和笛上的曲調有著關係，這裡說明了笛是西域傳來了吹笛的經驗和曲調，而不是笛樂器的本身。」[19]如上所言，可以確定笛應該是古已有之，屬於七孔笛，傳至漢朝後用作典禮之上，有別於羌笛的三孔笛。古代文獻都有黃帝

---

[17] （後晉）劉昫修撰：《舊唐書‧音樂志》，（北京：中華書局，1973 年。）卷二十九，志第九，音樂二，頁 1075。

[18] （西晉）崔豹，《古今注》：「魏晉以來二十八解不復具存世用者。黃鶴、隴頭、出關、入關、出塞、入塞、折楊柳、黃華子、赤之楊、望行人等十曲。」（台北：臺灣中華書局，民 76 年 4 月豪華一版。）收錄於《四部備要》子部，據漢魏叢書本校刊，卷中，音樂第三，頁 3。

[19] 楊蔭瀏：《中國古代音樂史稿》，（台北：丹青出版社，民 76 年 4 月。）頁 128。

命伶倫伐昆侖之竹為笛的記載，加上古代的管樂器，如笙、簫、管、篪、籥、竽、篷，都是用竹子制成的，因此，這種說法是可以成立的。

漢武帝時，李延年根據張騫帶回曲調，譜寫二十八首具有西域雄渾昂揚的風格之笛曲，作為軍樂並組成樂隊，規定守邊戰士才有資格使用，而軍樂隊中羌笛是主奏樂器。李延年所譜寫「隴頭」、「出關」、「入關」、「出塞」、「入塞」、「折楊柳」、「關山月」等曲調流行於民間，也傳至唐，有詩為證，例如：

王之渙〈涼州詞〉：「羌笛何須怨楊柳，春風不度玉門關。」[20]

王昌齡〈從軍行〉：「更吹羌笛關山月，誰解金閨萬里愁。」[21]

綜合上述，可彰顯兩項重點：

（一）笛與邊塞的關係，應該在漢代就已經有所聯結，因此與戰士關係不可分割。

（二）羌笛與曲調關係密切，結合「楊柳」意象，「折楊柳」曲調在唐代經常有所表現。

另外，宋‧陳暘《樂書》記載吹奏的方式，據云：

　　唐之七星管，古之長笛也，蓋其狀如篪而長，其數盈而七竅，橫以吹之。旁一竅慎以竹膜，而為助聲，唐‧劉係所做也。[22]

上述內容可以印證古笛為七孔的說法，唐代七星管比照古代笛的樣子去制作的，外形像「篪」[23]。篪在早期竹制樂器裏面是唯一以橫吹的

---

[20]　（清）康熙御編：《全唐詩》，（北京：中華書局，1996 年。）第 8 冊，卷 253，頁 2850。

[21]　參前註，第 4 冊，卷 143，頁 1444。

[22]　（宋）陳暘：《樂書》，（北京：中華書局，1991 年。）欽定四庫全書珍本，卷一四七，頁 5。

[23]　（後晉）劉昫修撰：《舊唐書‧音樂志》對篪的說明：「篪，吹孔有嘴如酸棗。橫笛，小篪也。漢靈帝好胡笛，五胡亂華，石遵玩之不絕音。」，（北

方式去呈現，如此可知唐時期，大眾對笛的普遍觀念大都界定在橫吹方式。「旁一竅慎以竹膜，而為助聲。」透露了劉係所制作的七星管，以貼上竹膜的方式，來增加笛子的音色，足見唐已具有以竹膜輔助笛音的特點，笛孔黏貼竹膜是笛身最獨特的標誌，這並不是最早以貼膜助聲的記錄。唐‧王讜《唐語林》提到：

> 桓野王善解音，晉孝武祖宴西堂，樂闋酒將闌，詔桓野王箏歌。野王辭以須笛，於是詔其常吹奴碩，賜姓曰張，加四品將軍，引使上殿。張碩意氣激揚，吹破三笛。末取「豬腳笛」，然後乃調理成調。[24]

東晉孝武帝詔張碩吹奏笛子，沒想到意氣激動昂揚，「吹破三笛」，這裏並非指三根笛子，而是氣息過大，連續把笛膜震破了三片，最後貼上了所謂之「豬腳笛」[25]，才能協律成調，完成曲子的吹奏工作。因為「笛子的吹奏，仰賴氣息的流動，所以，膜孔太小，音量小，音色柔軟。膜孔太大，音量大，音色不美，有爆裂聲。故中國笛發出的音色，可以說全賴笛膜的幫助，以竟其功。」[26]可見，貼竹膜的功夫，要能恰到好處，過度的疏開、密合都是不利曲調的吹奏，這項改革在音色、音量皆能煥然一新，使笛樂藝術的表現力大大提昇。

京：中華書局，1973 年。）卷二九，志第九，音樂二，頁 1075。（南朝梁）沈約撰《宋書‧音樂志》：「『有胡篪出於胡吹。』橫笛皆去觜，其加觜者謂之義觜笛。」（北京：中華書局，1973 年。）卷十九志第九樂一，頁 558。

24　魯迅校錄：《古小說鉤沉‧裴子語林》，（山東：齊魯書社，1997 年。）頁 23。

25　笛膜必須貼附於笛孔，一般都使用白笈，另外有一種阿胗（俗稱驢皮膏）來黏貼。「豬腳笛」即是熬煮成稠，黏性特別好，恰好能將笛膜黏牢。

26　陳勝田：《中國笛之演進與技巧研究》，（台北：生韻出版社，民 72 年 4 月初版。）頁 43。也得見於童斐《中樂尋源》云：「笛於吹孔、發音孔之間，鑽孔蒙膜，肋管中空氣振動的強度，故其聲倍加清朗。」（台北：藝文出版社，民 65 年。）第四章〈樂器〉，頁 21。

　　笛的材料當然是竹，一般人通稱為「竹笛」。由於綠竹的顏色光澤如翠玉一般，會美稱為「玉笛」，有些笛也有用真玉去制作，就如《梁州記》所云：

> 咸寧中有盜竊發張駿家，得白玉笛，唐‧天寶中明皇命紅桃歌貴妃涼州曲，親御玉笛為之倚曲，則玉之為樂器，非特為笙簫，亦可為笛矣，今士大夫之家，往往有之。[27]

敘述咸寧中一位盜墓者，從陪葬物中盜得白玉笛，嗣後，唐明皇親配上曲調，竟能夠重新倚聲吹奏。

　　「玉笛」可以吹奏的記載，也記錄在唐玄宗夢遊月宮將玉笛帶回回人間的傳奇事蹟，如《太真外傳》：

> 玄宗嘗夢仙子十餘輩，御卿雲而下，各執樂器懸奏之，曲度清越，真仙府之音。有一仙人曰：『此神仙紫雲迴，今傳授陛下為正始之音。』上喜而傳授，寤後餘響猶在，旦命玉笛習之，盡得其節奏也。[28]

「玉笛」有尊貴崇高的象徵，只賜予懂音律者，唐玄宗獨具音樂素養，成為代表性人物，《羯鼓錄》[29]中記載唐玄宗尤愛吹玉笛。基於此，可彰顯三項重點：

　　（一）玉笛音色優美，寓神奇瑰麗的色彩。

　　（二）以神話傳說角度，烘托出尊貴價值。

---

[27] （南齊）劉澄之《梁州記》，收錄於《說郛》叢書，清順治丁亥（4 年）善本，兩浙督學李際期刊本。

[28] （宋）樂史：《太真外傳》，（台北：藝文印書館，民 56 年。）收錄於《陽山顧氏文房》叢書，頁 6。

[29] （宋）王灼撰，《碧雞漫志》：「《羯鼓錄》云，明皇尤愛羯鼓玉笛。」（台北：藝文印書館。）收錄於《知不足齋叢書》，卷五。

（三）玉笛與譜曲者之間緊密關係，彼此呼應以發揮諧調曲性。

唐詩中確有「玉笛」一詞，以強調笛音清亮悠揚的效果，例如：

李白〈聽黃鶴樓吹笛〉：「黃鶴樓中吹玉笛，江城五月落梅花。」[30]

及另一首〈金陵聽韓侍御吹笛〉：「韓公吹玉笛，倜儻流英音。」[31]

于鵠〈長安遊〉：「何處少年吹玉笛，誰家鸚鵡語紅樓。」[32]

李端〈贈郭駙馬〉：「楊柳入樓吹玉笛，芙蓉出水妒花鈿。」[33]

張祜〈華清宮〉：「一聲玉笛向空盡，月滿驪山宮漏長。」[34]

笛另有「龍笛」名稱，根據《呂氏春秋》記載，黃帝命伶倫作笛，便以「聽鳳凰之鳴」[35]制作出笛的十二聲律。所以吹奏笛子，來模擬鳳凰的鳴叫聲。此外，漢・馬融《長笛賦》提到「龍鳴水中不見己」，因此「截竹吹之」，二者聲音相似。嗣後，笛音似龍鳴、鳳鳴的觀念，便擴及開來，產生了聯繫。李白〈宮中行樂辭〉提到：「笛奏龍吟水，簫鳴鳳下空。」[36]區別二者用法，鳳鳴以簫聲喻之，而龍吟以笛聲來比擬。

端看唐詩中也有諸多「龍笛」之描述，例如：

唐遠悊〈奉和送金城公主適西蕃應制〉：「龍笛迎金榜，驪歌送錦輪。」[37]

---

[30]　（清）康熙御編：《全唐詩》，（北京：中華書局，1996年。）第6冊，182卷，頁1857。

[31]　參前註，第6冊，184卷，頁1877。

[32]　（清）康熙御編：《全唐詩》，（北京：中華書局，1996年。）第10冊，310卷，頁3504。

[33]　參前註，第15冊，286卷，頁3269。

[34]　參前註，第15冊，511卷，頁5841。

[35]　（宋）王應麟：《玉海》云：「黃帝使伶倫伐竹於昆谿，斬而作笛，吹之作鳳鳴。」（京都：中文出版社，1977年12月。）頁2097。

[36]　參註32，第5冊，164卷，頁1702。

[37]　參註32，第3冊，69卷，頁774。

張說〈奉和聖制過寧王宅應制〉：「竹院龍鳴笛，梧宮鳳遶林。」[38]

錢起〈送鮑中丞赴太原軍營〉：「雲旂臨塞色，龍笛出關聲。」[39]

韓偓〈梅花〉：「龍笛遠吹胡地月，燕釵初試漢宮妝。」[40]

李白〈陪宋中丞武昌夜飲懷古〉：「龍笛吟寒水，天河落曉霜。」[41]

以上所舉，都是比擬龍笛能吹出高亢嘹亮的聲音，由此可見，「玉笛」、「龍笛」都是笛子的別稱，只是材質的不同。然而不管笛有多少的別稱，唐代的形制都是七孔：最大的差異在於多設置一個可以貼笛膜的孔，因此，鄭覲文《簫笛新譜》云：

> 笛的歷史在唐之前，名曰橫吹，有六孔無膜，到隋唐時，羌、胡音樂傳入中國，他的橫吹名曰笛，風口與音孔的中間，令開一孔，用葦膜貼其上，就是現在社會上通行笛子的來頭。[42]

由上所述，則進一步確立笛子基本定型的概念，唐之前的笛，有六孔（若加上底洞則有七孔），但沒有貼膜的孔，而後在風口與音孔的中間多開了一個洞，所新開的孔，則用來貼上蘆葦膜，以協調音律的氣息流通，大概是目前通行於社會的樣式。

綜合上述，笛有多種稱呼，這些不同名稱，自有其背景與特質。此外，依其意涵而言，「出揚正聲」是吹奏上欲為發揮的作用，如何達到這樣效果，最明顯的輔助力量是貼上竹膜，力求氣息流動迴盪的效果，以達笛音之悠揚，這是基本的吹奏型態。

---

[38]　參註 32，第 3 冊，87 卷，頁 943。

[39]　參前註，第 8 冊，238 卷，頁 2654。

[40]　參前註，第 20 冊，680 卷，頁 7792。

[41]　參前註，第 6 冊，181 卷，頁 1848。

[42]　鄭覲文編：《簫笛新譜》，（上海：文明書局，1924 年。）

第二節　笛樂的歷史考察

對於笛子的描繪，首見宋玉〈笛賦〉。其內容論及竹的生長，而後制作成樂器，以及被演奏的情形，最後則提出對音樂教化作用的體認。宋玉〈笛賦〉描寫竹的生長環境：

> 余嘗觀於衡山之陽，見奇篠異幹、罕節簡枝之叢生也。……名高師曠將為陽春，北鄙白雪之曲。……乃使王爾、公輸之徒，合妙意角較手，遂以為笛。[43]

進一步寫出環境的自然景觀及方位氣象：

> 其陰，則積雪凝霜，霧露生焉。其東，則朱天皓日，素朝明焉。其南，則盛夏清澈，春陽融焉。其西，則涼風遊旋，吸逮存焉。[44]

接續而下，賦中首次提到笛子的吹奏情形：

> 延長頸、奮玉指、摛朱唇、曜皓齒、赭顏臻、玉貌起。吟清商，追流徵，歌伐檀，號孤子。發圓轉，舒積鬱，其為幽也。[45]

賦中除了描寫選材的條件，也保留吹笛的基本姿態，看似簡單的動作，在氣息不斷運吹流動之間，展現吹笛的必經步驟與神情意態。其實「發圓轉，舒積鬱，其為幽也。」即寫出笛樂的感動人心，一連串輕暢悠遠的樂音，在唇邊流瀉而出，圓滑流轉的笛音，以抒解鬱悶。

宋玉〈笛賦〉亂詞是總其結論，以「芳林皓幹，有奇寶兮，博人通明，樂斯道兮。」稱贊竹的奇特。「雙林閒麗，貌甚好兮，八音和

---

[43] （戰國・楚）宋玉：〈笛賦〉，收錄於（清）陳元龍輯：《歷代賦彙》，（北京：北京圖書館出版社，1999 年。）卷九十四，頁 307。

[44] 參前註，卷九十四，頁 307。

[45] 參前註，卷九十四，頁 307。

調，成秉受兮。」是贊頌笛之音樂。「嘉樂悠長俟賢士兮，鹿鳴萋萋
思我有兮，安心隱志可長久兮。」用以抒發自己的情志與態度。

　　由上可見，從竹至笛以至於用來演奏，在在都呈現贊頌的角度，
尤其是所賦予的教化功能，不僅說出笛具有「滌蕩心胸」的意義，強
調能夠「慷慨切窮士」的氣度，也可以「歌壯士之必往」的抱負，這
些觀念，都足以見識到笛所表涵端正淫邪的原始意義。

　　馬融〈長笛賦〉先以取竹的困難寫起，得見笛之產生是得來不易，
首段云：

> 惟籦籠之奇生兮，於終南之陰崖，託九成之孤岑兮，臨萬仞之
> 石磽。特箭稾而莖立兮，獨聆風于極危。[46]

與宋玉〈笛賦〉的選材與過程是相照應的，條件仍是「籦籠之奇生」。
至於制作概況，以馬融而言，程序是繁複無比，取用過程是艱鉅萬分、
音律求以精細無比：

> 於是乃使魯般、宋翟，構雲梯，抗浮柱，礛䃽根，跋篾縷，膺
> 峭陁，腹陘阻，逮乎其上，葡萄伐取，挑截本末，規摹矱矩，
> 夔、襄比律，子野協呂，十二畢具，黃鐘為主。矯柔斤械，剸
> 刌度擬，鐋硞積墆，程表朱裏，定名之曰笛，以觀賢士。[47]

按照基本法則規格，商請樂正夔、樂師襄調協六律，子野調協六律六
呂，因此「十二律呂」之樂律則能齊備，並且以黃鐘之音為主。把笛
的主體，突顯於音樂的教化，強調「觀賢士」的作用。

---

[46] （戰國‧楚）宋玉：〈笛賦〉，收錄於（清）陳元龍輯：《歷代賦彙》，（北
　　京：北京圖書館出版社，1999 年。）卷九十四，頁 309。
[47] 參前註，頁 309。

再者，以秉受天地精華的天然材質，作為選材的條件，代表著「中國樂器的制作則以天然材料為主，天然材料的使用，意味著對自然屬性的尊重和保留，而自然本身又意味著多樣性和獨特性。」[48]又經過精心巧製的程序而獲得之物，當然可以發揮不同凡響的樂音，接續下來內容，則描寫出笛聲的美妙動人，其賦：

> 紛葩爛縵，誠可喜也；波散廣衍，實可異也。掌距劫遌，又足怪也。啾咋嘈啐似華羽兮，絞灼激以轉切；震郁怫以憑怒兮，耾碭駭以奮肆，氣噴勃以布覆兮，乍跱踿以狼戾；雷叩鍛之岌峇兮，正瀏溧以風洌；薄湊會而凌節兮，馳趣期而赴躓。[49]

賦文以「紛葩爛縵」、「波散廣衍」、「掌距劫遌」、「啾咋嘈啐似華羽兮，絞灼激以轉切。」、「震郁怫以憑怒兮，耾碭駭以奮肆。」之陳述，匯集出大自然中之花水鳥鳴雷擊，互相繚繞、彼此摩蕩，不僅賞心悅耳，也令人憤激奔放，造就出笛聲的豐富與多變，以擴展笛音奔放的生命力，使人對笛音的感受與感動，較有普遍的規律與喜好的傾向。笛樂所交織出許多自然界聲音的情感，以模擬而來，或以聽覺感官所得，都是一種審美要求，經過對音樂審美態度與過程之中，去強調美感的呈現。

「雷叩」以下，是自然景象聲音與笛聲所作的豐富聯想，重音如雷聲一般震心駭目，萬馬奔騰；輕音也像微風輕拂一樣纖縷飄然，縹緲飛揚。可見笛子的音域性是相當寬廣、悠遠，不管是高低音的高亢

---

[48] 劉承華：《中國音樂的人文闡釋》，（上海：上海音樂出版社，2002 年 10 月。）頁 83。

[49] （戰國·楚）宋玉：〈笛賦〉，收錄於（清）陳元龍輯：《歷代賦彙》，（北京：北京圖書館出版社，1999 年。）卷九十四，頁 309。

與低吟之變化，抑或大小聲的發揚與收斂之拿捏，以及快慢節奏的轉換，都能運吹自如。

　　下列敘述透過各種不同樂器的比較，以突顯笛樂器的超凡出眾，其云：

> 昔庖犧氏作琴，神農造瑟，女媧制簧，暴辛為塤，倕之和鐘，叔之離磬，或鑠金礱石，華皖切錯，九梃雕琢，刻鏤鑽笴，窮妙極巧，曠以日月，然後成器，其音如彼，唯笛因其天姿，不變其材，伐而吹之其聲。[50]

為了要烘託笛的獨特性，將琴、瑟、簧、塤、鐘、磬等各種樂器作了比較，只有笛子能依循本然的姿質，不改變其材性，因而具有發出美妙悅耳的基本音色，由於笛音的美妙，能使人動情，這是笛音感染力的發揮，如下文所云：

> 凡聞之者莫不張耳鹿駭，熊經鳥申，鴟視狼顧，拊躁踴躍，各得其齊，人盈所欲，皆反中和，以美風俗。屈平適樂國，介推還受祿；澹台載尸歸，皋魚節其哭；長萬輒逆謀，渠彌不復惡；蒯瞶能退亂，不占成節鄂；王公保其位，隱處安林薄；宧夫樂其業，士子安其宅；鱣魚喁於水裔，仰駟馬而舞玄鶴。於時也，綿駒吞聲，伯牙毀弦，瓠巴聑柱，磬襄弛懸，留視瞠眙，累稱屢贊。失容墜席，搏拊雷拃，噍眇睢維，涕洟流漫。是故可以通靈感物，寫神喻志。致誠效志，率作興事。溉盥汙濊，澡雪垢滓矣。[51]

---

[50] 參註49，頁309。

[51] （戰國・楚）宋玉：〈笛賦〉，收錄於（清）陳元龍輯：《歷代賦彙》，（北京：北京圖書館出版社，1999年。）卷九十四，頁309。

引文所述，先以自然界的動物作例子，後舉用了許多古代人士例子，以及運用一些歷史與音樂家的典故，充分去彰顯笛音的感染力量以及所能展現的效用，例如秩序的規範，風俗的美化。

最期待的影響是：「通靈感物，寫神喻志。致誠效志，率作興事。溉盥汙濊，澡雪垢滓矣。」這是強調笛音的感化作用。影響範圍是無遠弗屆，這股音樂力量可以化解暴戾之氣，振作衰頹的情勢，使人陶醉其中，得受薰息。如此的作用是結合與士大夫相配的高雅精神，可見笛子這項樂器，除笛音獨特之外，也能發揮特殊的作用。

綜合上述兩篇賦，可呈現幾種意義：

（一）「奇篠異幹、罕節簡枝」是竹的形態，生長環境秉受自然方位氣象之薰息後，才是制笛的最佳材質。

（二）在笛樂器制作上，〈長笛賦〉比〈笛賦〉刻畫精細。

（三）在吹笛形態與曲調上，〈笛賦〉較〈長笛賦〉詳盡。

（四）兩篇的著力處，皆在音樂感染力上。

（五）笛之吹奏時，充滿著輕細悠揚的氣息，飄揚音色成為基本的特性。

（六）從笛樂教化的作用上，〈笛賦〉提出「禁淫」想法；〈長笛賦〉提出「哲理」、「治國」、「宣揚漢威」觀念。

除上述諸賦所描繪笛之概況之外，南朝梁·梁武帝（蕭衍）有〈詠笛〉詩：

> 柯亭[52]有奇竹，含情復抑揚。
> 妙聲發玉笛，龍音響鳳凰。[53]

---

[52] （晉）張驚《文士傳》云：「邕造吳人曰：『吾昔嘗經會稽高遷亭，見屋椽竹東間第十六可以為笛，取用，果有異聲。』」收錄於《周勛初文集》（二），（江蘇：古籍出版社，2000 年。）頁 9。（晉）干寶：《搜神記》云：「蔡

此詩強調柯亭竹的天然材質所賦予的特性，不經意的情況之下，蔡邕取椽為笛，發現殊異性，聲音愈發嘹亮出色，抑揚頓挫之間造就絕妙的音律。隋・姚察〈賦得笛〉詩：

> 作曲是佳人，製名由巧匠。鵾弦時莫並，鳳管還相向。
> 隨歌響更發，逐舞聲彌亮。宛轉度雲窗，透迤出黼帳。
> 長隨畫堂裏，承恩無所讓。[54]

這是一首絲竹管弦交相演奏的描繪，透過笛和絲弦合奏發出錯落有致的樂音，續加入鳳管（笙、簫之類）之器則發出協調的樂音。「隨歌響更發，逐舞聲彌亮」描繪出配合著歌聲高亢，各種器樂伴奏愈加響亮，節拍頗快，配合舞蹈的節奏而來。可見，笛獨吹的地位慢慢擴展到與其它伴奏樂器歌舞作搭配，使歌舞盡歡的鮮明樣貌令人深刻。

　　除此，南朝陳・賀徹〈賦長笛吐清氣〉進一步傳達笛聲與邊塞生活的關聯：

> 胡關氛霧侵，羌笛吐清音。韻切山陽曲，聲悲隴上吟。
> 柳折城邊樹，梅舒嶺外林。方知出塞苦，不憚武溪深。[55]

邕嘗至柯亭（浙江省紹興），以竹為椽，邕仰盼之，曰：『良竹也。取以為笛，發聲嘹亮，一云邕告吳人，』曰：『吾昔嘗經會稽高遷亭，見屋東間第十六竹椽可為笛，取用，果有異聲。』」（北京：中華書局，1991 年。）卷一三，頁 89。（唐）房玄齡撰《晉書・桓伊傳》云：「伊都督豫州諸軍事，進號右軍將軍。伊性謙素，雖有大功而始終不替。善音樂，盡一時之妙，為江左第一。有蔡邕柯亭笛，常自吹之。王徽之赴召京師，泊舟青溪側，素不與徽之相識。伊於岸上過，船中客稱伊小字曰：『此桓野王也。』徽之便令人謂伊曰：『聞君善吹笛，試為我一奏。』伊是時已貴顯，素聞徽之名，便下車，踞胡床，為作三調，弄畢，便上車去，客主不交一言。」（北京：中華書局，1975 年。）卷八十一，列傳第五十一，頁 2118。

[53]　（梁）梁武帝：〈詠笛〉，收錄於逯欽立輯校：《先秦兩漢魏南北朝詩》，（台北：木鐸出版社，民 72 年。）梁詩卷一，頁 1537。

[54]　同前註，（隋）姚察：〈賦得笛〉詩，隋詩卷三，頁 2674。

詩歌內容以邊塞、典故為主，以「胡關」、「羌笛」、「隴上」、「出塞」點出邊塞地點，也烘托塞上戰爭的氛圍，漢族將士為了抵禦胡人，將慷慨情懷內化於笛聲之中，聲音越發清亮無比，以此激厲抗敵英勇的精神，在此看出笛與軍隊生活的密切相關。

笛子是十部伎中不可或缺的樂器，從漢一直到唐，都作為重要的軍中樂器，岑參〈輪臺歌奉送封大夫出師西征〉：「上將擁旄西出征，平明吹笛大軍行。四邊戍鼓雪海湧，三軍大呼陰山動。」[56]將軍揮擁著軍旗並率領大軍往西邊出征，浩浩蕩蕩的隊伍，隨著笛聲昂揚的曲調激越出軍士們的豪情，舉步往前邁進，漫天鼓聲雷動，連四面雲海為之騰湧，山嶽更是為之震動，這不僅渲染出軍隊無比威勇、氣壯山河的氣勢，也勾勒出一幅雄偉壯麗的出征畫面，從這些詩句來看，笛聲應該有提振軍威以及振奮人心的作用。照理來說，軍樂內涵大都以雄壯、剛建為主調，依附笛聲之中，的確可以達到熱情洋溢、熱血沸騰這種效果。

歷來征戰太多，將士承受各種離鄉背景的悲苦，以取用最為方便、貼近之樂器，作為撫慰的來源，悠揚的笛聲，恰可符合人情上的舒展，因此也用來傾訴悲離慘別的心情。鮑溶〈和淮南李相公夷簡喜平淄青迴軍之作〉：「橫笛臨吹發曉軍，元戎幢節拂寒雲」[57]，一大

55　（陳）賀徹：〈賦長笛吐清氣〉，收錄於逯欽立：《先秦兩漢魏南北朝詩》，（台北：木鐸出版社，民72年。）陳詩卷三，頁3452。

56　岑參〈輪臺歌奉送封大夫出師西征〉：「輪臺城頭夜吹角，輪臺城北旄頭落。羽書昨夜過渠黎，單于已在金山西。戍樓西望煙塵黑，漢兵屯在輪臺北。上將擁旄西出征，平明吹笛大軍行。四邊戍鼓雪海湧，三軍大呼陰山動。虜塞兵氣連雲屯，戰場白骨纏草根。劍河風急雪片闊，沙口石凍馬蹄脫。亞相勤王甘苦辛，誓將報主靜邊塵。」收錄於（清）康熙御編：《全唐詩》，（北京：中華書局，1996年。）第6冊，199卷，頁2051。

57　鮑溶〈和淮南李相公夷簡喜平淄青迴軍之作〉：「橫笛臨吹發曉軍，元戎幢節拂寒雲。　山羽騎乘風引，下瀨樓船背水分。天際旗旛搖火燄，日前魚假

清早以笛聲整肅軍隊陣容，藉以凝聚士氣，有發號司令、整頓軍容的作用。

　　笛與曲調結合最明顯，以笛曲調而言，有「折柳」、「楊柳」等都是指樂府橫吹曲的「折楊柳歌」[58]，例如〈折楊柳歌辭〉：「上馬不捉鞭，反折楊柳枝。蹀坐吹長笛，愁殺行客兒。」[59]這首詩表現北方民族豪情壯志的本色，在春天好時節，以吹奏長笛來自娛，沒料到觸動了征戍在外地的懷鄉愁思。「柳」[60]的意象通常是用來象徵離別情意，自古常以折柳相贈方式表達思鄉的愁緒，所以，「反插楊柳枝」、「反折楊柳枝」皆表現笛之曲調性，也象徵離別傷懷的意涵。

動金文。馬毛不汗東方靖，行見蕭何第一勳。」收錄於（清）康熙御編：《全唐詩》，（北京：中華書局，1996 年。）第 15 冊，487 卷，頁 5536。

[58]　（宋）郭茂倩《樂府詩集》：「橫吹曲，其始亦謂之鼓吹，馬上奏之，蓋軍中之樂，隋以後，始以橫吹用之，鹵簿與鼓吹，列為四部，總謂之鼓吹。大橫吹部，其樂器有角、節、鼓、笛、簫、篳篥、笳、桃皮篳篥，七種，凡二十九曲。小橫吹部，其器有角、笛、簫、篳篥、笳、桃皮篳篥六種，凡十二曲。」（台北：臺灣中華書局，民 76 年。）卷二十一，頁 1-2。
　　（後晉）劉昫修撰《舊唐書・音樂志》載有《梁樂府〈胡吹歌〉云：『快馬不須鞭，反插楊柳枝。下馬吹橫笛，愁殺路傍兒。』此歌辭元出北國。」鼓角橫吹曲，即「折楊柳」是也。（北京：中華書局，1975 年。）卷二十九志第九音樂二，頁 1075。

[59]　參註 55，〈折楊柳歌辭〉詩，參見（宋）郭茂倩：《樂府詩集》，二十五卷，頁 5。

[60]　《詩經・小雅・采薇》詩云：「昔我往矣，楊柳依依。」柳絲條細且長，本有牽引不捨，繁亂思緒的內涵。庾信〈枯樹賦〉：「昔年移柳，依依漢南，今看搖落，悽愴江潭。」南朝陳・祖孫登〈詠柳〉：「馳道藏烏日，郁郁正翻風。抽翠爭連影，飛綿亂上空。高葉臨胡塞，長技拂漢宮。欲驗雙攀折，三春橫笛中。」描寫京城的道路兩邊的柳樹枝葉茂盛，迎風飛舞，且配合笛的伴奏，傳達傷別的意涵。（清）孫星衍・莊逵吉校定《三輔黃圖》：「霸橋在長安東，跨水橋，漢人送客至此橋，折柳贈別。」（台北：新文豐出版社，1985 年。）收錄《叢書集成新編》第 96 冊，頁 54。可見「柳」的意象，象徵著離別的意義。

另外，「梅花落」[61]也是笛樂曲調，隋・江總〈梅花落〉：

> ……長安少年多輕薄，兩兩常唱梅花落。
> 滿酌金巵催玉柱，落梅樹下宜歌舞。……
> 橫笛短簫淒復切，誰知柏梁聲不絕。[62]

敘述長安少年多輕薄，常常對唱「梅花落」曲，在滿酌金杯與絲弦樂器的伴奏，極盡表現歡歌樂舞，最後以橫笛、短簫交相迢遞之下，卻吹奏出「淒切」的哀怨主調，但也因為梅花的意象本以象徵「寒冷蕭瑟」[63]，加上有「凋落」之衰頹，更顯淒涼景象，因此傳達出悲淒之情，並且縈繞心頭，久久不散。

　　楊柳枝、梅花落都是屬於樂府歌辭的橫吹曲，以笛來呈現個中曲調特性，聽到諸如此類曲調時，能貼切詩歌中所表涵的意義，這就是「曲目標題」所能達到的效果，亦即是「折柳贈別的離情」以及「梅花凋落的感傷」主題，所代表的曲調意涵充滿悲哀的層面，誠如郭長揚所說：

> 標題音樂的樂曲都有某種事物的命名，因此它是喚起音樂曲聯想的要素。樂曲的命名，給予樂曲的表現內容有了一個聯想的

61　參註 55，「梅花落」是屬橫吹曲。《樂府解題》：「漢橫吹二十八解，李延年造。魏晉以來，惟傳十曲。後又有「梅花落」等，合十八曲。」《樂府詩集》：「『梅花落』，本笛中曲也。」卷 24。

62　（隋）江總：〈梅花落〉，收錄於逯欽立：《先秦兩漢魏南北朝詩》，（台北：木鐸出版社，民 72 年。）陳詩卷七，頁 2574。

63　參前註，（唐）溫庭皓〈梅〉：「一樹寒林外，何人此地載。春光先自暖，陽豔暗相催。曉覺添異白，寒迷月借明。餘香低惹袖，墮蕊逐海懷。寒落移新霜，飄揚上故台。雪繁鶯不識，鳳裊蝶空回。羌吹應愁起，征途暖渴來。莫貪題詠興，商鼎待鹽梅。」頁 2782。羌笛吹奏的曲子，即是「梅花落」曲，用以表達愁緒之無窮。

指標，這個指標對於標題音樂的欣賞，有助於感受音樂內涵之深度。[64]

標題音樂的各種曲調名稱，各自代表其內在的意涵，所以舉凡笛的曲調名稱，如折楊柳、梅花落、出塞曲等曲調名，不外乎是離別的主題，表述傷感的內涵。

可見，「標題音樂」是創意概念之下所產生的樂曲，能為聆聽者帶來如同所描述的事物，而不是直接用音樂去陳述事物，所以為了明確表達音樂中的意念，聆聽者可以循著標題音樂所指引的方向去體會，以避免產生錯誤的詮釋。

綜合以上描述，笛的意涵是多樣性，早期以「折楊柳」之曲調強調折柳贈別，「離別」意涵已經不足以概括，隨著城市經濟繁榮，活動的區域不斷擴大、加上戰爭情況的出現，居無定所現象與風氣盛行，笛也因此擴大表現的範圍，從民間到宮廷，從中原到邊疆都可看到笛的蹤影。

第三節　笛樂詩的聽覺呈現

自小聽唱這首趙嘏〈聞笛〉：「誰家吹笛畫樓中，斷續聲隨斷續風。響遏行雲橫碧落，清和冷月到簾櫳。興來三弄有桓子，賦就一篇懷馬融，曲罷不知人在否，餘音嘹亮尚飄空。」[65]不管聽賞或者是配

---

[64] 郭長揚：《音樂美的尋求》，（台北：樂韻出版社，民 80 年 6 月。）頁 101。另外修海林・羅小平：《音樂美學通論》，亦提到標題性器樂音樂審美的相關論述，（上海：上海音樂出版社，1999 年 4 月。）第六章〈音樂美的鑒賞〉，頁 447。

[65] 趙嘏〈聞笛〉，收錄於（宋）謝枋得：《千家詩》，（台北：新陸書局，民 43 年。）卷四，頁 362。

唱，笛子聲音總是令人感到圓順柔美，促使繁雜的心情，轉化為清幽舒適的情緒。詩人們常以聞笛、吹笛，去呈現內心的感受，因此笛在詩歌的應用上，顯得相當繁多且突出。

在《晏子春秋》一書，對聲音的論述曾經提到：

> 聲亦如味，一氣，二體，三類，四物，五音，六律，七音，八風，九歌，以相成也。清濁，大小，短長，疾徐，哀樂，剛柔，遲速，高下，出入，周疏，以相濟也。[66]

就音樂發展過程來看，引文中所謂音樂傳達模式，大抵是以其特性去互相調節音律，以獲得美好樂音的呈現。若是以此樂音之特性融入笛音之傳達上，可聽聞出笛音的引人入勝。以上的條件，是用來傳達或是感受聲音的美妙與否，是一種以聽覺去感受的主觀藝術，因此聽覺藝術基本條件，應該也是建立在這些音量之大小、音階之高低、音色之清濁的基礎上。若以此來談論笛之音樂性的話，還得顧及吹笛子時空氣流動的情況，和嘴形觸及洞口的厚薄與大小，以及竹膜的鬆緊程度來作為考量。因此，金沙強調「為使笛音具有亮、鬆、圓、厚綜合的美聲，首先要在吸氣時，將各個部位的預備動作做好，發音時按吹奏嘹亮、鬆弛、圓潤與渾厚音色的方法去吹，就能達到要求。好的笛子演奏者，都能吹出優美動聽的綜合音色，他給聽者嘹亮如清泉、鬆弛如雲朵、圓潤如垂柳，渾厚如山丘之意境。」[67]當上述所言的程序予以完成之時，則見笛音之完美與音域之寬廣，基於此，茲以下列角度分析其聽覺性：

---

[66] （春秋・齊）晏嬰原著・李萬壽譯注：《晏子春秋》，（台北：臺灣古籍出版社，1996年8月）卷七外篇〈景公謂梁丘據與己和〉晏子諫第五，頁392。

[67] 金沙：〈吹奏笛子音色的探討〉（下）收錄《北市國樂》，（民78年12月25日。）第三版。

一、激濁揚清之龍鳴聲

　　當羌人砍伐竹子以制作的笛，其吹奏出來的聲音，有如龍躍入水中的鳴聲一般，將二者交相聯想，把龍入水中的鳴吟聲音來比喻笛聲，何謂「龍吟聲」？基於這樣的角度，能把這龍吟聲描摹更清楚者，得見於〈笛聲似龍吟賦〉這篇內容，文曰：

> 其含嚼奔放，激濁揚清，如泉水之或躍，疑御日以飛聲，象乎鼉有逢逢之鼓，疑乎鳳有嚖嚖之聲。[68]

賦文可見，吹奏笛子的時候，在銜吐咀嚼之間與吹音運調的轉換之中，極盡奔放擴展，可以激濁揚清，像泉水之跳躍，所以是屬於清脆響亮的聲音。甚至有時還會出現挾著太陽躍上天際的飛揚樂音，有時也像鼉鼓一般，振響起「逢逢」之閉塞不通的鼓音，此外，也會像鳳簫一般，發出「嚖嚖」[69]之聲的厚實。從上述描摹的笛樂音色來感受，笛的音域應該是非常寬廣，高亮聲有如清泉一般輕逸流暢，低沉聲有如鳳簫嗚咽之渾厚，這所謂「龍吟聲」應該是一種共通感覺，涵蓋笛普遍性的音色。

　　看宋之問（656 年～712 年）〈詠笛〉詩云：

> 羌笛寫龍聲，長吟入夜清。
> 關山孤月下，來向隴頭鳴。
> 逐吹梅花落，含春柳色驚。
> 行觀向子賦，坐憶舊鄰情。[70]

---

[68]　（唐）梁洽：〈笛聲似龍吟賦〉，收錄於（清）陳元龍輯：《歷代賦彙》，（北京：北京圖書館出版社，1999 年。）卷九十四，頁 317。

[69]　《詩經・商頌・那》：「嚖嚖管聲。」即以竹管樂器吹奏出的聲音。

[70]　（清）康熙御編：《全唐詩》，（北京：中華書局，1996 年。）第 2 冊，52 卷，頁 643。

以羌笛即龍聲的寫法，呈現夜晚落寞的悲調，更以「關山月」、「隴頭吟」、「梅花落」笛曲來反映入夜龍吟聲，是以沉厚長拍的曲調來傳達出悲調性。再看<u>李白</u>〈金陵聽韓侍御吹笛〉：

> <u>韓公</u>吹玉笛，倜儻流英音。風吹繞黃鐘，萬壑皆龍吟。
> <u>王子</u>停鳳管，師襄掩瑤琴。餘韻度江去，天涯安可尋。[71]

這首詩以聽覺寫起，贊賞<u>韓侍御</u>吹奏玉笛的悅耳。「風吹繞黃鐘」表現高聲縈繞的特性，所刻劃出笛聲的流暢與和諧，是以風聲去烘托笛聲的樂音裊繞。「萬壑皆龍吟」則有沉厚低吟之音質，顯示龍吟嗚咽的聲音，以此表現<u>韓侍御</u>吹笛的能力，與風聲之高揚龍吟之沉厚作聯繫，彰顯笛音感染力。最後，以「餘韻」之語肯定笛聲流播天涯之遠，以及餘音韻味的無窮無盡。

二、慷慨淒清之低迴聲

笛聲婉轉悠揚，若作哀怨之調，更顯天工神韻之妙，這是由於笛的音域非常寬廣，能夠極盡發揮笛子音色的多層疊次變化，時而慷慨，時而淒清。<u>劉孝孫</u>（貞觀六年遷著作郎）〈詠笛〉，有這樣的描述：

> 涼秋夜笛鳴，流風韻九成。調高時慷慨，曲變或淒清。
> 征客懷離緒，鄰人思舊情。幸以知音故，千載有奇聲。[72]

敘述夜涼秋分之際，以笛吟唱，多次轉換的曲調隨風而流響，自成音韻，調高有如慷慨之音。曲調瞬間變化，更迭為低吟淒清的音色，調

---

[71] 參註 70，第 5 冊，164 卷，頁 1703。
[72] （清）康熙御編：《全唐詩》，（北京：中華書局，1996 年。）第 2 冊，33卷，頁 454。

高低沉的聲響，增加笛子的表現力，賦予笛音之千載難逢與奇特。李益〈夜上受降城聞笛〉：

> 入夜思歸切，笛聲清更哀。愁人不願聽，自到枕前來。
> 風起塞雲斷，夜深關月開。平明獨惆悵，落盡一庭梅。[73]

夜深之際，思鄉之情更為殷切，笛聲聽來加深內在的淒清哀嘆之感。夜晚時分透顯歸鄉之殷切，在淒清笛聲的依附之下，逐漸揭示聽笛者內心之哀傷與惆悵之情。

三、響遏行雲之寥亮聲

「笛子貴其亮」，強調笛音清亮高亢的殊異特質，這是一般人共有的聽覺經驗，就如丁仙芝〈剡谿館聞笛〉詩所云：

> 夜久聞羌笛，寥寥虛客堂。山空響不散，谿靜曲宜長。
> 草木生邊氣，城池泛夕涼。虛然異風出，髣髴宿平陽。[74]

客已疏散後的寂靜夜晚，一聽到羌笛聲，整個山空充滿這種聲音，完全凝結在夜空之上，繚繞其中久而不散，如此聲音的迴盪不已，是需要長足氣息所吹出的旋律才能表現出來。

另外，李白〈寄李漢陽〉詩：

> 南湖秋月白，王宰夜相邀。錦帳郎官醉，羅衣舞女嬌。
> 笛聲喧沔鄂，歌曲上雲宵。別後空愁我，相思一水遙。[75]

---

[73]　參註72，第9冊，283卷，頁3226。

[74]　（清）康熙御編：《全唐詩》，（北京：中華書局，1996年。）第4冊，114卷，頁1156。

[75]　參前註，第5冊，173卷，頁1774。

以「笛聲喧沔鄂」寫出笛聲喧響天際,若非清亮之特性,又如何以「喧」強調寥亮的音響性。如此寥亮音色的描述,請看施肩吾〈夜笛詞〉詩:

> 皎潔西樓月未斜,笛聲寥亮入東家。
> 卻令燈下裁衣歸,誤翦同心一半花。[76]

月色皎潔的時刻,笛聲寥亮,傳入東家,正在燈下裁衣的婦女聽著,一時不覺誤把同心圓剪去了一半。詩人寫夜笛,只有「寥亮」二字,因為寥亮,致使裁衣婦人的誤剪,笛聲入耳不僅清晰,而且令人動心,可見,笛聲之清亮是容易憾動心房,將思念情人的心理活動,委婉、含蓄全都揭示出來。由此可知,除了描寫刻畫人物心理之外,進一步表現出笛音穿透心靈的感染效果。

再看丘丹〈和韋使君聽江笛送陳侍御〉,詩云:

> 離樽聞夜笛,寥亮入寒城。
> 月落車馬散,悽惻主人情。[77]

敘述罷宴離樽的離別時刻,就在此時聽到了一陣陣笛聲,清朗寥亮的笛音,瞬間傳遍整個城市,一片寒寂的城市之中,月已沉落,人也散去的烘托之下,更顯悽惻孤寂的氣氛。上述所描述笛子的寥亮聲響,其背景皆在夜晚,或許夜闌人靜之時,容易營造出笛聲之寥亮。

---

[76]　參註74,第 15 冊,494 卷,頁 5602。
[77]　(清)康熙御編:《全唐詩》,(北京:中華書局,1996 年。),第 10 冊,307 卷,頁 3480。

四、飛揚傳遠之幽渺聲

　　笛音的特性綿密而細長，延展性較遠，因而在幽遠悠揚的樂聲之中，氣息連貫而長舒，一氣呵成的連續延展，造就細膩深長的效果。就如李白〈春夜洛城聞笛〉詩云：

> 誰家玉笛暗飛聲，散入春風滿洛城。
> 此夜曲中聞折柳，何人不起故園情。[78]

前兩句寫出笛音滿城，以「飛聲」二字點出笛聲的悠揚悅耳，傳聲迅速且遼闊，吸引眾人的屏息凝聽。這是由於傳聲擴散，加上春風的吹襲助長，使得整個洛陽城籠罩在笛聲悠遠之中。「滿」字呼應了此意，「暗」字，隱含夜深幽靜，是因為夜闌人靜，聲音得以清楚遠傳。

　　看崔櫓〈聞笛〉詩云：

> 銀河漾漾月暉暉，樓礙星邊織女機。
> 橫玉叫雲天似水，滿空霜逐一聲飛。[79]

引詩中所提「橫玉」即是玉石所制作的橫笛樂器，在銀暉蕩漾的月色之下，一曲笛聲躍上天際，似乎不斷在雲河震響，甚至空中的白霜也追隨著美妙的笛聲而漫天飛舞，造就笛聲幽渺飛揚的效果。且看韋應物（737 年～約 786 年）〈簡寂觀西澗瀑布下作〉詩云：

> 淙流絕壁散，虛煙翠澗深。叢際松風起，飄來灑塵襟。
> 窺蘿玩猿鳥，解組傲雲林。茶果邀真侶，觴酌洽同心。
> 曠歲懷茲賞，行春始重尋。聊將橫吹笛，一寫山水音。[80]

---

[78]　參註 77，第 6 冊，184 卷，頁 1877。
[79]　參前註，第 17 冊，567 卷，頁 6568。
[80]　參前註，第 6 冊，192 卷，頁 1982。

以自然間的廣袤大地作為背景，開展了無邊無際的境域，索性吹奏一
首笛聲曲樂，飛揚笛聲上天下地的無限擴展綿延，獻上一種山水清音
的舒暢。笛與自然山水相合，竹本是天然材質，反映出自然間的天籟
音色。

再看張祜〈華清宮〉詩云：

> 天闕沉沉夜未央，碧雲仙曲舞霓裳。
> 一聲玉笛向空盡，月滿驪山宮漏長。[81]

這是一首以華清宮為背景，展現樂揚舞騰的景象，相傳楊貴妃不僅會
舞動玉體迴旋、霓裳飄飛的舞姿，也擅長吹奏玉笛，此時配奏一首「霓
裳羽衣曲」，玉笛飛聲傳遠極盡於天際，而後慢慢消散在空中，形成
一份幽遠飄渺的氣氛。

笛能表現淒涼哀怨的聲音，藉此渲染出蕭瑟、清冷、孤寂的氣氛，
上述所敘「秋笛鳴」、「笛聲清更哀」、「暗飛聲」、「橫玉叫雲」、
「玉笛向空盡」，最能烘托出笛聲所造成的聽覺氣氛與效果。

最後，歸納其彈奏的情形、音色材料的運用，列表呈現。

表一　唐代笛樂詩聽覺呈現歸納表

神情意態 （初吹至曲終）	延長頸→奮玉指→摘朱唇→赬顏臻→玉貌起
吹奏方式 （技巧運用）	吟清商，追流徵。含嚼奔放。
【擬音材料】 一、物件	胡人吹玉笛，一半是「秦聲」。 「卷葉」吹為玉笛聲

81　參註77，第15冊，511卷，頁5841。

二、現象	「風篁」類長笛
	羌笛寫「龍聲」
	橫笛能令孤客愁，淥波淡淡如不流。
	商聲寥亮羽聲苦，江天寂歷江楓秋。
	靜聽關山聞一叫，三湘月色悲猿嘯。
三、疊字	「蕭蕭」羌笛聲相合
	鼓笛鬥「嘈嘈」
	何處「喧喧」鼓笛來

綜合以上聽覺呈現之所見，笛樂重要的發展模式，可呈現如下之概念：

（一）以「龍鳴聲」之喻，是最早笛聲的概念。

（二）笛之邊稜音與氣息流動的搭配得宜，忽而飛揚、時而低吟，展現音域寬廣的形態。

（三）夜闌人靜時所造就的寥亮笛聲，對詩歌情境的氣氛，充滿強烈的渲染力。

（四）笛音傳送的力量強大，沒有空間的侷限，無遠弗屆，營造出廣遠無邊的空間效果。

第四節　笛樂詩的美感呈現

笛樂所反映的詩歌是有內涵的，這是詩人們所賦予的思想感情，可見，詩人要傳達的思想感情常是藉由笛音的特性而抒發出來，因此具有音樂性也涵蓋著詩歌的內在主題，二者是互生影響而產生關聯的。茲以下列幾項主題論述笛樂詩的內在意涵：

一、以笛激厲意志，來提振軍威

笛子是橫吹樂器，軍營中作為將士專用吹奏的樂器，邊地上常吹奏出雄壯威武的樂曲，表現軍心雄渾壯闊的氣魄。邊塞生活的困苦與寂寥，難免產生出怠惰怯弱的悲觀心態，身處邊地勢必要有提振士氣的良方，笛音嘹亮高亢而且渾圓細致的音質，適切了這股情緒的激發，藉此展現出豪邁慷慨的本色，笛聲「高且亮」的特質，容易刺激耳膜，聽覺上的感受能力相當強烈，的確可以激厲出高昂的情緒以及吹奏出人生光明的坦途。像劉長卿（709 年～780 年）〈疲兵篇〉，即是最佳典型的表徵：

> ……自矜倚劍氣凌雲，卻笑聞笳淚如雨。
> 朔風蕭蕭動枯草，旌旗獵獵榆關道。……
> 軍前仍欲破重圍，閨裡猶應愁未歸。
> ……飲馬滹河晚更清，行吹羌笛遠歸營。
> 只恨漢家多苦戰，徒遺金　滿長城。[82]

詩歌內容展現盛大行伍的場面。浩大軍隊與戰士形象相照應，但覺有壯闊的意味，更以「行吹羌笛遠歸營」展現壯志滿懷，蓄勢待發，亟待一展長才，因而應和笛聲的節奏一步一歸營，絲毫不願減退馳騁沙

---

[82] 劉長卿〈疲兵篇〉：「驕虜乘秋下薊門，陰山日夕煙塵昏。三軍疲馬力已盡，百戰殘兵功未論。陣雲泱漭屯塞北，羽書紛紛來不息。孤雲望處增斷腸，折劍看時可雪臆。元戎日夕且歌舞，不念關山久辛苦。自矜倚劍氣凌雲，卻笑聞笳淚如雨。萬里飄飄空此身，十年征戰老胡塵。赤心報國無片賞，白首還家有幾人。朔風蕭蕭動枯草，旌旗獵獵榆關道。漢月何曾照客心，胡笳只解催人老。軍前仍欲破重圍，閨里猶應愁未歸。小婦十年啼夜織，行人九月憶寒衣。飲馬滹河晚更清，行吹羌笛遠歸營。只恨漢家多苦戰，徒遺金　滿長城。」（清）康熙御編：《全唐詩》，（北京：中華書局，1996 年。）第 5 冊，151 卷，頁 1576。

場上的雄壯威武，期待勝利的喜悅以及凱旋的頌歌。只因年久征戰多年，銷磨殆盡，歸咎於現實，自我提振才是必然的趨勢。

如莊南傑〈飲馬長城窟行〉詩云：

> 旌旗閃閃搖天末，長笛橫吹虜塵闊。
> 跨下嘶風白練獰，腰間切玉青蛇活。
> 擊革撾金燧牛尾，犬羊兵敗如山死。
> 九泉寂寞葬秋蟲，溼雲荒草啼秋思。[83]

一開頭以笛聲揭開序幕，「長笛橫吹虜塵闊」說明笛音遍及胡虜邊地，一股「勇者無敵」之勢，即將迎戰的豪壯氣慨，不斷地擴展到四面八方，以肅殺敵方的銳氣。寫出從軍氣概，以笛聲雄威抒發豪情。

另外李頎〈塞下曲〉詩云：

> 少年學騎射，勇冠并州兒。直愛出身早，邊功沙漠垂。
> 戎鞭腰下插，羌笛雪中吹。膂力今應盡，將軍猶未知。[84]

根據《隋書・地理志》：「自古言勇俠者，皆推幽、并。」[85]可見，出身此地，被賦予諸多期許。騎射之術，并州兒勇冠群倫，詩中以「戎鞭腰下插」之語，表現氣勢如虹的姿態；更以「羌笛雪中吹」，說明雖得承受風雪紛飛的惡劣環境，以笛聲來力挺士氣，絲毫不受任何艱困的環境所影響，可見少年自負狂傲，展現不可一世的豪情氣勢。

而且儲光義（707 年～760 年）〈貽從軍行〉詩也云：

83　（清）康熙御編：《全唐詩》，（北京：中華書局，1996 年。）第 1 冊，20 卷，頁 244。

84　參前註，第 4 冊，134 卷，頁 1359。

85　（唐）魏徵・令狐德棻撰：《隋書・地理志》，（北京：中華書局，1973 年。）地理中，志第二十五，卷三十，頁 860。

> 取勝小非用，來朝明光殿。東平不足先，夢出鳳林間。
> 夢還滄海闊，萬里盡陰色。豈為我離別，馬上吹笛起寒風。
> 道旁舞劍飛春雪，男兒懸孤非一日，君去成高節。[86]

對於戍守情懷，有輕生死、講義氣的神態，視為反映唐代報國精神與氣節，因此，不僅有馳騁沙場的寄託亦有從軍愛國的論調。所以「馬上吹笛」之語，強調並展示英挺架勢，即使迎面寒風吹襲，依舊揮舞寶劍，立志沙場，觀其「男兒懸孤非一日，君去成高節。」內容，期以節義高節，揚名立萬，慷慨之情，湧然而現。

　　看儲光羲〈同張侍御宴北樓〉詩云：

> ……蒼蒼低月半遙城，落落疏星滿太清。
> 不分開襟悲楚奏，願言吹笛退胡兵。
> 軒后青丘埋獩貊，周王白羽掃欃槍。
> 期君武節朝龍闕，余亦翱翔歸玉京。[87]

以「願言吹笛退胡兵」表達詩人退敵的期待，對戍守心態有正面的呼應，情緒由悲轉喜，吹笛音以振作慷慨士氣，剷除兇惡胡兵，才有機會完成使命榮歸京城的願望。

　　綜合以上所見，笛樂詩可呈現兩種情形的主題：

---

[86]　（清）康熙御編：《全唐詩》，（北京：中華書局，1996 年。）第 4 冊，138 卷，頁 1407。

[87]　儲光羲〈同張侍御宴北樓〉：「今之太守古諸侯，出入雙旌垂七旒。朝覽干戈時聽訟，暮延賓客復登樓。西山漠漠崦嵫色，北渚沉沉江漢流。良宵清淨方高會，繡服光輝聯皂蓋。魚龍恍惚階墀下，雲霧杳冥窗戶下。水靈慷慨行泣珠，游女飄飄思解佩。蒼蒼低月半遙城，落落疏星滿太清。不分開襟悲楚奏，願言吹笛退胡兵。軒后青丘埋獩貊，周王白羽掃欃槍。期君武節朝龍闕，余亦翱翔歸玉京。」收錄於（清）康熙御編：《全唐詩》，（北京：中華書局，1996 年。）第 4 冊，138 卷，頁 1408。

第一，為鼓吹赴邊塞立功，戰士以為可帶來國家安定，笛的物件
　　　是一種激厲的力量，笛與邊塞的情緒聯結，是笛樂詩重要
　　　表達模式。

第二，為記載邊塞生活，反映另類現實生態，這正是渴求和平，
　　　享受榮耀的層面記錄，笛的物件是一種振作鼓舞的力量。

二、以笛強化精神，以自求解脫

「折楊柳」曲調傾訴離情別意，「柳」的意象又是象徵離情依依
的概念，因此「笛」與「柳」關係的結合，自然訴說別離傷情。離別
的因素總是涵蓋著千種萬般的理由，可細數幾種原因，如貶謫、從軍
等等。遷謫的主題，以劉長卿〈聽笛歌〉—留別鄭協律詩來說明，
詩云：

> 舊游憐我長沙謫，載酒沙頭送遷客。
> 天涯望月自沾衣，江上何人復吹笛？
> 橫笛能令孤客愁，淥波淡淡如不流。
> 商聲寥亮羽聲苦，江天寂歷江楓秋。
> 靜聽關山聞一叫，三湘月色悲猿嘯。
> 又吹楊柳激繁音，千里春色傷人心。
> 隨風飄向何處落？唯見曲盡平湖深。
> 明發與君離別後，馬上一聲堪白首。[88]

引詩可見，送別已具悲情，偏偏又是遷客的身分，此時江上笛聲響起，
令遷客滿佈愁緒，不禁悲從中來。詩一開始，道出好友送別之際，江

---

[88]　（清）康熙御編：《全唐詩》，（北京：中華書局，1996 年。）第 5 冊，151
　　卷，頁 1575。

上聞笛，表現哀切之情。「橫笛能令孤客愁，淥波淡淡如不流。」強調笛聲的感染力，孤客聽了為之悲愁，江水也為之停歇不動。「商聲寥亮羽聲苦」所奏出笛聲雖然寥亮，聲聲卻是刺心裂骨般的淒苦，吹奏一首「關山月」曲調，猿嘯悲淒，再吹一首「楊柳枝」曲調，倍感傷心。最後，就以笛聲不知飄落何處？暗示遷客歸向的不確定之感，聞笛已不堪忍受，「馬上一聲」恐怕愁煞了白頭，以此道盡離別的深愁，此首以笛樂意境與詩人聽樂的感受，是作者期待表達的情緒。

　　且看王昌齡〈江上聞笛〉詩云：

> 橫笛怨江月，扁舟何處尋？聲長楚山外，曲繞胡關深。
> 相去萬餘里，遙傳此夜心。寥寥浦漵寒，響盡惟幽林。
> 不知誰家子，復奏邯鄲音。水客皆擁棹，空霜遂盈襟。
> 羸馬望北走，遷人悲越吟。何當邊草白，旌節龍城陰。[89]

依照詩歌所反映的立場與情緒，貶謫與出塞的表現方式，相去不遠。此詩敘寫聞笛思鄉之情，情調自然悲涼哀怨。從詩人自言「遷人」來看，想當然爾是遭貶之作，詩中言及「胡關」、「邊草」、「旌節」、「龍城」來看，是詩人從自己被貶謫遠地的不幸遭遇，想到千萬征人之苦，就更增加了詩歌的悲涼氣氛和情感力量。再看李白〈觀胡人吹笛〉詩云：

> 胡人吹玉笛，一半是秦聲。十月吳山曉，梅花落敬亭。
> 愁聞出塞曲，淚滿逐臣纓。卻望長安道，空懷戀主情。[90]

---

[89]　（清）康熙御編：《全唐詩》，（北京：中華書局，1996年。）第4冊，141卷，頁1433。
[90]　參前註，第6冊，182卷，頁1857。

詩人先描述出他對笛曲的感受，表達聽笛後的心情。此本詩由觀看胡人吹笛而聯想到自己的身世和處境，表現了<u>李白</u>遭受流放之後的怨憤之情。結句說出感情上的複雜與矛盾，它既反映了詩人對主人的希望，也表現對主人的失望，因此笛有貶謫之象徵。另外，<u>李白</u>另一首〈與<u>史郎中</u>傾聽<u>黃鶴樓</u>上吹笛〉詩云：

> 一為遷客去<u>長沙</u>，西望<u>長安</u>不見家。
> <u>黃鶴樓</u>中吹玉笛，江城五月落梅花。[91]

<u>乾元</u>元年（西元七五八年）五月<u>李白</u>流放夜郎，因此以<u>賈誼</u>被貶<u>長沙</u>的典故比喻自己流放的情形，表明自己不幸的遭遇和困難的處境，「西望<u>長安</u>」表明自己對往事的回憶與對京城的留戀，「不見家」表現一種複雜的心境以及失望、悵惘的情緒，隱含「天涯何處是我家」之意。而後聽見從<u>黃鶴樓</u>（<u>胡北省武漢</u>）中傳出的玉笛聲，正好點出題意，寫出聽笛時的感受與想像，「落梅花」既點出所聽曲調名，又使人產生樂聲有如梅花飄落灑滿全城的交織聯想，語意雙關確是神妙獨絕。

　　<u>杜甫</u>〈吹笛〉描寫出懷鄉故園的情緒，尤其是「折楊柳」的曲調，令人愈聽愈是斷人心腸，詩云：

> 吹笛秋山風月清，誰家巧作腸斷聲。
> 風飄律呂相和切，月傍關山幾處明？
> 胡騎中宵堪北走，<u>武陵</u>一曲想南征。
> 故園楊柳今搖落，何得愁中曲盡生。[92]

91　參註 88，第 6 冊，182 卷，頁 1857。

92　（<u>清</u>）<u>康熙</u>御編：《全唐詩》，（北京：中華書局，1996 年。）第 7 冊，231　卷，頁 2550。

此詩道出<u>杜甫</u>一生顛沛流離，「風飄律呂相和切」寫出哀怨笛聲與淒
厲的秋風相應和，引起詩人對往事的追憶，更暗示出時局的動盪不
安，人民跟著流離失所，燃現有家歸不得的感慨，進而激起思念故園
之情緒。此外，以「武溪笛」典故強調奮力殺敵的描寫，只是有心卻
力不從心。

另外，<u>沈宇</u>〈<u>武陽送別</u>〉詩云：

> 菊黃蘆白雁初飛，<mark>羌笛</mark>胡笳淚滿衣。
> 送君腸斷秋江水，一去東流何日歸。[93]

正值「菊黃」、「蘆白」、「雁飛」初秋之際，是告別之時，在「羌
笛」、「胡笳」邊塞樂聲的助長，激染出滿眼淚水，無法回鄉的時刻，
令人惆悵不已。<u>武元衡</u>〈<u>西亭早秋送徐員外</u>〉詩云：

> 鼎鉉辭台座，麾幢領<u>益州</u>。曲池連月曉，<mark>橫笛</mark>滿城秋。
> 有美皇華使，曾同白社遊。今年重相見，偏覺艷歌愁。[94]

這也是一首送別的詩歌，以「橫笛滿城秋」道出蕭瑟之秋，離別之心
亦為悲涼。這種離鄉之情，還是專屬於征戰之苦，笛奏「出塞曲」、
「關山月」、「行路難」等曲調，反映軍旅生涯，常年必須戍守邊地，
生活困苦的煎熬，確實難以言表。如<u>岑參</u>〈<u>早發焉耆懷終南別業</u>〉詩云：

> <mark>曉笛</mark>別鄉淚，秋冰鳴馬蹄。一身虜雲外，萬里胡天西。
> 終日見征戰，連年聞鼓鼙。故山在何處？昨日夢清谿。[95]

---

[93]　參註 92，第 6 冊，202 卷，頁 2108。
[94]　參前註，第 10 冊，316 卷，頁 3548。
[95]　（<u>清</u>）康熙御編：《全唐詩》，（北京：中華書局，1996 年。）第 6 冊，200
　　　卷，頁 2090。

以「曉笛別鄉淚，秋冰鳴馬蹄。」傳達「笛聲吹響」、「駿馬出蹄」的情形，代表征戰者將行的畫面，轉眼之間進入了胡天萬里的地域。藉「別鄉淚」道出經年累月聽到的聲鼓震震、征戰四起，即便苦不堪言，也只能到夢中填滿思鄉的缺憾，以求解脫。從滿懷雄心、離鄉遠行的場景出發，發出「故山何在」的疑問？留下無限的省思。

再如李益〈從軍北征〉詩所云：

> 天山雪後海風寒，橫笛偏吹行路難。
> 磧裡征人三十萬，一時回首月明看。[96]

橫笛吹不出其他曲調，吹笛者總是以「行路難」曲調，表現出憤怒不平感受，淒咽音調令人悲傷，哀切的笛聲觸動征人的心弦，在月色映襯之下，驀然回首齊相眺望遙遙故鄉的方向，以表達無盡思念，並舒展情懷。看高適（702 年～765 年）〈金城北樓〉詩云：

> 北樓西望滿晴空，積水連山勝畫中。
> 湍上急流聲若箭，城頭殘月勢如弓。
> 垂竿已羨磻溪老，體道猶思塞上翁。
> 為問邊庭更何事，至今羌笛怨無窮。[97]

詩題之金城是漢置金城郡，後改為蘭州，天寶年間又改回金城。「羌笛怨無窮」道出經過多年苦守，終究按奈不住心中烈燄，欲準備出擊，卻只能寄託雄心壯志未酬的遺憾，以羌笛之聲傳達出無窮無盡的怨恨，涉及戰事多鬱鬱不得志，無動而老的悲哀。

再看王昌齡〈從軍行〉詩云：

---

[96] 參註 95，第 9 冊，283 卷，頁 3227。
[97] 參前註，第 6 冊，214 卷，頁 2234。

> 烽火城西百尺樓，黃昏獨上海風秋。
> 更吹羌笛關山月，誰解金閨萬里愁。[98]

藉守邊兵士懷想家鄉金閨的生活，表現戰士對家人與婚姻的不捨，在此只能以羌笛吹奏「關山月」，哀怨的曲調，暫時排解萬里之遙的相思。以悠悠的笛聲將塞外戍樓獨坐的征人，與遠在萬里之外的思婦連結起來，串成無限的相思情意。

再如李白〈春夜洛城聞笛〉詩云：

> 誰家玉笛暗飛聲，散入春風滿洛城。
> 此夜曲中聞折柳，何人不起故園情。[99]

這是李白在唐玄宗二十三年（西元七三四年）客居洛陽時所作。描寫春天夜晚居留他鄉，突然聽到一陣悠揚的笛聲，勾引起對故園的思念。前兩句寫出聽到笛的聲音，後兩句因有所感而產生思念故鄉之情，以「飛聲」二字點出笛聲的悠揚悅耳，傳聲迅速且遼闊，吸引眾人的屏息凝聽。傳聲擴散，加上春風的吹襲助長，整個洛陽城籠罩在笛聲悠遠之中。「滿」字呼應了此意，而「暗」字，隱含夜深幽靜，因為夜闌人靜，聲音得以清楚遠傳，這悠遠的笛聲曲調是一首「折楊柳」，「折柳」與「笛聲」雙關意涵勾訴起故園的思念情感。

看王之渙（688 年～742 年）〈涼州詞〉詩云：

> 黃河遠上白雲間，一片孤城萬仞山。
> 羌笛何須怨楊柳，春風不度玉門關。[100]

---

[98] （清）康熙御編：《全唐詩》，（北京：中華書局，1996 年。）第 4 冊，143 卷，頁 1444。

[99] 參前註，第 6 冊，184 卷，頁 1877。

[100] （清）康熙御編：《全唐詩》，（北京：中華書局，1996 年。）第 8 冊，253 卷，頁 2850。

這是一首戍守邊塞的詩歌，描寫著邊塞的風光，得見涼州城就孤矗在萬仞群山之中，令人產生深邃孤寂的感覺。加上戰士所吹奏「折楊柳」曲調，期待春天回鄉好時節，可惜春風難以吹襲北方大地，徒增戍守邊地的離鄉哀怨。

　　由上所述笛子聲音的傳達在夜晚增添無比的惆悵，尤其是寄予一份離別之情，以笛吹奏梅花落盡的曲子，傳頌笛聲以寄情抒懷，想到蕭瑟以笛為題，聞笛生愁，應該是塞外相當普遍的生活感受，離別的象徵意義是十分鮮明。

　　而李白〈青溪半夜聞笛〉詩云：

> 羌笛梅花引，吳溪隴水清。
> 寒山秋浦月，斷腸玉關聲。[101]

寫半夜聞笛，點出所聽梅花引的曲名，遊子思鄉之情已融入其中。次句連用兩地名，「吳溪」、「隴水」，「隴水」（「隴頭水」）亦為曲名，有語意雙關的成分，「溪」與「水」使人想到情意的綿綿不斷。最後由秋浦之月，想到邊關征人思想之苦，擴展了笛音的涵蓋層面，也透過笛樂音豐富的聯想，表達對戍邊戰士的同情。如高適〈和王七玉門關聽吹笛〉詩云：

> 胡人吹笛戍樓間，樓上蕭條海月閒。
> 借問梅花何處落？風吹一夜滿關山。[102]

這是一首描寫邊塞聽笛的詩歌，在冷寞蕭瑟的月夜，笛聲悠揚，隨著寒風的吹送，笛聲四處飄揚飛散，蘊蓄出哀怨曲情，瀰漫整個關山之地，旋轉迴環，久久而不散，這笛聲留置在邊塞胡天，渲染一份戍邊

---

[101] 參註100，第6冊，182卷，頁1856。
[102] 參註100，第6冊，214卷，頁2243。

士卒無限思鄉之情，征人淒苦的主題，體驗十足，這也是笛聲所激起廣泛的共鳴。

再如杜甫〈秋笛〉詩云：

> 清商欲盡奏，奏苦寫沾衣。他日傷心極，征人白骨歸。
> 相逢恐恨過，故作發聲微。不見秋雲動，悲風稍稍飛。[103]

這是杜甫客居秦州的作品，長達十一年飄泊時期的艱難生活。秦州鄰近吐蕃，是屬邊塞之地，常有頻繁的警報預告，征人之苦，可想而知，因此就透過聽聞秋笛而憂嘆邊患的頻繁。前四句，寫出笛聲極盡表達「悲秋商音」[104]的感慨，因為笛聲淒清，使人「淚滿衣襟」、「傷心至極」，尤其是征人去白骨回的極傷情緒。可見，心中悲嘆憤慨早已溢於言表，刻畫出遇事能忍的性格。而岑參〈秋夜聞笛〉詩云：

> 天門街西聞搗帛，一夜愁殺湘南客。
> 長安城中百萬家，不知何人吹夜笛。[105]

藉秋夜聞笛，對歸人未期，深感痛絕，釋放出來的愁怨更形強烈。

　　這類詩歌所敘述的離別傷感，往往在迢迢千里之外的高空明月之中，充滿著時間流逝的無情與空間阻隔的距離，令人黯然神傷，千頭萬緒般的思念情懷，以婦女悲泣的聲音，透過陰暗月色，對應寂靜的氣氛，強而有力的道出對征戰的不滿，戰士戍守在線，只能故作瀟灑

---

[103] 參註 100，第 7 冊，225 卷，頁 2423。

[104] 楊倫《杜詩鏡銓》云：「言笛本欲聞其盡奏，然方秋時，商音悽愴，易動哀思，若又惟恐其盡奏者，以此間慘景，本觸目傷心故也。」（台北：漢京文化出版社，2004 年。）卷六，頁 119。

[105] （清）康熙御編：《全唐詩》，（北京：中華書局，1996 年。）第 6 冊，201 卷，頁 2107。

的模樣，邀月共飲、笛音共賞來激發一份戰鬥力，並懷以一份戀鄉之情。

綜觀以上所見，笛子在詩歌表現多樣，內涵豐富，這類詩歌所著重方向，大抵以邊塞為發展方向，因此與邊塞詩主旨大致接近，例如：

（一）以笛鼓吹從軍的論調。

（二）以笛呈現奮勇殺敵的事蹟。

（三）以笛發出對邊塞生活質變的抗議。

諸如此類，透顯出多種情感的成分，皆是邊境上特殊的生活經驗。

三、以笛樂助酒興，去感傷之情

自古以來就有所謂「詩酒樂歌相合」的情形出現，所以宴飲樂集在詩歌中經常有所描繪。就如張祜〈李謨[106]笛〉：

> 平時東幸洛陽城，天樂宮中夜徹明。
> 無奈李謨偷曲譜，酒樓吹笛是新聲。[107]

前兩句是寫安史之亂前唐玄宗經常駕臨洛陽，通宵奏樂，這說明唐玄宗愛樂與善奏器樂的正面寫照。後兩句則敘述李謨偷學宮廷之樂而得到新曲，演奏於歌樓酒館之中，吹出頗有新意的曲調，可見用意是在

---

[106] （唐）段安節《樂府雜錄》：「開元中有李謨，獨步於當時。後祿山叛亂落江東。越州刺史皇甫政月夜泛鏡湖，命謨吹笛，謨為之盡妙。俄有一老父泛小舟來聽，風骨冷秀，政異之，進而問焉。老父曰：『某少善此，今聞至音，輒來聽耳。』政即以謨笛授之。老父始奏一聲，鏡湖波浪搖動；數疊之後，笛遂中裂，即探懷中一笛，以畢其曲。政視舟下見二龍翼舟而聽老父，曲終以笛付謨，謨吹之，竟不能聲，即拜謝以求其法。頃刻老父入小舟，遂失所在。」收錄於王雲五編《叢書集成簡編》，（台北：臺灣商務印書館，民55年3月台一版。）頁30。

[107] （清）康熙御編：《全唐詩》，（北京：中華書局，1996年。）第15，冊511卷，頁5839。

於贊揚<u>李謨</u>吹笛樂音可以比擬為宮中天樂，「無奈<u>李謨</u>偷曲譜」[108]應只是一段傳說，真實性是難以去證實，大致彰顯兩項重要意義：

(一)<u>李謨</u>是教坊吹笛第一部，笛技與天樂等齊的評價，是可化解有關「偷曲譜」的苛責。

(二)<u>李謨</u>若真為偷譜雅賊，<u>玄宗</u>追究都來不及，怎可能稱他為「笛中之王」。

是故，詩歌最後以「酒樓吹笛是新聲」說明於酒樓之中，常常可以聽到新創的樂聲，酒與笛樂相和，表現出極盡歡欣。可見獨步當時的<u>李謨</u>笛聲亦深入民間，不斷地被傳頌，流傳相當廣泛。

且看<u>岑參</u>〈梁州陪<u>趙行軍龍岡寺北庭</u>泛舟宴<u>王侍御</u>〉詩云：

> 誰宴雙臺使，行軍粉署郎。唱歌江鳥沒，吹笛岸花香。
>
> 酒影搖新月，灘聲聒夕陽。江鐘聞已暮，歸櫂綠川長。[109]

這是泛舟宴飲的遊興詩歌，「吹笛岸花香」之描述，足以暢然開懷，「酒影搖新月」的酒酌興致，搭映海灘水聲與夕陽暮色，聲情酒興與景致並賞，心清且意得。

另外，再看<u>羅隱</u>（833 年～909 年）〈秋日酬<u>張特玄</u>〉詩云：

> 病寄南徐兩度秋，故人依約亦揚州。
>
> 偶因雁足思閒事，擬棹孤舟訪舊遊。

---

[108] （明）<u>胡震亨</u>《唐音癸籤》：「至謂<u>玄宗</u>按樂<u>上陽</u>，<u>謨</u>傍宮牆竊得其譜，世豈有天家屋垣，僅如窗隔，能屬耳得聲調宛悉者哉？考之<u>謨</u>本教坊子弟，隸吹笛第一部，<u>明皇</u>嘗召之，與<u>永新娘</u>逐曲。樂譜正所有事，何須竊聽？好事者姑為說，詫天上樂不易流傳。……<u>謨</u>嘗吹笛江上，寥亮逸發，能使微風颯至，舟人賈客有怨嘆悲泣之聲」（上海：古籍出版社，1981 年）卷 14，頁 155。

[109] （清）<u>康熙</u>御編：《全唐詩》，（北京：中華書局，1996 年。）第 6 冊，200卷，頁 2083。

> 風急幾聞江上笛，月高誰共酒家樓。
>
> 平生意氣消磨盡，甘露軒前看水流。[110]

這是秋日思念故友，打算划動小舟探訪舊遊之地，幾度聽聞江上笛聲，月兒高掛之際，誰能與之共飲，把酒言歡，想到此，平生意志也只能化就流水一般，消逝無蹤，呈現自由自在的情懷。或許戰爭帶來身心創傷，將笛表現在生活層面，表達內心所渴望愉悅與滿足。

四、以笛祝禱節慶，來敬鬼祈神

　　長久以來，祭祀鬼神是人類心靈上共同的一份信仰，都抱以無窮的感恩，基於此，勢將竭盡儀式才能表達出人類內心的敬意，歡舞昇天，常有「笛」、「鼓」搭配，因為擊鼓吹笛有凝聚精神的作用，以表示對敬鬼祈神的專注與虔誠，如王維（701 年～761 年）〈涼州賽神〉，此是在涼州河西節度幕府為判官時所作，描寫迎神賽會的場面，充滿著濃厚的邊地民族風貌，詩云：

> 涼州城外少行人，百尺峰頭望虜塵。
>
> 健兒擊鼓吹羌笛，共賽城東越騎神。[111]

人煙荒渺的涼州地區，在百尺高峰上望盡胡虜塵煙，後二句道出賽神的歡騰景象，在年輕男兒極力擊鼓吹笛之中，完成了賽神的儀式。看梁鍠〈天長節〉詩云：

> 日月生天久，年年慶一迴。時平祥不去，壽遠節長來。
>
> 連吹千家笛，同朝百郡杯。願持金殿鏡，處處照遺才。[112]

---

[110] 參註 109，第 19 冊，657 卷，頁 7548。

[111] （清）康熙御編：《全唐詩》，（北京：中華書局，1996 年。）第 4 冊，128卷，頁 1308。

這首詩描述年年節慶的舉行，熱鬧中得見平和的氣氛，呈現有祈求福祥壽遠的意義。而「連吹千家笛，同朝百郡杯。」表達出千家吹笛，百郡共杯的祥和同心。

　　再看白居易〈春村〉詩云：

> 二月村園暖，桑間戴勝飛。農夫春舊穀，蠶妾擣新衣。
> 牛馬因風遠，雞豚過社稀。黃昏林下路，鼓笛賽神歸。[113]

這是二月時節農家生活的描寫，此時的農夫春打收成的稻穀，蠶婦把採集的蠶絲編織新衣。「牛馬因風遠，雞豚過社稀。」表現出農家收成後的悠閒情景，最後以鼓、笛來表達敬神，表以豐饒之景象。除此，對於杳無香火且廢弛許久的小廟，也有尊敬之心的傳達。

　　就如吳融〈野廟〉詩云：

> 古原荒廟掩莓苔，何處喧喧鼓笛來。
> 日暮鳥歸人散盡，野風吹起紙錢灰。[114]

引詩提到荒郊野廟早已無人聞問，也不知那裡傳來的鼓聲與笛樂，展現出敬神祭祀的動作。

　　像薛濤〈題竹郎廟〉詩云：

> 竹郎廟前多古木，夕陽沈沈山更綠。
> 何處江村有笛聲，聲聲盡是迎郎曲。[115]

---

[112]　參註 111，第 6 冊，202 卷，頁 2113。
[113]　參前註，第 13 冊，436 卷，頁 4841。
[114]　（清）康熙御編：《全唐詩》，（北京：中華書局，1996 年。）第 20 冊，684
　　　卷，頁 7853。
[115]　參前註，第 23 冊，803 卷，頁 9041。

寫出竹郎廟的周邊景致，當太陽下山的時候，竹郎廟前茂密的古樹，顯得蒼翠蓊鬱，和遠處山巒一起，披上碧綠夜衣，後兩句則從江邊村裡傳來一陣陣笛聲，吹奏出歡迎竹郎歸來的曲子，以表尊崇敬意，喻出「迎郎之心」的意念。再如李建勛〈迎神〉詩云：

> 擂蠻鼉，吟塞笛，女巫結束分行立。
> 空中再拜神且來，滿奠椒漿齊獻揖。
> 陰風窣窣吹紙錢，妖巫瞑目傳神言。
> 與君降福為豐年，莫教賽祀虧常筵。[116]

這首詩對於迎神的景象有鮮明的描繪，一開始敲擊蠻鼉，吟吹羌笛，女巫分別站立，旋即朝向空中拜祭，呈獻椒漿齊相作揖，冷風吹襲紙錢，女巫閉目凝神傳達神旨，祈求福祉以定豐年。

　　除有敬神祭拜之外，也有「驅儺」[117]這種驅鬼的儀式，如孟郊（751年～814年）〈弦歌行〉詩云：

> 驅儺擊鼓吹長笛，瘦鬼染面為齒白。
> 暗中崒崒拽茅鞭，裸足朱褌行戚戚。
> 相顧笑聲衝庭燎，桃弧射矢時獨叫。[118]

---

[116] 參註114，第21冊，739卷，頁8434。

[117] （宋）歐陽脩撰《新唐書》云：「選人年十二，十六以下為侲子，假面，赤布褌。二十四人為一隊，六人為一列，執事十二人，赤幘、赤衣、麻鞭。工人二十二人，其一人方相氏、假面、黃金四目、蒙熊皮、黑衣、朱裳，右執楯；其一人為唱帥，假面、皮衣、執棒，鼓角各十，合為一隊。對別鼓吹令一人，太卜令一人，各堅所部，巫師二人，以逐鬼於禁中。」（北京：中華書局，1975年。）卷十六，志第六，禮樂六，頁392。
　　（唐）段安節《樂府雜錄》：「用方相四人，戴冠及面具，黃金為四目，衣熊裘，執戈，揚盾，口作「儺儺」之聲，以除逐也。」收錄於王雲五編《叢書集成簡編》，（台北：臺灣商務印書館，民55年3月台一版。）頁10。

[118] 同註114，第11冊，372卷，頁4182。

「驅儺」是古代一種驅逐鬼祟、祛除瘟疫所舉辦的一種儀式，古代儺舞的表演規模都很盛大，而後將此特殊民間樂舞吸收，變化為宮廷的樂舞。因此這種特殊民間樂舞慢慢進入宮廷樂舞中，直至唐代宮廷也是相當盛行。「驅儺擊鼓吹長笛，瘦鬼染面為齒白。」描寫以擊鼓吹笛作為熱鬧翻騰的音響背景，將人面塗上顏色，去扮演鬼的容貌。「暗中崒崒拽茅鞭，裸足朱褌行戚戚。」是指鬼的外在形象，「崒崒」是指各種不同器物所發出的磨擦聲，並拖著長長的茅鞭，且穿著紅色開檔褲赤足的走著顯得憂懼的樣子，最後拿著火把以及桃木弓箭的器具予以抵禦，完成避邪驅鬼的儀式。

　　以上詩歌所描繪敬神驅鬼的儀式，表現上都以擊鼓吹笛的伴奏模式來進行儀式以及呈現敬意。

五、以笛傳頌佳音，示美好情緒

　　這類詩歌對笛聲描繪，大都與天地萬物和合，笛聲與心聲交織相合，一時心感，聆賞笛聲悠揚悅耳，令人感到自在愉快，因此烘託美好景致，以及燃現輕鬆的情緒。請看李咸用〈秋晚〉詩云：

> 斜陽山雨外，秋色思無窮。柳葉飄乾翠，楓枝憾碎紅。
> 鬢毛看似雪，生計尚如蓬。不及樵童樂，蒹葭一笛風。[119]

藉晚秋表露心跡的內容，前四句都是描繪晚秋時節柳衰楓紅的景色，看這片秋色楓紅之景，感受到自己已經鬢毛如雪、生計猶似蓬草一般的飄盪無依，慨嘆不及山間樵夫的一份樂趣，輕隨蘆荻搖擺以及笛聲飛揚的自在。而李建勳〈田家〉詩，得見如此之閒情：

---

[119] （清）康熙御編：《全唐詩》，（北京：中華書局，1996 年。）第 19 冊，645 卷，頁 7394。

長愛田家事，時時欲一過。垣籬皆樹槿，廳院亦推禾。

病果因風落，寒蔬向日多。遙聞數聲笛，牛晚下前坡。[120]

此詩表現出田家的自適，「遙聞數聲笛，牛晚下前坡。」道盡無比怡然幽靜，所以遠處傳來的陣陣的清新笛聲，是令人暢快舒適不已。此外，李中〈思九江舊居〉詩云：

無機終日狎沙鷗，得意高吟景且幽。

檻底江流偏稱月，簷前山朵最宜秋。

遙村處處吹橫笛，曲岸家家繫小舟。

別後在遊心未遂，社屏惟畫白蘋洲。[121]

這是一首清心無暇的詩歌作品。「無機終日狎沙鷗，得意高吟景且幽。」描寫終日與沙鷗為伍，表達無所機心的境界。而「檻底江流偏稱月，簷前山朵最宜秋。」描繪著一幅秋色的美景。另外，「遙村處處吹橫笛」之語，則呈現出處處遍吹橫笛，而聲聲入耳的愉悅神情。

再看成彥雄〈村行〉詩云：

曖曖村煙暮，牧童出深塢。騎牛不顧人，吹笛尋山去。[122]

這首詩寫出農村黃昏時自然的環境，輕煙嫋嫋瀰漫在暮色之中，此時牧童騎在牛背上吹響笛聲而入山，腳步顯得輕鬆自在，不僅吹出悠然自得的童趣，也吹出鄉野的寧靜與閒適。

另外，劉兼〈登樓寓望〉詩云：

---

[120] 參註 119，第 21 冊，739 卷，頁 8427。

[121] 參前註，第 21 冊，747 卷，頁 8508。

[122] 參註 119，第 22 冊，759 卷，頁 8626。

> 憑高多是偶汍瀾，紅葉何堪照病顏。
>
> 萬疊雲山供遠恨，一軒風物送秋寒。
>
> 背琴鶴客歸松徑，橫笛牛同臥蓼灘。
>
> 獨倚郡樓無限意，夕陽西去水還東。[123]

這首詩有明顯的山居悠然之境，尤其「背琴鶴客歸松徑，橫笛牛同臥蓼灘。」之句，「琴」、「鶴」、「松」等都是用來象徵隱居無牽掛的意義，再搭配與牛同臥、橫笛隨吟，悠悠之意表露無遺。

笛常被儀仗行軍所用，詩人對於笛的應用與吹奏的經驗，則大都是訴諸邊塞戍守與身經離亂之上，故以清揚笛音之悠揚，來傳述憂傷或者以解鄉愁。綜觀以上笛樂詩，以山林形態為主，沙鷗、農家成為強調的主題，賦予笛樂領域與境界，對笛樂之觀感以及形式創新的轉變，都有所發展。

除了這個經驗與角度之外，張祜〈折楊柳枝〉提供另一方向，其詩云：「莫折宮前楊柳枝，玄宗曾向笛中吹」[124]得見笛亦被使用宮廷之中，用以娛樂，逐漸被表現在村落鄉間之處，因此有所謂「至今風俗驪山下，村笛猶吹阿濫堆。」[125]如此可證，笛應是宮廷樂隊中頻用的樂器，而後流入民間，被普遍使用，搭配鄉間清風明月，一陣笛聲

---

[123]　參註 119，第 22 冊，766 卷，頁 8692。

[124]　張祜〈折楊柳枝〉：「莫折宮前楊柳枝，玄宗曾向笛中吹。傷心日暮煙霞起，無限春愁生翠眉。」收錄於（清）康熙御編：《全唐詩》，（北京：中華書局，1996 年。）第 15 冊，511 卷，頁 5841。

[125]　參前註，張祜〈華清宮〉：「玉樹蕭蕭閣半開，玉皇曾幸此宮來。至今風俗驪山下，村笛猶吹阿濫堆。」第 15 冊，511 卷，頁 5841。何謂「阿濫堆」？明人楊慎《升庵詩話》云：「『阿濫堆』，是唐明皇之所作也。驪山有禽名「阿濫堆」，明皇御玉笛，將其聲翻為曲，左右皆能傳唱。」，明嘉靖間刊本，卷四。而後民間亦能傳吹。此外，清人諸人獲：《堅瓠續集》〈阿濫堆〉條載：「驪山有鳥，名「阿濫堆」，唐明皇御玉笛，將其聲翻為曲，名為《阿濫堆》，左右皆能傳唱。」卷三。

表達種種情意，說明笛聲樂揚所充滿的無限生命力，畢竟音樂是不可能僵化不變，以及侷限在某種空間領域，其發展應用的方向與角度必須是多方面的。

　　總結以上所敘述的美感意涵，大致呈現兩種意義：

　　第一，以笛聲作為理想表達的媒介，笛子表現於邊塞成為重要發展路線，真正戍守戰士要經得起離情苦悶，藉笛抒懷是最好的方式，寄託安撫之下，光榮報國成為重要的關鍵。

　　第二，從邊塞、貶謫、酒興、祭神、山林的發展，對笛感受態度轉變，擴大表現的範圍，賦予嶄新的風貌。

第五節　小結

　　笛子吹奏出響徹雲霄的悠揚樂音，有輕細纖巧的樂章，跳躍頓挫的快速斷音，以及流暢柔和的圓滑音，是可以貫徹在所有音域之中。圓潤音色表現出悠遠柔和的感受，高亢音聲則呈現流暢婉轉自如的感受，與其它樂器合奏時，又能達到不突出個性而諧和一致的整體效果。中音則有飽滿顯得渾厚有力的音質，低音則顯淒苦欲絕的調性。

　　對於笛樂詩的主題，有許多背景的呈現都是以月來作為烘託，表現出嫵媚氣氛，充滿柔媚的月光之下，輕快舒暢的笛聲憾動心弦的音樂形象，曲曲動人。藉著月色籠罩的景致，以笛聲寄情託懷的情感往往是最令人為之動容。藉此呈現淒清、哀傷、柔美、清亮各種不同的面貌，燃發出人類共通的情感，進而產生共鳴。

　　此外，悠揚笛聲傳遍人間，觸動心房，正因為笛音的抑揚頓挫，聲韻兼備交融，而能豐滿和諧，所以嘹亮卻不刺耳尖銳，渾厚卻不陰

沉暗淡，所呈現細緻柔和的曲調，足見婉轉笛聲的情韻多致而且兼具獨絕音響之美感。

　　唐十部伎中有笛的編制，羌笛並沒有出現在唐十部伎，唐詩對羌笛的描繪都出現在邊塞環境，是邊塞上常見的樂器，應是少數民族或軍營中兵士自娛的樂器。不管笛或羌笛都是詩人自我振奮、陶冶、以及脫離世俗觀念的藝術形態，這些典型詩歌，都說明詩人與笛的密切關係。

　　綜合以上所言，笛之所以發達，自有其歷史的傳統，一代一代傳承之下，具備文化上的個別性，因此笛樂詩中承繼著不同的詩歌內涵，反映在數量上，尤其明顯，表現出高張「離鄉去國」、「西征戍守」的精神。再者，唐人將笛結合邊塞的豪邁壯志與功業的揚名立萬，已非單純音樂本身，而是結合國家觀念、社會背景所產生的文化意識。

第六章　笳樂詩之藝術內涵

　　上古時期所存的吹奏管樂器之中，只有笛、簫、塤等，「笳」並未出現，直至漢代才成為鼓吹樂的主要樂器，正所謂「鳴笳以和簫聲」。在吹奏特色的表現上，強調「剛柔待用，五音迭進」藝術內涵。笳的歷史地位從漢肇始於漢而興盛於唐，這段時期持續不斷地發展，居屹立不搖的地位，應有其特殊的因素。關於胡笳樂的描繪，唐代留下許多不朽的詩篇，唐詩中有關笳樂詩共有二一九首，為數不少的詩歌量，發展的原因是否與唐代社會有關，抑或胡唐交流頻繁所致，是值得探討的部份？除此，進一步深入分析藝術內涵的表現是如何？

第一節　笳的命名與形制

　　笳的命名與形制之說法，一般都認為漢時期才出現的樂器，最初是以「葭」字出現，如《說文》云：

　　葭，吹鞭也。[1]

《說文》解釋葭即是吹鞭，何謂「吹鞭」？根據《宋書・樂志》引用《漢書》舊注的說法：

---

[1]　（漢）・許慎：《說文解字注》，（台北：黎明文化公司，民 63 年 9 月初版，民 73 年 2 月十版。）頁 200。

> 葭，杜摯〈笳賦〉云：「李伯陽入西戎所造。」《漢書》舊注
> 曰：「笳，號曰吹鞭。」《晉先蠶儀注》：「車駕住，吹小笳，
> 發，吹大笳，笳即葭也。」[2]

認為笳有大小之分，基於車駕發動與停止的不同需要去使用，並且說
明「笳」即是「葭」。

另外，根據《晉書‧樂志》說法：

> 胡角者，本以應胡笳之聲，後漸用之。有雙角，即胡樂也。[3]

可見胡角本用來傳應胡笳之聲，二者之間的聲音可以相應，逐漸以此
傳達笳聲。「笳」字不見於《說文》，以「笳」字出現，漢時則又以
「葭」字流通於世，所以《說文》對「葭」字解釋是：

> 葭，葦之未秀也者。
> 葦，大葭也。[4]

可見「葭」、「蘆」、「葦」三者所指是同一種類植物，早期以葭蘆
類為材料，皆稱之為「葭」。後來《宋書‧樂志》引用杜摯《笳賦》
說法，認為是李伯陽進入西戎區域所創造出來的樂器，再傳入漢族地
區，晉時期並認為「笳」就是「葭」。到了唐代改以「笳」字出現，
稱之為「胡笳」。所以，宋‧馬端臨《文獻通考‧大胡笳》云：

> 笳即笳也。[5]

---

[2] 　（梁）沈約撰：《宋書‧樂志》，（北京：中華書局，1975 年。）卷十九，
　　志第九，樂一，頁 558。

[3] 　（唐）房玄齡：《晉書‧樂志》，（北京：中華書局，1975 年。）卷二十三，
　　志第十三，樂下，頁 715。此外，（唐）段成式亦云：「觱篥本名悲篥，以角
　　為之，乃以笳為角，以竹為管，所法者角音，故曰角。」

[4] 　（漢）‧許慎：《說文解字注》，（台北：黎明文化公司，民 63 年 9 月初版，
　　民 73 年 2 月十版。）頁 46。

從上述的資料看來，「箛」、「葭」、「笳」三者應該是指相類似之吹管樂器，都有吹鞭之作用。

再看《舊唐書・音樂志》亦有此記載：

> 漢有吹鞭之號，笳之類也，其狀大類鞭馬者，今牧童多卷蘆葉吹之。[6]

引文提到漢代即有吹鞭的號角，是屬於笳樂器的一種，形制較大，用來鞭策馬匹的行進，今牧童喜歡以卷曲蘆葉去仿吹這種聲音，可見，以卷曲蘆葉可以達到相近的音色。

而宋・陳暘《樂書》小箛條云：

> 《晉先蠶儀注》，凡車駕所止，吹小箛，發，吹大箛，其實胡笳也。[7]

上述可知，漢代即有類似笳的吹管樂器，用來鞭策馬匹，令其車輛予以啟動或者停止，強調這種樂器其實就是「胡笳」，得到「箛」即是「笳」的證明。

此外，漢・應劭《風俗通義》進一步定義其內涵：

> 箛，吹鞭也。箛者，憮也，言其節憮威儀。[8]

5　（宋）馬端臨：《文獻通考》，（台北：臺灣商務印書館，民24年9月初版，民76年12月台一版。）卷一三七，樂十，頁1224。

6　（後晉）劉昫：《舊唐書・音樂志》，（台北：中華書局，1975年。）卷二九，志第九，音樂二，頁1075。

7　（宋）陳暘：《樂書》，（北京：中華書局，1991年。）卷一五〇，胡部，頁11。

8　（漢）應劭：《風俗通義》，（台北：台灣中華書局，民76年4月豪華一版。）收錄於《四部備要》，聲音第六，頁9。

「笳」有節制安撫的涵義，最初使用的對象是馬匹。應用於人情之上，賦予良好的威儀與典範。所以牧童常以吹卷蘆葉來模擬這種聲音，或許是藉此穩定馬匹的的平和心情，以便利牧馬工作的進行，使得卷蘆葉為「笳」來吹奏的模式，廣泛性的運吹開來，並成為當時所流行的事物。

相關描述亦得見於唐‧白居易《白孔六帖》，則云：

> 笳者，胡人卷蘆葉吹之，以作樂也，故曰胡笳。[9]

卷蘆葉仿吹笳聲的情況，普遍在西域地區胡人族群中傳佈開來，便以「胡笳」來命名。蔡琰所創作之「胡笳十八拍」之第十八拍云：「胡笳本自胡中」[10]，間接證明了胡笳是源自胡域的說法。

胡人吹管樂器之中，還有另外一種名為「篳篥」樂器，形制與「胡笳」類似，吹出的音響也相當接近，聲調皆以哀傷為主。

宋‧陳暘《樂書》，對於篳篥的描述：

> 篳篥，一名悲篥，一名笳管，羌胡、龜茲之樂也，以竹為管，以蘆為首，狀類胡笳而九竅，所法者角音而已。其聲悲栗，胡人吹之以驚中國馬焉。[11]

兩者性質差異不大，大致上是，一、外在形制類似，二、基本音色都以「悲」字形容，三、用來警醒中原馬匹，振作精神。作用與胡笳相去不遠。

---

[9]　（唐）白居易撰‧（宋）孔傳續撰：《白孔六帖》，（台北：新興書局，民65年10月。）（明）嘉靖壬午年（1522年）刻本，頁914。

[10]　蔡琰〈胡笳十八拍〉，收錄於逯欽立：《先秦兩漢魏南北朝詩》，漢詩卷七，頁201。

[11]　（宋）陳暘：《樂書》，（北京：中華書局，1991年。）卷一五〇，胡部，頁12。

在《太平御覽》所引樂部中之笳管，論述「觱篥」這項樂器：

> 唐以編入鹵簿部，名曰笳管，用之雅樂部，以為雅管。[12]

認為笳管其實指的就是觱篥二者近似的程度是非常高的，是同屬於一器，抑或近似而分屬於不同的樂器？宋‧馬端臨《文獻通考》就提到：

> 胡笳似觱篥而無孔，後世鹵簿用之。[13]

認為胡笳類似觱篥這種樂器，最大的不同在於洞孔，因此，沒有洞孔者是屬於胡笳一類的樂器，後世廣為鹵簿所使用。

薛宗明《中國音樂史‧樂器篇》一書引用《文選》注的說法，也表贊同，薛氏云：

> 笳，笛類，胡人吹之為曲，笳有具按孔、無按孔二種。有按孔者已為篳篥所取代，無按孔者多用於鹵簿鼓吹，經漢魏、六朝而隋唐。[14]

笳類的吹管樂器，有「按孔」與「無按孔」之分，需要按孔者則是「篳篥」類的樂器；不需要按孔，用之於鹵簿，屬於「胡笳」類的樂器，二者區分得見清楚分明。

綜合上述，篳篥是胡人樂器，截竹為管，有九個孔如簫一般，以蘆葉為首吹之，所吹奏出來的聲音相當悲哀，而胡笳與篳篥類似，然而西域石窟中的篳篥是七個孔，（如附圖四所示，頁三二六。）與上述所言者有所差異。這是因為二者都是屬於羌胡、龜茲之樂，漢時由

---

[12] （宋）宋太宗敕撰：《太平御覽》所引樂部中之笳管，收錄於《叢書集成簡編》，頁9。

[13] （宋）馬端臨：《文獻通考》，（台北：臺灣商務印書館，民24年9月初版，民76年12月台一版。）卷一二九，樂十，頁1225。

[14] 薛宗明：《中國音樂史‧樂器篇》（上），（台北：臺灣印書館，民72年9月。）頁419。

西域龜茲（新疆省庫車縣）傳入中原，現存九個孔，認為是傳入中原後，人民加以改制，初步所傳達出的樂音呈現悲涼的曲調，而後胡茄被編入鹵簿鼓吹的隊伍，呈現另一風貌，表述不同意涵。

對於制作材質，唐代盛行以羊骨或者是羊角來制作管身，所以唐·段安節《樂府雜錄》就說：

> 哀茄，以羊角為管，蘆為頭也，警鼓。[15]

可見，因應社會需求，制作材質上由「以竹為管」演變為「以羊角為管」，強調吹奏而出的悲涼性。此外，還以金屬去制作茄身，有「金茄」之名稱，從唐詩中可略見一些描述，例如：

李頎〈塞下曲〉：「金茄吹朔雪」。[16]

王昌齡〈胡茄曲〉：「自有金茄引」。[17]

劉禹錫〈連州臘日觀莫徭獵西山〉：「金茄發麗譙」[18]及另一首〈寶朗州見示與澧洲元郎中早秋贈答〉：「金茄入暮應清商」。[19]

溫庭筠〈邯鄲郭公詞〉：「金茄悲故里」。[20]

除材質不同外，《玉海》一書所記宋代茄管，進一步區分茄與篳篥不同之處，據云：

> 景裕二年九月四日詔，茄管以牙骨參用，染以紅。管用牙骨，而由其有孔，則仍是篳篥之類。[21]

---

[15] （唐）段安節：《樂府雜錄》，（台北：臺灣商務印書館，民55年3月臺一版。）頁12。

[16] （清）康熙御編：《全唐詩》，（北京：中華書局，1996年。）第4冊，132卷，頁1338。

[17] 參前註，第4冊，142卷，頁1438。

[18] 參前註，第11冊，354卷，頁3972。

[19] 參前註，第11冊，359卷，頁4050。

[20] 參前註，第17冊，577卷，頁6712。

可以了解唐之後一直到宋，笳管的材質習慣以牙骨來制作，管身設有孔洞處，屬於篳篥之類，事實上，二者雖然相當近似，還是有局部區別的，在一般觀念上，笳管便與篳篥聯用。

第二節　笳樂的歷史考察

笳是在漢代才出現的樂器，初期納入鼓吹樂的樂隊之中，這種鼓吹樂隊以打擊樂器以及吹管樂器為主的音樂形式，所以常用的樂器即有鼓之打擊樂器以及吹管方面的笳、笛等。漢·班固《漢書》云：

> 始皇之末，班壹避墜於樓煩，致馬牛數千群。值漢初定，與民無禁，當孝惠、高后時，以則雄邊，出入戈獵，旌旗鼓吹，年百深歲以壽終。[22]

上述可知，最早將胡樂用之於軍中，作以鼓吹之樂者是秦朝末年的班壹。後來演變為每逢打獵時，都有旗幟、鼓吹隊伍隨行，作為護尉，以顯尊崇榮耀。嗣後，鼓吹樂就成為中原地區所流行的軍樂。

根據崔豹《古今注》[23]的說法，如果按照其場合以及樂器編配的不同，鼓吹可分為「黃門鼓吹」、「短簫鐃歌」、「橫吹曲」等三種

---

[21] （宋）王應麟：《玉海》，（京都：中文出版社，1977 年 12 月。）頁 442。

[22] （漢）班固：《漢書》，（北京：中華書局，1973 年。）卷一○○上，敘第七十上，頁 4198。

[23] （西晉）崔豹《古今注》：「漢樂有黃巾鼓吹，天子所以宴樂群臣。短簫鐃歌，鼓吹之一章耳，亦以賜有功諸侯也。」因此「黃巾鼓吹」、「短簫鐃歌」與「橫吹曲」，得通名「鼓吹」。（台北：臺灣中華書局，民 76 年 4 月豪華一版。）收錄於《四部備要》子部，據漢魏叢書本校刊，卷下，音樂第三，〈短簫鐃歌〉，頁 2。劉巘《定軍禮》云：「鼓吹，鳴笳以和簫聲。」得見鼓吹是「笳」、「簫」樂之結合。

形式。「黃門鼓吹」用於宮廷饗宴，「短簫鐃歌」、「橫吹曲」則都是軍樂曲。而後，有「騎吹」[24]，後來用於鹵簿，隨行車駕之後，應劭在《漢鹵簿圖》曾提到：「騎吹執笳」[25]，加上漢畫像以及磚石刻圖像之中，也有執笳騎吹的畫面，這些畫像都有一些編組成排的馬匹，軍士騎坐馬背，手上便拿著笳、鼓之類的樂器，以突顯行軍、儀仗的雄壯氣勢。因此漢代樂府之鼓吹樂辭，表現內涵大都以軍士出征時的威武陣容作為主題，總是一邊踏步行進，一邊進行演奏，表現著出塞或入塞時的豪邁氣勢。而後的發展，隨著時間、事件的不斷的變遷，「鼓吹」是一種軍樂的概念，塞外征戰之地表現出來，開始出現許多邊境與出塞之間的相關主題。

　　笳與軍隊有密切關係之外，胡笳也是塞外西域間流行吹奏的樂器，在各部族間享有盛名，漢之蔡琰所作「胡笳十八拍」[26]即表現這

24　（宋）郭茂倩：《樂府詩集》引《宋書・樂志》云：「列於殿庭者名『鼓吹』，今之從行鼓吹為『騎吹』，二曲異也。」（台北：臺灣中華書局，民76年。）頁196。（晉）孫毓《東宮鼓吹議》引《北堂書鈔》云：「鼓吹者，蓋古之軍聲，振旅獻捷之樂也。施於時事，後因以為制，用之朝會，用之道路。」（上海：古籍出版社，1997年。）

25　（漢）應劭《漢鹵簿圖》：「自隋已后，始以橫吹用鹵簿，與鼓吹列為四部。橫吹曲，其始亦謂之鼓吹，馬上奏之，蓋軍中之樂也。北狄諸國，皆馬上作樂，故自漢以來，北狄樂，總歸鼓吹署。其后分為二部，有簫、笳者為鼓吹用之朝會、道路，亦以給賜。漢武帝時南越七郡，皆給鼓吹是也。有鼓角者為橫吹，用之軍中所奏者是也。」收錄於《樂府詩集》卷一十六，鼓吹曲辭一，頁260。

26　（宋）范曄《後漢書・烈女傳・董祀妻》：「陳留董祀妻者，同郡蔡邕之女，名琰字文姬，博學有才辯，又妙於音律。先適河東節仲道，夫亡無子，歸寧於家，興平中，天下喪亂。」〈蔡琰別傳〉曰：「漢末大亂，琰為胡騎所獲，在右賢王部伍中。春月登胡殿，感笳之音，作詩言志曰：『胡笳動兮邊馬鳴，孤雁歸兮聲嚶嚶。』」（北京：中華書局，1973年。）收錄於《藝文類聚》卷八十四，烈女傳第七十四，頁2800。楊蔭瀏《中國古代音樂史稿》云：「「胡笳十八拍」是蔡琰參考胡笳的聲音，而寫的琴曲。」（台北：丹青出版社，1989年。）蔡琰博學多才，且精通音律，一般都認為「胡笳十八拍」是其從

種悲傷內涵。漢時蔡琰被迫嫁到南匈奴，在域外生活十二年，而後又
必須與二子分離歸回漢地，因而在這種矛盾心情之下寫出了千古名作
「胡笳十八拍」，蔡琰將感情移入笳聲之中，藉胡笳聲表現思鄉、哀
怨情感的內涵，表達積累多年來的怨嘆，因此聽來特別令人肝腸寸
斷，不能自已，這應證了笳聲淒厲悲涼音色。像這樣以笳為觸動心靈
的描述，亦得見於〈蘇武寄書與李陵〉一文，引文部分提到蘇武希望
李陵能夠順利歸回漢地，李陵作書來自辯，以表達內心的悲傷，其云：

> 胡地玄冰，邊地慘裂，但聞悲風蕭條之聲。涼秋九月，塞外草
> 衰，夜不能寐。側耳遠聽，胡笳互動，牧馬悲鳴，吟嘯成群，
> 邊聲四起。晨坐聽之，不覺淚下。嗟乎！子卿，陵獨何心，能
> 不悲哉？[27]

內容營造出塞外衰頹淒涼的景象，在秋涼九月，本難以入睡，此時從
遠處傳來陣陣笳聲以及蕭蕭馬鳴，聲聲憾動人之心腸，造成徹夜難
眠，在這雜遝的馬兒嘶吼聲、胡笳樂聲，以及邊地龐雜聲交織融和，
容易催人心傷落淚，揭示出居處塞外的孤獨生活以及內在的淒涼之
感，胡笳聲不僅能觸己情懷，也會影響他人，感染程度可見一斑。

　　對於胡笳的感染作用，歷史上有相關的傳說，如《世說新語》中
所描述：

胡域歸漢的途中所作。全曲共十八拍，把入胡、歸漢、思鄉、別子的經歷與
感情，表現淋漓盡致，並感人肺腑。

[27] 李陵：〈答蘇武書〉，收錄於（梁）蕭統：《昭明文選》，（台北：文津出
版社，民 76 年 7 月出版。）卷第四十一，書上，頁 1847。

> 劉越石為胡騎所圍數重，城中窘迫無計，劉始夕乘月，登樓清
> 嘯，胡賊聞之，皆淒然長嘆。中夜次奏胡笳，賊皆流涕歔欷，
> 人有懷土之切，向曉又吹，賊並起回奔走，或云是劉道真。[28]

在敵人環伺之下，劉越石仿以「四面楚歌」方式，召集擅吹胡笳軍士，
一奏長嘆，再奏流涕，三奏撤兵，以密集三段式的吹奏，使敵兵軍心
騷動、渙散，化解危機。可見，笳樂聲響有強大的穿透力，激刺內心
深處，容易燃現昔日悲傷之情，聽來有些悵然失落之感。

　　魏晉時期有不少的文章詩歌，對笳作出詠頌，如魏・杜摯〈笳賦〉
所述：

> 唯葭蘆之為物，諒潔勁之自然，託妙體於阿澤，歷百代而不遷，
> 於秋節既至，百物具成，嚴霜告殺，草木殞零，賓鳥鼓翼，蟋
> 蟀悲鳴，羈旅之士，感時用情，乃命狄人，操笳揚清，吹東角，
> 動南徵，清羽發、濁商起，剛柔待用，五音迭進，倏爾卻轉，
> 忽焉前引，或　　以和懌，或悽悽以嚘殺，或漂淫以輕浮，或
> 遲中以沉滯。[29]

上述引文所呈現重點，大致有三：

　　第一，原始胡笳與樹葉、蘆葦之間關係是不可分割，兩者聲音特
　　　　　性是可以相通的。

---

[28]　（南朝宋）劉義慶：《世說新語》，（北京：中華書局，1985 年。）雅量第
　　　六，頁 128。《晉書・劉隗》：「劉疇曾避塢壁，賈胡百數欲害之。疇無懼色，
　　　援笳而吹之，為出塞、入塞之聲，以動游客之思，于是群胡皆垂泣而去之。」
　　　（北京：中華書局，1975 年。）卷六十九，列傳第三十九，頁 1841。

[29]　（魏）杜摯：〈笳賦〉收錄於（清）陳元龍輯：《歷代賦彙》，（北京：北
　　　京圖書館出版社，1999 年 11 月。）卷九十五，頁 333。

第二，「吹東角，動南徵，清羽發、濁商起，剛柔待用，五音迭
　　　進。」說明胡笳能奏出完整音階，剛柔之音交用互顯，是
　　　基本吹奏的模式。

第三，音色表現上，以「和懌」之和緩愉悅之慢板旋律；「嘄殺」
　　　之急速催迫的快板旋律；「輕浮」飄揚高昂；「沉滯」之
　　　低沉聲，點出笳聲音域的寬廣度以及音質的特殊性。

　　此外，晉・孫楚〈笳賦〉[30]，其序云：「頃還北館，遇華髮人於
潤水之濱，向春風而吹長笳，音聲寥亮，有感余情，爰作斯賦。」說
明敘寫這篇文章的背景，內容述出銜含長笳，以吹奏哀號的聲音，揭
示邊塞之悲思。「爾乃調唇吻，整容止，揚清矑，隱皓齒，徐疾從宜，
音引代起，叩角動商，鳴羽發徵」描寫出吹奏笳樂器的姿態，首先必
須調整嘴唇所觸及笳嘴的位置，斂容隱齒後才從容自在的動「商」、
鳴「羽」、發「徵」，以完整音階去吹奏知名的曲調，把胡笳基本吹
奏的方法作一呈現。

　　此外，魏・繁欽〈與太子書〉云：「喉轉引聲，與笳同音。」[31]進
一步說明喉音與笳管之音結合的特殊性，喉嚨所發出的聲音與笳的發
音方式是相似的，凝結氣息所吹出的笳樂聲音，氣息流動的途徑猶似
縈繞喉頭間的聲音，之後再轉引從口間發出，具有一致性的發音程序。

　　此外，晉・夏侯湛〈夜聽笳賦〉云：

---

[30]　參註29，（晉）孫楚〈笳賦〉：「銜長笳以泛吹，嗷啾啾之哀聲，奏塞馬之悲
　　思，謀北狄之遐征。順谷風以撫節，飄逸響乎天庭，爾乃調唇吻，整容止，揚
　　清矑。隱皓齒，徐疾從宜，音引代起，叩角動商，鳴羽發徵，若夫廣陵散吟，
　　三節白紵，太山長曲，哀及梁父，似鴻鴈之將離，乃群翔於河渚。」頁334。

[31]　（魏）繁欽：〈與太子書〉，收錄於（清）嚴可均校輯：《全上古三代秦漢
　　三國六朝文・全晉文》，（北京：中華書局，1965年。）卷六十，頁2。

越鳥戀乎南枝，胡馬懷夫朔風，惟人情之有思。乃否滯而發中，
南閣兮拊掌，北閣兮鳴笳，鳴笳兮協節，分唱兮相和，相和兮
諧。慘激暢兮清哀，奏烽燧之初驚，展從由之嘆乖，伸棄兮更
纏，邅調兮故韻，披涼州之妙操，掣飛龍之奇引。垂幽蘭之游
響，來楚妃之絕歎。放鵾雞之弄音，散白雪之清變。[32]

引文提到「越鳥戀乎南枝，胡馬懷夫朔風」道出人類共同的情感，對
自己成長故鄉所深藏的一份依戀。「南閣兮拊掌，北閣兮鳴笳」之句，
說明吐露情感的方式是不同的，一為俯掌，一為鳴笳。鳴笳→協節→
分唱→相和→諧調，是以笳聲融匯情感的基本表達方式。

此外，可以見識笳聲之獨特性，如飛龍躍出的奇特聲；以幽蘭曲
調中宜緩聲微的音響，表達出楚妃般的幽遠的悲怨；笳也適宜搭配絲
弦樂器，以傳達昂揚之情。上述兩篇文章對於笳的描繪，共同點是音
色表現上，力求於音域之擴展，以達成曲調的豐富變化。

詩歌方面，梁代有「胡笳曲」[33]的樂調，如梁・江洪〈胡笳曲〉詩：

藏器欲邀時，年來不相讓。紅顏征戍兒，白首邊城將。
落日慘無光，臨河獨飲馬。颷颷夕風高，聯翩飛雁下。[34]

---

[32] （晉）夏侯湛：〈夜聽笳賦〉，收錄於（清）陳元龍輯：《歷代賦彙》，（北
京：北京圖書館出版社，1999 年 11 月。）卷九十五，頁 334。

[33] （唐）劉商〈胡笳曲〉序曰：「蔡文姬善琴，能為離鸞別鶴之操，胡虜犯中
原，為胡人所掠，入番為王后，王甚重之。武帝與邕有舊，敕大將軍贖以歸
漢。胡人思慕文姬，以卷蘆葉為吹笳，奏哀怨之音。后董生以琴寫胡笳聲為
十八拍，今之胡笳弄是也。」頁 196。

[34] （梁）江洪：〈胡笳曲〉，收錄於逯欽立：《先秦兩漢魏南北朝詩》，梁詩
卷二十六，頁 2073。

這首詩歌的內涵，敘述邊將一生的真實寫照，反映征戍者的悲哀，因此以「胡笳曲」為題，曲調大都表現出塞後、戍守時所發出悲慨情緒。再如梁‧吳均〈閨怨〉亦是，詩曰：

胡笳屢悽斷，征蓬為肯還。妾坐江之介，君戍小長安。

相去三千里，參商書信還。四時無人見，誰復重羅紈。[35]

「胡笳屢悽斷」，道出胡笳聲容易觸動心腸，悽愴萬分。「胡笳」既是胡人的樂器，其意象涵蓋異域之特色，因此「胡笳聲」是透顯異地悲悽的涵意。

承上述胡笳詩歌，大致上兩項重點：

第一，以胡笳為聲，所反映的曲調，大都以「悲」為主要訴求。

第二，以「胡笳曲」為主題者，大都表達邊塞生活的淒涼苦悶。

再看下列詩歌文章，內涵的表達上，與上述相去不遠。如張德昇〈聲賦〉：

聽胡笳之互動，看隴水之分流，何此聲之可怨，使征客之含愁。[36]

「互動」說明樂音主體自覺性的參與，因而對笳聲的感應，也就較為深刻，印證笳聲的悲切，讓征戍者凝結起無限的愁緒。

另外，就如北周‧庾信〈榆關斷音信〉：

胡笳落淚曲，羌笛斷腸歌。[37]

---

[35] 參註34，（梁）吳均：〈閨怨〉，梁詩卷十一，頁1746。

[36] 張德昇：〈聲賦〉，收錄（宋）李昉：《文苑英華》卷九十，（北京：中華書局，1966年。）頁411。

[37] （北周）庾信〈榆關斷音信〉詩云：「榆關斷音信，漢使絕經過。胡笳落淚曲，羌笛斷腸歌。纖腰減束素，別淚損橫波。恨心終不歇，紅顏無復多。枯木期填海，青山望斷河。」收錄於逯欽立：《先秦兩漢魏南北朝詩》，北周詩卷三，頁2368。

庾信被強迫屈節仕亂世而無國可歸，明顯呈現兩個傾向：一是內在強烈的歸屬感，二是藉胡地笳聲，傳達憂思滿懷。

再看曹丕（魏文帝）〈與朝歌令吳質書〉詩云：

> 清風夜裡，悲笳微吟。[38]

也提到在清風夜裡吹起笳音，聲聲低吟嗚咽，情緒隨之悲愴，認同笳聲，藉此反映在心情上，以這份潛藏內在的認同，作為支撐的力量。如此看來，胡笳似乎只能令人悲，徒增傷感與悽愴。其實不然，曹丕在同篇文章亦提到：

> 從者鳴笳以啟路，文學托乘於後車。[39]

隨從者以吹奏笳聲來開路，博學之士乘坐車駕在後面隨行者，「鳴笳」有昂揚前進的含意以及警示來車的作用，似乎重現漢時用之鹵簿，隨行車駕的振奮精神。

再看北周‧庾信〈奉和山池〉：

> 鳴笳陵絕浪，飛蓋歷通渠。[40]

這裡說明鑾輿在博望苑作短暫停留，鳴笳的聲浪在廣闊空間連響迴盪著，笳音飛躍而上，這種樂音表現模式，傳達鳴笳聲的高亢與飛蓋的形勢，是相當有一致性，間接表現出太子出游儀仗擁簇的非凡氣概。

---

[38] （魏）曹丕（魏文帝）：〈與朝歌令吳質書〉，收錄於（梁）蕭統：《昭明文選》，（台北：文津出版社，民76年7月出版。）卷第四十一，書上，頁1896。

[39] 參前註，（魏）曹丕（魏文帝）：〈與朝歌令吳質書〉，卷第四十一，書上，頁1896。

[40] （北周）庾信〈奉和山池詩〉：「樂官多暇豫，望苑暫回輿。鳴笳陵絕浪，飛蓋歷通渠。桂亭花未落，桐門葉半疏。荷風經浴鳥，橋影聚行魚。日落含山氣，雲歸帶雨餘。」收錄於逯欽立：《先秦兩漢魏南北朝詩》，北周詩卷二，頁2354。

另外，<u>隋煬帝</u>〈帝還京師〉：

　　嘹亮鐃笳奏，葳蕤旌旆飛。[41]

直接表達笳音清亮之外，間接展現班師回朝的得意盛況。因此，以「鐃」的敲擊與「笳」的吹奏來結合，漫天震響，代表著皇帝回京時的威望氣勢。

　　綜合上面所述，胡笳聲響所傳達的原始意義，大都界定在淒涼的成分，隨著時代的變遷、事件的需求，衍生出其它不同的意涵，對於笳樂在詩歌中的表現，其中彰顯的意涵應該有多重意義，茲歸納為：

　　（一）離愁別恨的象徵。

　　（二）人情意緒的感染。

　　（三）節制安撫的警示。

　　（四）尊貴顯榮的表徵。等四種。

第三節　笳樂詩的聽覺呈現

　　音樂之所以可以聆聽、欣賞，是透過聽覺意識來感知於心，一般而言，尖銳、清亮、激亢之聲響，具有尖高的音色，令人產生較高音律的聽覺意識；若是沉靜、渾厚、鬆弛這類的聲響，則具是低沉的音色，使人有低音感受的聽覺意識。聽覺的基本概念其實包括音的高低強弱、音色的好壞、節拍長短等因素。因此，在聽力可以感覺的範圍內，每個人在感知能力上，具有相當的殊異性以及變化的可能性，這些都會造成每個人在音樂感知上略有不同。<u>郭美女</u>在〈聆聽和感知在

---

[41] <u>隋煬帝</u>〈還京師〉，收錄於<u>逯欽立</u>：《先秦兩漢魏晉南北朝詩》，隋詩卷三，頁 2669。

音樂的表現〉認為：「聲音因為聽覺而存在，沒有聽覺，聲音對人類就無意義而言，人類的聽覺受到聲音刺激時，大腦就會產生反應，並作認知性的判斷來理解掌握的抽象聲音，如此將有助於聲音和音的聆聽。」[42]由於受到音樂上的刺激，聽覺意識會隨之而產生，人的聽覺意識產生後，其實內在的心理活動相對地受到些許的影響，一切情感活動的反應則受到明顯的激發，誠如郭美女所言：

> 人的聽覺大致分為外部和內部的聽覺，對於聲音的變化，具有蒐集的能力是屬於外部的聽覺功能。[43]

引文說明外部聽覺既有蒐集聲響的能力，那麼內部聽覺應該就具有辨別、判斷的能力，簡單的高、低音或快、慢之節拍、音質、音色等，都能在內在聽覺意識中轉化成自我主觀性的感知能力。因此，聽到任何美妙的音樂，就能傳入耳中，融進心中，有所感知。

　　綜合上述，聽覺的概念一旦成立，就會傳導出這種主觀性的感知能力，因此，以下章節試圖從笳樂詩歌中去體驗詩人們所欲表現樂音曲調，尋繹所發出其音響的聽覺性，茲以四點來陳述其中重點：

一、胡笳曲調之輕嘆沉悲聲

　　漢代蔡琰譜作「胡笳十八拍」後，廣為後人所傳唱，曲調隱含著悲傷。「胡笳本自胡中，綠琴翻出音律同。」的陳述，即使不以胡笳來吹奏，以弦琴來彈撥此曲，哀樂各隨人心，更見哀傷程度之深。因

---

[42] 郭美女：《聲音與音樂教育》，（台北：五南出版社，民 89 年 3 月。）頁 167。
[43] 同前註。

此，如李頎〈聽董大彈胡笳弄兼寄語房給事〉所描述，以胡笳的聲調翻作為「琴曲」[44]，亦能表達出深切的悲痛，詩曰：

> ……先拂商弦後角羽，四郊秋葉驚慼慼。
>
> 董夫子，通神明，深山竊聽來妖精。
>
> 言遲更速皆應手，將往復旋如有情。
>
> 空山百鳥散還合，萬里浮雲陰且晴。
>
> 嘶酸雛雁失群夜，斷絕胡兒戀母聲。
>
> 川為淨其波，鳥亦罷其鳴。
>
> 烏孫部落家鄉遠，邏娑殺塵哀怨生。
>
> 幽音變調忽飄灑，長風吹林雨墮瓦。
>
> 迸泉颯颯飛木末，野鹿呦呦走堂下。……[45]

董大（董庭蘭）是開元～天寶（西元 695 年～765 年）年間樂師，具高超琴藝，以琴演奏胡笳曲調，富有音調節奏的變化過程，以外在景象呈現，以表音樂的感染力與意境。在「胡笳曲」的表現上大致有三個重點：

---

[44] （後晉）劉昫撰《舊唐書・音樂志》：「絲桐，唯琴曲有胡笳聲大角，金吾所掌。」（北京：中華書局，1975 年。）卷二十九，志第九，音樂二，頁 1072。

[45] 李頎〈聽董大胡笳弄兼寄語房給事〉：「蔡女昔造胡笳聲，一彈一十有八拍。胡人落淚沾邊草，漢使斷腸對歸客。古戍蒼蒼烽火寒，大荒沉沉飛雪白。先拂商弦後角羽，四郊秋葉驚慼慼。董夫子，通神明，深山竊聽來妖精。言遲更速皆應手，將往復旋如有情。空山百鳥散還合，萬里浮雲陰且晴。嘶酸雛雁失群夜，斷絕胡兒戀母聲。川為淨其波，鳥亦罷其鳴。烏孫部落家鄉遠，邏娑殺塵哀怨生。幽音變調忽飄灑，長風吹林與墮瓦。迸泉颯颯飛木末，野鹿呦呦走堂下。長安城陣東掖垣，鳳凰池對青瑣門。高才脫略名與利，日夕望君報琴至。」收錄於（清）康熙御編：《全唐詩》，（北京：中華書局，1996 年。）第 4 冊，133 卷，頁 1357。

（一）「先拂商弦後角羽」是彈奏的基本步驟，「商」音表達悲
　　　聲，以悲入調，更懾人心，震蕩心神。

（二）「通神明，深山窮聽來妖精」是臨場演奏所發揮的效用。
　　　在「技法嫻熟」、「聲情合一」兩相對照之中，成為音樂
　　　穿透力的重要憑藉。

（三）以自然界瞬息萬變喻音樂的變調促節。從「長風吹林」→
　　　「雨落屋瓦」→「泉飛樹梢」→「呦呦鹿鳴」瞬間轉變，
　　　由重擊音漸入輕緩聲，胡笳曲在強大重力琴音的衝擊後，
　　　轉入哀婉的輕嘆聲。

　　基於此，李頎針對胡笳樂的比擬是以具體的動植物或自然現象為
主，展現繁富多變的音色，各種美妙聲音的聯想和生動的比喻，都能
藉此獲得驚人效果，足見董大音樂素養的深厚，充分顯示對音樂的高
度鑒賞能力與嫻熟的彈奏技巧。

　　再看溫庭筠〈春江花月夜詞〉詩云：

　　……珠翠丁星復明滅，龍頭劈浪哀笳發。……[46]

不直接以笳聲出，營造一種忽而明滅的氣氛，喚起內心忐忑難安的心
情，而後以船隻劈擊海浪的深沉重音來對應笳聲深層的悲哀，所揭開
的感嘆聲，相當獨樹一格。

---

[46] 溫庭筠〈春江花月夜詞〉：「玉樹歌闌海雲黑，花庭忽作青蕪國。秦淮有水
水無情，還向金陵漾春色。楊家二世安九重，不御華芝嫌六龍。百幅錦帆風
力滿，連天展盡金芙蓉。珠翠丁星復明滅，龍頭劈浪哀笳發。千里涵空澄水
魂，萬枝破鼻飄香雪。漏轉霞高滄海西，玻璃枕上聞天雞。蠻弦代寫曲如語，
一醉昏昏天下迷。四方傾動煙塵起，猶在濃香夢魂裏。後主荒宮有曉鶯，飛
來只隔西江水。」收錄於（清）康熙御編：《全唐詩》，（北京：中華書局，
1996年。）第17冊，576卷，頁6707。

二、笳聲曲音之清澈高遠聲

　　笳樂能發出深沉的悲嘆聲，也能表現清亮於耳的聲音，諸多笳樂詩歌中，直接或間接的點出清亮音色。

　　如駱賓王（640年～684年）〈王昭君〉詩云：

> 斂容辭豹尾，緘恨度龍鱗。金鈿明漢月，玉箸染胡塵。
>
> 古鏡菱花暗，愁眉柳葉顰。唯有清笳曲，時聞芳樹春。[47]

「唯有清笳曲，時聞芳樹春。」點出笳之清亮，使人感受到春柔樹芳的美妙時刻，可見，應時而聽的清亮笳聲是展顏抒懷之基本體會。另一首〈從軍中行路難〉云：「且悅清笳楊柳曲，詎憶芳園桃李人」[48]在悅耳清亮笳樂聲的牽引下，憶起昔日故園的情懷，亦是當下所聆聽的心情獲得。

　　相關的描述亦見郎士元〈聞吹楊葉者〉詩云：

> 天生一藝更無倫，寥亮幽音妙入神。
>
> 吹向別離攀折處，當應合有斷腸人。之二[49]

這是一首以楊葉仿吹笳聲的詩歌。唐代十部樂中並雖沒有笳的正式編制，卻有「吹葉」是屬於讌樂部分。《新唐書・禮樂志》曾提到：「唐時盛行吹葉，傳入教坊。」[50]可見唐重視程度。楊葉並非樂器，然而

---

[47] （清）康熙御編：《全唐詩》，（北京：中華書局，1996年。）第3冊，78卷，頁840。

[48] 參前註，第3冊，78卷，頁840。

[49] 參前註，郎士元〈聞吹楊葉者〉詩之一：「妙吹楊葉動悲笳，胡馬迎風起恨賒。若是雁門寒月夜，此時應卷盡驚沙。」第3冊，77卷，頁833。

[50] （宋）歐陽脩撰《新唐書・禮樂志》：「清商伎者，隋清樂也。……設有歌二人，吹葉一人，舞者四人。……高宗即位，景雲見河水清，張文收采古誼為景雲河清歌，亦名燕樂，有吹葉……。」所以「清商伎」、「景雲河清歌」

卻能模仿吹出如似吹胡笳一般的悲涼樂音，它有如胡馬迎風兒嘶嚎，寒雁面對月夜而鳴叫，驚起黃沙陣陣，使聽者斷腸魂離。「寥亮」、「幽遠」是吹葉音色的主要表現，與笳之清亮之聲相去不遠，都具有傳佈高遠的特性。

「寥亮」、「幽遠」笳樂表達音色之一，對於笳之音色，常使用以「清」來呈現。如張說〈侍宴澄水賦得濃字〉：

　　……藹藹天旗轉，清笳入九重。[51]

看姚鵠〈贈邊將〉詩云：

　　……清笳遠塞吹寒月，紅斾當山肅曉風。[52]

再看曹唐〈長安客舍敘邵陵舊宴寄永州蕭使君〉詩云：

　　殘漏五更傳海月，清笳三會揭天風。[53]

透過「清笳」詞彙的導引，以「清」字反映一般人對笳聲的直接認知。更以「入九重」、「遠塞」、「揭天風」帶領出廣闊無邊的自然現象，

皆有吹葉形象，吹葉聲大抵與管樂之聲是相近。（北京：中華書局，1975 年。）卷二一志十一禮樂十，頁 469 及頁 471。

　（唐）杜佑《通典》：「葉，銜葉而嘯，其聲清震，桔柚尤佳。」原注：「或云卷蘆葉為之，形如笳首也。」（北京：中華書局，1991 年。）樂四，卷一四四，頁 1224。

[51]　張說〈侍宴澄水賦得濃字〉：「千行發御柳，一葉下仙笻。清浦宸遊至，朱城佳氣濃。雲霞交暮色，草樹喜春容。藹藹天旗轉，清笳入九重。」收錄於（清）康熙御編：《全唐詩》，（北京：中華書局，1996 年。）第 3 冊，87卷，頁 944。

[52]　參前註，姚鵠〈贈邊將〉：「三邊近日往來通，盡是將軍鎮撫功。兵統萬人為上將，威加千里慴西戎。清笳遠塞吹寒月，紅斾當山肅曉風。卻恨北荒霑雨露，無因掃盡虜庭空。第 17 冊，553 卷，頁 6404。

[53]　參前註，曹唐〈長安客舍敘邵陵舊宴寄永州蕭使君〉：「邵陵佳樹碧蔥蘢，河漢西沉宴未終。殘漏五更傳海月，清笳三會揭天風。香薰舞席雲鬟綠，光射頭盤蠟燭紅。今日卻懷行樂處，兩床絲竹水樓中。第 19 冊，640 卷，頁 7345。

無一不在吹奏的曲性上，呈現出笳音清澈高遠、聲震於天、迴旋不已的感受。

王建（約 766 年～約 830 年）〈田侍郎歸鎮〉詩云：

> 笳聲萬里動燕山，草白天清塞馬閒。
> 觸處不如別處樂，可憐秋月照江關。[54]

王建以憾動燕山的氣勢，表達他對笳音之遙遠、廣闊的體會。就笳音的特質來看，「清亮」、「高遠」的特性，是眾人所共知的。這是人生經驗中直接性的聽覺呈現，也是人可貴的認同。

三、笳簫結合之悲泣哀怨聲

江淹〈別賦〉云：「黯然銷魂者，唯別而已矣。」離別有多種形式，在「笳」與「簫」兩種樂器的搭配協奏之下，表達告別之情，表達的型態大致有兩種，一為表達輓歌之悲泣，一為呈現行軍之離情，茲以此來作說明：

（一）輓歌悲泣聲

笳樂詩歌之中，往往與簫共同搭配，而「笳」與「簫」的結合，通常表現在輓歌的行進之中，以表人生階段的盡頭。《晉書・禮志》云：「漢魏故事，將葬，設吉凶鹵簿，皆有鼓吹。」[55]這種方式直至唐代都有所沿襲，尤其「是品官身份或是公主皆可以用鹵簿儀仗或配

54　同註 51，第 9 冊，301 卷，頁 3436。
55　（唐）房玄齡：《晉書・禮志》，（北京：中華書局，1975 年。）卷十九，志第九，頁 626。

以鼓吹樂去進行安葬事宜，以表揚功績。」[56]就如權德輿〈工部發引日屬傷足臥疾不遂執紼〉詩云：

> 子春傷足日，況有寢門哀。元伯歸全去，無由白馬來。
> 笳簫里巷咽，龜筮墓田開。片石漭溁淚，含悲敘史才。[57]

寫送而葬之，「傷足日」、「寢門哀」，對照出生死的一線之隔。「含悲」代表著營營惜生的大眾看法，也是詩人角度，經過生命本質之體會後，表現出對人的真切關注，尤其痛失英才。儘管如此，以鼓吹進行是一段陪侍之路，因此，笳、簫樂器交相吹奏之下，瀰漫無比的幽咽與哀傷。

權德輿另一首〈觀葬者〉也描述相同哀泣之聲，詩曰：

> 途芻隨畫哭，數里至松門。貴盡人間禮，寧知逝者魂。
> 笳簫出古陌，煙雨閉寒原。萬古皆如此，傷心反不言。[58]

以「笳」、「簫」完成人生最後旅程的儀式，悲泣之聲不言可喻。然「萬古皆如此」正可為註腳，因為「死亡」是人生必然會走的路途，死亡所反映的唯一真實即在於順應，因此人要「貴盡人間禮」，就能取得長存不朽的信念，這是「萬古皆如此」的原則。

---

[56]　(宋)王溥撰《唐會要》：「品官送葬，應給鹵簿。職事四品以上，散官二品以上及京官職事五品以上，本身婚葬皆給之，儀仗還要配鼓吹。如武德六年（六二三年）二月十二日，高祖女平陽公主葬，詔加前後鼓吹，太常奏議：『婦人鼓吹。』高祖謂曰：『鼓吹是軍樂也。往者公主，於司竹舉兵，以應義軍，既常為將，執金鼓，有克定功。是以因之父母，列於十亂，公主功參佐命，非常婦人之匹也，何以無鼓吹？宜特加之，以旌殊績。』」（北京：中華書局，1985年。）卷三十八，頁691。

[57]　(清)康熙御編：《全唐詩》，（北京：中華書局，1996年。）第10冊，326卷，頁3658。

[58]　(清)康熙御編：《全唐詩》，（北京：中華書局，1996年。）第10冊，326卷，頁3658。

此外，<u>顧況</u>〈酈公合祔挽歌〉詩云：

> 草露前朝事，荊茅聖主封。空傳餘竹帛，永絕舊歌鐘。
> 清境無雙影，窮泉有幾重。笳簫最悲處，風入九原松。[59]

再度感到輓歌之樂，以笳、簫來吹奏，奏出人生死別的最深悲哀。

綜觀詩人在這類詩歌所呈現的重點，大致可以分為二類：

第一類、是依附在笳聲之中的悲。

第二類、是自我體驗中的悲。

這些「悲」的意義，必須以輓歌的形式相結合，始能傳達出來。

（二）羈旅哀怨聲

行軍時大都是用鼓吹樂隊來表現行進的陣容，大抵是牽涉離鄉背景，應不脫悲傷情緒的反應，羈旅在外者，外表看似氣勢非凡，事實上，內心是充滿無限的悲哀。

如<u>鮑溶</u>〈羽林行〉詩云：

> 朝出羽林宮，入參雲臺議。獨請萬里行，不奏和親事。
> 君王重少年，深納開邊利。寶馬雕玉鞍，一朝從萬騎。
> 煌煌都門外，祖帳光七貴。歌鐘樂行軍，雲物慘別地。
> 簫笳整部曲，幢蓋動郊次。臨風親戚懷，滿袖兒女淚。
> 行行復何贈，長劍報恩字。[60]

「歌鐘樂行軍」昂揚樂聲的烘托之下，展現將士是深受重用，面對別離的情境，內心還是相當掙扎。乍看之下，似有矛盾，不過，前段描

---

[59] （清）<u>康熙</u>御編：《全唐詩》，（北京：中華書局，1996 年。）第 8 冊，266卷，頁 2955。

[60] 參前註，第 15 冊，487 卷，頁 5537。

述是承襲前人立功思惟，說明自己的選擇是無憾的，雖然「簫笳整部曲。」帶出「滿袖兒女淚」，豪情之態勢，稍被兒女之情牽連，內心的感傷也不由自主的掏出，這或許只是建功立業中的小小不足。一旦功業無成，感嘆更甚，所以羅隱（833 年～909 年）〈感舊〉詩云：

> 劍佩孫弘閣，戈鋋太尉營。重言虛有位，孤立竟無成。
> 丘隴笳簫咽，池臺歲月平。此恩何以報，歸處是柴荊。[61]

軍士戍守邊塞之區域，透過簫、笳之樂聲的傳達，吐露出「此恩何以報」的悲嘆，足見自身理想的實現，才是切實的反映。

再如李益（748 年～827 年）〈五城道中〉云：

> 金鐃隨玉節，落日何邊路。沙鳴後騎來，雁起前軍度。
> 五城鳴斥堠，三秦新召募。天寒白登道，塞濁陰山霧。
> 仍聞舊兵老，尚在烏蘭戍。笳簫漢思繁，旌旗邊色故。
> 寢興倦弓甲，勤役傷風露。來遠賞不行，鋒交動乃茂。
> 未知朔方道，何年罷兵賦。[62]

兵役之遙遙無期，邊地苦悶蒼茫感。邊地將士，經年累月耗盡一身氣力，還是等不到回鄉歸朝的訊息，在邊地聲的簫、笳齊響之下，觸動思漢懷鄉的情感，可見悲泣之深。

綜上所述，笳簫曲調的性質與邊境生活之結合，笳簫聲之所悲，是因為：

第一，戰士執著功名，計較一生之功業，自然呈現悲哀。

第二，重視人世間的情懷眷戀，是人為不捨之態度，對照曠放豪情，顯得格外傷感。

61　參註 59，第 19 冊，659 卷，頁 7565。
62　參前註，第 9 冊，282 卷，頁 3210。

四、笳鼓結合之盛大激昂聲

「笳樂」與「鼓聲」的搭配，往往呈現一股歡欣鼓舞的場面與氣氛，就如梁・謝朓〈入朝曲〉詩云：「凝笳翼高蓋，疊鼓送華輈。獻納雲臺表，功名良可收。」[63]這是描寫金陵（南京）豪奢與繁榮興盛的景象，並頌揚帝王巍峨的功業，悠揚的笳聲伴隨著車蓋飛揚而上；漫天震響的鼓聲歡送精美的車輈，繁華似錦的盛大場面，在笳、鼓的歡奏之下展現無遺。氣派的場景，繁榮景象，為這類詩歌，奠定了原型，強調壯大的本質、激烈的聲音。

如同李德裕（787年～850年）〈寒食日三殿侍奉進詩〉詩云：

> ……廣樂初瑲鳳，神山欲抃鰲。
> 鳴笳朱鷺起，疊鼓紫騮豪。……[64]

寒食節日舉行宮廷宴饗，展現盛世昇平的歡樂景象，更以「鳴笳」的方式去吹奏「朱鷺曲」[65]、配以「疊鼓」的敲擊，種種的聲音，彷彿在極短時間中，壯闊聲勢，令人產生盛大強烈之感。

---

[63] 謝朓〈入朝曲〉：「江南佳麗地，金陵帝五州。逶迤帶淥水，迢遞起朱樓。飛甍來馳道，垂楊蔭御溝。凝笳翼高蓋，疊鼓送華輈。獻納雲臺表，功名良可收。」收錄《詩苑英華・兩漢魏晉南北朝卷》（湖北：湖北教育出版社，2002年1月版。）頁500。

[64] 參前註，李德裕〈寒食日三殿侍奉進詩〉：「宛轉龍歌節，參差燕羽高。風光搖禁柳，霽色暖宮桃。春露明仙掌，晨霞照御袍。雪凝陳組練，林植聳干旄。廣樂初瑲鳳，神山欲抃鰲。鳴笳朱鷺起，疊鼓紫騮豪。象舞嚴金鎧，豐歌耀寶刀。不勞孫子法，自得太公韜。分席羅玄冕，行觴舉綠醪。穀中時落羽，檀末乍升猱。瑞景開陰翳，薰風散鬱陶。天顏歡益醉，臣節勁尤高。楛矢方來貢，雕弓已載櫜。英威揚絕漢，神散盡臨洮。赤縣陽和布，蒼生雨露膏。野平惟有麥，田闢久無蒿。祿秩榮三事，功勳乏一毫。寢謀慚汲黯，秉羽貴孫敖。煥若遊玄圃，歡如享太牢。輕生何以報，祇自比鴻毛。」第14冊，475卷，頁5388。

王泠然〈汴堤柳〉亦然：

> 隋家天子憶揚州，厭坐深宮傍海游。
> 穿地鑿山開御路，鳴筘疊鼓泛清流。……[66]

在鳴筘、疊鼓的熱烈烘托，突顯出聲勢浩大的聲響與格局。再如王維〈燕支行〉詩云：

> ……畫戟雕戈白日寒，連旗大旆黃塵沒。
> 疊鼓遙翻瀚海波，鳴筘亂動天山月。……[67]

此時王維二十一歲，正是逸興風發的時期，「疊鼓遙翻瀚海波，鳴筘亂動天山月」的陳述，正表達筘鼓聯結的震憾，疊鼓聲足夠讓沙漠翻騰不已；鳴筘音響，使憾動天山明月，具有磅礴的音響性。

---

[65] （宋）郭茂倩編《樂府詩集》：「朱鷺曲，是樂曲名，漢鼓吹曲第一曲。」孔穎達曰：「楚威王時，有朱鷺合沓飛翔而來舞。舊鼓吹朱鷺曲是也。然則漢曲蓋因飾鼓以鷺而名曲焉。」（台北：臺灣中華書局，民76年4月。）頁197。

[66] 王泠然〈汴堤柳〉：「隋家天子憶揚州，厭坐深宮傍海游。穿地鑿山開御路，鳴筘疊鼓泛清流。流從鞏北分河口，直到淮南種官柳。功成力盡人旋亡，代謝年移樹空有。當時綵女待君王，繡帳旌門對柳行。青葉交垂連慢色，白花飛度染衣香。今日摧殘何用道，數里曾無一枝好。驛騎征帆損更多，山精也魅藏應老。涼風八月露為霜，日夜孤舟入帝鄉。河畔時時聞木落，客中無不淚沾裳。」收錄於（清）康熙御編：《全唐詩》，（北京：中華書局，1996年。）第4冊，114卷，頁1165。

[67] 參前註，王維〈燕支行〉：「漢家天將才且雄，來時謁帝明光宮。萬乘親推雙闕下，千官出餞五陵東。誓辭甲第金門裏，身作長城玉塞中。衛霍才堪一騎將，朝廷不數貳師功。趙魏燕韓多勁卒，關西俠少何咆勃。報讎只是聞嘗膽，飲酒不曾妨刮骨。畫戟雕戈白日寒，連旗大旆黃塵沒。疊鼓遙翻瀚海波，鳴筘亂動天山月。麒麟錦帶佩吳鉤，颯沓青驪躍紫騮。拔劍已斷天驕臂，歸鞍共飲月支頭。漢兵大呼一當百，虜騎相看哭且愁。教戰雖令赴湯火，終知上將先伐謀。」第4冊，125卷，頁1257。

再看岑參〈獻封大夫破播仙凱歌〉這首詩，贊頌平定蕃族的英雄氣魄與威風凜凜的軍隊陣容，詩曰：

> 鳴笳疊鼓擁回軍，破國平蕃昔未聞。
> 丈夫鵲印搖邊月，大將龍旗掣海雲。[68]

贊美平蕃後的雄渾氣魄以及威風凜凜的軍隊陣容，擺出凱旋歸朝的陣式。以音響的聽覺性營造氣氛，因此在「鳴笳」、「疊鼓」的吹頌擁簇之下，展現勝利回歸的歡騰激昂。

此外，又以「鵲印」[69]的典故借指「公侯之位」，表達平蕃戰績所爵升的功勳。以「大將龍旗掣海雲」的陳述，強調即使連翻騰的雲海也被軍中的龍旗所掣動，顯現所向無敵的氣勢。

殷堯藩〈春遊〉，雖不是描述凱旋之歌，以春遊的形態表現歡欣鼓舞的局面，詩曰：

> 明日城東看杏花，叮嚀童子蚤將車。
> 路從丹鳳樓前過，酒向金魚館裏賒。
> 綠水滿溝生杜若，暖雲將雨溼泥沙。
> 絕勝羊傳襄陽道，車騎西風擁鼓笳。[70]

此首道出春天時節，駕著車子穿梭各地行經遍野，搭配著鼓、笳樂器的吹奏，以表歡聚欣喜的熱鬧心情。

---

[68] 參註 66，第 6 冊，201 卷，頁 2103。

[69] （晉）干寶《搜神記》：「常山張顥為梁州牧，天雨雷後，有鳥如山鵲，飛翔入市，忽然墜地，人爭取之，化為圓石，顥相破之，得一金印，文曰『忠孝侯印』。顥以上聞，藏之秘府，後議郎汝南樊衡夷上言，堯舜舊有此官，今天降印，宜可復置，顥後官至太尉。」（北京：中華書局，1985 年。）卷 9，頁 63。

[70] （清）康熙御編：《全唐詩》，（北京：中華書局，1996 年。）第 15 冊，492 卷，頁 5568。

由上所述，可以知道笳的音域是十分寬廣，高低遠近、大小清濁是多變性的，而其表達的樂音型態亦屬於多樣性，其哀感音、悲調聲、澎湃聲皆能發揮。如下所論：

（一）笳聲所結合的擊鼓聲，是一連串實音的表現，出音量大，因此這種感官聽覺較為強烈。

（二）震撼遼闊的響亮，造就出固定感知的基礎，容易強化昂揚的理想觀念。

表一　唐代笳樂詩聽覺呈現歸納表

神情意態 （初吹至曲終）	調唇吻→整容止→揚清　→隱皓齒
吹奏方式 （技巧運用）	操笳揚清，吹東角，動南徵，清羽發，濁商起，剛柔待用，五音迭進，倏爾卻轉，忽焉前引。
胡笳音色 各種描繪	寥亮幽音妙入神 清笳入九重 清笳遶塞吹寒月 清笳三會揭天風 笳簫里巷咽 丘隴笳簫咽 笳簫漢思繁 鳴笳亂動天山月

綜觀上述，羈旅之中的笳聲，表現在「赴邊地」與「凱旋歸」兩方面：

（一）就「赴邊地」而言，賦予重責大任，建功立業原是生命理想的實現，但邊地多艱，理想未遂，戍守邊地就成了身心極大的折磨，因此離別之悲，居戍之苦，使得笳聲常伴隨滿溢的無奈，以笳為「悲」成為心境的寫實。

（二）就「凱旋歸」而言，既以參與，就得展開積極性，理想的
　　　實踐是終歸之所，一旦發揮涵容力量，終究是「班師回朝」
　　　的喜悅，以笳為樂，反映親身投效之後的附加價值。

第四節　笳樂詩的美感呈現

　　任何樂音傳達，大都會以內在感情來作渲染，透過音樂旋律的特
性，燃起詩人最深層的心靈。詩人遠戍邊境，心境上凝結萬般的傷感，
此時聽到笳聲不免會有情緒上的投射。所以，悲調性的主題，就在這
樣的詩樂交織之下產生，在描寫景物上還是著重闊遠壯麗，豁達磊落
與慷慨就義的面貌，反襯出感傷情懷。因此攸關「胡笳曲」的詩歌抑
或以笳吹為題的詩歌，大部分以陳述邊地塞外的衰頹蒼茫的景象，或
是表達孤淒無依之感。如下所述：

一、氣勢豪邁的精神

　　笳樂器是邊地的產物，與戍守戰士自有一種依存的關係，由於胡
笳樂聲雄渾響亮，取用方便，經常在軍隊出征前吹奏，以壯大軍威，
增顯氣勢。<u>段成式</u>《酉陽雜俎》記載：

> 有田僧超能吹笳，為壯士歌項羽吟，將軍<u>崔延伯</u>出師，每臨敵，
> 令<u>僧超</u>為壯士聲，遂單馬入陣。[71]

<u>田僧超</u>善吹笳，以一曲「項羽吟」為戰士振奮精神、鼓舞心志，在笳
聲的發揮之下，開展出壯盛的氣勢。因此每次戰事之中，<u>崔延伯</u>指揮

---

[71]　（<u>唐</u>）<u>段成式</u>《酉陽雜俎》，（北京：中華書局，1985 年。）卷六，頁 52。

若定與<u>田僧超</u>吹笳配合無遺，屢屢建立戰功。日後笳聲向來用以號召兵士，凝聚獨絕的士氣，全力赴就在沙場肅敵。戰士與笳的互動關係，在潛移默化中，形塑人格的壯闊氣勢。所以<u>于鵠</u>〈後出塞〉詩云：

> 微雪將軍出，**吹笳**天未明。觀兵登古戍，斬將對雙旌。
>
> 分陣瞻山勢，潛軍制馬鳴。如今青史上，已有滅胡名。[72]

天色未明且白雪輕飄之際，將軍吹響笳聲，為的就是振作士兵且激發出戰鬥的能力，「滅胡名」即是功勳名聲的確立。

再看<u>李頎</u>〈塞下曲〉詩云：

> 黃雲雁門郡，日暮風沙裏。千騎黑貂裘，皆稱羽林子。
>
> **金笳**吹朔雪，鐵馬嘶雲水。帳下飲蒲萄，平生寸心是。[73]

透過所述，表達出對理想的期待，「金笳吹朔雪」乘時應地的表達出強烈的自覺性，尤其特別關注這種變化對本身的影響，因而移轉到個人上，轉化為一種立即性的行動力，可見詩人參與戰事的熱情。

胡笳聲亦可提昇自我的信心程度，如<u>王維</u>〈燕支行〉：

> 漢家天將才且雄，來時謁帝明光宮。
>
> 萬乘親推雙闕下，千官出餞五陵東。
>
> 誓辭甲第金門裏，身作長城玉塞中。
>
> <u>衛霍</u>才堪一騎將，朝廷不數貳師功。

72　（清）<u>康熙</u>御編：《全唐詩》，（北京：中華書局，1996 年。）第 1 冊，18卷，頁 187。

73　（清）<u>康熙</u>御編：《全唐詩》，（北京：中華書局，1996 年。）第 4 冊，132卷，頁 1338。

……畫戟雕戈白日寒，連旗大旆黃塵沒。

　　疊鼓遙翻瀚海波，鳴笳亂動天山月。……[74]

「漢家天將才且雄」的陳述，成為抵禦抗敵的重要憑藉，除此，以「鳴笳亂動天山月」的必勝信心，是讓人生實踐理想的必要途徑，它可表現在戰場的努力上。

　　再如王維〈送宇文三赴河西充行軍司馬〉詩云：

　　橫吹雜繁笳，邊風捲塞沙。還聞田司馬，更逐李輕車。

　　蒲類成秦地，莎車屬漢軍。當令犬戎國，朝聘學昆邪。[75]

「橫吹雜繁笳」以及「還聞田司馬，更逐李輕車」的陳述，正面表達及時建功的行動，期以莎車（位於新疆省疏勒縣東南）終究能隸屬唐室，使犬戎也能學習昆邪朝聘大唐天子，此番期許，道出對國家強盛的自豪與自信之精神象徵。

　　這類詩歌所展現精神，其內心有強烈的歸屬感，以此作為支撐的力量。縱使戍久不歸，或者功業難成，也不致進退失據，而憂思滿懷，依然以壯闊豪情開展志向。

---

[74]　參註 73，王維〈燕支行〉：「漢家天將才且雄，來時謁帝明光宮。萬乘親推雙闕下，千官出餞五陵東。誓辭甲第金門裏，身作長城玉塞中。衛霍才堪一騎將，朝廷不數貳師功。趙魏燕韓多勁卒，關西俠少何咆勃。報讎只是聞嘗膽，飲酒不曾妨刮骨。畫戟雕戈白日寒，連旗大旆黃塵沒。疊鼓遙翻瀚海波，鳴笳亂動天山月。麒麟錦帶佩吳鉤，颯沓青驪躍紫騮。拔劍已斷天驕臂，歸鞍共飲月支頭。漢兵大呼一當百，虜騎相看哭且愁。教戰雖令赴湯火，終知上將先伐謀。」第 4 冊，125 卷，頁 1257。

[75]　參前註。

二、歷史情懷的慨嘆

在胡笳樂詩的詠頌之中，若融入歷史題材作為敘述的重點，有些是藉以反映社會的現狀，有些也以此來予以諷諫現實，頗有借古喻今之意味。

如戎昱〈聽杜山人彈胡笳歌〉詩云：

綠琴胡笳誰妙彈？山人杜陵名庭蘭。
杜君少與山人友，山人沒來今已久。
當時海內求知音，囑咐胡笳入君手。
杜陵攻琴四十年，琴聲在音不在弦。
座中為我奏此曲，滿堂蕭瑟如窮邊。
第一第二拍，淚盡娥眉沒蕃客。
更聞出塞入塞聲，穹廬氈帳南為情。
胡天雨雪四時下，五月不曾芳草生。
須臾促軫便宮徵，一聲悲兮一聲喜。
南看漢月雙眼明，卻願胡兒寸心死。
迴鶻數年收洛陽，洛陽士女皆驅將。
豈無父母與兄弟，聞此哀情皆斷腸。
杜陵先生證此道，沈家祝家皆絕倒。
如今世上雅風衰，若個深知此聲好。
世上愛箏不愛琴，則明此調難知音。
今朝促軫為君奏，不向俗流傳此心。[76]

---

[76] （清）康熙御編：《全唐詩》，（北京：中華書局，1996 年。）第 8 冊，270 卷，頁 3011。

杜陵是董庭蘭的弟子，只有他最能傳達這種絕妙的樂音，名師出高徒，果然名不虛傳。杜山人是以沈家聲、祝家聲聞名於唐，且認為以琴音來奏胡笳歌，最能發揮雅致風格。以琴藝翻作胡笳歌，所表現手法與內涵是：

(一)「須臾促軫便宮徵」的陳述，是以「宮」、「徵」音的轉換，描寫胡笳歌的悲喜情調。

(二)基於胡笳樂曲，聯想到唐代邊事史實所表現出來的憂患意識。

以「如今世上雅風衰，若個深知此聲好。」道出社會所流行俗樂的趨勢與認知，雅俗之嘆則融入歷史角度，具有反映社會現實的意義。

另外，杜牧(803年～853年)〈邊上聞笳〉詩云：

> 何處吹笳薄暮天，寒垣高鳥沒狼煙。
> 遊人一聽頭堪白，蘇武爭禁十九年。[77]

以「吹笳」呼應「蘇武爭禁十九年」的歷史情懷，這樣的情懷，使詩歌情感增添幾分的慨嘆，這是由於分離久遠所帶來的愁緒及思歸的心志。突顯戍守時間的長久，對青春所帶來的折磨損壞，而蘇武卻禁得起那漫長歲月的考驗，更顯得難能可貴。因而這些線索帶領我們循序而下，去探究相關的情懷。鄭愔〈胡笳曲〉有表達此類的歷史情懷：

> 漢將留邊朔，遙遙歲序深。誰堪牧馬思，正是胡笳吟。
> 曲斷關山月，聲悲雨雪陰。傳書問蘇武，陵也獨何心。[78]

以蘇武與李陵兩位歷史人物，對照出邊疆生活的無情歲月，又以低吟胡笳聲傾訴邊將的悲哀，似有發出對歷史情懷的詠嘆。

---

[77] 參註 76，第 16 冊，525 卷，頁 6010。
[78] 參前註，第 4 冊，106 卷，頁 1106。

　　再以<u>王昌齡</u>〈胡笳曲〉來看，詩云：

　　　城南虜已合，一夜幾重圍。自有<mark>金笳引</mark>，能霑出塞衣。
　　　聽臨關月苦，清入海風微。三奏高樓曉，胡人掩涕歸。[79]

極力描寫胡笳聲的悲切，所吹的出塞曲，感動了游客，甚至把兵士的
征衣給霑濕了。又舉用<u>劉琨</u>的歷史典故，突顯胡笳樂的感染力，解除
圍攻的困境，透過歷史的角度，表現出胡笳聲所發揮的的作用。再看
這首無名氏〈胡笳曲〉詩云：

　　　月明星稀霜滿野，氈車夜宿<u>陰山</u>下。
　　　漢家自失<u>李</u>將軍，<u>單于</u>公然來牧馬。[80]

以<u>李陵</u>將軍作主線來鋪敘，說明<u>漢</u>家自從失去<u>李陵</u>後，<u>單于</u>竟敢公然
入境來牧馬，絲毫不把<u>漢</u>軍放在眼裡，足見借古諷<u>唐</u>的作用。

　　基於上述，大致呈現兩個重點：

　　第一，從歷史背景來看，猶見將才志士的人生變化，時空背景之
　　　　　轉換，點染幾分悲索的感嘆。

　　第二，以歷史角度自況，多用來陳述心志，表現人格面貌或國家
　　　　　關懷。

三、苦悶涕泣的情思

　　常言「他鄉遇故知」乃人生樂事之一，尤其是針對歸鄉無期的情
形，能在異地相遇得見，內心悲慨或可稍作撫平，但是人生難能如意。
如同<u>王建</u>〈塞上逢故人〉詩：

---

[79]　（<u>清</u>）<u>康熙</u>御編：《全唐詩》，（北京：中華書局，1996 年。）第 22 冊，782
　　卷，頁 8865。
[80]　參前註，第 4 冊，142 卷，頁 1438。

百戰一身在，相逢白髮生。何時得鄉信，每日算歸程。

走馬登寒壘，驅羊入廢城。羌笳三兩曲，人醉海西營。[81]

思歸的濃烈與未歸的惆悵，都在「得鄉信」、「算歸程」潛藏著，也在「羌笳三兩曲」的陳述中流露出來。

看王貞白〈胡笳曲〉詩云：

隴底悲笳引，隴頭鳴北風。一輪霜月落，萬里寒天空。

戍卒淚應盡，胡兒哭未終。爭教班定遠，不念玉關中。[82]

以「悲笳引」來呈現自身的境遇，「戍卒」、「胡兒」情形皆然。以上詩歌，都是以邊地的事物作刻劃，燃現心中的期許，卻在明月當落，寒氣籠罩天際，鋪寫出邊地的蒼涼淒苦，因而在自我實現上，難躋上理想的目標。是故，在陳述個人際遇時，多以苦悶悲泣角度出發。

四、淒美悲壯的情意

貶謫羈旅，揭示離別的愁緒及遠謫的不遇，產生感傷的情調，尤其居處異地難以回鄉之痛苦，感嘆更甚。這類的詩歌，往往揭開一種外表強大壯碩的氣慨，而內心卻是凝聚著無限的悲淒之複雜且矛盾的心境，戍守禦敵時所展現的壯容、夜闌人靜時所燃起的悲情，產生強烈衝擊與感受。

岑參〈胡笳歌送顏真卿使赴河隴〉，一針見血的道出胡笳悲聲的意涵，詩曰：

---

[81]（清）康熙御編：《全唐詩》，（北京：中華書局，1996年。）第9冊，299卷，頁3390。

[82] 參前註，第20冊，70卷，頁8060。

君不聞，胡笳聲最悲，紫髯碧眼胡人吹。

吹之一曲猶未了，愁殺樓蘭征戍兒。

涼秋八月蕭關道，北風吹斷天山草。

昆崙山南月欲斜，胡人向月吹胡笳。

胡笳怨兮將送君，秦山遙望隴山雲。

邊城夜夜多愁夢，向月胡笳誰喜聞。[83]

天寶七年（西元 748 年），岑參送顏真卿到河隴出任官職，別出心裁的採以胡笳聲作為貫串全詩的主軸，營造出悲愁的氣氛，也突顯了顏真卿前往區域的特色。這區域對詩人而言，是一個有感情依附、價值認同的角度，反映出周邊環境的整體經驗與感受，所揭示出對這區域的疏離感。因而，詩中強調兩點重要的概念：

（一）以情感認同而言，「胡笳聲最悲」表達出人的共同體會與心聲。

（二）以理想認同而言，赴邊地任官，是一種理想價值的受挫，難以找到歸屬感，反映出一種蒼涼悲壯的意境。

再如王翰〈涼州詞〉詩云：

秦中花鳥已應闌，塞外風沙猶自寒。

夜聽胡笳聞折柳，教人意氣憶長安。[84]

詩中強化塞外苦寒之狀，景象殊異性沒有刻畫太多，一寫「夜聽胡笳」之悲，一寫「聞折柳」之苦，明顯表達悲淒的心境。

另外，崔融〈後出塞〉詩云：

---

[83] （清）康熙御編：《全唐詩》，（北京：中華書局，1996 年。）第 6 冊，199 卷，頁 2053。

[84] 參前註，第 5 冊，156 卷，頁 1605。

月生西海上，氣逐邊風壯。萬里度關山，蒼茫非一狀。

漢兵開郡國，胡馬窺亭障。夜夜聞悲笳，征人起南望。[85]

此詩勾勒出一幅塞外景象，壯闊中燃現蒼茫與無助的感受。這條行役之途應不是自願選擇，是故，以「征人起南望」表達了主要訴求，因而夜夜聞笳以「悲」呈現，歸鄉不可期，行役邊塞成了身心最大的折磨，所以居戍期間，充滿淒絕悲烈的情懷。

再如駱賓王〈晚度天山有懷京邑〉詩云：

忽上天山路，依然想物華。雲疑上苑葉，雪似御溝花。

行歎戎麾遠，坐憐衣帶賒。交河浮絕塞，弱水浸流沙。

旅思徒漂梗，歸期未及瓜。寧知心斷絕，夜夜泣胡笳。[86]

通過「忽上」、「依然」的心態以及感受差異的對照，產生歸期未定，於是「夜夜泣胡笳」，表達對人生中的悵惚。

最後，再看劉長卿〈代邊將有懷〉詩云：

少年辭魏闕，白首向沙場。瘦馬戀秋草，征人思故鄉。

暮笳吹塞月，曉甲帶胡霜。自到雲中郡，於今百戰強。[87]

由於「少年」已具實際行動，前四句鮮明對照，明白指出自己在面對衰老威逼與氣候侵蝕而有了感傷之懷。詩人在感嘆歸期無望之餘，也有「百戰強」的發揮與作為。

總而言之，大致可歸納兩個重點：

---

[85] （清）康熙御編：《全唐詩》，（北京：中華書局，1996年。）第1冊，18卷，頁194。

[86] 參前註，第3冊，79卷，頁852。

[87] 參前註，第5冊，147卷，頁1491。

第一，就情感而言，悲傷情調的離別主題，多少會添入慷慨激昂
　　　的壯志，常見悲涼沈鬱之中，卻也呈現剛勁之骨、雄壯
　　　之氣。

第二，就景物而言，蒼茫灰暗的色調恰可襯托離愁別緒，而壯闊
　　　的場境也正好襯托戰士的凌雲之志。

　　笳樂詩歌，大都是描寫詩人在邊塞聞笳時的情景，描寫邊塞荒涼
的景象，抒發離鄉萬里的愁苦，表達出淒涼笳聲中的思鄉情緒。因此，
笳以獨特的音色，逐漸成為當時流行，擅長表達懷念故土，思歸故鄉
的樂器。

第五節　小結

　　胡笳是一種吹管樂器，基本上發音的方式與的笛是類似的，胡笳
能夠表現邊塞荒涼和戍卒辛苦，富有特徵的樂器與曲調，因此常藉助
此器樂表現對國家的憂思並且抒發憂國傷時的情懷。

　　荒寒的邊境，本來就令人感到孤獨寂寞，更何況此地常傳來嗚咽
的胡笳聲，如怨似訴，一夜之間有多少征行者想起家鄉。此外，笳聲
常交雜著邊地風聲匯集出悲涼或慷慨之情，淒淒切切侵襲著聆聽者的
心靈深處，笳聲傳達一種抽象的音樂內涵，總無形無象的直刺人
心，因此居處在茫茫無邊的塞外荒野，征戍者又怎能承受得住笳聲
的衝擊。

　　然而，不管是以大氣凜然的度量來感時傷懷，抑或是簡中內心苦
悶的揭示，其情思之悲感總是在夜靜時分且月色籠罩的柔美，彼此烘
托照映之下更顯濃烈，因此岑參說：「君不聞胡笳聲最悲」，最能反
映聆聽胡笳所呈現的感受，其悲感的成分則是「崑崙山南月欲斜，胡

人向月吹胡笳。」所描繪這種月照邊塞大地所表涵出來萬般無奈的愁思，因為月光氣氛最能表現出情思傷感，在此映襯下，道出「胡笳生最悲」的普世經驗與感受。

第七章　音樂詩之審美情趣

　　前面章節以絲竹樂器（箜篌、琵琶、笛、笳）為主的個別論述，無非是區別其獨特的性質。不管是音響上的傳遞，抑或內在意涵的表達，應該都是藝術與美學的研究領域，是詩歌與絲竹樂器之間的密切關係，是一種音樂性與文學性融合的發揮與運用，值得深入探索與分析，這個章節即以此作為論述的重點。

　　音樂詩歌所具的內涵，就是指詩人內在思想感情的表露，對襯著音樂上的聲響，借助音響發揮人們內在主觀意識，用詩歌形式顯露而出，因此聽任何樂器所傳達的聲音，不必侷限於高低起伏的音響，但終究還是歸之於聲響傳達後所吐露之內涵與主題，這似乎就是音樂詩歌表現的終極目的。晉・嵇康曾提出這樣的音樂的觀念，他認為：

> 批把、箏、笛，間促而聲高，變眾而節數，以高聲御數節，故使形噪而志越。猶鈴鐸警耳，而鐘鼓駭心。……蓋以聲音有大小，故動人有猛靜也。琴瑟之體，間遼而音埤，變希而聲清，以埤音御希變，不虛心靜聽，則不盡清和之極，是以體靜而心閒也。[1]

嵇康的音樂觀念，強調音樂呈現的形態與人的情緒其實是對應的，尤其是音樂節奏旋律會影響人在情緒上的反應，追求音樂在藝術上的精緻，以肯定音樂之美。音樂既是一種客觀存在的現象，本質就反映在

---

[1]　（晉）嵇康：《嵇康集》，收錄於《魯迅輯校古籍手稿》，（上海：上海古籍出版社，1986年。）第五函，卷5，頁12。

「促」、「高」、「遼」、「埤」、「靜」、「閒」這些聲音特色上，
感情是主觀的存在與感受，可見，感受就是在於人的聆聽與體會。對
音樂的考量不必設限，恐怕否則又重陷在傳統以來雅、俗樂各自分野
且分庭抗禮的泥淖之中，其實<u>嵇康</u>論點是以追懷古代琴音的情趣，去
體現音樂審美的標準，如此確實懷藏著一份貼近雅樂的化的發展才是
進步的動主觀認定。持平而論，對音樂的領略是需要更大的氣度與包
容，多元力，無涉於特定的樂器所吹彈，以彰顯「端正人心」的概念。
因此，將音樂融入詩歌之中，以寬廣的詮釋角度，才能體現二者所融
匯的真諦與內涵。

此外，<u>朱光潛</u>在《詩論・詩的境界》也提及：

> 每個詩的境界都必有『情趣』（feeling）和意象（image）兩個
> 要素，『情趣』簡稱『情』，『意象』即是『景』。……詩的
> 理想是情趣與意象的忻合無間，所以必定是主觀的與客觀的。[2]

基於此，端看所謂的「音樂詩」，也必須具備這樣的成分，以客觀意
象（各項樂器）融入主觀性的詩歌內涵之中，藉以表涵詩人們內心的
無限情意，因此將客觀意象加以熔煉，人的主觀情感才能產生共鳴，
達到和諧作用，以體驗音樂詩歌審美的情趣。以下章節從不同角度，
揭示音樂詩歌的不同面貌。

---

[2] <u>朱光潛</u>：《詩論・詩的境界》，（台北：漢京文化公司，71 年 12 月 25 日初
　　版。）第 3 章，頁 55-68。

第一節　時空背景的安排

詩歌之所以產生，自有其背景的鋪陳，背景的安排通常是以時間與空間之結合所鋪設而成。因此，王次炤認為「音樂是一種時間的藝術。」[3]，詩歌亦為如此，誠如黃永武所說：

> 中國詩的情，往往高度複雜而縱橫鈎慣於時空中，藉著自然時空的推移而忽隱忽現。人與自然時空是那樣奇妙地融合無間，情感與哲理，不喜歡脫離時空景象，去做純粹的摹情說理，每每透過時空實象的交互映射，以形象化。[4]

可見，詩歌所表述的情感，許多是架構在時空的觀念上，並將時間與空間予以融合，以勾勒出亙古久遠的作品，賦予時間流動的意涵，如此交互映襯才能展開具體的畫面。此外，詩歌中所呈現的空間感，在一定的程度上，可以傳達詩人所處的場所、生活、樣貌。本單元則以音樂詩歌中所呈現的時間意象與空間意象的安排與概念，加以論述。

一、時間之意象

一般而言，時間是指時刻的長短，包括過去、現在、未來的三大階段，這些都是代表時間的性質，由於詩人所欲表述的意識常是透過時間觀念來彰顯的，因此鄭樹森《現象學與文化批評》一書，針對詩歌之中的時間觀念認為：

---

[3]　王次炤：《音樂美學新論》，（台北：萬象公司，1997 年 3 月。）頁 109。
[4]　黃永武：《中國詩學—設計篇‧詩的時空設計》，（台北：巨流圖書公司，民 78 年 11 月。）頁 43。

> 在詩作中大致有兩種現象：其一是具體時間意象的直接呈現，
> 其二是時間意象退隱為詩中一種內在的時間性，是一種蘊藏在
> 詩人的「意旨」（intentionality），甚至身體行動（bodily motility）
> 的綜合時間性。[5]

後者所謂綜合性的時間，是具有詩人表涵的意旨，在時間意象上比較
是抽象的概念，前者所言之具體時間意象的直接呈現，以下則將二者
觀念融合，進行論述重點。

1. 四季日月的時間感

　　宇宙運行，以四季、日月作為宇宙自然界的循環規律，這種運轉
不息的固定模式，通常代表著亙古不變的道理。其實，「在中國古典
詩裏，季節與季節或作為題材與意象，幾乎構成了不可或缺的要素。」[6]
因而春、夏、秋、冬四季的意象，就是象徵人生的新生、茁壯、憔悴、
衰頹；日升日落的意象，總是暗透出人事上的得意與失落。因此「旭
日初升」賦予著生命的光芒，「日薄西山」則反映出生命即將消逝；
「月的圓缺」又代表著人生之中的圓滿與殘缺，自然界的日月意象，
總被詩人用來彰顯生命的情懷，具有時間流逝的生命意識，因此太陽
與月亮都能呈現出時間意象的概念。

　　不管是光華流動的圓滿月色，抑或蒙塵黯淡的　缺弦月，月色當
空的映襯，常以欣賞、聆聽角度去呼應音樂的美妙。當月色以皎潔光
輝，呈現或圓而缺的形象，融入音樂詩歌的時間感懷，是藉以月亮推

---

[5]　鄭樹森：《現象學與文化批評》，（台北：東大圖書公司，1984 年。）頁 175。
[6]　（日）松浦有久著，孫昌武・鄭天剛譯：《中國詩歌原理・詩與時間》，（台
　　北：洪葉文化公司，民 82 年 5 月。）頁 4。

移的自然規律，配合音節吹彈之間的節拍轉換的規則，所產生出一種時間規律的意象。

由於日月交替，四時更迭，只不過是時間不斷流逝之中的某一定點時刻，藉以反映出當時被音樂所牽連著思緒，以吐露出詩人無窮的歡喜與憂傷。

如王昌齡〈留別岑參兄弟〉[7]詩為了留別，欲以「為君嘯一曲」，卻以「且莫彈箜篌」的想法，訴出欲以彈唱卻造成腸斷的無奈，後以「日西石門嶠，月吐金凌洲。」將悲哀的情緒與日落月升予以結合，流露出詩人長夜難捱的時間心理。如董思恭〈詠琵琶〉詩云：

> 半月無雙影，金花有四時。摧藏千里態，掩抑幾重悲。
> 促節縈紅袖，清音滿翠帷。駃彈風響急，緩曲釧聲遲。
> 空餘關隴恨，因此代相思。[8]

以「摧藏千里態，掩抑幾重悲」的陳述，說明追懷感傷的關切，表現對生命的眷戀。整首詩歌的氣氛是悲痛的情緒，那麼，詩人如何消除深重的悲傷呢？時間難以完美，因此對「金花有四時」的感受，特別強烈，就將此關注力，移轉到「代相思」，即是一種轉化的力量。

看李白〈贈郭將軍〉詩云：

> 將軍少年出武威，入掌銀臺護紫薇。
> 平明拂劍朝天去，薄暮垂鞭醉酒歸。

---

[7] 王昌齡〈留別岑參兄弟〉：「江城建業樓，山盡滄海頭。副職守茲縣，東南櫂孤舟。長安故人宅，秣馬經前秋。便向風雪幕，還為縱飲留。貂蟬七葉貴，鴻鵠萬里遊。何必念鐘鼎，所在烹肥牛。為君嘯一曲，且莫彈箜篌。徒見枯者豔，誰言直如鈎。岑家雙瓊樹，騰光難為儔。誰言青門悲，俯期吳山幽。日西石門嶠，月吐金凌洲。追隨探靈怪，豈不驕王侯。」收錄（清）康熙御編：《全唐詩》，（北京：中華書局，1996年。）第4冊，卷140，頁1428。
[8] 參前註，第3冊，卷63，頁744。

> 愛子臨風吹玉笛，美人向月舞羅衣。
>
> 疇昔雄豪如夢裏，相逢且欲醉春暉。[9]

郭將軍從「平明」、「薄暮」、「向月」出塞去的鋪敘中，清楚感受到時間推移，並且透過「拂劍」、「垂鞭」、「吹笛」等，見識少年慷慨任俠的精神氣勢，清楚展現個人生命的熱情，讓我們看到詩人把握時機、實踐理想的豪情，雖然早已離開家鄉，但也即時展開自我成就價值的機會。

再看皇甫冉〈送劉兵曹還隴山居〉詩云：

> 離堂徒謿語，行子但悲辛。雖是還家路，終為隴上人。
>
> 先秋雪已滿，近夏草初新。為有聞羌笛，梅花曲裏春。[10]

此詩以季節表現時間性，從「秋雪已滿」到「近夏草新」道出春天時節即將到來，反映冬盡春生的好時節。雖為「悲辛」，卻可以解釋為一種對人生、抱負的省察，悲嘆中加深著某種使命感。

盧照鄰（635 年～689 年）〈和吳侍御被使燕然〉如出一轍，詩云：

> 春歸龍塞北，騎指雁門垂。胡笳折楊柳，漢使採燕支。
>
> 戍城聊一望，花雪幾參差。關山有新曲，應向笛中吹。[11]

以「春歸」、「花雪幾參差」道出季節更迭變換，強調時間流逝之速。從「聊一望」的動作，可領略其中的無奈，然「春歸龍塞」、「騎指雁門」初次擔當任務的豪情與奮勵，間接流露揚名立萬的自我期許。

9　（清）康熙御編：《全唐詩》，（北京：中華書局，1996 年。）第 5 冊，卷 168，頁 1735。

10　參前註，第 8 冊，卷 250，頁 2825。

11　參前註，第 2 冊，卷 42，頁 526。

綜合上述，詩歌與時間的關聯，蘊含著對自己生命本質的思考，透過時間進行流變，道出付諸的心血，以投射自己存在的意義與價值。因此，發現這類音樂詩都有建功立業的人生取向，只不過都得經過時間的考驗，對居成者而言，賦予著強烈的責任感與人格期許。

2. 歲月年紀的時間感

詩歌本身直接以數字點出年紀的多寡，用以表白自己的年歲，誠如王建〈宮詞〉提到女子入宮的年紀，詩云：

> 十三初學擘箜篌，弟子名中被點留。
> 昨日教坊新進入，並房宮女與梳頭。[12]

「初學擘箜篌」十三歲的年紀到「宮女與梳頭」的現象，點出時間的流動性，從初學生澀之態，至梳頭的身份逐漸顯露出來。例如：生澀→嫺熟；初學→點名留下；十三→梳頭等這些角度，有明顯的時間痕跡，更確立已具表演的程度。因此，「十三初學擘箜篌」道出年少期間的學習經驗，透過「與梳頭」，表達出對理想之完成，成就價值也就涵蘊其間。此外，施肩吾〈效古詞〉[13]提到十六歲初學箜篌，達至獨立表演為「前頭人」身份，呈現出時間推移的共通感受。

再看宣宗〈弔白居易〉詩云：

> 綴玉聯珠六十年，誰教冥路作詩仙。
> 浮雲不繫名居易，造化無為字樂天。

12　（清）康熙御編：《全唐詩》，（北京：中華書局，1996 年。）第 10 冊，卷302，頁 3441。

13　參前註，施肩吾〈效古詞〉：「莫愁新得年十六，如娥雙眉長帶綠。初學箜篌四五人，莫愁獨自聲前足。」第 5 冊，卷 494，頁 5593。

> 童子解吟長恨曲，胡兒能唱琵琶篇。
> 文章已滿行人耳，一度思卿一愴然。[14]

白居易出生於唐代宗大歷年間（772 年），在唐德宗貞元十六年（800
年）時期舉進士，文壇中享有盛名，唐武宗會昌六年（846 年）去世，
宣宗寫出對樂天的頌揚，將時間牽引至今，說明對後世影響長達六十
年，表足了時間流動的意象。宣宗追溯白氏種種，面對昔日時間所引
發的思考，稱贊白氏通過時間的考驗，賦予深切的肯定。

再看劉禹錫〈武昌老人說笛歌〉詩云：

> 武昌老人七十餘，手把庾令相問書。
> 自言少小學吹笛，早事曹王曾賞激。
> 往年鎮戍到蘄州，楚山蕭蕭笛竹秋。
> 當時買材恣搜索，典卻身上烏貂裘。
> 古苔蒼蒼封老節，石上孤生飽風雪。
> 商聲五音隨指發，水中龍應行雲絕。
> 曾將黃鶴樓上吹，一聲占盡秋江月。
> 如今老去語尤遲，音韻高低耳不知。
> 氣力已微心尚在，時時一曲夢中吹。[15]

「少小吹笛」至「氣力已微」道盡時間流逝的無情。此詩以時間回溯
的方式，描述出對笛藝境界的嚮往，投入、執著、懷疑、感嘆是老人
對笛藝的生命歷程。「商聲五音隨指發，水中龍應行雲絕。曾將黃鶴
樓上吹，一聲占盡秋江月」的陳述，足見武昌老人所達到笛藝超凡的

14　（清）康熙御編：《全唐詩》，（北京：中華書局，1996 年。）第 1 冊，卷
　　4，頁 49。
15　參前註，第 11 冊，卷 356，頁 4000。

目標，這裡所呈現的，依然是生命的理想境界。「音韻高低耳不知」是其質疑，七十歲的質疑，被放置在眼前作無情的檢驗，殘酷事實是無可避免。

另外，像劉長卿〈疲兵篇〉詩云：

> ……自矜倚劍氣凌雲，卻校聞笳淚如雨……
> 萬里飄飄空此身，十年征戰老胡塵。
> 漢月何曾照客心，胡笳只解催人老。[16]

從「氣凌雲」→「老胡塵」→「照客心」→「催人老」道出十年征戰的辛酸，孑然一身戍守邊境，只有笳聲陪伴，陣陣催促歲月，增年老皺紋，時間的流逝代表著壯志銳氣被磨蝕的情形。正也表示戰役的不眠不休，在不斷的戰爭中，居戍者多少會失去人情中最真諦部分，「萬里飄飄空此身」即表現出不得不的人生悲感。

再看劉長卿〈觀校獵上淮西相公〉詩云：

> 龍驤校獵邵陵東，野火初燒楚澤空。
> 師事黃公千戰後，身騎白馬萬人中。
> 笳隨晚吹吟邊草，箭沒寒雲落塞鴻。
> 三十擁旄誰不羨，周郎少小立奇功。[17]

以「三十擁旄誰不羨」說明統率三軍的主帥，依舊擁有屹立不搖的地位。這是落實於實際行為，所獲得的肯定，對於時間之感，絲毫沒有憂慮，於是，透過時間流變現象，喚起具體行動，找到一條成就永恆的出路。

16　（清）康熙御編：《全唐詩》，（北京：中華書局，1996 年。），第 5 冊，卷 151，頁 1756。
17　參前註，第 5 冊，卷 151，頁 1565。

再看杜牧〈邊上聞笳〉詩云：

何處吹笳薄暮天，寒垣高鳥沒狼煙。

遊人一聽頭堪白，蘇武爭禁十九年。[18]

以笳聲暗透出「頭堪白」的年歲憂慮，以蘇武離鄉達十九年之久來陳述感嘆，隱約流露時間的迅速與無情。明白的提出面對衰老的威逼，所產生的無可奈何。

透過傳統觀念的主導下，無論是採取何種模式來觀看時間，總是會注意到時間的瞬息變化，目光所及也是照應著生命意義，因而表現在詩歌中的所有情懷，都會強調生命意義的彰顯。

縱觀上述，詩歌與歲月的聯結，時間意義在於人生階段中具體的實踐，面對歲月的無情、不得不及時而為，有時也會試圖掙脫時間的束縛，尋求一些自我安慰，這畢竟是人生階段中小小的遺憾，跳脫限制，才能切實呼應生命中永恆的成就與價值。

二、空間之意象

一般而言，空間的基本概念，是透過長度、寬度、高度所表現出來的，也是一種由目光接觸物體後所感知到形狀、大小、遠近、高低的總合觀念，因此它是透過視覺的四面八方擴展來呈現，在這畫面之中，賦予自我感覺的認知。以下的論述則以音樂詩歌中所描繪廣闊無邊的空間感，而產生的心靈觸動是如何建構的？茲以兩部份來探討。

---

[18] 同註16，第16冊，卷525，頁6010。

1. 以登高樓臺為主

音樂詩歌的空間境界，常以塞漠雄闊的場面作為呈現，由於琵琶、笛、笳是邊地慣於吹彈的樂器，聲音具有飛動飄揚、瀰漫縣延的效果，將此琵琶、笛、笳之音色開展並流盪在詩作之中，總是建構出一種擴大伸展的視野。

就如高適（702 年～765 年）〈和王七玉門關聽吹笛〉詩云：

> 胡人羌笛戍樓間，樓上蕭條海月閒。
> 借問落梅凡幾曲，從風一夜滿關山。[19]

「戍樓」是駐守境邊軍士用來觀覽遠方的高樓，是一種瞭望台，以監看敵軍動靜，或者登高以望遠來遙寄思鄉之情。可見，這是詩人平日活動的場所，目光所極，充滿蕭條的視覺觀感，似乎賦予著不認同看法，難能獲得慰藉。

再如王昌齡〈從軍行〉詩云：

> 烽火城西百尺樓，黃昏獨上海風秋。
> 更吹羌笛關山月，誰解金閨萬里愁。[20]

「烽火城」、「百尺樓」都是邊境上特有的景觀，從空間上點明所處的地理環境，恰好立足於一種居高臨下的位置，性質與「戍樓」差不多。踏在這樓臺的置高點，步伐沉重，心情充滿著無力感。在「獨上」的陳述，感受到「誰解金閨萬里愁」，不僅有現實情境中的茫然，也興起相思情意。

---

[19] （清）康熙御編：《全唐詩》，（北京：中華書局，1996 年。）第 6 冊，卷 214，頁 2243。

[20] （清）康熙御編：《全唐詩》，（北京：中華書局，1996 年。）第 4 冊，卷 143，頁 1444。

另外，<u>王維</u>〈隴頭吟〉詩云：

> 長安少年遊俠客，夜上戍樓看太白。
> 隴頭明月迴臨關，隴上行人夜吹笛。
> 關西老將不勝愁，駐馬聽之雙淚流。……[21]

客居邊塞地區的遊俠兒「登上瞭望台觀看星星」，「聆聽到胡天夜晚吹響笛聲」、並且「藉馬兒駐足流淚」的三個不同場景，場景不斷替換連結，視線也隨之轉換，似乎以視覺堆砌出效果，以呈現廣漠之中闊遠蒼涼的空間景象。

而<u>李益</u>〈夜宴觀石將軍舞〉詩云：

> 微月東南上戍樓，琵琶起舞錦纏頭。
> 更聞橫笛關山遠，白草胡沙西塞秋。[22]

登上戍樓，應是那茫茫無邊界的曠野，眼前盡是歡樂宴會場面。嗣後，忽聞一陣悠揚笛聲翩然飛至，乍有啟人豪情之勢，只見畫面由近及遠，疏闊遼遠的空間場面，帶出冷寂荒涼之感。在這樣背景的襯托下，煢獨身影，更加清晰。

除此，<u>韓翃</u>〈漢宮曲〉詩云：

> 繡幕珊瑚鉤，春開翡翠樓。深情不肯道，嬌倚鈿箜篌。[23]

初步描寫目光遊賞的性質，所延展的空間效果不像塞外那樣寬廣，詩末「嬌倚鈿箜篌」，當是寄托於箜篌之中所透顯的深情。

---

[21] （清）康熙御編：《全唐詩》，（北京：中華書局，1996 年。）<u>王維</u>〈隴頭吟〉：「長安少年遊俠客，夜上戍樓看太白。隴頭明月迴臨關，隴上行人夜吹笛。關西老將不勝愁，駐馬聽之雙淚流。身輕大小百餘戰，麾下偏裨萬戶侯。<u>蘇武</u>纔為典屬國，節旄落盡海西頭。」第 4 冊，卷 125，頁 1257。

[22] 參前註，第 9 冊，卷 283，頁 3227。

[23] 參前註，第 8 冊，卷 245，頁 2756。

　　基於上述，以躍登戍樓高臺之上的動作，是試圖將樂音予以傳遠，抑或聆賞環繞邊塞闊遠的樂音，大都以笛為主，這應該是笛身輕巧之故，可以隨時攜放腰身之間，當心有所感時，方便取出，用以抒己情懷，或者是感受樂音的涵意。

　　不管戍樓、烽火樓、翡翠樓等等，主要是以觀覽前方遠處作為立足點，位居於最高點，人登臨期間，對眼前廣闊的視野，大致有三個意義：

第一，目的不是作為純粹性的遊賞。「戍樓」上的觀覽，透顯出鞭長莫及的情懷，眼見雖闊，原先所具有的胸懷闊闊，似乎也銷磨不少。

第二，回鄉是唯一解套，如此只能寄望解除空間上的困境，這種意願表達，都在隱微中流露出來，邊塞荒涼，難以堪居，絲毫無所留戀。

第三，「登高望遠，用以解憂。」是傳統詩歌之中皆有呈現之處，可以造就出欲以登高的強大動力，然而，詩人面對眼前的瀚海闌干，不但無法消除，反而有催化憂傷的作用，使得感情的張力，更形擴張。

2.以遠視山川為主

　　不管處於那種角度或位置，以視覺所能遠及的距離去觀覽眼前的視野，平視近看、仰首遠觀，都能開展遼闊大地與山川氣勢的空間感，從邊境放眼望去，盡是高嶽峻嶺，山川風貌之中自然形成一種特殊的雄闊場面。如王之渙〈涼州詞〉所建構的空間畫面，詩云：

> 黃河遠上白雲間，一片孤城萬仞山。
> 羌笛何須怨楊柳，春風不度玉門關。[24]

「黃河遠上白雲間」就是以遠望遼闊的背景，作為摹寫。「一片孤城萬仞山」則是以近在咫尺的背景刻畫，在一遠一近的交互觀覽之下，揭示山川風貌的氣魄宏大，然而飛揚而出的羌笛樂聲，反襯出雄闊場面的一股蒼涼之感，毫不掩藏抒出戍守邊地的怨嘆，難以去認同居戍之地，反映在詩中的訊息，一致呈現回鄉的主要歸屬。

此外，岑參〈胡笳歌送顏真卿使赴河隴〉：「涼秋八月蕭關道，北風吹斷天山草，崑崙山南月欲斜……，秦山遙望隴山雲。……」[25]以「蕭關」、「天山」、「崑崙山」、「秦山」、「隴山」等山嶺關隘，構建出壯闊的景觀與雄邁的氣勢，開展於外的景觀與景觀之「氣勢」，對應著鬱結於內的胡笳之「悲聲」，視覺上的雄渾景象與聽覺上的悲調胡笳，儼然形成不同的反差效果，突顯出詩人在廣大胸襟中，呈現內心交織的情懷。這些壯麗山河的畫面描述，對於視覺意象相當強化，形成開闊的意味。

如李頎〈古從軍行〉詩云：

> 白日登山望烽火，黃昏飲馬傍交河。
> 行人刁斗風沙暗，公主琵琶幽怨多。……[26]

---

[24]　（清）康熙御編：《全唐詩》，（北京：中華書局，1996 年。）第 8 冊，卷253，頁 2868。

[25]　參前註，岑參〈胡笳歌送顏真卿使赴河隴〉：「君不聞胡笳聲最悲，紫髯綠眼胡人吹。吹之一曲猶未了，愁殺樓蘭征戍兒。涼秋八月蕭關道，北風吹斷天山草，崑崙山南月欲斜，胡人向月吹胡笳。胡笳怨兮將送君，秦山遙望隴山雲。邊城夜夜多愁夢，向月胡笳誰喜聞。」第 6 冊，卷 199，頁 2053。

[26]　李頎〈古從軍行〉：「白日登山望烽火，黃昏飲馬傍交河。行人刁斗風沙暗，公主琵琶幽怨多。野雲萬里無城郭，雨雪紛紛連大漠。胡雁哀鳴夜夜飛，胡

登上高山的「置高點」，望看烽火連天，所有景象映入眼簾，眼前盡是悲嘆之所在，至於「行人刁斗」的敘寫，透過整個天際「風沙暗」的空間感而言，道出征戰的辛酸。因此，在這樣登高俯瞰的經驗中，展示出征戍者的悲壯，對於征戰價值產生無盡的懷疑。

再如李白〈公無渡河〉[27]詩，以「公無渡河」主題，營造出一幅大黃河流域的萬里滔天，以及崑崙高聳山峰的視覺效果，頂天觸地，營造出視野寬廣的無遠弗屆。這些描述銜接歷史的角度，因為念其所悲，心緒也是惆悵的，至於所「悲」之人，認為是「被髮之叟」，由這些詩句可以看出，寬廣闊遠的自然界中，人顯得特別渺小，當然不敵自然界的力量，難能勝天，導致悲嘆從中而生。

再看而李商隱〈代贈〉詩，所描述的空間效果，顯然有舒適的情態，其云：

楊柳路盡頭，芙蓉湖上頭。

雖同錦步障，獨應鈿箜篌。

鴛鴦可羨頭俱白，飛去飛來煙雨秋。[28]

兒眼淚雙雙落。聞道玉門猶被遮，應將性命逐輕車。年年戰骨埋荒外，空見蒲桃入漢家。」收錄於（清）康熙御編：《全唐詩》，（北京：中華書局，1996 年。）第 4 冊，卷 133，頁 1348。

27　參前註，李白〈公無渡河〉：「黃河西來決崑崙，咆哮萬里觸龍門。波滔天，堯咨嗟。大禹理百川，兒啼不窺家。殺湍湮洪水，九州始蠶麻。其害乃去，茫然風沙。被髮之叟狂而癡，清晨臨流欲奚為。旁人不惜妻止之，公無渡河苦渡之。虎可搏，河難憑。公果溺死流海湄，有長鯨白齒若雪山。公乎公乎挂骨於其間，箜篌所悲竟不還。」第 5 冊，卷 162，頁 1680。

28　（清）康熙御編：《全唐詩》，（北京：中華書局，1996 年。）第 16 冊，卷 539，頁 6151。

欲為舒展的空間設置，依舊停留在春色動人的層面，反映出心中的意向，現實中無法隨時滿足，則投射在這個空間裡，形象上的多姿多采，強烈表現出內在的欲求。

以整體空間概念而言，從天際到地面，經由媒介物，例如和風的輕颺、幻想的馳騁，延展到雲層星海之間；停駐於雲霞、明月、星辰及滿天五色光彩之中，景致的綿延遞變，依然體現時空交融流動美。詩人感情相當重視個體生命意識，試圖從浩瀚的宇宙自然間去追求完善的人生態度，以撫慰心靈創傷，喜以柔媚聲情與思念相配合，而陽剛聲情則與從軍相配合，藉此達到人情意緒的抒懷。可見，對空間所投射的情感，常是隨物感興，賦予空間情境的美感，以及直抒感懷，音樂詩歌之中隱然存有這些共通性。

綜合上述觀點，「登高樓臺」、「遠視山川」都是一種從高處遊覽景致，透過眼之所見，耳之所聽而使得心有所感的作品，這都是屬於「游觀」而得的感觸。柯慶明認為「這類「游觀」的作品，往往反映了一種類似如下：

> 「登臨」→「觀望」→「見」→「不見」→「情境的覺知」→「感傷」

這樣的「經驗結構」，當然是「見」與「不見」之間，以至形成對於一己生命情境的發現與覺知，往往可以有許多回環往覆的歷程。

而這種經驗的歷成，其實正是由外景的「觀望」轉向，不只是「觀點」；更是「觀者」的生命情境的知覺，因而也由於覺知所滋生的內在情懷的呈露的過程，也就是所「觀」之「景」與所「觀」之「情」的回環引生過程。」[29]其實除了所「觀」之外，這類登高戍樓或山川

---

[29]　柯慶明：〈中國文學的美感〉，（河北：河北教育出版社，2001 年 11 月。）頁 199。

之景，也受到邊地特殊之樂器的觸動，因此有聽覺上的感知。如此邊塞地區，是具有足夠徘徊流連的時間性與空間感，透過視覺與聽覺的作用，對自己感傷情懷作適度的傳達抒發。

第二節　典故象徵的意蘊

音樂詩歌各項樂器的表現，在唐代燕樂中扮演著充分融合與協調的多樣性，正因為當時君主寬容的接納氣度，對異族音樂抱以誠摯歡迎的態度，由於不加以設限，能夠激發出各項樂器之創新風格。唐人逐漸感染異域胡人曠達豪邁的風格，長久以來所拘守教化意義的內在本性，在意涵之中產生不同演繹的角度，感受薰息之後，心靈感到活潑，思想也敏銳，賦予各種絕異的新創意念，造就社會富麗繁華的景象，國家因此展現豐富多彩的風貌。

各項樂器的內在意涵，常隨著詩人繁複的演繹逐漸擴大意義，下面章節則探討各項樂器所賦予的象徵意義以及典故運用的各種類，進一步將此與詩歌間的密切關係，作一明顯的呈現。

一、典故運用

詩歌不宜陳述抽象的理論，若要以具體形象來表達情思，須以「用事」的方法，描述鮮明的概念。對於典故的論點，劉勰《文心雕龍·事類》云：

> 事類者，蓋文章之外，據事以類義，援古以證今者也。[30]

---

[30]　（梁）劉勰著·周振甫注：《文心雕龍注釋》，（台北：里仁出版社，民 73 年 5 月 20 日。）事類第三十八，頁 705。

劉勰認為所謂「事類」，是文章內容為了達意抒情，援引事例，以證明文義，所以引用古事來證明今義。詩歌中喜歡用事，主要原因可以呼應普遍性及通俗性的涵義，引用古代具有威望性質的言語，作為自己想要闡述的理論根據，有說服力，使人信服，可見引經據典，讓自己言論的立足點更紮實穩固，傳達更具體的事論。然而在此定義之下，大都是以經書聖賢的大義為主旨，故云：

> 然則明理引乎成辭，徵義舉乎人事，乃聖賢之鴻謨，經籍之通
> 矩也。[31]

「事類」包括「明理引乎成辭，徵義舉乎人事」的角度，「明理引乎成辭」是完整的引用淺顯的文辭來彰明事理，「徵義舉乎人事」則是列舉人事來應證涵義。因此，各種道理一旦引用了現成的言語，就可以證明此意義的相關事例，援引的角度是以聖賢者的論點，以及經書的原則與規範，就可以強調所援引事例的可靠性與認同度。

二、象徵意蘊

詩歌之中，「象徵」是一種寫作手法，經常表現於文學中，以表述內在的意義。何謂「象徵」？根據《寫作技法詞典》一書認為：

> 象徵就其一般意義而言，是指某種特定形象，以表現與之相近
> 的現實或某種概念和思想感情。[32]

31　（梁）劉勰著・周振甫注：《文心雕龍注釋》，（台北：里仁出版社，民73
　　年5月20日。）事類第三十八，頁705。
32　劉錫慶・李保初主編：《寫作技法詞典》，（北京：商務印書館，1996年）
　　頁442。

所謂「象徵」，是以一種具體的事物，顯示出一種特定的內在意義，而這種具體的物象與所顯示的意義，二者之間應該有某些外形上的聯繫與想像，或者是起源於歷史故事或文獻等，基於此，而被認定為具有特殊的意義。這種認定的意義，大致上是經由歷史、文化的影響與薰陶，逐漸演化成一種社會上普遍接受或共通的概念，想法上較為一致性、流傳上也較有共通性。

承上所述，其實「事類」不必特別要有出處或是成語的功用，「用典」必須確實指明出處，可以歸納為特定的成語之用。然而，典故的部分不僅限於此，還包括成語典、神話典、故事典等等，這些典故在實際表現之時，往往會因詩人的巧思，而產生新的意蘊。

（一）箜篌之「公無渡河」

箜篌樂詩所引用「箜篌引」的曲調是攸關「公無渡河」的說法，不管曲調或詩句皆能夠令人為之動容，反映悲傷至極的情感，「公無渡河」[33]典故出自於西晉・崔豹：《古今注》。傳統以來所形成的「公無渡河」典故，具有強烈的表現力，為詩人所沿用，這個典故由於是來自樂府舊題的接續，雖然經過歷代詩人反覆詠頌和巧思加工，所傳頌的基本精神是相通的。由於長久使用，使它們所要表達的情感內涵，具有相當的普遍性與典型性。

---

[33]　（西晉）崔豹：《古今注》：「箜篌引，朝鮮津卒霍里子高妻麗玉之作也。子高晨起刺船，有一白首狂夫，披髮提壺，亂流而渡，其妻隨而止之，不及，遂墮河而死。於是援箜篌而鼓之，作「公無渡河」之曲，聲甚悽愴，曲終，亦投河而死。子高還，以其作語其妻麗玉，麗玉傷之，乃引箜篌，而寫其聲，名曰「箜篌引」。」（台北：臺灣中華書局，民76年4月豪華一版。）收錄於《四部備要》子部，據漢魏叢書本校刊，卷中，音樂第三，頁5。

　　像李咸用〈公無渡河〉所提到「偕老不偕死，箜篌遺淒涼。」[34]的述寫，道出無限感傷。不過，在陳標〈公無渡河〉的繼承中，仍有創新。透過「黛娥芳臉垂珠淚，羅襪香裾赴碧流。餘魄豈能銜木石，獨將遺恨付箜篌。」[35]的描述，所看到的是君心喚不回的憾恨。再看李賀〈箜篌引〉詩云：

> 公乎公乎，提壺將焉如。屈平沉湘不足慕，徐衍入海誠為愚。
> 公乎公乎，床有菅席盤有魚。北里有賢兄，東鄰有小姑。
> 隴畝油油黍與禾，瓦甌濁醪蟻浮浮。黍可食，醪可飲。
> 公乎公乎，其奈居，披髮奔流竟何如，賢兄小姑哭嗚嗚。[36]

這首詩連提了兩個人物形象：一是徐衍，一是屈原，兩者明顯都是墮河投江而死。努力勸諫世人切勿輕舉妄為，珍惜生命，並加強家中一切豐厚的酒糧，以及賢兄小姑溫厚的期盼，可安居樂業，強調了親情與物資的依附。

　　對於李白〈公無渡河〉[37]，根據郭沫若說法，「是李白從永王璘獲罪後，流放途中所作，白髮渡河叟為李白自喻。」[38]因此「公果溺死流海湄」應是暗指李白受其牽連入獄，有「長鯨白齒若雪山」般的冷酷無情，「掛骨於其間」揭出流放夜郎的無限遺恨，更以「箜篌所

---

[34]　（清）康熙御編：《全唐詩》，（北京：中華書局，1996 年。）第 19 冊，644 卷，頁 7379。

[35]　（清）康熙御編：《全唐詩》，（北京：中華書局，1996 年。），第 15 冊，508 卷，頁 5769。

[36]　參前註，第 12 冊，393 卷，頁 4427。

[37]　參前註，李白〈公無渡河〉：「黃河西來決崑崙，咆哮萬里觸龍門。波滔天，堯咨嗟。大禹理百川，兒啼不窺家。殺湍湮洪水，九州始蠶麻。其害乃去，茫然風沙。虎可搏，河難憑。公果溺死流海湄，有長鯨白齒若雪山。公乎公乎掛骨於其間，箜篌所悲竟不還。」第 5 冊，162 卷，頁 1680。

[38]　郭沫若《李白與杜甫》，（北京：人民文學出版社，1971 年。）頁 31。

悲竟不還」道出無盡傷感。<u>李白</u>巧妙以「公無渡河」典故，反映<u>安史</u>之亂的社會狀況，和自己所遭逢的命運，透過暗喻的書寫，將心意賦予一種人生階段的際遇。

表一 「公無渡河」典故的象徵意義

詩題	作者	詩句	象徵意義	冊/卷/頁
箜篌引	王昌齡	不言不寐彈箜篌	遷客苦幽之情	4/141/1436
公無渡河	李白	公無渡河苦渡之	反映安史之亂的社會現實，強調己身自責與追悔	5/162/1680
箜篌引	李賀	公乎公乎，提壺將焉如	念惜一切、珍重生命	12/393/4427
公無渡河	陳標	羅襪香裾赴碧流	妾與夫同—表殉情	15/508/5769
箜篌	張祜	亂流公莫渡	杳無音訊—表離恨	15/510/5813
公無渡河	李咸用	有叟有叟何清狂	孤身淒涼感慨	19/644/7379

基於表列所示，「公無渡河」的典故在勸慰之作中，表現最明顯突出。尤其以流逝的心緒面對眼前景物，即興而作，故而常能以外在意象充分融和。所以這類詩歌，把淒涼孤獨的情感都含蘊其中，並將「公無渡河，公竟渡河」的矛盾感受，具體展現出來，確實發揮真切的感情。由於，傳承久遠之故，凝聚多層次的內涵，引起豐富的聯想以及傳統的回味，基本上都是歸納在感傷的典型。

（二）琵琶

琵琶樂詩中所涉及的人物，最為典型的人物即是<u>王昭君</u>；另外就是從事演奏表演的琵琶樂詩師<u>曹剛</u>等人，這兩類人物都能彈奏琵琶，只不過昭君的琵琶表現是附屬在和親政策的情況，地域上是出塞之路途，在「欲留將行」的不情意願之中，表達成分偏向淒苦的內容，有所謂「千載琵琶作胡語，分明怨恨曲中論」的感慨。專精琵琶的樂師

強調技藝性，各樂師中都有其專精的彈奏本能。這一單元，以這兩位
人物作為探討，以見琵琶樂詩的表現。

1.王昭君

唐人寫昭君出塞的是故事，已有許多描寫，獨樹一格，描寫角度
多著手於「難為情」的角度，「出塞」這個部分，最常出現的場景，
以及被強調的重點。這個典故出自於《後漢書‧南匈奴列傳》，其云：

> 昭君豐容靚飾，光明漢宮，顧景裴回，竦動左右，帝見大驚，
> 意欲留之，而難於失信，遂與匈奴。[39]

昭君人物的典故，承襲歷史角度，形象上相當明晰，經過歷代詩人不
斷的加工，外表上，努力呈現容貌、儀態之美；情感上，寄寓深切的
的內蘊，以塑造出一個美麗無暇的形象。如此完美形象應可強化才性
的一面，只因毛延壽從中作梗，不免有失寵之勢，在往後人生中，面
臨是「馬上琵琶行萬里，漢宮長有隔山春。」[40]的境遇。事實上，也
透過漢帝的眼睛還她清白，更證明其美貌是絕色非凡，只不過在「江
山」、「美人」的權衡之下，漢帝還是必須棄置個人私欲於度外，以
成全國家大局。如劉長卿〈王昭君歌〉詩云：

> 自矜嬌豔色，不顧丹青人。
>
> 那知粉繪能相負，卻使容華翻誤身。
>
> 上馬辭君嫁驕虜，玉顏對人啼不語。

---

[39] （漢）范曄：《後漢書‧南匈奴列傳》，（北京：中華書局，1973 年。）卷
　　　八十九，南匈奴列傳第七十九，頁 2941。

[40] 李商隱〈王昭君〉：「毛延壽畫欲通神，忍為黃金不顧人。馬上琵琶行萬里，
　　　漢宮長有隔山春。」收錄於（清）康熙御編：《全唐詩》，（北京：中華書
　　　局，1996 年。）第 16 冊，卷 540，頁 6209。

北風雁急浮雲秋，萬里獨見黃河流。

纖腰不復漢宮寵，雙娥長向胡天愁。

琵琶弦中苦調多，蕭蕭羌笛聲相和。

誰憐一曲傳樂府，能使千秋傷綺羅。[41]

不僅以「昭君出塞」為背景敘述，將其人生過程作一交代，從「嬌豔色」→「嫁驕虜」→「北風萬里」→「胡天愁」，說明從入宮後所遭逢的大小事件，最後，以「琵琶弦中苦調多」來嗟嘆命運之不濟。在琵琶樂詩中，只要是王昭君典故，不外乎是以「怨恨」作為表涵的意義，與歷史的評價以及主旨基本上是相通的。

表二　「王昭君」典故的象徵意義

詩題	作者	詩句	象徵意義	冊/卷/頁
昭君怨	董思恭	行路曲中難	紅顏薄命	3/63/742
明月	李如璧	昭君失寵辭上宮	悲苦感嘆	4/101/1081
王昭君歌	劉長卿	雙娥長向胡天愁	怨恨傷懷	5/151/1579
詠懷古跡	杜甫	生長明妃尚有村	淒涼命運	7/230/2511
劉禪奴彈琵琶歌	顧況	明妃愁中漢使回	不歸	8/265/2948
春聽琵琶兼簡長孫司戶	白居易	似訴明妃厭虜庭	淒苦難訴	13/440/4909
聽琵琶	許渾	欲寫明妃萬里情	孤苦寂寥	16/538/6139
王昭君	李商隱	毛延壽畫欲通神	追悔之情	16/540/6209

基於表列所示，「王昭君」的典故在美人形象刻畫的角度上，表現最明顯突出。「連朔漠」揭示出特定的情境中，「千載琵琶作胡語」中以「千載」所強化的時間，無非是在強調心中的怨恨，這樣的怨恨，經不起長久時間的考驗，最後以「青塚向黃昏」收場，留待後人無限感傷。這類詩歌也呈現一種普遍的現象，即是：紅顏薄命，所以在昭

---

[41]　參註40，第5冊，卷151，頁1579。

君出塞的琵琶曲調中，放入了悲情，美麗與哀愁並寫，反映滄桑，揭示以悲為美的嘆息。

　　2. 曹剛與女供奉

　　曹剛一作曹綱，典故出自於唐・段安節《樂府雜錄》，其云：

> 貞元中有王芬、曹保、保其子善才，其孫曹綱，皆襲所藝，有裴興奴與綱同時。曹綱善運撥，若風雨而不事扣弦。興奴長於攏撚，不撥稍軟。時人謂曹綱有右手，興奴有左手。[42]

曹保三代都是來自曹國的琵琶世家，曹保→曹善才→曹綱三代世襲傳承而來，出神入化的技藝贏得讚賞，當時擅長琵琶技藝者稱之為「善才」，三位皆被尊稱為「善才」名號，謂之「曹善才」。白居易〈琵琶行〉並序也提到琵琶女曾經學琵琶於穆、曹二善才，而今而後「善才」便成為唐代琵琶演奏家的通稱。

　　曹善才得琵琶樂學淵源，所以李紳在〈悲善才〉之序曾提到穆王夜幸蓬池曲時的這段往事，詩云：「東頭弟子曹善才，琵琶請進新翻曲。」[43]追念曹善才精湛琵琶技藝的記憶。第三代的曹綱亦顯名氣，擅長以右手撥彈，享有盛名，白居易〈聽曹剛琵琶兼示重蓮〉詩曾提到「誰能截得曹剛手」[44]，即是稱讚其右手撥彈琵琶弦的運轉自如及快速自在，無人追及得上。像劉禹錫〈曹剛〉「大弦嘈嘈小弦清」[45]強調大弦之繁碎無節制，小弦清朗多變，每一琴弦樂聲都能展現清晰厚實與美妙的效果。白居易〈代琵琶弟子謝女曹供奉寄新調弄譜〉：

---

[42]　（唐）段安節：《樂府雜錄》，（台北：臺灣商務印書館，民 55 年。）頁 24。
[43]　（清）康熙御編：《全唐詩》，（北京：中華書局，1996 年。）第 15 冊，卷 480，頁 5466。
[44]　參前註，第 14 冊，卷 449，頁 5061。
[45]　參前註，第 11 冊，卷 365，頁 4127。

琵琶師在九重城，忽得書來喜且驚。

一紙展看非舊譜，四弦翻出是新聲。

蕤賓掩抑嬌多怨，散水玲瓏峭更清。

珠顆淚霑金捍撥，紅妝弟子不勝情。[46]

這位曹供奉被召入內廷任職，並非曹綱，是一位女性琵琶樂師，同具精湛之技藝。不以雙手強調技藝，藉由「蕤賓」、「散水」曲調的高難度，對應出技藝的精湛等，強化「蕤賓」曲調的嬌美哀怨，「散水」曲調的峭拔清越，曲子的表現是一種理想的象徵，令人感動萬分，憾動心靈，格外令人深刻。

曹剛除有彈奏技藝外，譜曲的能力更是領導群倫，難怪薛逢在〈聽曹剛彈琵琶〉詩以「禁曲新翻下玉都，四弦振觸五音殊。不知天上彈多少，金鳳銜花委半無」[47]的描述，表達欽佩與讚賞之意，足見技藝精良與曲調細膩是無以復加，無人追及得上。

　3.段善本與康崑崙以及賀懷智

　　段善本、康崑崙與賀懷智都是琵琶名家，賀懷智最得唐玄宗的寵愛，他是首創以鐵片撥彈鹍雞筋弦者，相當有創意。康崑崙以琵琶技藝打敗僧人段善本，而後卻拜段善本為師，最後也能學盡其能，發揮其技藝，典故出自唐·段安節《樂府雜錄》[48]，康崑崙之藝雖然能獨

---

[46]　（清）康熙御編：《全唐詩》，（北京：中華書局，1996 年。）第 14 冊，卷
　　455，頁 5130。

[47]　參前註，第 16 冊，卷 548，頁 6334。

[48]　（唐）段安節：《樂府雜錄》：「開元中有賀懷智，其樂器以石為槽，鹍雞
　　筋作弦，用鐵撥彈之。貞元中有崑崙第一手，始遇長安大旱，詔移兩市祈雨，
　　及至天門街市人廣較勝負，及鬥聲樂，即街東有康崑崙，琵琶最上。必謂街
　　西無以為敵也，遂請崑崙登綵樓，彈一曲「新翻羽調綠腰」。其街西亦建一
　　樓，東市大誚之。及崑崙度曲，西市樓上出一女郎抱樂器。先云：「我亦彈

佔鰲頭,在段善本彈同曲調,並兼移「楓香調」獨勝一籌,卻被段善本聽出康氏琵琶樂所隱藏邪聲異調,一語道破之下,康氏放棄原先所學的部分,受拜段師重新學習其精妙,最後盡得其技藝本能,亦傳為佳話。

元稹有〈琵琶歌〉詩云:

> 玄宗偏許賀懷智,段師此藝還相匹。
> 自後流傳指撥衰,崑崙善才徒爾為。……
> 段師弟子數十人,李家管兒稱上足。……
> 繼之無乃在鐵山,鐵山已近曹穆間。
> 性靈甚好功猶淺,急處未得臻幽閑。
> 努力鐵山勤學取,莫遣後來無所祖。[49]

技藝傳承的道理,亙古不變,寄望徒兒的繼承,不外乎是希望延展段師的技藝,「勤學取」正是傳承上的具體實踐。因此弟子數十人中只有李管兒稱許才性,能繼承者只有鐵山一人。從上面的述敘中,大概可以呈現兩點意義:

(一)在一定的程度上,要能符合善才的心志與期許。

(二)在基本的條件上,要能先天的性靈與後天勤學兼具,才是重要的憑藉。

此曲兼移在『楓香調』中,及下撥聲如雷,其妙如神。」崑崙即驚駭,乃拜請女郎,遂更衣出現,乃僧也。蓋西市豪族厚賂莊嚴寺僧善本,以定東 之勝。翌日德宗召入令陳本藝異常嘉獎,乃令教授崑崙,段奏曰:『且請崑崙彈一調,及彈。』師曰:『本領何雜兼帶邪聲』崑崙驚曰:『段師,神人也。臣少年,初學藝時偶於鄰舍女巫授一品弦調後,乃易數師,段師精鑑如此之妙也。』段奏曰:『且遣崑崙還近樂器十餘年,使忘其本領,然後可教,詔許之後,果盡段之藝。」,(台北:臺灣商務印書館,民55年。)頁22-24。

[49] (清)康熙御編:《全唐詩》,(北京:中華書局,1996年。)第12冊,卷421,頁4630。

因此性靈慧黠、功力已逼近曹穆善才的鐵山，更要勤學以提昇琵琶技藝，極盡琵琶曲調的奧妙精華，才是最佳繼承者。

表三　「琵琶善才」典故的象徵意義

詩題	作者	詩句	象徵意義	冊/卷/頁
悲善才	李紳	東頭弟子曹善才	追感昔日聽樂情懷並惋惜人才已逝且抒懷	15/480/5466
曹剛	劉禹錫	一聽曹剛彈薄媚	人生盡得此聲則無憾	11/365/4127
聽琵琶兼示重蓮	白居易	誰能截得曹剛手	技藝精良、勉人提高演奏技巧	14/449/5061
代琵琶弟子謝女曹供奉寄新調弄譜	白居易	琵琶師在九重城	強調曲風之傑出超群令人感動	14/455/5154
聽曹剛彈琵琶	薛逢	禁曲新翻下玉都	此曲只應天上有	16/548/6334
琵琶歌	元稹	玄宗偏許賀懷智；段師此藝還相配；崑崙善才徒爾為	推崇前輩並教誨後進代代傳承	12/421/4630

基於表列所示，這些善才人物都有實際彈奏琵琶的真實經驗，例如：「一聽曹剛彈薄媚」的感官享受，「閒人暫聽猶眉斂」的感應心緒，也具備「猶抱琵琶半遮面」的優雅神情，或者是「畫出風雷是撥聲」的豪氣姿態。綜上所述，這些善才們，自我期許相當高，一方面在彈奏上追求進步，另一方面在音樂性上力求涵養，使其在表演舞台上，不辜負眾人之所望。因此，以自我訓練的嚴格，以實際行動來落實自己的能力，尋求自我的成就與價值。此外，當矢志完成，則有意提攜後進，寄望於琵琶生命的延續與發揮。

（三）笛

1.伶倫笛和武溪笛

　　在《呂氏春秋・古樂》[50]與《風俗通義》[51]二書，都詳細記載有關笛子產生的情形，一般都認為是黃帝命樂官伶倫，精選竹子材質來制作完成。這個起源性，使得「伶倫」之名，慢慢成為笛的另一代稱，如同杜牧〈奉和門下相公送西川相公兼領相印出鎮全蜀詩〉詩云：

　　……笛管伶倫曲，簫韶清廟章……[52]。

以笛管類之樂器吹奏「伶倫」曲，因此，「伶倫」曲其實所指的是笛曲，藉以「伶倫」代稱「笛」名。

　　又如陳陶〈小笛弄〉詩云：

　　……江南一曲罷伶倫，芙蓉水殿春風起。[53]

---

[50]　（戰國・秦）呂不韋：《呂氏春秋・仲夏紀第五・古樂》，（台北：臺灣中華書局，民76年4月豪華一版。）收錄於《四部備要》，卷五，頁8-9。

[51]　（漢）應劭：《風俗通義》云：「昔皇帝使伶倫，自大夏之西崑崙之陰，取竹於嶰谷，生其竅，厚均者，斷兩節而吹之。」（台北：臺灣中華書局，民76年4月豪華一版。）收錄於《四部備要》，聲音第六，頁1。

[52]　杜牧〈奉和門下相公送西川相公兼領相印出鎮全蜀詩〉：「盛業冠伊唐，台階翌戴光。無私天與露，有截舜衣裳。蜀綴新衡鏡，池留舊鳳凰。同心真石友，寫恨夢河梁。虎騎搖風旆，貂冠韻水蒼。彤弓隨武庫，金印逐文房。棧壓嘉陵咽，峰橫劍閣長。前驅二星去，開險五丁忙。回首崢嶸盡，連天草樹芳。丹心懸魏闕，往事愴甘棠。治化清諸葛，威聲懾夜郎。君平教說卦，夫子召升堂。塞接西川雪，橋維萬里檣。奪霞紅錦爛，撲地酒壚香。忝逐三千客，曾依數仞牆。滯頑堪白屋，攀付亦同行。笛管伶倫曲，簫韶清廟章。唱高知和寡，小子斐然狂。」收錄於（清）康熙御編：《全唐詩》，（北京：中華書局，1996年。）第16冊，卷521，頁5957。

[53]　參前註，陳陶《小笛弄》：「一尺玲瓏握中翠，仙娥月浦呼龍子。五夜流珠粲夢卿，九青鷺倚紅崖醉。丹穴飢兒笑風雨，媧皇碧玉星星語。蛇蟎愁聞骨髓寒，江山恨老眠秋霧。綺席駕鴦冷朱翠，星流露法誰驅使。江南一曲罷伶倫，芙蓉水殿春風起。」第21冊，卷745頁8474。

這裡描述的意義相去不遠，指笛的本身或是笛的曲調。除此之外，相關性敘述亦有「武溪笛」的典故。

　　根據西晉・崔豹《古今注》，的說法，「武溪深」是馬援所譜作的曲調：

> 馬援南征所作也，援門王處寄生善吹笛，援作歌以和之，名曰：武溪深。其曲曰：「滔滔武溪一何深，鳥飛不渡、獸不能臨，嘆我武溪多毒淫。」吳趨曲，吳人以歌其地也。[54]

引文所提「武溪深」是馬援將軍南征時所做曲子，門生爰寄生善於吹笛而援引為歌，曲中蘊含武溪周邊環境的惡劣，鳥無法飛度而過，野獸無法踏臨此處，而後多半用來嗟嘆出武溪之地充滿毒淫般的瘴癘之氣，以表現歷經千辛萬苦的勞頓疲憊，所產生悲嘆的心情。

　　唐詩中，有李群玉〈將之京國贈薛員外〉詩云：

> ……莫奏武溪笛，且登仲宣樓。……[55]

詩歌所述是送別之情，以「莫奏武溪笛」道出離別之不捨，因為笛音令人牽腸掛肚，所以千萬不要輕易吹奏，這裡的「武溪笛」則指笛本身，作以另外名稱。

　　杜甫亦有〈秋笛〉詩，云：

> 吹笛秋山風月清，誰家巧作斷腸聲。……
> 胡騎中宵堪北走，武陵一曲想南征。……[56]

---

[54] （西晉）崔豹：《古今注》，（台北：臺灣中華書局，民76年4月豪華一版。）收錄於《四部備要》子部，據漢魏叢書本校刊，卷中，音樂第三，頁3。頁3。

[55] （清）康熙御編：《全唐詩》，（北京：中華書局，1996年。）第17冊卷568，頁6582。

這是一首聞笛而有所感，月明風清氣氛下，襯托出笛樂淒切，藉由「武溪笛」的典故，激發出往日故園的情懷。

「武溪笛」的內涵，基本上是馬援南征的承繼，用以表達忠貞美好的內質，雖然生活層面有所憂嘆感傷，若是把將士與國家意識結合，生活感嘆的寄意，就顯得微不足道了。

表四　「伶倫笛」、「武溪笛」典故的象徵意義

詩題	作者	詩句	象徵意義	冊/卷/頁
奉和門下相公送西川相公兼領相印出鎮全蜀	杜牧	笛管伶倫曲	以「伶倫」借代為笛	16/521/5957
小笛弄	陳陶	江南一曲罷伶倫	以「伶倫」借代為笛	21/745/8474
將之京國贈薛員外	李群玉	莫奏武溪笛	以「武溪笛」借代為笛	17/568/6582
秋笛	杜甫	武陵一曲想南征	以「武溪笛」寄寓故園之情	7/231/2550

基於表列所示，「伶倫笛」、「武溪笛」的用法，較為單純些，值得注意的是「武溪笛」加入了所居處的環境，居處空間與人物、笛聲、情緒相映照，賦予故園鄉情之感。

2. 綠珠

「綠珠」[57]是晉代石崇的愛妾，絕色美豔且善於吹笛，孫秀愛慕之，因追求不得，便懷恨在心，而後藉假詔逮捕石崇，綠珠為了證明自己堅貞之心，於是跳樓自殺以死酬報知己。如李嶠〈樓〉詩云：

56　參註 55，杜甫〈秋笛〉：「吹笛秋山風月清，誰家巧作斷腸聲。風飄律呂相和切，月傍關山幾處明？胡騎中宵堪北走，武陵一曲想南征。故園揚柳今搖落，何得愁中卻盡生。」第 7 冊，卷 231，頁 2550。

57　（唐）房玄齡撰：《晉書》，〈石苞傳〉附〈石崇傳〉：「崇有妓曰綠珠，美而豔，善吹笛。孫秀使人求之。崇時在金谷別館，方登涼臺，臨清流，婦

　　百尺重城際，千尋大道隈。漢宮井幹起，吳國落星開。

　　笛怨<u>綠珠</u>去，簫隨<u>弄玉</u>來。銷憂聊暇日，誰識<u>仲宣</u>才。[58]

這是一首展現遠大抱負的詩歌，卻以不得志收場，以「笛怨」表達懷才不遇的無奈心情。

表五　　「綠珠」典故的象徵意義

詩題	作者	詩句	象徵意義	冊/卷/頁
樓	李嶠	笛怨綠珠去	懷才不遇	3/59/705

　　基於表列所示，將此落實在特定的歷史情境之中，藉此慨嘆俗世不遇之風，此詩「笛怨<u>綠珠</u>去」即明白道出「怨」之悲感所在。

3.馬融—馬融笛

　　<u>馬融</u>博覽群書，精通數術，喜好音樂，能鼓琴會吹笛，《長笛賦》文章相當膾炙人口，賦中不僅敘述笛音的獨特，提出笛聲能洗滌心靈的作用。<u>馬融</u>善吹笛的典故，出自於《後漢書・馬融傳》：

> <u>融</u>才高博洽，為世通儒，教養諸生，常有千數。<u>涿郡盧植</u>，<u>北海鄭玄</u>，皆其徒也。善鼓琴，好吹笛，達生任性，不拘儒者之節。[59]

人侍側。使者以告。<u>崇</u>盡出其婢妾數十人以示之，皆蘊蘭麝，被羅縠，曰：「在所擇。」使者曰：「君侯……」<u>崇</u>謂綠珠曰：「我今為爾得罪。」綠珠泣曰：「當效死官前。」因自投於樓下而死。」（北京：中華書局，1975 年。）列傳第三，卷 33，頁 1008。

[58]　（<u>清</u>）<u>康熙</u>御編：《全唐詩》，（北京：中華書局，1996 年。）第 3 冊，卷 59，頁 705。

[59]　（<u>宋</u>）<u>范曄</u>撰：《後漢書・馬融傳》，（北京：中華書局，1973 年。）列傳第五十，卷 60 上，頁 1972。

馬融學問淵博，才高八斗，彈琴吹笛皆能精通，由於馬融廣博群籍，德行高潔，認為笛有洗滌心靈的作用，經常藉由笛聲表明心跡，唐詩之中，多有表現。如杜甫〈八哀詩〉詩云：

　　……作為馬融笛，悵望龍驤塋。空餘老賓客，身上愧簪纓。[60]

以「馬融笛」道出自己愧以報國的哀嘆。杜甫另一首〈風疾舟中伏枕書懷三十六韻奉呈湖南親友〉詩云：

　　……如聞馬融笛，若倚仲宣襟。[61]

懷念親友的描述，親情輕柔的呼喚猶如聽到馬融笛，舒坦悅耳。

　　就如羊士諤〈山閣聞笛〉詩云：

　　臨風玉管吹參差，山塢春深日又遲。
　　李白桃紅滿城郭，馬融閒臥望京師。[62]

滿城桃李爭相綻放，呈現一幅平蕪山川的富庶景象，在笛聲的感染之下，以「馬融閒臥」的姿態，表達出幽靜恬淡的心情。

　　又如趙嘏〈送李蘊赴鄭州因獻盧郎中偡〉詩云：

　　……馬融閒臥笛聲遠，王粲醉吟樓影移……[63]

將悠揚飛遠的笛聲，緊隨著離別者赴就異地，以此表現綿密恆遠的情感。「馬融閒臥笛聲遠」的陳述，表達贈與者的才德超邁，能與笛聲高遠的特性相結合，以呈現自己的心志。

　　再如譚用之〈河橋樓賦得群公夜讌〉詩云：

---

[60] （清）康熙御編：《全唐詩》，（北京：中華書局，1996 年。）第 7 冊，卷 222，頁 2351。
[61] 參前註，第 7 冊，卷 233，頁 2575。
[62] 參前註，第 10 冊，卷 332，頁 3696。
[63] 參前註，第 17 冊，卷 549，頁 6356。

……滿座<u>馬融</u>吹笛月，一樓<u>張翰</u>過江風，……[64]

此詩敘述歡樂的宴會場合，在明月高掛之際，吹動笛聲，音響不斷地迴盪在江上清風之中，將愉悅的情緒飛散到各處，以饗此時此刻的良辰美景與盛宴。

此外，<u>劉禹錫</u>〈酬<u>樂天揚州</u>初逢席上見贈〉詩云：

……懷舊空吟<u>聞笛賦</u>，到鄉翻似爛柯人……[65]

以「聞笛賦」作為<u>馬融</u>笛的別稱，此詩是酬唱<u>樂天</u>之作，道出自己遷謫他鄉，長久時間都無法與老友相見，以「空吟聞笛賦」的陳述，道出本身的感念情懷。

承上所述，「馬融笛」典故，以表述哀嘆，或以表現悠閒之情，截然不同的情感表現，皆證明其音色的多樣性，基於各種情境的轉變，情感內涵呈現出不同的抒發角度。

表六 「馬融笛」典故的象徵意義

詩題	作者	典故	象徵意義	冊/卷/頁
八哀詩	杜甫	作為馬融笛	報國之嘆	7/222/2351
風疾舟中伏枕書懷三十六韻奉呈湖南親友	杜甫	如聞馬融笛	抒發己懷	7/233/2575
山閣聞笛	羊士諤	馬融閒臥望京師	閒適之情	10/332/3696
送李蘊赴鄭州因獻盧郎中俶	趙嘏	馬融閒臥笛聲遠	贈別之情	17/549/6356
河橋樓賦得群公夜讌	譚用之	滿座馬融吹笛月	愉悅之情	22/764/8670
酬樂天揚州初逢席上見贈	劉禹錫	懷舊空吟聞笛賦	懷舊之情	11/360/4061

---

[64] 參註 60，第 22 冊，卷 764，頁 8670。
[65] 參前註，第 11 冊，卷 360，頁 4061。

　　基於表列所示，出現在詩中「馬融笛」的典故，往往寄寓詩人深刻而豐富的生命體會，也藉「馬融閒臥」讓人產生自由閒適的聯想，似乎傳遞人生安適的態度，具有某種啟發的意義。這樣的心境，是一般人情緒的反映，更是眾人長時間所期待的一種生活態度。

4. 向秀─山陽笛

　　「竹林七賢」在魏晉時期是相當知名的文學作家，只不過這七人的行徑、作風與當時社會標準是迥異不同，然而感情的堅實，儼然成為凝聚力量的來源，其中向秀與嵇康之間的情義，最令人為之動容。這個典故得見於《晉書‧向秀傳》，其云：

> 康善鍛，秀為之佐，對對欣然，傍若無人。又共呂安灌園於山陽。康既被誅，秀應本郡入洛。文帝問曰：「聞有箕山之志，何以在此？」秀曰：「以為巢許狷介之士，未達堯心，豈多慕。」帝甚悅，秀乃自此役，作《思舊賦》，云：「余與嵇康、呂安居止接近，其人並有不羈之才。嵇意遠而疏，呂心曠而放，其後並以事見去……逝將西邁，經其舊廬，于時日薄虞泉，寒冰淒然。鄰人有吹笛者，發聲寥亮。追想曩昔游宴之好，感音而嘆，故作賦曰。」[66]

以「聽鳴笛之慷慨兮，妙聲絕而復尋。」的陳述，表達慷慨之音，魏晉之向秀與嵇康、呂安友善，二人被司馬昭所殺害。秀經其山陽（河南省修武縣）舊居，聞鄰人笛聲，感懷亡友，於是作《思舊賦》來追思二人，這意謂著朋友之間的相知相惜，至死不渝。向秀重情重義，

---

[66]　（唐）房玄齡撰：《晉書‧向秀傳》，（北京：中華書局，1973 年。）列傳第十九，卷 49，頁 1374-1375。

成為「鄰笛」、「山陽笛」所歌詠的主題。以「鄰笛」為名者，大概有十四首，感情的抒發上，大都以傷悼與感懷念昔為主。

　　像耿湋〈哭苗垂〉詩云：

　　　　舊有無由見，孤墳草欲長。月斜鄰笛盡，車馬出山陽。[67]

這首詩描述的主題就是哭悼友人，以向秀典故，道出「月斜鄰笛盡，車馬出山陽。」的感慨，因而「鄰笛盡」、「出山陽」之語，已成悼亡之義，常有蒼涼悲慨。

　　如杜甫〈秦漢中王手札報韋侍蕭尊詩亡〉詩云：

　　　　秋日蕭韋逝，淮王報峽中。少年疑柱史，多術怪仙公。
　　　　不但時人惜，祗應吾道窮。一哀侵疾病，相識自兒童。
　　　　處處鄰家笛，飄飄客子蓬。強吟懷舊賦，已作白頭翁。[68]

這也是一首悼念的詩歌，憶昔兩人自兒童相識，至今已是滿頭白髮的老翁。以「鄰家笛」對應「客子蓬」，說明孤獨飄泊的心情，面對老友去世，只能以「強吟懷舊賦」來表達相見已晚的遺憾。

　　有關悼亡的內容，又如權德輿〈從事淮南府過亡友楊校書舊廳感念愀然〉：「絕弦罷流水，聞笛同山陽。」[69]先以弦之斷絕，流水停歇的比喻，再以「山陽笛」作為亡逝之喻。再如許渾〈同韋少尹傷故衛尉李少卿〉：「何須更賦山陽笛，寒月沉西水向東。」[70]表達出濃重的哀痛。

　　且看竇牟〈奉誠園聞笛〉詩云：

---

[67]　（清）康熙御編：《全唐詩》，（北京：中華書局，1996 年。）第 8 冊，卷 268，頁 2975。

[68]　參前註，第 7 冊，卷 231，頁 2550。

[69]　參前註，第 10 冊，卷 326，頁 3658。

[70]　參前註，第 16 冊，卷 536，頁 6117。

> 曾絕朱纓吐錦茵，欲披荒草訪遺塵。
>
> 秋風忽灑西園淚，滿目山陽笛裏人。[71]

「奉誠園」是長安的名園，也是馬侍中（馬燧）的園苑，竇牟拜訪舊園遺址，盡是荒草遺塵，忽聞陣陣笛聲而有所感慨，面對此情此景，猶似昔日向秀聽到山陽笛所吹奏曲調一般淒涼，令人滿臉淚眼婆娑，悲傷不已，藉此對馬燧的深切懷念。

再看劉禹錫〈傷愚溪〉詩云：

> 柳門竹巷依依在，野草青苔日日多。
>
> 縱有鄰人解吹笛，山陽舊侶更誰過。[72]

此詩道出好友柳宗元貶謫永州，已歿三年，〈愚溪詩序〉是柳氏的文章，以「愚」字著墨，抒己鬱悶。劉禹錫以此名傷悼，更以「山陽舊侶更誰過」的情誼，寄予心中的哀悼之情。

而李端〈慈恩寺懷舊〉詩云：

> ……緬懷山陽笛，永恨平原賦。……[73]

這是夏季五月之時，李端與耿湋、司空曙遊慈恩寺，舊地雖重遊，良友卻已逝，呈現傷懷，以「緬懷山陽笛」的陳述，道出朋友之間綿密交心的情誼。其另一首〈長安書事寄盧綸〉：「向秀初聞笛，鍾期久罷琴。」[74]長久別離終究難敵「頭已堪白」的無情，更以「向秀初聞笛」之語，表述哀感之湧現，鍾子期之「罷琴」，也說明難以挽回之情誼，以及相惜相知的知己。

---

[71]　參註 67，第 8 冊，卷 271，頁 3039。

[72]　參前註，第 11 冊，卷 365，頁 4120。

[73]　參前註，第 9 冊，卷 284，頁 3237。

[74]　參前註，第 9 冊，卷 286，頁 3278。

最後，再看宋之問〈詠笛〉詩云：

> 羌笛寫龍聲，長吟入夜清。關山孤月下，來向隴頭鳴。
>
> 逐吹梅花落，含春柳色驚。行觀向子賦，坐憶舊鄰情。[75]

這是一首聞笛聲憶舊情之作，由於笛聲清越，能與情感互相調和，以表述懷舊思緒，因此以「行觀向子賦，坐憶舊鄰情」的陳述，表達對故友的懷念。

這一典故有「鄰笛」、「山陽笛」、「向秀聞笛」、「向子賦」等不同名稱，以向秀為主要的論述對象，因此主題上採以哀悼、懷舊的立場，尤其哀悼之情的部分，在比對這些情感時，慨嘆昔日不再，只能轉以追懷的成份。

表七　「山陽笛」典故的象徵意義

詩題	作者	詩句	象徵意義	冊/卷/頁
詠笛	劉孝孫	涼秋夜笛鳴 鄰人思舊情	知音相知之情	2/33/454
傷顧學士	孔紹安	翻驚鄰笛悲	哀悼之情	2/38/491
哭張員外繼	劉長卿	秋風鄰笛發	哀悼之情	5/149/1545
過裴舍人故居	劉長卿	鄰笛那堪落日聽	悼念感懷	5/151/1537
秦漢中王手札報韋侍蕭尊詩亡	杜甫	處處鄰家笛	哀悼之情	7/231/2550
哭曹鈞	錢起	一生鄰笛殘陽裏	哀悼之情	7/236/2607
秋夜寄所思	皇甫冉	鄰笛哀聲急	遙寄相思之情	8/249/2803
奉誠園聞笛	竇牟	滿目山陽笛裏人	感懷故友	8/271/3039
經嚴秘校維故宅	武元衡	掩淚山陽宅 鄰笛怨春風	人事已非之感	10/316/3552

---

[75] （清）康熙御編：《全唐詩》，（北京：中華書局，1996年。）第2冊，52卷，頁643。

僕射相公偶話故集賢張學士廳寫德裕與僕射舊唱和詩其時和者五人惟僕射與德裕皆列高位淒然懷舊輒獻此詩	李德裕	賦感鄰人笛	哀悼之情	14/475/5396
無題	李德裕	不勞鄰舍笛	憶舊之情	14/475/5397
重遊練湖懷舊	許渾	一聲鄰笛舊山川	愴然傷懷	16/534/6094
倚櫂	羅隱	倚櫂聽鄰笛	憶舊之情	19/661/7582
過故友居	王駕	鄰笛寒吹日落初	惆悵之情	20/690/7919
奉誠園聞笛	竇牟	滿目山陽笛裏人	深切懷念之情	8/271/3039
太原送許侍御出幕歸東都	耿湋	莫向山陽過鄰人夜笛悲	難捨之情	8/268/2975
哭苗垂	耿湋	月斜鄰笛盡車馬出山陽	哀悼之情	8/269/3005
慈恩寺懷舊	李端	緬懷山陽笛	哀悼之情	9/284/3237
殘鶯百囀歌同王員外耿拾遺吉中孚李端遊慈恩各賦一物	司空曙	山陽笛裏寫難成	以笛聲比喻鶯啼聲悅耳	9/293/3327
從事淮南府過亡友楊校書舊廳感念愀然	權德輿	聞笛同山陽	亡逝之嘆	10/326/3658
傷愚溪	劉禹錫	山陽舊侶更誰過	哀悼之情	11/356/4120
同韋少尹傷故衛尉李少卿	許渾	何須更賦山陽笛	哀悼之情	16/536/6117
題故人廢宅	方干	山陽鄰笛若為聽	悽愴之情	17/651/7482
經故友所居	羅隱	一聲橫笛似山陽	交誼之情	19/661/7580
長安書事寄盧綸	李端	向秀初聞笛	久離難聚之情	9/286/3278

| 京中客舍聞箏 | 薛能 | 當時向秀聞鄰笛 | 離家之悲懷 | 17/561/6514 |
| 詠笛 | 宋之問 | 行觀向子賦
坐憶舊鄰情 | 憶舊懷友之情 | 2/52/643 |

　　基於表列所示，出現在詩中「山陽笛」的典故，往往生發懷人的情思，還報相知相惜之情，希望藉由追懷故人以重拾往日情義，這類詩歌深具悲感，對於懷人之思的行為予以肯定。「人生得一知己，死而無憾。」再對其義氣凜然的個性與行為發出慷慨陳辭，提昇不少奮進的評價。

　　5. 李謨—李謨笛

　　「李謨」一作「李牟」之名，關於「李謨笛」的典故，得見於《樂府雜錄》[76]與《唐國史補》，兩則都記載<u>李謨</u>神乎其技的笛樂表現。<u>唐</u>·<u>李肇</u>《唐國史補》云：

> <u>李舟</u>好事，嘗得村舍烟竹，截以為笛，堅如鐵石，以遺<u>李牟</u>，<u>牟</u>吹笛，天下第一，月夜泛江，維舟吹之，寥亮逸發，上徹雲表。俄有客獨立於岸，呼船請載。即至，請笛而吹，甚為精壯，山河可裂，<u>牟</u>平生未嘗見。及入破，呼吸盤擗，其笛應聲粉碎，客散不知所之。<u>舟</u>著記，疑其蛟龍也。
> <u>李牟</u>秋夜吹笛於<u>瓜洲</u>，舟楫甚隘。初發調，群動皆息。微風颯然而至。又俄頃，舟人賈客，皆怨歎悲泣之聲。[77]

前段引文與《樂府雜錄》所記載相去不遠，都是贊賞<u>李牟</u>（<u>謨</u>）吹笛的技藝是獨步當時，能妙絕笛中之聲，沒想到遇及湖中老父，吹笛的力道精壯，足令山河震裂，獨冠群倫，使<u>李牟</u>驚懼不已。

---

[76] （<u>唐</u>）<u>段安節</u>：《樂府雜錄》，（台北：臺灣商務印書館，民 55 年。）頁 30。
[77] （<u>唐</u>）<u>李肇</u>：《唐國史補》，（台北：世界書局，民 67 年 10 月三版。）頁 58。

後段引文則描述<u>李牟</u>之吹笛，初發調，群動屏息，笛曲充滿著怨嘆悲泣之聲音，頃刻間，籠罩<u>瓜洲</u>，感染舟人賈客的內心深處。這些描述都是強調這些資料所記載<u>李謨</u>吹奏笛樂能力是相當高超獨絕，而<u>唐</u>詩有關「李謨笛」的典故，大都集中在「偷曲譜」[78]的批評，像<u>元稹</u>〈連昌宮詞〉云：「<u>李謨</u>擫笛傍宮牆，偷得新翻數般曲。」以及<u>張祜</u>〈李謨笛〉云：「無奈<u>李謨</u>偷曲譜，酒樓吹笛是新聲。」其實「偷曲譜」只是一段傳說而已，真實性有待考證，但一般都認為<u>李謨</u>因為偷偷聽學宮廷之樂後，才得以技藝精良，如此的說法過於牽強，殊不知學習樂器應先以技巧、音感為主，要先以各類不同風格曲子來提鍊吹奏的技巧性以及培養敏銳的音感，而後才慢慢融入情感，以臻曲調之完美。<u>李謨</u>若真偷曲譜，本身沒有精湛技巧與精準音感，又怎能善盡其曲。光有曲譜，沒有精湛技巧來呼應，又怎能有新翻曲調的能力，可見<u>李謨</u>技巧於先前應已培養完成，偷曲譜若是屬實，也只是如虎添翼，非完全取決於曲譜上，因此我們相信若將技藝與曲調融合發揮，是能夠相得益彰。

表八　「李謨笛」典故的象徵意義

詩題	作者	詩句	象徵意義	冊/卷/頁
連昌宮詞	元稹	李謨擫笛傍宮牆	頌宮廷燕樂之興盛	12/424/4656
李謨笛	張祜	無奈李謨偷曲譜	贊揚笛聲如天樂	15/511/5841

---

[78] 《元氏長慶集》：「念奴天寶中名倡，善歌，每歲樓下酺宴，累日之後，萬眾喧隘嚴安之韋黃裳輩闐易不能禁，眾樂為之罷奏，<u>玄宗</u>遣<u>高力士</u>大呼於樓上曰：『欲遣<u>念奴</u>唱歌，<u>邠二十五郎</u>吹小管，逐看人聽否？』未嘗不悄，然奉詔其為當時所重也，如此，然而<u>玄宗</u>不欲奪俠游之感。未嘗置在宮禁或歲幸湯泉時，巡東曲屬明夕正月十五日潛游燈下，忽聞酒樓上有笛奏前夕新曲，大駭之，明日密遣捕捉笛者，詰驗之，自云：『某其夕竊於<u>天津橋</u>翫月，聞宮中度曲，遂於橋柱上插譜記之，臣即<u>長安</u>少年善笛者<u>李謨</u>也，<u>玄宗</u>異而遣之。」（台北：臺灣商務印書館，民 54 年版。）卷 24，頁 87。

基於表列所示，出現在詩中「李謩笛」的典故，以技藝去提昇笛樂的內涵，憑著超絕的音樂能力，瞬間掌握笛樂的內在本質，體現出特有的演奏功力。

6. 柯亭笛與桓伊笛

對於「柯亭笛」的典故，得見於晉・張騭之《文士傳》輯本，云：

> 邕造吳人曰：「吾昔嘗經會稽高遷亭，見屋椽竹東間第十六可以為笛，取用，果有異聲。」[79]

引文所述蔡邕行經會稽時，見屋椽之竹而取之，將竹作了一點加工的設計，覺得聲音相當特殊。另外，晉・干寶《搜神記》云：

> 蔡邕嘗至柯亭，以竹為椽，邕仰盼之，曰：『良竹也。取以為笛，發聲遼亮，一云邕告吳人，』曰：『吾昔嘗經會稽高遷亭，見屋東間第十六竹椽可為笛，取用，果有異聲。』[80]

這項資料說明蔡邕在流放期間，獨具慧眼選用柯亭（浙江省紹興縣，亦名千秋亭或高遷亭）之竹，來制作笛身的材料，發現所制作的笛聲相當獨特，將此具有特殊音質的笛子命名為「柯亭笛」。

猶如胡曾〈柯亭〉詩所云：

> 一宿柯亭月滿天，笛亡人沒事空傳。
> 中郎在世無甄別，爭得名垂爾許年。[81]

---

[79] 晉・張騭：《文士傳》收錄於《周勛初文集》（二），（江蘇：古籍出版社，2000 年。）頁 9。

[80] 晉・干寶：《搜神記》，（北京：中華書局，1985 年。）卷一三，頁 89。

[81] （清）康熙御編：《全唐詩》，（北京：中華書局，1996 年。）第 19 冊，卷 647，頁 7428。

這首詩藉以柯亭笛來彰顯蔡中郎（蔡邕）的生平事蹟，如此行為贏得多年讚譽的名聲。

而李縠〈浙東罷府西歸酬別張廣文皮先輩陸秀才〉詩云：

……蘭亭舊址雖曾見，柯笛遺音更不傳……[82]

此詩將柯亭笛音比喻為離別時所吹響的驪歌，表示難捨之情。以上詩歌是藉以行經柯亭之地，憶起蔡邕曾經以竹為椽，取之作為笛，笛聲嘹亮之美事，而今留宿此地，也體會到人事已非之感，只能冥想笛聲去憑弔蔡邕之名聲事蹟。

表九　「柯亭笛」典故的象徵意義

詩題	作者	詩句	象徵意義	冊/卷/頁
柯亭	胡曾	一宿柯亭月滿天	表蔡邕之名位	19/647/7428
浙東罷府西歸酬別張廣文皮先輩陸秀才	李縠	柯笛遺音更不傳	表離別之情	19/631/7238

基於表列所示，出現在詩中「柯亭笛」的典故，襯其發現者蔡邕而言，有寄願或感嘆的成分，詩人所表達的，都是心志難撫所帶來的傷感與憑弔，或者是對於離別的感受，所形成的衝擊。

此外，有一部分詩歌以「柯亭笛」會與「桓伊笛」並置而列，合而為一，二者能彼此增顯其內涵，相互開展二者在昔日製笛與吹笛上的社會定位與名聲。因此《晉書·桓伊傳》就云：

伊都督豫州諸軍事，進號右軍將軍。伊性謙素，雖有大功而始終不替。善音樂，盡一時之妙，為江左第一。有蔡邕柯亭笛，常自吹之。王徽之赴召京師，泊舟青溪側。素不與徽之相識。

---

[82]　參註81，第19冊，卷631，頁7217。

　　伊於岸上過，船中客稱伊小字曰：『此桓野王也。』徽之便令
　　人謂伊曰：『聞君善吹笛，試為我一奏。』伊是時已貴顯，素
　　聞徽之名，便下車，踞胡床，為作三調，弄畢，便上車去，客
　　主不交一言。」[83]

桓伊善於音樂，號稱「江左第一人」，個性卻相當謙虛，擁有蔡邕「柯
亭笛」，常自吹自娛，卻不以名位之高為貴，名聲之顯為傲，反屈身
為王徽之吹奏三首笛樂曲後離開，展現高度廣闊的胸襟氣度。因而有
「桓伊笛」之名號響徹各地，不僅表示笛藝精湛，亦展現情豪氣闊之
胸懷。

　　且看杜牧〈寄珉笛與宇文舍人〉詩云：

　　調高銀字聲還側，物比柯亭韻校奇。
　　寄與玉人天上去，桓將軍見不教吹。[84]

此詩描述詩人寄玉笛給宇文舍人，以「柯亭笛」來比擬之，由於珉笛
精巧，其音色、聲韻皆新奇獨特，就連桓伊將軍似乎也無法超越。除
了比喻良笛配高手的涵意之外，亦顯朋友之間情誼的密切。

　　再看杜牧〈潤州〉詩云：

　　……月明更想桓伊在，一笛聞吹出塞愁。[85]

以歷史角度的追懷作為主述，將時代定位在東晉時期，月明時刻，懷
想起桓伊的笛聲，藉此揭開出塞戍守之內在愁緒。

---

[83]　（唐）房玄齡撰：《晉書・桓伊傳》，（北京：中華書局，1975 年。）卷八
　　　十一，列傳第五十一，頁 2118。
[84]　（清）康熙御編：《全唐詩》，（北京：中華書局，1996 年。）第 16 冊，卷
　　　523，頁 5984。
[85]　（清）康熙御編：《全唐詩》，（北京：中華書局，1996 年。）第 16 冊，卷
　　　522，頁 5936。

而杜牧〈寄題甘露寺北軒〉詩云：

> 曾向蓬萊宮裏行，北軒闌檻最留情。
> 孤高堪弄桓伊笛，縹緲宜聞子晉笙。[86]

以「桓伊笛」喻其高超獨絕的吹笛技巧，笛音生動殊異，有曲高和寡的獨絕性。

另外，李郢〈贈羽林將軍〉詩云：

> ……唯有桓伊江上笛，臥吹三弄送殘陽。[87]

強調隱逸閒適之情，官場的功名利祿不足以眷戀。而陸龜蒙〈奉和襲美太湖詩〉云：「或徹三弄笛，或成數聊詩。」[88]因為這是奉和之作，極盡刻畫湖邊月色的景致，藉此奏笛樂酬為詩文，表達清心自適情懷。

表十　「柯亭笛」「桓伊笛」典故聯用的象徵意義

詩題	作者	詩句	象徵意義	冊/卷/頁
潤州	杜牧	月明更想桓伊在	歷史追懷之情	16/522/5936
寄珉笛與宇文舍人	杜牧	物比柯亭韻校奇、桓將軍見不教吹	以贈笛表情誼之深	16/523/5984
寄題甘露寺北軒	杜牧	孤高堪弄桓伊笛	孤絕高超之情	16/523/5986
贈羽林將軍	李郢	唯有桓伊江上笛	表隱逸之心態	18/590/6848
奉和襲美太湖詩	陸龜蒙	或徹三弄笛	美景笛樂之清心	18/618/7122
溢城贈別	陳陶	氣調桓伊笛	表離別之情	21/745/8478

基於表列所示，出現在詩中「柯亭笛」與「桓伊笛」聯用的典故，是要直接宣說了詩人隱逸的心志，以呈現孤絕高超的情懷。可見，藉此自況時，用以陳說心志，表現出自我人格之歸趨與風貌。

86　參註 85，第 16 冊，卷 523，頁 5986。
87　參前註，第 18 冊，卷 590，頁 6848。
88　參前註，第 18 冊，卷 618，頁 7122。

（四）笳

1. 蘇武、李陵

蘇武相關的典故，見於《漢書‧李廣蘇建傳》，其云：

> 單于愈益欲降之，乃幽武置大窖中，絕不飲食，天雨雪，武臥
> 齧雪與旃毛并咽之，數日不死，匈奴以為神，乃徙武北海上無
> 人處，使牧羝羝乳乃得歸，別其官屬常惠等，個置他所。武既
> 至海上，廩食不至，掘野鼠去中實而食之。杖漢節牧羊，臥起
> 操持，節旄落盡。[89]

說明守持漢節的蘇武在北海牧羊，功勳節旄已經落盡，蘇武被拘囚的
時間雖然很久，即使面對環境惡劣、三餐不濟的情形，絲毫沒有改變
內心堅貞志節。有關李陵的典故得見於李陵〈答蘇武書〉[90]，此詩道
出「陵獨何心，能不悲哉？」的無奈感慨。

且看鄭愔〈胡笳曲〉詩云：

> 漢將留邊朔，遙遙歲序深。誰堪牧馬思，正是胡笳吟。
> 曲斷關山月，聲悲雨雪深。傳書問蘇武，陵也獨何心。[91]

以「曲斷關山月，聲悲雨雪深。」描寫留置北方漢將，歲月遙遙深長，
誰能承受牧馬邊境的思念，內心則藉胡笳吟鳴之聲傳達出蘇武、李陵
的悲嘆，同感其悲。

---

[89] （漢）班固撰：《漢書‧李廣蘇建傳》，（北京：中華書局，1973 年。）傳
第二十四，卷 54，頁 2462-2463。

[90] 李陵：〈答蘇武書〉，收錄於（梁）蕭統：《昭明文選》，（台北：文津出
版社，民 76 年 7 月出版。）卷第四十一，書上，頁 1847。

[91] （清）康熙御編：《全唐詩》，（北京：中華書局，1996 年。）第 4 冊，卷
106，頁 1106。

再看<u>杜牧</u>〈邊上聞笳〉詩云：

> 何處吹笳薄暮天，塞垣高鳥沒狼煙。
> 遊人一聽頭堪白，<u>蘇武</u>爭禁十九年。[92]

此詩道出<u>蘇武</u>奉命出使，被幽禁<u>北海</u>（今之<u>貝加爾湖</u>）達十九年之久，在薄暮之刻吹動笳聲，遊人一聽驚覺起離鄉之久遠，藉此來說明出征者戍守的辛勞無依。

另外，無名氏〈胡笳曲〉詩云：

> 月明星稀霜滿野，氈車夜宿<u>陰山</u>下。
> 漢家自失<u>李</u>將軍，<u>單于</u>公然來牧馬。[93]

此詩道出胡人軍隊已慢慢逼進中原，卻沒有能敵之士來抵禦，因此「漢家自失<u>李</u>將軍」之語，喻指人才的喪失，由於沒有軍事長才足以抗禦，才使得<u>單于</u>竟敢公然來挑釁，一點也不把漢軍放在眼裡，流露一股「孤臣無力可回天」之慨嘆。

表十一　「李陵蘇武」典故的象徵意義

詩題	作者	詩句	象徵意義	冊/卷/頁
胡笳曲	鄭愔	傳書問<u>蘇武</u>，<u>陵</u>也獨何心	戰事頻繁，慨於時間難奈，令人有失落之感。	4/106/1106
邊上聞笳	杜牧	<u>蘇武</u>爭禁十九年	邊防不固、戰事不斷，人民痛苦不堪之嘆。	16/525/6010
胡笳曲	無名氏	漢家自失<u>李</u>將軍	孤臣無力可回天之慨嘆	22/786/8865
李益	塞下曲	<u>蘇武</u>歸來持漢節	堅守貞誠志節	9/283/3225

---

[92] （清）<u>康熙</u>御編：《全唐詩》，（北京：中華書局，1996年。）第16冊，卷525，頁6010。

[93] 參前註，第22冊，卷786，頁8865。

基於表列所示，出現在詩中「李陵」、「蘇武」的典故，都從歷史的感懷中，道出勇敢的去面對、去承受，當然也看出不屈從的個性，似乎代表人生理想的目標，所以在兩人兩相映照下，感情的強度加大，感染力自然更為明顯，所以有「傳書問蘇武，陵也獨何心？」這種孤獨的心境，不斷被提及，只為「持漢節」心志的陳說。

2.蔡琰

關於蔡琰的典故，得見於《後漢書‧烈女傳‧董祀妻》，其云：

> 陳留董祀妻者，同郡蔡邕之女，名琰字文姬，博學有才辯，又妙於音律。先適河東衛仲道，夫亡無子，歸寧於家，興平中，天下喪亂。文姬為胡騎所獲，沒於南匈奴左賢王，在胡中十二年，生二子。曹操素與邕善，痛其無嗣，乃遣使者以金璧贖之，而重嫁於祀。……後感傷亂離，追懷悲憤，作詩二章。[94]

蔡琰博學多才，精通音律，相傳琴曲歌辭「胡笳十八拍」是從胡地歸漢的途中所作。蔡琰的際遇算是相當幸運的，能夠攜兩子回到家鄉，最後又得到一段美好的婚姻，是令人稱羨不已。

看李益〈塞下曲〉詩云：

> 黃河東流流九折，沙場北上單于臺。
> 蔡琰沒去造胡笳，蘇武歸來持漢節。[95]

蔡琰淹滯胡域，歸漢後情感有了歸宿，所作「胡笳十八拍」的胡笳聲，藉此表達北方異域的曲調風格。反映在顧況〈劉禪奴彈琵琶歌〉：「蔡

---

[94] （宋）范曄撰：《後漢書‧烈女傳‧董祀妻》，（北京：中華書局，1973 年。）卷八十四，列女傳董祀妻第七十四，頁 2800。

[95] （清）康熙御編：《全唐詩》，（北京：中華書局，1996 年。）第 9 冊，卷283，頁 3225。

琰愁處胡笳哀。」[96]清楚指出胡笳聲哀，代表蔡琰內心之嘆，極盡表達出蔡琰在胡地生活的愁思苦悶。

表十二 「蔡琰」典故的象徵意義

詩題	作者	詩句	象徵意義	冊/卷/頁
聽董大彈胡笳弄	李頎	蔡女昔造胡笳聲	制笳起源與胡笳弄	4/133/2948
劉禪奴彈琵琶歌	顧況	蔡琰愁處胡笳哀	表悲恨愁苦異地生活	8/265/2948
塞下曲	李益	蔡琰沒去造胡笳	表北方曲調風格	9/283/3225
太和公主還宮	李敬方	胡笳悲蔡琰	以蔡琰喻自己命運之悲	15/508/5776

　　基於表列所示，出現在詩中「蔡琰」的典故，都以苦楚抒發作為主軸，結合身世命運，與「胡笳十八拍」的傳達，確實令人心生悲意。之所以選擇回鄉，又陷入親情割捨的矛盾，流連回顧間，不捨也不忍，因而夾纏著無比悲憤。

　　3.劉越石

　　關於劉越石的典故，得見於《世說新語》，其云：

> 劉越石為胡騎所圍數重，城中窘迫無計，劉始夕乘月，登樓清嘯，胡賊聞之，皆淒然長嘆。中夜次奏胡笳，賊皆流涕歔欷，人有懷土之切，向曉又吹，賊並起回奔走，或云是劉道真。[97]

劉越石能以吹奏三次胡笳樂來退卻敵人，重現四面楚歌的現象，可見音樂力量的影響甚鉅。且看王昌齡〈胡笳曲〉詩云：

> 城南虜已合，一夜幾重圍。自有金笳引，能霑出塞衣。
> 聽臨關月苦，清入海風微。三奏高樓曉，胡人掩涕歸。[98]

96　參註95，第 8 冊，卷 265，頁 2948。
97　（南朝宋）劉義慶：《世說新語》，（北京：中華書局，1985 年。）雅量第六，頁 128。

以「三奏高樓曉，胡人掩涕歸。」的陳述，清楚揭示劉越石三次吹笳而感染人心，令得胡人各個掩面而涕，一時不能自已。

再看竇庠〈四皓驛聽琴送王師簡歸湖南使幕〉詩云：

朱弦韻正調，清夜似聞韶。山館月猶在，松枝雪未消。
城笳三奏曉，別鶴一聲遙。明月思君處，春泉翻寂寥。[99]

此詩之「城笳三奏曉」之語，亦表述了最具典型「劉越石卻敵」的故事，極盡強調胡笳聲的感染的作用，而使得心情受到影響，紛紛燃現思鄉的情懷。另外像杜甫〈秋笛〉詩，其詩云：

……月傍關山幾處明，胡騎中宵堪北走。……[100]

此詩的背景是指吐蕃與回紇入寇，郭子儀與之交戰，回紇求和而吐蕃夜引兵逃遁而去。「胡騎中宵堪北走」暗用亦引用劉越石以笳三卻敵人之典故，以此來暗示時局的動盪不安，以及迎戰的艱辛。

表十三 「劉越石」典故的象徵意義

詩題	作者	詩句	象徵意義	冊/卷/頁
胡笳曲	王昌齡	三奏高樓曉	表懷土思鄉之情	4/142/1438
四皓驛聽琴送王師簡歸湖南使幕	竇庠	城笳三奏曉	表懷土思鄉之情	8/271/3045
吹笛	杜甫	胡騎中宵堪北走	以「胡笳」暗示時局之動盪	7/231/2550

基於表列所示，「劉越石」的典故，始終在場域背景的征戰進行中暫獲趨緩，強化音樂的效果，透過歷史上四面楚歌的體驗，尋求感

---

98 （清）康熙御編：《全唐詩》，（北京：中華書局，1996 年。）第 8 冊，卷 268，頁 2975。
99 參前註，第 4 冊，卷 142，頁 1438。
100 參前註，第 7 冊，卷 231，頁 2550。

受性最強的影響，這是因為他看穿士兵受制於戰事之威脅，在疲憊的
戰伐中容易迷失自己，這種迷失使人喪失理智與動力，一旦受到筋聲
之觸動，勢將深藏的人情穿透而出，以泣涕道出人生的遺憾。

第三節　審美觀念的體現

從傳統的審美觀念來說，中和協調是美感體現的基本目標。《詩
經・大雅・烝民》云：

> 柔則茹之，剛則比之。[101]

剛烈與柔順均能給予人不同的體驗與感受，若是以此審美觀，用之於
音樂觀念上，則如同李塨《學樂錄》所說：

> 是剛柔皆善也，而其流或過剛而殺伐，或過柔而淫靡，則均
> 失之。[102]

李塨認為古人在演奏音樂時，要求剛柔並濟，強弱互替，即所謂「剛
氣不怒，柔氣不懾。」[103]要符合於舒暢的節奏，貼切樂曲抑揚頓挫，
不宜過度。音樂過度剛強則容易顯現殺伐之氣，過於柔弱就容易產生
淫靡不振的曲調，不可偏失其中和之序。如果再根據徐上瀛《谿山琴
況》所云：

---

[101] 屈萬里：《詩經詮釋》，（台北：聯經出版公司，民72年2月初版。）〈大
　　　雅・烝民〉，頁534。
[102] 李塨：《學樂錄》，收錄於《叢書集成三編》，（台北：新文豐出版社，民
　　　85年。）第31冊，卷二，頁734。
[103] 阮元校勘：《十三經注疏・禮記・樂記》，（台北：藝文印書館，民90年12
　　　月。）頁680。

故其弦若茲，溫兮如玉，冷冷然泄弦皆生氣氤氳，無比陽比陰
偏至之失，而後知潤之之為妙，所以達其中和也。……
輕而不浮，輕中之中和也。重而不煞，重中之中和也。故輕重
者，中和之變音。而所以輕重者，中和之正音也。[104]

彈奏琴弦要能呈現「溫潤如玉」的特性，取聲溫潤是基本的審美觀點，
音樂節奏間之輕重緩急的音律，雖是一種陰柔或陽剛的各自表現，在
二者交相互奏時，藉以達到和諧之序，因此音樂要「輕而不浮，重而
不煞。」才是符合中和正音的聲律原則。

　　以審美風格的角度來評論詩歌作品，則有《詩品》[105]，司空圖將
詩歌的風格分為「雄渾」、「沖淡」、「曠達」、「疏野」等二十四
品，以許多描述性語言來比喻詩歌，使其具備各種不同的面貌，讓作
品本身呈現出獨特的藝術特點。

　　一般而言，詩歌風格的分類不是絕對性的，很難是獨一而無二
的。以外在物象燃起的情感經驗為基礎點，加以捕捉，在經由詩人豐
富的閱歷與獨特的想法作為描摹，彰顯物象的美感特質，又產生烘托
情懷的效果，對於相同題材的處理方式常會產生不同的審美角度，也
為音樂詩帶來多樣的藝術效果。這樣的經驗，在塞外邊境總是獲得最
多，心情也最為複雜，因為生活習慣各有所不同，眼光的角度與心靈
的領略當然獨異於其他。茲歸納邊塞境域之審美風格六項作為探討：

---

[104]　(清)徐上瀛：《谿山琴況》，(台北：新文豐出版社，1989 年 7 月版。)
頁 253。

[105]　(唐)司空圖：《詩品‧引言》：「二十四品中，其有關性情者，如『雄渾』、
『豪放』，具有陽剛之者也；『沖淡』、『沉著』具有陰柔之美者也；而『曠
達』、『流動』則兼剛柔之和。『疏野』、『清奇』、『超詣』、『飄逸』，
既本之於性情，又繫之於境遇。」(台北：世界書局，民 45 年 2 月初版。)
頁 7。

一、中和有序之美

　　首先以<u>李頎</u>〈古意〉[106]詩來看，詩云：「男兒事長征，少小幽燕客，<u>遼東</u>小婦年十五，慣彈琵琶解歌舞，今為羌笛出塞聲。」如此描述有<u>遼東</u>少婦之「琵琶歌舞的柔情」對襯男兒長征之「羌笛出塞的陽剛」，以<u>遼東</u>小婦伴隨羌笛為出塞聲，激起久戍將士思歸之情作結，一剛一柔的對應之下，使得詩人<u>李頎</u>胸臆自然流露而出，代表陽剛的邊塞場景，呼應著柔美歌舞內涵，形成和諧並致的狀態。

　　除此，「賭勝馬蹄下，由來輕七尺。殺人莫敢前，鬚如蝟毛磔，」的幽燕男子，更以「黃雲隴底白雪飛」的景致，為英雄的孤傲俠骨與浪漫柔情作聯繫與轉折，因此<u>遼東</u>小婦彈琵琶解歌舞的巧藝，揭示氣質不凡，才華洋溢的柔美形象，然而隨著出場為此吹笛之「今為羌笛出塞聲」，有聲有色的背景襯托之下，使得「三軍淚如雨」，在氣勢剛毅的性格中又流露出一股對兒女不捨，以及鐵錚漢子的柔情萬種，可見剛強點化了柔性之美。

　　<u>李頎</u>另一首〈古從軍行〉：

> 白日登山望烽火，黃昏飲馬傍交河。
> 行人刁斗風沙暗，公主琵琶幽怨多。
> 野雲萬里無城郭，雨雪紛紛連大漠。
> 胡雁哀鳴夜夜飛，胡兒眼淚雙雙落。

---

[106] <u>李頎</u>〈古意〉：「男兒事長征，少小幽燕客。賭勝馬蹄下，由來輕七尺，殺人莫敢前，鬚如蝟毛磔。黃雲隴底白雲飛，未得報恩不能歸。<u>遼東</u>小婦年十五，慣彈琵琶解歌舞。今為羌笛出塞聲，使我三軍淚如雨。」收錄於（<u>清</u>）<u>康熙</u>御編：《全唐詩》，（北京：中華書局，1996年。）第4冊，卷132，頁1338。

　　聞道玉門猶被遮，應將性命逐輕車。

　　年年戰骨埋荒外，空見葡萄入漢家。[107]

所描述的「行人刁斗風沙暗」之句，則具有戰士剛強，而「公主琵琶
幽怨多」之句，則融洽道出公主之柔美，二者予以結合，使得感情的
氣氛形成剛柔相濟的心態。

　　上述詩歌都是身歷其境的刻畫，多以鋪陳情境、映襯心境，反映
出中和美感的特質。

二、自然人文之美

1.自然色彩

　　在邊塞區域之中慣彈吹奏的樂器，反映出獨特自然與人文的藝術
景致，浩瀚空間的表現，不僅取得宇宙間自然的洗禮，亦可使自我生
命的情調，能產生和諧統一的審美情趣。

　　如李頎〈塞下曲〉詩云：

　　黃雲雁門都，日暮風沙裡。千騎黑貂裘，皆稱羽林子。

　　金笳吹朔雪，鐵馬嘶雲水。帳下飲葡萄，平生寸心是。[108]

引詩可見，詩人立足於邊塞的蒼穹時空，以舒卷自如的感性審美，牽
繫著具體呈現的聽覺與視覺意象，勾勒出瑰麗多彩的畫面，也有助於
豐富整體的審美感受。寫出視覺效果，連用雲暮之黃、貂裘之黑、笳
管之金、飛雪之白、葡萄之紫等物象堆砌出濃烈豐富的色彩，構成熱

---

[107]　（清）康熙御編：《全唐詩》，（北京：中華書局，1996 年。）第 4 冊，133
　　卷，頁 1348。

[108]　（清）康熙御編：《全唐詩》，（北京：中華書局，1996 年。），第 4 冊，
　　132 卷，頁 1338。

情浪漫的情調，流露詩人對邊塞景觀的傾慕之情。寫出聽覺效果，以「風沙窸窣」、「金笳吹響」、「鐵馬嘶鳴」三個形容，如此鋪衍手法，強化邊塞景象的特殊美感。

另外，像王建〈太和公主和蕃〉詩云：「塞黑雲黃欲渡河，風沙眯眼雪相和。琵琶淚溼行聲小，斷得人腸不在多。」[109]匯聚出多樣的色彩紛呈，配合人情觀感，突顯自然塞外獨具人文景觀之美。

2.文人雅性

岑參〈涼州館中與諸判官夜集〉[110]詩提到「胡人半解彈琵琶」透顯出當時涼州城內七里十萬家的富庶景象，四處都洋溢著琵琶樂聲，幽情雅致的生活氣息，反映安定富裕的現象。「琵琶一曲腸堪斷」雖顯有哀傷之情，一句「河西幕中多故人」卻更增添豪情逸氣之態，詩中琵琶的音情頓挫之美，音色節拍渲染出內在情感，不僅濃化了戍守邊地的氣氛，也開展出塞外自然人文景觀。

岑參另外一首〈酒泉太守席上醉後作〉[111]：「琵琶羌笛曲相和，羌人胡雛齊唱歌。」或〈白雪歌送武判官歸京〉：「中軍置酒飲歸客，胡琴琵琶與羌笛。」[112]胡琴、琵琶、羌笛等這些都是當地流行的樂器，常配上歌舞，由於節奏強烈動感十足，相當生動澎湃，在自然景觀之

---

[109] （清）康熙御編：《全唐詩》，（北京：中華書局，1996年。）第9冊，301卷，頁3426。

[110] 參前註，岑參〈涼州館中與諸判官夜集〉：「彎彎月亮掛城頭，城頭月出照涼州。涼州七里十萬家，胡人半解彈琵琶。琵琶一曲腸堪斷，風蕭蕭兮夜漫漫。河西幕中多故人，故人別來三五春。花門樓前見秋草，豈能貧賤相看老。一生大笑能幾回，斗酒相逢須醉倒。」第6冊，199卷，頁2055。

[111] 參前註，第6冊，199卷，頁2055。

[112] 參前註，第6冊，199卷，頁2050。

中的蘊含一份人情風貌，亦即是自然環境之中所滋長出來的狂放、開放、自由之人文藝術。

三、剛建豪邁之美

表現剛建豪邁之美的詩歌，不外乎是以身處邊塞山水的時空背景，去匯集出個人邊關功業的意願，有國家意識的省思作用，藉自己所觀覽、體驗的邊塞自然山水，以傳達出內心的想法。誠如王翰〈涼州詞〉[113]所刻畫「葡萄美酒夜光杯」以飽含激情壯烈的筆調，描繪出一幅充滿異地情調、豪情激盪的宴飲場面，投射在軍士身上有雄渾的陽剛之美，藉以醉臥沙場的瀟灑坦蕩方式，不以死生為意的豪爽性情，去展現豁達樂觀的個性之美。「欲飲琵琶馬上催」道出歡快氣氛之中流露出逸興豪情，正要開懷痛飲之際，馬上卻奏響琤琤璁璁的琵琶樂聲，催促著軍士啟行出征，此處所描繪「金聲玉振」般的琵琶樂聲，使人聽來情緒格外激盪，襯托出將士興飛昂揚的神態。

另外，像岑參〈輪臺歌奉送封大夫出師西征〉[114]：「上將擁旄西出征，平明吹笛大軍行。」寫出來自四邊戍鼓的大軍壓境，令得陰山也為之憾動，籠罩著所向披靡，戰無不克的氣氛，大軍西征的場景，胡馬奔騰的態勢，慷慨壯盛的氣勢，處處表現剛建豪邁之美。

---

[113] 參註109，王翰〈涼州詞〉：「葡萄美酒夜光杯，欲飲琵琶馬上催。醉臥沙場君莫笑，古來征戰幾人回。」第5冊，156卷，頁1605。

[114] 參前註，岑參〈輪臺歌奉送封大夫出師西征〉：「輪臺城頭夜吹角，輪臺城北旄頭落。羽書昨夜過渠黎，單于已在金山西。戍樓西望煙塵黑，漢兵屯在輪臺北。上將擁旄西出征，平明吹笛大軍行。四邊伐鼓雪海湧，三軍大呼陰山動。虜塞兵氣連雲屯，戰場白骨纏草根。劍河風急雪片闊，沙口石凍馬蹄脫。亞相勤王甘苦辛，誓將報主靜邊塵。」第6冊，199卷，頁2051。

王維〈燕支行〉[115]：「畫戟雕戈白日寒，連旗大旆黃塵沒。疊鼓遙翻瀚海波，鳴笳亂動天山月。」這首詩歌所提的主角是一位為具有戰力之功的漢將，藉此來誇獎唐代征戰的大將軍，更以「疊鼓翻波」、「鳴笳動天山」之勢，表現豪雄氣壯的氣慨，在邊境上，亦顯一分剛建之美。

綜合上述所鋪寫情境的詩歌，可說細膩的掌握了剛建氣息的特質。首先是昂揚的氣勢，「馬上催」、「擁旄西征」、「畫戟雕戈」，將戰士與性格結合得很好，隨著笛吹疊鼓行進，揭開一場盛大戰事，形象性極強，以實境鋪陳的方式，確實將戰士的情態摹寫出來。

四、哀怨孤獨之美

哀怨孤獨之美的產生，是由於離鄉、兵戍、貶謫、思念等所造成萬般難奈的複雜情緒，就如王昌齡〈從軍行〉詩云：

> 琵琶起舞換新聲，總是關山舊別情。
> 撩亂邊愁彈不盡，高高秋月照長城。[116]

戍守邊地的將士，各種生活物件不同昔日，因為琵琶是邊地特有的樂器，軍中作樂則以琵琶樂聲的新曲隨之翩然起舞，通宵達旦宴飲盡歡的場面，心情看似愉悅，事實上樂聲的悠揚反而喚起軍士們積鬱內心許久的惆悵，呈現出充滿著人生傷感的成份。《唐詩解》認為：「奏樂所以娛心，今我起舞而琵琶更奏新聲本以相樂也，然總之為離別之

---

[115] （清）康熙御編：《全唐詩》，（北京：中華書局，1996 年。），第 4 冊，125 卷，頁 1257。

[116] 參前註，第 4 冊，143 卷，頁 1444。

情。邊聲已不堪聞，其奈月照長城乎！入耳目者皆邊愁也。」[117]可見，「邊愁」之所產生，是因為琵琶帶有異域的風情和征戰的情調，容易喚起強烈的感觸，不管是換上何種新聲奇曲，都離不開「總是關山舊別情」的哀傷情調。

另外，王維〈隴頭吟〉[118]敘述著「隴上行人夜吹笛」的長安遊俠客，夜登戍樓而不斷回想，顯示出荒涼的邊塞隴頭上的行人，正以嗚咽的笛聲來寄託自己內在的情懷，而後由吹笛的隴上征客，引出聽笛的感受，關西老將承受不住離愁之牽繫，因此駐馬聞笛獨自聆聽，更感到孤獨無依而流淚，表涵許多無奈的苦楚。

除此，王昌齡〈從軍行〉[119]提到「更吹羌笛關山月，誰解金閨萬里愁」，藉「關山月」曲調，道出征戍者離家別妻的難捨之情，則有心馳萬里、心繫家鄉的愁思，因為在遙遠邊城地區聞笛更顯孤寂。

以上詩歌皆以離人表露哀怨的情思，施肩吾〈夜笛詞〉則傳達出閨中少婦之怨，詩云：「皎潔西樓月未斜，笛聲寥亮入東家。卻令燈下裁衣婦，誤剪同心一半花。」[120]扣人心弦的笛聲，造成裁衣婦誤將同心圓剪斷一半，因為誤剪的動作，是基於思念之深所致，淡淡的流露出獨守空閨的哀感。

此外，像權德輿〈秋閨月〉[121]：「初卷珠簾看不足，斜抱箜篌未成曲。香映妝臺臨綺窗，遙知不語淚雙雙。……此夜不堪腸斷絕，願

---

[117] （明）唐汝詢選釋・王振漢點校：《唐詩解》，（河北：河北大學出版社，2001 年。）卷二十六，頁 649。

[118] （清）康熙御編：《全唐詩》，（北京：中華書局，1996 年。）第 4 冊，125 卷，頁 1257。

[119] 參前註，第 4 冊，143 卷，頁 1444。

[120] 參前註，第 15 冊，494 卷，頁 5602。

[121] 參前註，權德輿〈秋閨月〉：「三五二八月如練，海上天涯應共見。不知何處玉樓前，乍入深閨玳瑁筵。露濃香逕何愁坐，風動羅幃照獨眠。初卷珠簾

隨流影到<u>遼東</u>。」這首詩歌表達出對良人的深切思念，苦思殷切的期盼，輕輕彈奏箜篌欲求寄情，竟語噎淚流無法成調，就連靈魂精魄似乎願意隨之前行。空閨孤身的命運，暗透著濃重的感傷。

　　以上詩歌對外在景象來著墨，大都著眼於秋月、隴上、關山，這些物象，結合邊塞，成為時代共同關注的主題，從「遊俠客」與「關西老將」形象對比，道出渴望功名的宿願未能完成。也因為功名之附託，引觸出感情上的辜負。

五、悲壯傷懷之美

　　琵琶、笛、笳都是來自邊地的產物，征戍者者常藉此傳達心聲，<u>岑參</u>〈胡笳歌送<u>顏真卿</u>使赴<u>河隴</u>〉[122]曾提到「君不聞胡笳聲最悲」，把自己內在的思緒情懷與胡人所吹奏的胡笳之聲彼此聯繫，表現悲壯之情，因此，賦予胡笳聲悲傷的內涵。「紫髯碧眼」的「胡人」擁有壯碩的體格，藉此吹奏不僅渲染異域的情調，尤其在北風猛烈吹斷白草的描述，更增添幾許邊地的荒涼，胡笳樂聲因而倍增其悲，戰士赴地戍守其中亦賦予邊地風光特有的悲壯色彩。因此，在壯闊的地理環境中，悲淒的感情不言而喻。

看不足，斜抱箜篌未成曲。香映妝臺臨綺窗，遙知不語淚雙雙。此時愁望知何極，萬里秋天同一色。靄靄遙分陌上光，迢迢對此閨中憶。早晚歸來歡讌同，可憐歌吹月明中。此夜不堪腸斷絕，願隨流影到<u>遼東</u>。」第 10 冊，328卷，頁 3672。

[122] <u>岑參</u>〈胡笳歌送<u>顏真卿</u>使赴<u>河隴</u>〉：「君不聞，胡笳聲最悲，紫髯碧眼胡人吹。吹之一曲猶未了，愁殺<u>樓蘭</u>征戍兒。涼秋八月蕭關道，北風吹斷天山草。<u>昆崙</u>山南月欲斜，胡人向月吹胡笳。胡笳怨兮將送君，<u>秦山</u>遙望<u>隴山</u>云。邊城夜夜多愁夢，向月胡笳誰喜聞。」收錄於（<u>清</u>）<u>康熙</u>御編：《<u>全唐詩</u>》，（北京：中華書局，1996 年。）第 6 冊，199 卷，頁 2053。

　　李頎〈塞下曲〉[123]描述詩人因嚮往戰地邊功而寄情託懷的詩歌，詩中以「戎鞭腰下插，羌笛雪中吹。」之豪情萬丈的氣概表現出自信的情懷，從以往到現在的戍守歷程，鮮明刻劃了戰士英勇的形象與離鄉背景的心酸，傳達出悲壯傷感的情懷。

　　王維〈從軍行〉[124]與上述角度相關，詩云：「吹角動行人，喧喧行人起。笳悲馬嘶亂，爭渡金河水。」此四句是描寫邊塞激烈的戰爭場面，而號角的響徹雲宵，使得軍營的戰士為之震驚，在倉皇慌亂之下正蕭沙場之中，難免造成「笳悲馬嘶亂」的現象，然而淒涼胡笳聲與戰馬仰首長嘶悲愴交織的場面，卻在指揮若定的號令下，紀律嚴整的行軍隊伍「爭渡金河水」以迎敵抗禦，此首詩表現將士征戰之苦，以頌揚戰士的英勇以及為國立功的情志，彰顯忠貞愛國的情操，也把悲壯的審美情懷，發揮得淋漓盡致。

　　另外，劉長卿〈疲兵篇〉[125]：「自矜倚劍氣凌雲，卻笑聞笳淚如雨。萬里飄飄空此身，十年征戰老胡塵。……只恨漢家多苦戰，徒遺金　滿長城。」此詩歌所刻劃的主角，戍守邊境已整整十個年頭來看，本身就充滿悲壯的情感，原先激昂的鬥志全銷磨此地，最後只能以「漢家多苦戰」表達無限的遺恨。十年之久的征戰生涯，在苦難中成就榮耀，在犧牲中完成抱負，戰士的「煎熬戍守的歷程」與「馳騁沙場的使命」，似乎是成就人生的最終價值，卻也磨盡一生光華，因此內心

---

[123] 李頎〈塞下曲〉：「少年學騎射，勇冠并州兒。直愛出身早，邊功沙漠垂。戎鞭腰下插，羌笛雪中吹。膂力今應盡，將軍猶未知。」收錄於（清）康熙御編：《全唐詩》，（北京：中華書局，1996 年。）第 4 冊，134 卷，頁 1359。

[124] 參前註，王維〈從軍行〉：「吹角動行人，喧喧行人起。笳悲馬嘶亂，爭渡黃河水。日暮沙漠陲，戰聲煙塵裡。盡繫名王頸，歸來報天子。」第 4 冊，125 卷，頁 1236。

[125] （清）康熙御編：《全唐詩》，（北京：中華書局，1996 年。）第 5 冊，151 卷，頁 1579。

所蘊涵的其實就是一股感傷的氣息，這是在蒼涼氛圍之中所展現高揚的志氣，正是悲壯的內涵所在。

綜合上述詩歌，同樣的遼闊曠遠，壯麗的景象中呈現高揚的氣勢，藉由「戰聲煙塵」、「萬里飄飄」、「笳悲」、「馬嘶亂」等堆疊出色彩晦暗的畫面，無端的給人蕭颯冷漠之感，具現了豪壯中蘊含悲嘆的精神傾向。

第四節　聲情韻致的營造

人與樂器的搭配要能夠渾然一體，須運用得宜且和諧，才能隨心所欲，得以融入音樂的意境之中，遊刃有餘，音樂詩歌的聯結亦即如此，音樂詩歌要能營造出深遠的意境，聲情並致則是考量的必要因素，誠如趙松庭《笛藝春秋》所提到：

> 音樂的本質離不開「聲」、「情」兩個字。聲，只有組織需符合邏輯性；情，即需通過樂音所形成的藝術形象，表達人的思想感情，反映一定的社會生活。這兩者有機地結合起來了，就能做到聲情並茂。[126]

音樂的本質以聲傳情，音響發聲於外，音情隱含於內，兩相結合之下才能達到聲情並茂的效果。除此，錢穆在《現代中國學術論衡》也認為：

> 中國人一切皆貴一種共通性，而音樂尤然。每一吹奏歌唱，聲入心通，使吹奏者、歌唱者與聽者，各有一分自得心，更何況

---

[126] 趙松庭：《笛藝春秋》，（浙江：人民出版社 1985 年 3 月。）頁 10。

> 名利權力之種種雜念存其間。……歌唱聲、吹奏聲散入空間，
> 即不復聞，卻樂此不已，即所謂自得其樂，非有他念也。[127]

音樂既有這樣共通的體會，音樂詩歌的本質何嘗不是如此。長久以來，詩人摯愛音樂，各種樂器廣受詩人的寵愛與從事，音樂詩歌中所描繪的音色，常被賦予濃厚、深刻的寓意。因此對於音樂詩歌所描繪則是以「聲入心通」的方式呈現，心既有所感，就藉以詩歌語言的形式來敘述，如此則能表涵出詩人內在多樣性的思想與感情。

音樂詩歌所營造出聲情並茂的意境，也存續著某種幽微深邃的涵意或者是一些所謂的「弦外之音」，期以意蘊豐厚、韻味深長。基於此，「聲情韻致」營造，則以下列的角度來探討：

一、以情入聲—意蘊深微

「以情入聲」的傳達方式，則是詩人心中的感慨早已形成，就心中的感慨，先向外在環境營造一份足以符合心中感慨的氣氛與景象，藉此景此情的傳導之下融入於樂聲，貼切表達出內在抑悲或喜的情緒。如崔國輔〈古意〉詩云：

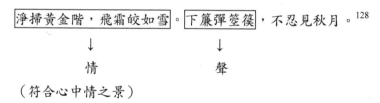

淨掃黃金階，飛霜皎如雪。 下簾彈箜篌，不忍見秋月。[128]

　　　　↓　　　　　　　↓
　　　　情　　　　　　　聲
（符合心中情之景）

---

[127] 錢穆：《現代中國學術論衡》，（台北：東大圖書公司，民 73 年 12 月初版。）頁 266-267。

[128] （清）康熙御編：《全唐詩》，（北京：中華書局，1996 年。）第 6 冊，199 卷，頁 2053。

前兩句營造的衰頹景象，加上皎月當空照耀，照應心中藏匿已久的悲傷情感，不致呈現過多人生苦悶，將心情寄託於箜篌聲，將之彈出。另外，韓翃〈漢宮曲〉亦有如此描述：

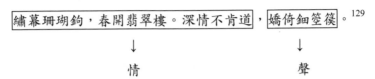

繡幕珊瑚鉤，春開翡翠樓。深情不肯道，嬌倚鈿箜篌。[129]

↓　　　　　　　　↓
情　　　　　　　　聲

描繪翠樓繡幕精緻，對應女子獨守空閨的情緒，心中蘊蓄許久孤獨寂寞而難以道出，只好以箜篌之聲傾吐內在的款款深情。

再看許渾〈聽琵琶〉詩云：

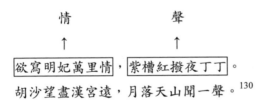

情　　　　　　　聲
↑　　　　　　　↑
欲寫明妃萬里情，紫槽紅撥夜丁丁。
胡沙望盡漢宮遠，月落天山聞一聲。[130]

詩人心中早已先蘊釀一份對昭君出塞的追念懷想，藉以「丁丁」之琵琶樂聲，遙寄一份的萬里之情，表達無限之思。

再如董思恭〈詠琵琶〉詩云：

摧藏千里態，掩抑幾重悲。[131]

↓　　　　↓
情　　　　聲

---

[129]　（清）康熙御編：《全唐詩》，（北京：中華書局，1996 年。）第 8 冊，245卷，頁 2756。

[130]　參前註，第 16 冊，538 卷，頁 6139。

[131]　參前註，第 3 冊，63 卷，頁 744。

以琵琶樂聲蘊含無限遺恨與濃重的相思之情，內在情緒則硬生生的被挖掘而出。

而張巡〈聞笛〉詩則不由自主來吹奏，而以遙聞笛聲來寄情，其詩云：

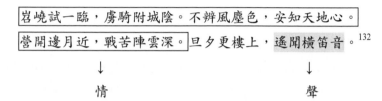

這是一首戍守邊境的描述，以「戰苦陣雲深」渲染征戰的艱苦，此時遙聞笛聲，當然將士心中會產生所有悵然之情，寄予笛聲之中，造就出幽微深邃的情感。

看杜甫〈遣懷〉詩云：

水淨樓陰直，山昏塞日斜。夜來歸鳥盡，啼殺後棲鴉。[133]

前兩句以表現愁苦孤寒的心情，一首清笳吹奏，將滿懷的愁苦全數掏出，流下兩行清淚，把詩人內心的悲苦表現殆盡。

再看郎士元〈塞上曲〉詩云：

寶刀塞下兒，身輕百戰曾百勝。

壯心竟未嫖姚知，白草山頭日出沒。→情

---

[132] 參註 129，第 5 冊，158 卷，頁 1611。
[133] 參前註，第 7 冊，225 卷，頁 2421。

黃沙戍下悲笳發，蕭條夜靜邊風吹。→聲
獨倚營門望秋月。[134]

身經百戰且百勝的塞下兒，長久面對邊塞蕭瑟荒涼的環境，即使有再大的雄心壯志，難免被銷磨殆盡，孤苦之感，眾所皆知，以這樣的情感，寄託在胡笳聲中，思鄉情懷全然被揭出。

從書寫的模式來看，是以情入聲，所以蘊有情感的句子中，滲入「聲」的效果，產生情入聲出的現象。因而，詩人將濃厚深情寄予樂聲之中，顯現歡樂聲、悲嘆聲等，這些以細膩聲音表現詩人的主觀情意，所創造出來的情感，則以寄託悲情的內涵較多。這些反映，歡樂之聲表現較為直接，情感流露較為明顯，悲情潛藏心靈深處之中，隱微之間慢慢蘊蓄而出。

二、以聲傳情──弦外之音

「以聲傳情」往往所表現的並非是音響高低或清濁的形式特色，對於耳中所聽到的任何樂音，忽然之間觸動心中的感慨，而接受聲響傳達之中所蘊含的感受，在心頭上會產生所謂「迴盪縈繞」、「低迴不已」深思心緒。亦即是原先的內在的情緒並不明顯，無形中的觸動之下才燃現情緒，這就是一種「以聲生情」的傳達，而勾引出深處情思的力量，或有弦外之音的寓意。如此的表現，誠如劉承華《中國音樂的神韻》所提到：

> 「餘音繞樑，三日不絕」，實際上並非只物理的聲音三日不
> 息而是指歌聲的那種生命狀態對聽者的生命狀態所生的塑造

---

[134] （清）康熙御編：《全唐詩》，（北京：中華書局，1996年。）第8冊，248
卷，頁2785。

過程既深且久，逾三日而仍未結束，仍然存活在感覺之中的
狀態。[135]

引文所強調的部份，認為音樂聲響是很難以具體量化的概念出現，對
人的影響感受是一種心緒意態的呈現，因此會以弦外之音的涵意出現。

而李賀這首〈李憑彈箜篌引〉詩對李憑的讚美，詩中強調其富有
如似亂石崩雲的音樂力量，造就相當強大的心靈震憾，詩云：

> 吳絲蜀桐張高秋，空山凝雲頹不流。
> 江娥啼竹素女怨，李憑中國彈箜篌。
> 崑山玉碎鳳皇叫，芙蓉泣露香蘭笑。
> 十三門前融冷光，二十三絲動紫皇。
> 女媧鍊石補天處，石破天驚逗秋雨。　→以聲傳情
> 夢入坤山教神嫗，老魚跳波瘦蛟舞。
> 吳質不眠倚桂樹，露腳斜飛溼寒兔。[136]

這是一首描寫李憑在長安暮秋之際的演奏，箜篌樂聲之美妙，使天空
的雲彩凝聚而不流。而樂聲之悲哀，讓神女二妃、素女感動到哭泣。
樂聲之清脆激越，類似「玉碎鳳鳴」般的悅耳。而曲調之幽咽，猶似
「芙蓉凝露而泣」。描繪音響之輕快，如「蘭花含香而笑」，相當別
致。詩人以聲寫聲，以形來狀聲，以及用聲音來傳達情意，寫出樂聲
之絕妙生動，有繞樑三日或響遏行雲的功力，形神皆能兼備，極富審
美的效果。

再如楊巨源〈聽李憑彈箜篌〉二首，詩云：

---

[135] 劉承華：《中國音樂的神韻》，（福州：福建人民出版社，2004 年 5 月。）
第一章〈中國音樂的美學特徵〉，頁 103。

[136] （清）康熙御編：《全唐詩》，（北京：中華書局，1996 年。）第 6 冊，182
卷，頁 1857。

　　　　聽奏繁弦玉殿清，風傳曲度禁林明。→以聲傳情

　　　　君王聽樂梨園煖，翻到雲門第幾聲。→以聲傳情

　　　　花咽嬌鶯玉漱泉，名高半在御筵前。→以聲傳情

　　　　漢王欲助人間樂，從遣新聲墜九天。[137]→以聲傳情

以「聽奏繁弦玉殿清，風傳曲度禁林明。」把箜篌的聲音，比擬為天
籟一般的美妙，傳達出一種空靈輕妙的悠遠之音。因此「君王聽樂梨
園煖」之句，道出樂音的盪氣迴腸，而產生對生命感動的情態，這是
一種難能可貴的生命體驗，而「翻到雲門第幾聲」句，提高箜篌樂音
「餘音繞樑，三日不絕。」的悠揚曲韻，強調箜篌樂所產生的深長悠遠。

　　樂音之縈迴不已的觀念，在宋・沈括《夢溪筆談》亦有相關的想
法，其云：

　　　　天下從海學琴輻輳，無有臻其奧。海今老矣，指法於此遂絕。
　　　　海讀書，能為文，士大夫多與之游，然獨以能琴知名。海之藝
　　　　不在於聲，其意韻蕭然，得於聲外，於眾人所不及也。[138]

引文所述，根據錢穆說法：「『意韻蕭然，得於聲外』，這『聲外』
就是生命，就是對內在生命律動的深入體驗、感受、把握和表現。」[139]
這份生命意涵是旁人所不能及，具有個人獨特性質，因此音樂詩歌之
中是否有「以聲傳情」的方式，則作以下探討。

　　如陳叔達〈聽鄰人琵琶〉詩云：

---

[137]（清）康熙御編：《全唐詩》，（北京：中華書局，1996 年。）第 12 冊，390
　　卷，頁 4392。

[138]（宋）沈括《夢溪筆談校證・樂律》，（台北；世界書局，民 50 年 2 月初版。
　　頁 232。

[139] 錢穆：《現代中國學術論衡》，（台北：東大圖書公司，民 73 年 12 月初版。）
　　頁 104。

本是龍門桐，因妍入漢宮。香緣羅袖裏，聲逐朱弦中。→聲
雖有相思韻，翻將入塞同。關山臨卻月，花蕊散迴風。

↓

情

為將金谷引，添令曲未終。[140]

聽鄰人彈琵琶，因為樂聲的觸動，聯想到歷史上王昭君與琵琶的關係，所以詩歌所述之「聲逐朱弦中」，道出羅袖纖手彈撥琵琶的情態，「相思韻」則以琵琶樂聲傳頌相思情韻，憶起昭君居處異域的相思情意。

看羊士諤〈夜聽琵琶〉詩云：

掩抑危弦咽又通，朔雲邊月想朦朧。→聲
當時誰佩將軍印，長使蛾眉怨不窮。[141]→情

此詩描寫琵琶樂從指間流瀉而出的幽咽之聲，加上北方雲彩，邊地之月，才又回神自己所身處異地的蒼涼。因而藉以傳達軍士將帥戍守的豪壯之情以及美人在故鄉幽思之懷的兩種不同的情感。韋應物〈野次聽元昌奏橫吹〉詩也提到如此情意表現，詩云：「立馬蓮塘吹橫笛，微風動柳生水波。北人聽罷淚將落，南朝曲中怨更多。」[142]在吹響笛聲的觸動之下，道出北人淚水滴落不止，而南地所感受到濃愁更多且深，為何有這南北不同情感的差異？北人只感染其聲，殊不知南人卻得兼懷人情與家園，當然更能憾動心腸，悠遠牽繫令人愁腸萬縷，銷魂不已。而李白〈春夜洛城聞笛〉詩云：

---

[140] （清）康熙御編：《全唐詩》，（北京：中華書局，1996 年。）第 2 冊，30
　　卷，頁 430。
[141] 參前註，第 3 冊，63 卷，頁 744。
[142] 參前註，第 6 冊，193 卷，頁 1990。

　　誰家玉笛暗飛聲，散入春風滿洛城。→聲
　　此夜曲中聞折柳，何人不起故園情。[143]→情

以玉笛吹奏之聲響，散入洛陽城，以笛音綿長延展的特性，聯繫了某一特定的地點，因此曲調聲響之中，似乎寄予一份對故園家鄉的無限情意。另一首李白〈觀胡人吹笛〉詩云：

聲

↑

　　胡人吹玉笛，一半是秦聲。十月吳山曉，梅花落敬亭。
　　愁聞出塞曲，淚滿逐臣纓。卻望長安道，空懷戀主情。[144]

↓

情

則以玉笛吹起「出塞曲」，曲調聲響極盡表達無窮的愁緒，不僅有「淚滿逐臣纓」送別者涕泣之淚，亦有征行者追念昔日的情懷，表達聽笛的心情。看王昌齡〈胡笳曲〉詩云：「自有金笳引，能霑出塞衣。」[145]此述金笳一被吹起，其感動的程度便讓征戰者濕透征衣，再則令人掩涕不止而燃現歸與之情。

　　再看岑參〈酒泉太守席上醉後作〉詩云：

---

[143]（清）康熙御編：《全唐詩》，（北京：中華書局，1996 年。）第 6 冊，184卷，頁 1877。

[144] 參前註，第 6 冊，184 卷，頁 1877。

[145] 參前註，第 4 冊，142 卷，頁 1438。

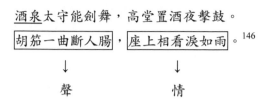

其實能夠參與<u>酒泉</u>太守的宴集，應是歡欣鼓舞的場面，舞劍、擊鼓、喝酒是極盡享樂且酣暢的事，而料想不到的是一曲笳樂聲調卻翻攪起一池思鄉之波瀾，戍守的壯志剎那間被瓦解殆盡，使人肝腸寸斷，征人的淚水如同雨水一般傾注而下，難以停歇。

　　而<u>岑參</u>〈秋夜聞笛〉詩云：

　　<u>天門</u>街西聞搗帛，一夜愁殺<u>湘南</u>客。
　　<u>長安</u>城中百萬家，不知何人吹夜笛。[147]

此詩以聞聲生情的手法，寫出夜聽搗帛之聲而愁殺不已，「愁殺」二字凝聚著詩人對思婦的深切之同情，對自己仕途不遂的失意感與對家鄉的思念等複雜的情緒。「搗帛」是思婦在寒秋季節為征戍在外的丈夫趕製征衣的準備工作，寄寓著多少思君之情。詩人在聽到聞搗帛聲的同時，聽聞夜笛之聲，把「夜笛聲」和「搗帛聲」二者聯繫起來，通過這兩種聲音而將自己主觀的情感與思婦征人的愁苦融為一體。

　　綜合上述，「以聲傳情」的表現方式，大都以樂器的聲響來起興，或用此作為聯想，以想像的作用，表達自己在人生路上的歡喜憂傷，對己而言，也表達其深沉的自省與冷靜的處理態度。亦即是以聲音融入情感深處，中間過程大都透過移情、想像、聯想、創造、解釋等作

---

[146] （清）<u>康熙</u>御編：《全唐詩》，（北京：中華書局，1996 年。）第 6 冊，199 卷，頁 2051。
[147] 參前註，第 6 冊，201 卷，頁 2107。

用，經過這些作用的媒介之後，才完整彰顯感情的深切，以及所賦予的一番涵意。

三、聲情並茂—審美韻致

　　音樂詩歌最能達到完美的呈現，是樂聲中傳達情意，情意之中又蘊含樂聲，不管由聲入情或者是情意蘊聲之中，都能展現聲情並致的審美風格。

　　如李白〈與史郎中欽聽黃鶴樓上吹笛〉詩云：

> 一為遷客去長沙，西望長安不見家。→情中蘊聲
> 黃鶴樓中吹玉笛，江城五月落梅花。[148]→聲中傳情

詩中已強調遷客離別之情，在「黃鶴樓中吹玉笛」運吹之下，更顯感傷，所有離別之情與貶謫不遇之心，全寄託在笛聲之中。李白先以抒情方式道出淒涼、孤寂的心緒，後又因聞笛聲，造就出景物的形象，景物又寓有情感。在情—聲—景—情之糅匯而一，結合天衣無縫，相當絕妙。再看白居易〈聽李士良琵琶〉詩云：

> 聲似胡兒彈舌語，愁如塞月恨邊雲。→聲中傳情
> 閒人暫聽猶眉斂，可使和蕃公主聞。[149]→情中蘊聲

首句以「胡兒彈舌語」來擬琵琶樂聲，後句則以「塞月邊雲」來喻愁恨，展現聆聽琵琶樂音者眉蹙心愁的狀態，有聲有情，聲情並茂，貼切聲情互依的表現。

　　白居易另一首〈春聽琵琶兼簡長孫司戶〉詩云：

---

[148] （清）康熙御編：《全唐詩》，（北京：中華書局，1996年。）第6冊，201卷，頁2105。

[149] 參前註，第13冊，439卷，頁4895。

四弦不似琵琶聲，亂寫真珠細撼鈴。

指底商風悲颯颯，舌頭胡語苦醒醒。→聲中傳情

如言都尉思京國，似訴明妃厭虜諫。

遷客共君想勸諫，春腸易斷不須聽。[150]→情中蘊聲

這首詩強調琵琶聲響，尤其「指底商風悲颯颯，舌頭胡語苦醒醒。」之句，以「商音」傳「颯颯之悲」，而以「胡語」道「醒醒之苦」，情意之悲嘆有如都尉思京想家的情緒，抑或是明妃厭虜泣訴一般的思懷，聲中傳情，情中蘊聲，聯繫綿長細密的關係。

此外，宋之問〈詠笛〉詩云：

羌笛寫龍聲，長吟入夜清。關山孤月下，來向隴頭鳴。

↓

以聲傳情

逐吹梅花落，含春柳色驚。　行觀向子賦，坐憶舊鄰情。[151]

↓　　　　　　　　　↓

以情蘊聲　　　　　　以聲傳情

首句寫聲，二句道情，三四句則是景中籠罩羌笛之聲，聲中又傳達出「含春柳色」的驚嘆，以及「坐憶舊鄰」的情感，有聲有情，相當動人。最後，則看岑參〈梁州陪趙行軍龍岡寺北庭泛舟宴王侍御〉詩云：

誰宴霜臺使，行軍粉署郎。唱歌江鳥沒，吹笛暗花香。

酒影搖新月，灘聲咽夕陽。江鐘聞已暮，歸櫂綠川長。[152]

---

[150]（清）康熙御編：《全唐詩》，（北京：中華書局，1996年。）第13冊，440卷，頁4909。

[151] 參前註，第2冊，52卷，頁643。

[152] 參前註，第6冊，200卷，頁2083。

詩中「唱歌江鳥沒，吹笛暗花香。」之句，描述原先悅耳的鳥啼聲因
倦鳥歸巢後，聲音逐漸隱沒在自然景物之中，隨之而起的是輕笛樂
音，笛聲則在自然景界之中傳頌著輕快的心情，聲情並致，獨特性十
足。因此前四句是情中蘊聲，後四句則是以聲傳情。

　　詩歌要能情韻相生，音樂亦要有音韻的產生，獨具別致的美感。
因此，音樂詩歌中所表現的聲情並致的情況，是藉由聲、情互相滲透，
形成一種聲情相諧的模式。因此，必須凝聚韻味，有韻味則有境界，
這應該就是陸時雍所說：「有韻則生，無韻則死。有韻則雅，無韻則
俗。有韻則響，無韻則沉。有韻則遠，無韻則局一如意、情、氣、味
要加上韻字，方能成為最高審美範疇。」[153]可見，音樂詩歌所要表現
的也是一種韻味、一種藝術，代表著時代特有的精神、生活風貌以及
審美聲情的意趣。

第五節　　生命情調的境界

　　詩人重情感，也重視個體生命意識，追求人生的態度，更懂得如
何撫慰心靈的創傷。從抒發情感的悲涼與哀怨來看，通常是來自詩人
基於生命短暫且世事無常以及仕途未遇的人生體驗，因此以悲傷為
感，以人生際遇為題，抒發出本身對情感的基本認識，所以遷謫之悲
哀能表露沉鬱哀絕的心情，如此則揭示以悲傷為感的風貌，以悲情來
抒發自己，藉此化就為審美的內在感受，而詩人生命意識中「審美」

---

[153] 陸時雍：《詩鏡總論》，（北京：中華書局，1983 年。）收錄於《歷代詩話
　　續編》，頁 1423。

的價值取向，有許多是來自那些邊戍遊子或懷才不遇的詩歌內涵，以體現情深辭茂的藝術風格。誠如宗白華《美從何處尋》所云：

> 藝術家以心靈映射萬巷，代山川而立言，它所表現的是主觀的生命情調與客觀的自然景象交融互滲，成就一個鳶飛魚躍、活潑玲瓏、淵然而深的靈現；這靈境就是構成藝術之所以為藝術的「意境」。意境是「情」與「景」底結晶品。[154]

這其實就是情景相生相融的概念，景象中投射出詩人的主觀情感，似乎也涵蓋詩人在詩歌創作上的真實寫照以及基本態度，詩人所匯集的外在景象，也如同詩人終究要完成的使命一般，這就是所謂詩歌美感的藝術境界。從唐代音樂詩歌的表現來看，有些已不再是音樂彈奏器樂本身，恐怕是詩人所思所感而結合的內涵，以及所欲表現的整體美感，基於此，把感情思想予以投入在詩樂之中，才得有意境的產生。

此外，在葉太平《中國文學的精神世界》一書也得見強調，其云：

> 中國古代作家人格精神……都是一種審美塑造，……一方面創造作品，創造其中的形象和境界，一方面塑造自我，使之臻於美好的人格精神境界。[155]

上面所述，則能證實這樣的說法，詩人在創作之際，會強調自我的形象與詩歌境界的建立，以達到美好人格的精神層面。

音樂詩歌之器樂表現，通過詩人審美移情的角度，因而有了情感與生命的觀照，因為樂器在被以文字來描繪音樂性質時，則以浸透詩

---

[154] 宗白華：《美從何處尋・中國藝術意境的誕生》，（台北：駱駝出版社，民76 年 8 月。）頁 65-66。
[155] 葉太平：《中國文學的精神世界》，（台北：正中書局，民 83 年 12 月。）第 2 章〈人格精神〉，頁 66。

人主觀情感，樂器本身被意象化了，使得音樂中可以飽含詩人情感的投射與生命的寫照。例如：韓翃〈漢宮曲〉：「深情不肯道，嬌倚鈿箜篌。」[156]此詩將女子深切的情思，寄託在箜篌的樂器上，其樂器所彈出的音響，則代表著女子內心所欲傾吐的心聲。

而董思恭〈詠琵琶〉詩則將琵琶音調之掩抑悲涼的特性，透過女子彈奏的清朗音響，代表一份相思情意的傳遞，正所謂「駛彈風響急，緩曲釧聲遲。空餘關隴恨，因此代相思。」[157]之呈現。上述所提的內容，詩人都是藉女子的角度，表達柔情深意，此是其移入情感於樂器中的表現。

此外，杜甫〈十六夜玩月〉云：「孤城笛起愁」，訴出笛能生愁。另外杜甫〈吹笛〉[158]詩，也因「吹笛秋山風月清，誰家巧作斷腸聲。」因而「故園楊柳今搖落，何得愁中曲盡生。」表述孤城塞外和故園別情之間兩相糾結的矛盾，所衍生出的愁緒。相關敘述亦得見戴叔倫〈邊城曲〉[159]詩，其云：「人生莫作遠行客，遠行莫戍黃沙磧。」否則異

---

[156] 韓翃〈漢宮曲〉：「繡幕珊瑚鉤，香閨翡翠樓。深情不肯道，嬌倚鈿箜篌。」收錄於（清）康熙御編：《全唐詩》，（北京：中華書局，1996 年。）第 8 冊，245 卷，頁 2756。

[157] 參前註，董思恭〈詠琵琶〉：「半月無雙影，金花有四時。摧藏千里態，掩抑幾重悲。促節縈紅袖，清音滿翠帷。駛彈風響急，緩曲釧聲遲。空餘關隴恨，因此代相思。」第 3 冊，63 卷，頁 742。

[158] 參前註，杜甫〈十六夜玩月〉：「舊把金波爽，皆傳玉露秋。關山隨地闊，河漢近人流。谷口樵歸唱，孤城笛起愁。巴童渾不寢，半夜有行舟。」以及杜甫〈吹笛〉：「吹笛秋山風月清，誰家巧作斷腸聲。風飄律呂相和切，月傍關山幾處明。胡騎中宵堪北走，武陵一曲想南征。故園楊柳今搖落，何得愁中曲盡生。」第 7 冊，230、231 卷，頁 2530、2550。

[159] 參前註，戴叔倫〈邊城曲〉：「人生莫作遠行客，遠行莫戍黃沙磧。黃沙磧下八月時，霜風裂膚百草衰。塵沙晴天迷道路，河水悠悠向東去。胡笳聽徹雙淚流，羈魂慘慘生邊愁。原頭獵火夜相向，馬蹄蹴蹋層冰上。不似京華俠少年，清歌妙舞落花前。」第 9 冊，273 卷，頁 3071。

地生活足以令人產生「胡笳聽徹雙淚流，羈魂慘慘生邊愁。」的痛苦，上述兩首同樣為塞外常見且頻用的笛、笳樂器，樂器本無愁，而是遠成邊塞的征行客所移入的情緒，才得以感到如此真切與悲痛。

　　如此看來，生活體驗出的情感是表現詩人生命情調的最主要的來源，然而情感是一種抽象的概念，其成份又該如何來呈現？根據成復旺《神與物遊—論中國審美的方式》所云：

> 情作為一種心理感受，本來就很難用邏輯性的語言來表達。越是深沉、強烈的感情，就越是難於直接說出。……要用語言來表達，就必須借助於有形可見的具體事物。[160]

引文提到，情感是一種心理感受的反映，尤其是濃烈情感的表露方式，除了以語言來表達外，還必須適時的借助有形可見的具體事物，才能表現貼切，趨近真實描繪的角度。如果以音樂詩歌而言，樂器則是一種有形可見，並且可觸、可聽、可感的物件，因此，內在心緒的呈現則適合以樂器的吹彈來抒發，如此運用，就變成一種抒發人類情感的最佳方式。

　　若以歡樂情緒而言，歡舞音樂既可引導、體現詩人的內心情感，又可以營造出一個充滿美感、舒暢的愉悅氛圍，如果再以悲哀情緒來看，往往就在歌舞音樂的氛圍中，會達到「以悲為美」、「以傷為感」的境界。即使以形象生動來表現歌舞音樂的藝術魅力與感染作用，詩人用哀情來抒發，在歌舞音樂高潮後而達到極盡，更會以強烈感情來抒發，因此字裡行間仍見其慷慨悲涼的心緒。

---

[160] 成復旺：《神與物遊—論中國審美的方式》，（台北：商鼎文化出版社，民81年4月1日初版）第三章緣心感物（下），頁152。

　　音樂具有怎樣的特徵，可以傳遞詩人的內在情感，劉承華則認為云：「音樂在審美品格上有三種特徵：是它那特有的疏闊、空靈的意境，聽起來有一種「蕩胸滌腑」的感覺，它直接把這空靈的意境裝進你的胸腔，或把你的胸腔擴大為宇宙之境，使自然界中的空靈之境與你的心靈感受融合一體，使你真切而深刻地體驗到自己心胸的闊、空靈和潔淨，從而忘卻世間的一切煩惱，感受一下心靈的絕對自由和輕鬆。」[161]如此看來，這應該是詩人獨特的情感表現，因為外在事物常是引發詩人內在心靈起伏活動的因素，因此詩人的心靈與感情也往往藉助外在物色的具體形象作為呈現。可見，透過樂器之形，以滌盪胸腑的意義，所造就自我心靈的境界，則被認為是重要的主題。

　　詩人對生命意識的覺醒，會慢慢轉向個人自我，個體意識得到喚醒之後，自我價值才能得到肯定，欲生懼死，揚善貶惡，傳達出依戀人生的存在價值與嘆惜人生已逝的生命意識，此生命意識與存在價值則會滲入詩人的生活，亦反映在詩文創作的內容之中，因此，音樂詩歌對詩人們生命情調的表現，大致有下列的情況：

　　1. 有沉重低迴、淒楚悲涼的生命詠嘆之曲調。

　　關心自我的存在價值，對於物質的享受，以及個人的前途境遇、生命的意義，則較以追逐個人榮耀，實現自我理想，眷戀人生也渴求生命，珍重自我生命意識的提昇等角度作為基本態度。

　　2. 對生命易逝、歲月淹忽的憂慮情緒為基調。

　　常會假借立功來建立名聲的意圖，藉以實踐個人的自我價值，使有限生命獲得無窮無盡的精神層次。

---

[161] 劉承華：《中國人文闡釋》，（上海：上海音樂出版社 2002 年 10 月。）頁 91。

3. 遊子思婦的離情別緒，以各據一隅來互相寄情託意為主題。

筆調上則從社會現實面去作呈現，有的表達深思不捨之情，抑或強烈提出社會現實的無情，這些反映往往是貼入到詩人的心靈世界，有深刻的情懷與深層不滿的意涵。

4. 藉器樂形態之美與樂音之諧，表現審美情趣的境界，以映襯完美人生的描繪。

基於此，也進一步對其生命意識的表現予以密切結合，並揭示內在的期許與深切的熱望。

總括來說，詩人對生命的情調是來自理想與現實的衝突，其感傷的基調是源自內在心理與外在境遇所產生的矛盾，或者是因為背道而馳的衝擊之下所產生的影響，才得以抒發出詠嘆性的詩歌，詩人對於自己本身、社會強烈的責任感以及國家憂患意識的宣洩，都是代表內在心聲的展現，以及對人格精神的慰藉。因此，詩人們歷經大唐帝國的洗禮與薰息，音樂詩歌除了女性柔情的反映外，亦容易表現較強烈的節奏與音律，這股較為澎湃高亢的音樂詩歌，在這樣金玉盛世正好提供這樣的要求和條件，不僅可以適切地開展異域獨特的精神與氣魄，並體現當時社會中幽婉的世俗情調。

第八章　結論

　　先秦時代強調樂教的觀念，因此對於音樂的要求，常以禮儀規範成為主體性。而後漢魏晉唐時代重視自由與享樂，對音樂性而言，強調娛悅人心，因此箜篌、琵琶、笛、胡笳等有強烈的喜愛。尤其這四種樂器音色的親切和婉、韻律悠長，能給予人心自然流暢的感覺，能適切人情意性。

　　唐時代音樂性的豐富多彩，能夠產生許多不同絢爛清麗的音樂特色，並以運用聽覺的角度去領略，且生動記錄四周環境的情調氣氛與內在情意，造就了人物心靈的委婉起伏，能夠激盪人心的意境。是故，音樂素養較高者則願意從事各種樂器演奏的活動，以抒發情感，而文學造詣高者則以此作為描摹，用簡易的音樂觀念與想法訴諸在自我的詩歌創作之中，期以流露真實的內在情意，因而在彼此交織匯集之下，融現獨特的意涵。

一、從樂器的進展來看

　　人類跟著時代不斷的進步，文學的程度也隨之提升，而樂器勢必亦會以多元的的角度來進化。因為文學與樂器要能有發展，是必須具有進化的痕跡，才能有更創新的概念。可見，不管文學、樂器的部分，都是代表一種進化觀念的產生，如果拘守在某一定點而停滯不前，對後代各項發展是有以其限制並停滯不前。

　　若以細部而詳實一點來看，胡樂器傳入唐後，原先舊有的形制會產生演變，有些會沿襲用舊有名稱，或者以「胡」字區別漢制的樂器。

有時經過常期浸息融和的觀念而漢化，賦予創新的概念。這些因素都是交流頻繁以及漢、胡相融的觀點所帶來的進化觀念，可見形制的大小、弦數與孔數的多寡，針對各個階段會有所增添或減少。這樣的觀念，是廣為人所接受的，沒有外來刺激是不容易有改革進步的空間，因為外來的刺激，可以促進本土中原改革與修正的腳步。

二、樂器的內在本質

1. 以箜篌樂器而言

箜篌樂給予人的感受是緊實、質樸，加上音箱設置明顯，共鳴性較好且大，因此迴音效果較長或久，總是表現出深厚的情感以及圓容飽滿的感覺。

2. 以琵琶樂器而言

魏晉南北朝時，由西域樂工引進一種龜茲琵琶，將彈弦的樂器開展出全新的風貌。由於琵琶音箱是以隱藏在「　弦」之下，共鳴度較小，因此聲音表現十分厚實，且靈活度很高，因而表現力更是豐富多采，風格更為多樣化，琵琶的崛起，在唐代的社會地位上的確是躍居主流之勢。琵琶樂器於演奏時，適合表現從容悠閒的曲調，此外，也因為這種彈撥樂器能交疊互錯的技巧與音響，恰可將雄壯氣闊的特徵發揮得淋漓盡致，尤其琵琶的出音速度較快，若再加上運用繁複指法所產生的不同效果，更使它具有樂音的繁密富麗，鋪麗美飾的風格，琵琶樂聲的鏗鏘響亮猶似金石相碰撞的聲音，因此總展現出活潑朝氣的氣息。

3. 以笛樂器而言

笛身的小巧細緻，而攜帶方便，又由於吹奏的音響效果雖是單音吹出，卻可以串聯成樂，有飄遠飛揚之態勢，因此具有綿長的曲調和靈活吹奏的特性，將綿密細長的曲聲與詩歌情意聯繫，表達居處中原者以此聲傳達離別不捨之情。

而在戍守邊地者，所刻畫大多從具體戰爭的勝負與雙方力量彼此牽制來著眼，加上邊地寒苦，士卒辛勞，不平待遇，投身於此，前程難定，生活相當艱苦，而表露幽苦卓絕的剛強毅力與慷慨磊落的氣勢。而維繫笛聲隨風散入家鄉所產生的思鄉之情外，也會迴盪在波騰瀚海及廣天闊地之中，響起邊境特有的笛聲，顯現蒼涼與寂寞，此份心思也隨著笛聲飛越時空的極限，飄向中原故鄉，一方面寄託失意之感的哀怨情懷，在青山斜陽之外，笛聲遠揚，已深遠傳入天地之間，展現浩瀚寬廣的境界。

這種飄忽而遠上的悠揚曲性，能與鬥志提昇而躍上，融作一番響應與結合，而賦予著提振士氣的力量，作為人心之慰藉與豪邁之情的寄託。因而有詩人逸興風發、剛健豪壯的精神風貌，亦開展他們的理想情志。

4. 以筇樂器而言

筇樂最早是作吹鞭，用來穩定馬匹使其步伐一致，或者是以節撫威儀、正身端肅之用。也由於征行者來回邊塞之間，或居戍邊境之地，以此筇傳遞內心積藏許久的抑鬱，傳達出悲愴淒冷的氣氛。

三、從樂器入詩之聽覺來看

　　結合上面的敘述，順可考察樂器入詩後，詩歌中對於各樂器的聽覺效果是如何呈現？以絲弦樂器的箜篌、琵琶來看，大都是藉由外在客觀的聲音或是景象來表現樂器聲音的特色，藉以符合音樂傳聲上的聽覺意識，因此領略的角度較為客觀。以箜篌而言，「初調鏘鏘似鴛鴦水上弄新聲，入深太清仙鶴游秘館。」對於樂曲的彈奏，剛開始是以鴛鴦戲水所撥弄的聲音，以表達歡樂清新；繼而又仙鶴翔游仙府之喻，以表達聲音的瀟灑飄逸。以琵琶而言，「百萬金鈴旋玉盤」把彈奏轉入高潮，用百萬個金鈴在玉盤中旋轉的比喻，讓人感受到珠圓玉潤的清亮快意，有如圓舞曲一般的輕柔流暢。

　　而管樂器的笛聲，則大都以描述性的語言，或者是以曲調之特性去傳達出笛聲的意境，感受上較為主觀。如「胡人吹笛戍樓間，樓上蕭條海月明。」以描述性的語言，營造出蕭瑟的氛圍，並吹響笛聲，去激染起廣泛的共鳴。再如「羌笛梅花引，吳溪隴水情。」即是以曲調性質去傳達悲淒，因為「梅花落」曲調是表現衰頹；而隴頭流水，其聲幽咽則故。

　　不管是蔡琰所制作之胡笳十八拍或者是胡人因思慕文姬以捲蘆葉為吹笳，二者皆是奏出哀怨之聲。因此「胡笳十八拍」及「胡笳曲」聲調淒涼哀怨，對於笳樂所傳達的聽覺感受則賦予一份「胡笳聲最悲」的定義，因此所傳達出的感受多半以淒厲哀傷。如「自有金笳引，能沾出塞衣。」即是以「胡笳曲」表現出感染力量，傳達游客思歸故土之情。

四、從樂器入詩之意涵來看

詩人將樂器入詩，基本上是以聲音來暗透情意，因此音樂詩歌的領略，必從聽覺來感受，聽覺是樂器音響的最直接的反映。基於此，詩人試圖以樂器之音響融入詩歌之中，以聽覺的感知能力來傳達內心之所想，其中應有其特殊表現的內容，針對前所描述的角度，將其所要表現的意涵總以歸納如下：

1. 平邊建功之豪志

男兒志在邊關迎敵奮戰，無非是祈求一份戰功以慰自我意志的彰顯，如「上將擁旄西出征，平明吹笛大軍行。」或是「願言吹笛退胡兵」，即表現出立志沙場的豪情與壯志。

2. 戍守邊地之悲壯

堅守邊塞的戰士，短時間無法回鄉，常以吹笛的方式來提振士氣，也舒展內心思鄉的情懷，如「胡笳聲最悲」以笳聲之悲來吐露苦悶心緒，抑或以笛音藉風力的吹揚，飛聲於天涯之外，將情緒傳回家鄉，雖促使風月人事的增愁，但也用以託懷。除此，「琵琶寫出關山道」、「更聞橫笛關山遠」、「何處吹笳薄暮天」、都能揭露邊地的無情與辛酸，在壯志未酬之際，增添幾許酸楚悲哀。

3. 遷謫流放之無奈

遷謫流放表明自己不受君主之賞賜，外放他地，一時之間心情意態也難以平撫，常會出現「人在江湖，心在朝廷」的萬般無奈，因此以「黃鶴樓中吹玉笛」方式，道出對「西望長安」的留戀，以笛點出心情。抑或以「不言不寐彈箜篌」的情緒，表現遷客的苦悶之情。

4. 相思情感之依戀

對歸期難卜的不確定性，總帶有幾分惆悵，即使藉箜篌寄情，卻是「歷亂五六弦」，剪不斷理還亂的深切相思，全然揭出昔日依捨難分的情意，因此有「江聲怨嘆入箜篌」、「琵琶淚濕行聲小」之寄情。由於離別日久，造成思念之深刻，思君神情的專注，總出現幾許的無奈，但有時也會有「誤剪同心圓」的失神，因此思婦在百般聊賴之時，彈吹樂器以輕唱之，試圖用美妙的音樂來驅散心頭愁雲，且寄情託意。

5. 技藝素養之深厚

樂器技藝的彈奏各有其卓絕高手，如「酒樓吹笛是新聲」的李謨，或者是「誰能截得曹剛手」、「一聽曹剛彈薄媚」的曹剛。除講究其素養深厚外，也相當重視傳承的觀念，如「段家弟子數十人」教導學生不遺於力；或「玄宗偏許賀懷智，段師此藝還相匹」傳頌惺惺相惜之美名，人生能有此譽則無所遺憾。

綜觀上述主題，有關音樂詩在整個唐代所存在意義，可以看出音樂與詩人之間的聯繫，詩人都有實際聆聽經驗，以音樂反映情志意向、對於社會現實的不滿或希望，一併寄託在這種音樂的精神活動上，抒情託懷成為習性，因而以音樂投射於詩歌中便是重要的要件，也成為詩歌之潮流。此外，有些詩人對音樂有濃厚的興趣，並且具有演奏的經驗，對各樂器的描繪，較偏重技巧的表現。

不管如何，音樂詩的創作，是由於詩人本身沉浸在音樂的領域之中，因而有了創作的對象。相對地，詩人所吸收各方音樂的特色，在創作時，也會注入中原本有的原始風格，致使出現為數不少的音樂詩，開展寬廣的視野。

【附錄】

一、唐代十部伎樂器使用圖

	讌樂	清樂	西涼	高麗	天竺	龜茲	疏勒	安國	康國	高昌
鐘		●	●							
磬	●	●	●							
琴		●								
瑟		●								
筑	●	●								
節		●								
鼓		●								
篪		●								
		●								
（以上為雅樂器）										
箏	●	●								
笙	●	●	●	●		●				
笛	●	●	●	●	●	●	●	●	●	●
簫	●	●	●	●		●	●	●		●
擊琴		●								
臥箜篌	●		●	●						
搊箏			●	●						
彈箏			●	●						
齊鼓			●							●
擔鼓			●							●
連鼓	●									
鞀鼓	●									
浮鼓	●									
方響	●									

吹葉	●									
（以上或列為俗樂器）										
琵琶	●	●	●	●	●	●	●	●		●
豎箜篌	●	●	●	●		●	●	●		●
篳篥	●		●	●		●	●	●		●
（以上或列為舊胡樂器）										
五弦	●		●	●	●	●	●	●		●
鳳首箜篌					●					
腰鼓										
羯鼓					●	●	●			●
雞婁鼓						●	●			●
答臘鼓						●	●			●
都曇鼓					●	●				●
毛員鼓						●				
正鼓								●	●	
和鼓								●	●	
銅鼓					●					
銅鈸	●		●		●	●		●	●	
貝			●	●	●	●				
雙篳篥								●		
桃皮篳篥				●						
義觜笛				●						
銅角										●
（以上或列為新胡樂器）										

◎ 資料來源：參看梁在平〈唐代音樂〉一文，此文收錄於載粹倫等著《中國音樂史論集》，台北：中華文化出版事業社，1960 年 3 月。

二、唐代箜篌樂詩一覽表

詩題	作者	詩句	冊/卷/頁
贈崔二安平公樂世詞	張說	江聲怨嘆入箜篌	3/86/941
古意	崔國甫	下簾彈箜篌	4/119/1204
偶然作	王維	趙女彈箜篌	4/125/1254
明妃曲	儲光羲	朝來馬上箜篌引	4/139/1419
留別岑參兄弟	王昌齡	且莫彈箜篌	4/140/1428
箜篌引	王昌齡	不言不寐彈箜篌	4/141/1436
公無渡河	李白	箜篌所悲竟不還	5/162/1680
箜篌謠	李白	漢謠一斗粟	5/162/1686
冀州客舍酒酣 貽王綺寄題南樓	岑參	有女彈箜篌	6/198/2030
漢宮曲	韓翃	嬌倚鈿箜篌	8/245/2756
李供奉彈箜篌歌	顧況	國府樂手彈箜篌	8/265/2947
王郎中妓席五詠—箜篌	顧況	高張苦調響連宵	8/267/2968
王敬伯歌	李端	侍婢奏箜篌	9/284/3240
宮詞	王建	十三初學擘箜篌	10/302/3441
秋閨月	權德輿	斜抱箜篌未成曲	10/328/3672
聽李憑彈箜篌	楊巨源	聽奏繁弦玉殿清	10/333/3738
送李翱習之	孟郊	箜篌醉中搖	12/388/4378
樓上女兒曲	盧仝	卷卻羅袖彈箜篌	12/390/4392
李憑箜篌引	李賀	李憑中國彈箜篌	12/390/4392
箜篌引	李賀	公乎公乎	12/393/4427
六年春遣懷	元稹	殘弦猶迸鈿箜篌	12/404/4513
霓裳羽衣歌	白居易	玲瓏箜篌謝好箏	13/444/4971
效古詞	施肩吾	初學箜篌四五人	15/494/5593
贈女道士鄭玉華	施肩吾	猶是箜篌第幾弦	15/494/5599
公無渡河	陳標	獨將遺恨付箜篌	15/508/5769
箜篌	張祜	深簾調更高	15/510/5813
楚州韋中丞箜篌	張祜	千重鉤鎖憾金鈴	15/511/5844

代贈	李商隱	獨映鈿箜篌	16/539/6151
擬意	李商隱	佯蓋臥箜篌	16/541/6251
公無渡河	李咸用	箜篌遺淒涼	19/644/7379
宮詞	和凝	起來重擬理箜篌	21/735/8399
陽春歌	吳象之	欲起抱箜篌	22/777/8800
贈鄭女郎	薛媼	能彈箜篌弄纖指	23/799/9859
嘲妓	崔涯	紙補箜篌麻接弦	25/870/9859
詠傴背子	蔣貽恭	恰似箜篌不著弦	25/870/9872

三、唐代琵琶樂詩一覽表

詩題	作者	詩句	冊/卷/頁
弔白居易	宣宗	胡兒能唱琵琶篇	1/4/49
聽鄰人琵琶	陳叔達	聲逐朱弦中	2/30/430
琵琶	李嶠	本是胡中樂	3/59/709
昭君怨	董思恭	琵琶馬上彈	3/63/742
詠琵琶	董思恭	掩抑幾重悲	3/63/744
奉和送金城公主適西蕃應制	閻朝隱	琵琶道路長	3/69/771
倡女行	喬知之	不用琵琶喧洞房	3/81/876
明月	李如璧	胡人琵琶彈北風	4/101/1081
渭城少年行	崔顥	可憐錦瑟箏琵琶	4/130/1324
古塞下曲	李頎	琵琶出塞曲	4/132/1338
古從軍行	李頎	公主琵琶幽怨多	4/133/1348
古意	李頎	慣彈琵琶解歌舞	4/133/1355
從軍行	王昌齡	琵琶起舞換新聲	4/143/1444
王昭君歌	劉長卿	琵琶弦中苦調多	5/151/1579
涼州詞	王翰	欲飲琵琶馬上催	5/156/1605
涼州詞	孟浩然	作得琵琶聲入雲	5/160/1668
夜別張五	李白	琵琶彈陌桑	5/174/1781
白雪歌送武判官歸京	岑參	胡琴琵琶與羌笛	6/199/2050
涼州館中與諸判官夜集	岑參	琵琶一曲腸堪斷	6/199/2055
酒泉太守席上醉後作	岑參	琵琶長笛曲相和	6/199/2055
田使君美人舞如蓮花北鋌歌	岑參	琵琶橫笛和末匝	6/199/2057
詠懷古跡五首之一	杜甫	千載琵琶作胡語	7/230/2511
劉禪奴彈琵琶歌	顧況	琵琶寫出關山道	8/265/2948
夜宴觀石將軍	李益	琵琶起舞錦纏頭	9/283/3227
荊門歌送兄赴夔州	李端	琵琶寺裏響空廊	9/284/3241
賽神曲	王建	男抱琵琶女作舞	9/298/3377
太和公主和蕃	王建	琵琶淚溼行聲小	9/301/3426
華嶽廟二首之一	王建	爭取琵琶廟裏彈	9/301/3430

宮詞一百首	王建	琵琶先抹六么頭	10/302/3441
胡笳十八拍之七	劉商	碎葉琵琶夜深怨	10/303/3451
夜聽琵琶三首	羊士諤	掩抑危弦咽又通	10/332/3710
更衣曲	劉禹錫	嘈囋琵琶青幕中	11/356/3995
曹剛	劉禹錫	大弦嘈囋小弦清	11/365/4127
祭退之	張籍	合彈琵琶箏	12/383/4302
蠻中	張籍	自抱琵琶迎海神	12/386/4361
秦王飲酒	李賀	金槽琵琶夜振振	12/390/4400
惱公	李賀	琵琶道吉凶	12/391/4410
馮小憐	李賀	請上琵琶弦	12/392/4416
琵琶	元稹	學語胡兒憾玉玲	12/415/4590
連昌宮詞	元稹	賀老琵琶定場屋	12/419/4613
琵琶歌	元稹	琵琶宮調八十一	12/421/4630
江南遇天寶樂叟	白居易	能彈琵琶和法曲	13/435/4811
琵琶引	白居易	輕攏慢撚抹復挑	13/435/4822
聽李士良琵琶	白居易	聲似胡兒彈舌語	13/439/4895
寄微之	白居易	何處琵琶弦似語	13/440/4906
春聽琵琶兼簡長孫司戶	白居易	四弦不似琵琶聲	13/440/4909
琵琶	白居易	弦清撥刺語錚錚	13/442/4948
和微之	白居易	有婢彈琵琶	13/445/4986
吳宮辭	白居易	琵琶鸚鵡語相和	13/445/4998
酬周協律	白居易	琵琶悶遣彈	13/446/5005
贈楊使君	白居易	金屑琵琶費酒漿	13/446/5014
聽琵琶妓彈略略	白居易	四弦千遍語	13/447/5036
送春	白居易	金屑琵琶為我彈	13/448/5050
宿杜曲花下	白居易	小面琵琶婢	13/448/5051
雙鸚鵡	白居易	始覺琵琶弦莽鹵	14/449/5058
聽曹剛琵琶兼示重蓮	白居易	撥撥弦弦意不同	14/449/5061
對酒五首之一	白居易	且遣琵琶送一杯	14/449/5067
和楊師皋傷小姬英英	白居易	琵琶弦斷倚屏障	14/449/5071
詠興五首	白居易	谷兒抹琵琶	14/452/5108
哭師皋	白居易	誰家收得琵琶伎	14/453/5130

代琵琶弟子謝女師曹供奉寄新調弄譜	白居易	四弦翻出是新聲	14/455/5154
王中丞宅夜觀舞胡騰	劉言史	橫笛琵琶遍頭促	14/468/5324
悲善才	李紳	琵琶請進翻新曲	15/480/5466
春宮曲	陳去疾	抱裏琵琶最承寵	15/490/5553
雜嘲二首之一	崔涯	琵琶弦斷倚屏風	15/505/5741
祠漁山神女歌二首之一	王叡	振振山響答琵琶	15/505/5743
觀宋州于使君家樂琵琶	張祜	歷歷四弦分	15/510/5812
王家琵琶	張祜	金屑檀槽玉腕明	15/511/5844
玉環琵琶	張祜	宮樓一曲琵琶聲	15/511/5847
聽琵琶	許渾	紫槽紅撥夜丁丁	16/538/6139
王昭君	李商隱	馬上琵琶行萬里	16/540/6209
戲題樞言草閣三十二韻	李商隱	仲容銅琵琶	16/541/6242
聽曹剛彈琵琶	薛逢	四弦振觸五音殊	16/548/6334
杜司空席上賦	李宣古	琵琶聲亮紫檀槽	17/552/6394
新添聲楊柳枝詞	裴諴	願作琵琶槽那畔	17/563/6540
工內人琵琶引	李群玉	檀槽一曲黃鐘羽	17/568/6584
醉歌	溫庭筠	低抱琵琶含怨思	17/576/6705
聽琵琶	羅隱	偶向梧桐暗處聞	19/662/7587
春日偶成	唐彥謙	秦箏簫管和琵琶	20/671/7667
悼楊氏妓琴弦	韋莊	斷腸猶繫琵琶弦	20/700/8048
詠手二首之一	趙光遠	好是琵琶弦畔見	21/726/8323
簡文帝	周曇	曲項琵琶催酒處	21/729/8361
月真歌		能彈琵琶善歌舞	22/752/8556
琵琶行	牛殳	三尺春冰五音足	22/776/8794
琵琶	無名氏	千悲萬恨四五弦	22/785/8860
纖指	趙鸞鸞	昨日琵琶弦索上	23/802/9033
詩三百三首	寒山	琵琶月下彈	23/806/9065

四、唐代笛樂詩一覽表

詩題	作者	詩句	冊/卷/頁
飲馬長城窟行	太宗皇帝	羌笛韻金鉦	1/1/3
遊長寧公主流杯池	上官昭容	風篁類長笛	1/5/63
箜篌引	上官儀	笛怨柳花前	1/19/211
飲馬長城窟行	莊南傑	長笛橫吹虜塵闊	1/20/244
第二		笛倚新翻水調歌	2/27/378
雜曲歌辭	鎮西	誰家營裏吹羌笛	2/27/378
雜曲歌辭	白居易	卷葉吹為玉笛聲	2/28/397
詠笛	劉孝孫	涼秋夜笛鳴	2/33/454
傷顧學士	孔紹安	翻驚鄰笛悲	2/38/491
王昭君	上官儀	笛怨柳花前	2/40/507
和無侍御被使燕然	盧照鄰	應向笛中吹	2/42/526
贈許左丞從駕萬年宮	盧照鄰	黃山聞鳳笛	2/42/528
同綦毋學士月夜聞雁	張九齡	月思關山笛	2/49/601
詠笛	宋之問	羌笛寫龍聲	2/52/643
樓	李嶠	笛怨綠珠去	3/59/705
送駱奉禮從軍	李嶠	笛梅含晚吹	3/61/726
贈蘇味道	杜審言	邊聲亂羌笛	3/62/739
奉和送金城公主適西蕃應制	唐遠悊	龍笛迎金榜	3/69/774
倡女行	喬知之	莫吹羌笛驚鄰里	3/81/876
奉和聖制過寧王宅應制	張說	竹院龍鳴笛	3/87/943
宋主簿鳴皋夢趙六予未及報而陳子云亡追為此詩答宋兼貽平昔遊舊	盧藏用	空餘鄰笛聲	3/93/003
剡谿館聞笛	丁仙芝	夜久聞羌笛	4/114/1156
奉和張使君宴加朝散	盧象	爽氣凌秋笛	4/122/1220
隴頭吟	王維	隴上行人夜吹笛	4/125/1258
同崔博答賢弟	王維	蘭陵鎮前吹笛聲	4/125/1258
送宇文三赴河西充行軍司馬	王維	橫笛雜繁笳	4/126/1273

過崔駙馬山池	王維	畫樓吹笛妓	4/1126/274
沈十四拾遺新竹生 讀經處同諸工之作	王維	樂府裁龍笛	4/1127/293
涼州賽神	王維	健兒擊鼓吹羌笛	4/132/1338
古塞下曲	李頎	橫笛斷君腸	4/133/1355
古意	李頎	今為羌笛出塞聲	4/133/1355
塞下曲	李頎	羌笛雪中吹	4/134/1359
貽從軍行	儲光義	馬上吹笛起寒風	4/138/1407
同張侍御宴北樓	儲光義	願言吹笛退胡兵	4/138/1408
明妃曲四首之一	儲光義	羌笛兩兩奏胡笳	4/139/1419
江上聞笛	王昌齡	橫笛怨江月	4/141/1433
從軍行七首之一	王昌齡	更吹羌笛關山月	4/143/1444
從軍行六首之一	劉長卿	北風吹羌笛	5/148/1523
和袁中郎破賊後軍行 過剡中山水謹上太尉	劉長卿	橫笛入猿啼	5/148/1527
秋日夏口涉漢陽縣李相公	劉長卿	羌笛怨孤軍	5/149/1542
哭張員外繼	劉長卿	秋風鄰笛發	5/149/1545
贈別于群投筆赴安西	劉長卿	想聞羌笛處	5/150/1552
罪所留繫每夜聞長洲軍笛聲	劉長卿	只憐橫笛關山月	5/151/1573
過裴舍人故居	劉長卿	鄰笛那堪落日聽	5/151/1573
聽笛歌	劉長卿	橫笛能令孤客愁	5/151/1575
疲兵篇	劉長卿	行吹羌笛遠歸營	5/151/1576
王昭君歌	劉長卿	蕭蕭羌笛生相和	5/151/1579
聞笛	張巡	遙聞橫笛音	5/158/1611
涼州詞	孟浩然	羌笛胡笳不用吹	5/160/1668
司馬將軍歌	李白	羌笛橫吹阿嚲迴	5/163/1694
塞下曲六首之一	李白	笛中聞折柳	5/163/1694
宮中行樂詞八首之一	李白	笛奏龍吟水	5/164/1703
從軍行	李白	笛奏梅花曲	5/165/1710
猛虎行	李白	綠眼吹玉笛	5/165/1713
贈郭將軍	李白	愛子臨風吹玉笛	5/168/1735

經亂後將避地剡中留贈崔宣城	李白	胡床紫玉笛	5/171/1764
寄王漢陽	李白	笛聲喧沔鄂	5/173/1774
夜別張五	李白	橫笛弄秋月	5/174/1781
九日登山	李白	胡人叫玉笛	5/179/1831
陪宋中丞武昌夜飲懷古	李白	龍笛吟寒水	6/181/1848
清溪半夜聞笛	李白	羌笛梅花引	6/182/1856
與史郎中欽聽黃鶴上吹笛	李白	黃鶴樓中吹玉笛	6/182/1857
觀胡人吹笛	李白	胡人吹玉笛	6/184/1877
春夜洛城聞笛	李白	誰家玉笛暗飛聲	6/184/1877
金陵聽韓侍御吹笛	李白	韓公吹玉笛	6/184/1877
聽江笛送侍御	韋應物	遠聽江上笛	6/189/1939
簡寂觀西澗瀑布下作	韋應物	聊將橫吹笛	6/192/1982
野次聽元昌奏橫吹	韋應物	立馬蓮塘吹橫笛	6/193/1990
聽鶯曲	韋應物	羌兒弄笛曲未調	6/195/2004
赴犍為經龍閣道	岑參	屢聞羌兒笛	6/198/2045
白雪歌送武判官歸京	岑參	胡琴琵琶與羌笛	6/199/2050
輪臺歌奉送封大夫出師西征	岑參	吹笛大軍行	6/199/2051
酒泉太守席上醉後作	岑參	琵琶長笛曲相和	6/199/2055
田使君美人舞如蓮花北鋋歌	岑參	琵琶橫笛和未匝	6/199/2057
裴將軍宅蘆管歌	岑參	發聲窈窕欺橫笛	6/199/2058
梁州陪趙行軍龍岡寺北庭泛舟宴王侍御	岑參	吹笛岸花香	6/200/2083
奉陪封大夫九日登高	岑參	橫笛驚征雁	6/200/2085
早發焉耆懷終南別業	岑參	曉笛別鄉淚	6/200/2090
秋夜聞笛	岑參	不知何人吹夜笛	6/201/2107
武陽送別	沈宇	羌笛胡笳淚滿衣	6/202/2108
天長節	梁鍠	連吹千家笛	6/202/2108
送從姪端之東都	李嘉祐	聞笛添歸思	6/206/2153
金城北樓	高適	至今羌笛怨無窮	6/214/2234
和王七玉門關聽吹笛	高適	胡人吹笛戍樓間	6/214/2243
洗兵馬	杜甫	三年笛裏關山月	7/217/2279

遣興五首之一	杜甫	高樓吹夜笛	7/218/2291
陪王侍御同登東山最高頂宴姚通泉晚攜酒泛江	杜甫	笛聲憤怨哀中流	7/220/2318
八哀詩—贈左僕射鄭國公嚴公武	杜甫	作為馬融笛	7/222/2351
追贈故高蜀州人日見寄	杜甫	長笛誰能亂愁思	7/223/2383
城西陂泛舟	杜甫	橫笛短簫悲遠天	7/224/2396
留別賈（至）嚴（武）二閣老兩院補闕	杜甫	山路時吹笛	7/225/2407
秦州雜詩二十首之一	杜甫	羌笛暮吹哀	7/225/2419
秋笛	杜甫	清商欲盡奏	7/225/2423
一室	杜甫	正愁聞塞笛	7/226/2431
泛江送客	杜甫	愁連吹笛生	7/227/2461
數陪李梓州泛江有女樂在諸舫戲為豔曲二首贈李之一	杜甫	清霄近笛床	7/227/2462
宴戎州楊使君東樓	杜甫	橫笛未休吹	7/229/2488
十六夜玩月	杜甫	孤城笛起愁	7/230/2530
秦漢中王手札報韋侍御蕭尊師亡	杜甫	處處鄰家笛	7/231/2550
吹笛	杜甫	秋笛秋山風月清	7/231/2550
遣悶	杜甫	鳴笛竟露裳	7/232/2561
風疾舟中伏枕書懷三十六韻奉呈湖南親友	杜甫	如聞馬融笛	7/233/2575
西亭春望	賈至	岳陽城上聞吹笛	7/235/2602
賦得青城山歌送楊杜二郎中赴蜀軍	錢起	日落猿聲連玉笛	7/236/2602
送張將軍征西	錢起	玉笛聲悲離酌晚	7/236/2603
哭曹鈞	錢起	一聲鄰笛殘陽裏	7/236/2617
送薛判官赴蜀	錢起	橫笛聲轉悲	7/236/2617
秋夜梁七兵曹同宿二首之一	錢起	月下誰家笛	7/237/2624
送鮑中丞赴太原軍營	錢起	龍笛出關聲	8/238/2654
春夜皇甫冉宅歡宴	張繼	那知橫吹笛	8/242/2718

寄哥舒僕射	韓翃	步乂抽箭大如笛	8/243/2734
秋夜寄所思	皇甫冉	鄰笛哀聲笛	8/250/2825
送劉兵曹還隴山居	皇甫冉	唯有聞羌笛	8/250/2835
寄嚴八判官	劉方平	羌笛聲中雨雪聲	8/251/2838
涼州詞二首之一	王之渙	羌笛何須怨楊柳	8/253/2850
暮秋揚子江寄孟浩然	劉虛	寒笛對京口	8/256/2868
夜渡江	柳中庸	聽笛遙尋岸	8/257/2877
太原送許侍御出幕歸東都	耿湋	鄰人夜笛悲	8/268/2975
哭苗垂	耿湋 (一作李端)	月斜鄰笛盡	8/269/3005
奉誠園聞笛	竇牟	滿目山陽笛裏人	8/271/3039
相思曲	戴叔倫	紫簫橫笛寂無聲	8/273/3072
長沙送梁副端歸京	戴叔倫	聞笛怨江風	8/273/3080
和金吾裴將軍使往河北宣慰 因訪張氏昆季舊居兼寄趙卿 拜陵未迴	盧綸	寒笛怨空鄰	9/277/3141
奉陪渾侍中上巳日泛渭河	盧綸	晚鶯何玉笛	9/279/3169
夜泊金陵	盧綸	江中正吹笛	9/279/3178
送顏推官遊銀夏謁韓大夫	盧綸	叢篁叫寒笛	9/280/3181
夜上受降城聞笛	李益	笛聲清更哀	9/283/3218
從軍北征	李益	橫笛偏吹行路難	9/283/3226
夜宴觀石將軍舞	李益	更聞橫笛關山遠	9/283/3226
春夜聞笛	李益	寒山吹笛喚春歸	9/283/3227
揚州送客	李益	笛裏望鄉聞不得	9/283/3227
夜上受降城聞笛	李益	不知何處吹蘆笛	9/283/3229
慈恩寺懷舊	李端	緬懷山陽笛	9/284/3237
贈郭駙馬	李端	楊柳入樓吹玉笛	9/286/3269
長安書事寄盧綸	李端	向秀初聞笛	9/286/3279
小苑春望宮池柳色	楊系	玉笛吟何得	9/288/3291
送客往夏州	楊凝	夜投孤店愁吹笛	9/290/3301
冬夜耿拾遺王秀才 就宿因傷故人	司空曙	舊時聞笛淚	9/292/3311

殘鶯百囀歌同王員外耿拾遺吉中孚李端遊慈恩各賦一物	司空曙	山陽笛裏寫難成	9/293/3327
關山月	司空曙	霓裳此聞笛	9/293/3336
和韋使君聽江笛送陳侍御	丘丹	離樽聞夜笛	9/307/3481
長安遊	于鵠	何處少年吹玉笛	9/310/3504
舟中月明夜聞笛	于鵠	更深何處人吹笛	10/310/3505
山中訪道者	于鵠	久立聞吹笛	10/310/3510
塞上曲	于鵠	橫笛斷君腸	10/310/3510
江上送別	朱放	寂寥橫笛為君吹	10/315/3540
西亭早秋送徐員外	武元衡	橫笛滿城秋	10/316/3548
經嚴秘校維故宅	武元衡	鄰笛怨春風	10/316/3552
送張六諫議歸朝	武元衡	笛怨柳營煙漠漠	10/317/3560
奉酬淮南中書相公見寄	武元衡	江長梅笛怨	10/317/3565
御溝新柳	李觀	莫入胡兒笛	10/319/3597
哭劉四尚書	權德輿	牢落風悲笛	10/326/3657
從事淮南府過亡友楊校書舊廳感念愀然	權德輿	聞笛同山陽	10/326/3658
山閣聞笛	羊士諤	臨風玉管吹參差	10/332/3696
泛舟入後溪	羊士諤	玉笛閒吹折楊柳	10/332/3697
長城聞笛	楊巨源	孤城笛滿林	10/333/3719
和大夫邊春呈長安親故	楊巨源	嚴城吹笛思寒梅	10/333/3729
感春三首之一	韓愈	哀響跨箏笛	10/342/3832
和崔舍人詠月二十韻	韓愈	隴笛此時聽	10/343/3844
韶州留別張端公使君	韓愈	鳴笛急吹爭落日	10/344/3861
潭州泊船呈諸公	韓愈	鼓笛鬧嘈嘈	10/345/3872
冬晚送友人使西蕃	陳羽	落淚軍中笛	11/348/3890
從軍行	陳羽	橫笛聞聲不見人	11/348/3896
洞庭秋月行	劉禹錫	連檣估客吹羌笛	11/356/3996
武昌老人說笛歌	劉禹錫	楚山蕭蕭笛竹秋	11/356/4000
同劉守王僕射各賦春中一賦從一韻至七	劉禹錫	營中緣催短笛	11/356/4009
酬樂天揚州初逢席上見贈	劉禹錫	懷舊空吟聞笛賦	11/360/4061

楊柳枝詞九首之一	劉禹錫	塞北梅花羌笛吹	11/365/4113
傷愚溪三首之一	劉禹錫	縱有鄰人解吹笛	11/365/4120
怨回紇歌	皇甫松	吹笛淚滂沱	11/369/4153
楊柳枝詞二首之一	皇甫松	玉笛何人更把吹	11/369/4154
弦歌行	孟郊	驅儺擊鼓吹長笛	11/372/4182
送遠使	張籍	戍城逢笛秋	12/384/4306
昌谷北園新筍四首之一	李賀	笛管新篁拔玉青	12/391/4410
奉和二兄罷使遣馬歸延州	李賀	笛愁翻隴水	12/392/4417
昌谷詩	李賀	篁棹短笛吹	12/392/4423
平城下	李賀	青帳吹短笛	12/393/4427
龍夜吟	李賀	高樓夜靜吹橫竹	12/394/4441
將進酒	李賀	吹龍笛	12/404/4508
追昔遊	李賀	狗兒吹笛膽娘歌	12/404/4508
賦得春雪映早梅	元稹	羌音笛見哀	12/409/4542
遣行十首之一	元稹	羌笛竹雞聲	12/410/4555
使東川漢江上笛	元稹	最說漢江聞笛愁	12/412/4569
和樂天重題別東樓	元稹	笛賽婆官徹夜吹	12/417/4602
連昌宮詞	元稹	李謨笛傍宮牆	12/419/4613
廢琴	白居易	羌笛與秦箏	13/424/4656
立部伎	白居易	堂下立部鼓笛鳴	13/426/4691
遊悟真寺詩	白居易	玉笛何代物	13/429/4736
琵琶引	白居易	豈無山歌與村笛	13/435/4822
春村	白居易	鼓笛賽神歸	13/436/4841
酬和元九東川路詩	白居易	江上何人夜吹笛	13/437/4850
僕射相公偶話	李德裕	賦感憐人笛	14/475/5396
無題	李德裕	不勞鄰舍笛	14/475/5397
重到襄陽哭亡友韋壽朋	李涉	隔江吹笛月明中	14/477/5428
悲善才	李紳	笙笛參差齊笑語	15/480/5466
倚瑟行	鮑溶	牧童弄笛驪山上	15/485/5508
暮春戲贈樊宗憲	鮑溶	羌笛胡琴春調長	15/487/5538
和淮南李相公夷簡喜平淄青迴軍之作	鮑溶	橫笛臨吹發曉軍	15/487/5536

八月五日中部官舍讀唐歷天寶已來追愴故事	舒元輿	哀吹起邊笛	15/489/5546
楊柳枝詞	滕邁	不堪將入笛中吹	15/491/5562
友人山中梅花	殷堯藩	玉笛誰將月下橫	15/492/5573
夜笛詞	施肩吾	笛聲寥亮入東家	15/494/5602
賀收復秦原諸州詩	白敏中	戍樓吹笛人休戰	15/508/5773
詠風	張祜	引笛秋臨塞	15/510/5808
笛	張祜	羌思切邊風	15/510/5813
華清宮和杜舍人	張祜	天高吹笛涼	15/511/5832
李謨笛	張祜	酒樓吹笛是新聲	15/511/5839
折楊柳枝二首之一	張祜	玄宗曾向笛中吹	15/511/5841
華清宮四首之二	張祜	一聲玉笛巷空盡	15/511/5841
華清宮四首之三	張祜	村笛猶吹阿濫堆	15/511/5841
塞上聞笛	張祜	一夜梅花笛裏飛	15/516/5896
春雪映早梅	唐敬休	聞笛花疑落	15/516/5896
街西長句	杜牧	一曲將軍何處笛	16/521/5955
奉和門下相公送西川相公兼領相印出鎮全蜀詩十八韻	杜牧	笛管伶倫曲	16/521/5957
道一大尹存之庭二學士簡于聖明自致霄漢皆與舍弟昔年還往牧支離窮悴竊於一麾書美歌詩兼自言志因	杜牧	戍樓吹笛虎牙閒	16/521/5961
潤州二首之一	杜牧	一笛聞吹出塞愁	16/522/5963
題宣州開元寺水閣閣下宛溪夾溪居人	杜牧	落日樓台一笛風	16/522/5964
夜泊桐廬先寄蘇盧郎中	杜牧	笛吹孤戍月	16/522/5969
見吳秀才與池妓別因成絕句	杜牧	紅燭短時羌笛怨	16/522/5975
題元處士高亭	杜牧	何人教我吹長笛	16/523/5983
寄灃州張舍人笛	杜牧	落梅飄處想穿雲	16/523/5984
寄珉笛與宇文舍人	杜牧	物比柯亭韻校寄	16/523/5984
寄題甘露寺北軒	杜牧	孤高堪弄桓伊笛	16/523/5986
登九峰樓	杜牧	牛歌魚笛山月上	16/524/5996

邊上聞笳三首之一	杜牧	胡雛吹笛上高臺	16/525/6010
秋夜與友人宿	杜牧	寒城欲曉聞吹笛	16/526/6028
為人題贈二首之一	杜牧	誰家樓上笛	16/527/6032
聞薛先輩陪大夫看早梅因寄	許渾	莫信笛中吹	16/529/6047
祇命許昌自郊居移就公館秋日寄茅山高拾遺	許渾	笛迎風萬葉飛	16/534/6094
重遊練湖懷舊	許渾	一聲鄰笛舊山川	16/534/6094
同韋少尹傷故衛尉李少卿	許渾	何須更賦山陽笛	16/536/6117
秋夜與友人宿	許渾	塞城欲曉聞吹笛	16/536/6124
送從兄別駕歸蜀	許渾	風淒聞笛處	16/537/6130
三十六灣	許渾	夜深吹笛移船去	16/539/6156
七月二十八日夜與王鄭二秀才聽雨後夢作	李商隱	少頃遠聞吹細笛	16/539/6156
宿晉昌亭聞驚禽	李商隱	胡馬嘶和榆塞	16/540/6189
夜冷	李商隱	村砧塢笛隔風蘿	16/541/6222
即事	喻鳧	笛發孤煙戍	16/543/6273
答劉錄事夜月懷湘西友人見寄	喻鳧	笛聲關月高	16/543/6275
開元後樂	薛逢（趙嘏）	邠王玉笛三更咽	16/548/6324
送李蘊赴鄭州因獻盧郎中俶	薛逢（趙嘏）	馬融閒臥笛聲遠	16/548/6335
送剡客	薛逢（趙嘏）	長笛何人怨	16/548/6336
前年過代北	趙嘏	不知羌笛曲	17/549/6343
長安晚秋	趙嘏	長笛一聲人倚樓	17/549/6347
憶山陽	趙嘏	楊柳風橫弄笛船	17/549/6349
華清宮和杜舍人	趙嘏	天吹一笛涼	17/550/6365
遣興二首之一	趙嘏	暮天何處笛聲哀	17/550/6376
送客歸新羅	項斯	橫笛鳥春行	17/554/6418
初秋寓直三首之一	鄭畋	玉笛數聲飄不住	17/557/6463
懷汾上舊居	薛能	山頭鼓笛陰沈廟	17/559/6482

京中客舍聞箏	薛能	十二三弦共五音	17/561/6514
折柳十首之一	薛能	羌笛秋聲濕塞煙	17/561/6518
塞上作	劉威	古塞一聲笛	17/562/6523
津陽門詩	鄭嵎	三郎紫笛弄煙月	17/567/6566
岸梅	崔櫓	未落先愁玉笛吹	17/567/6567
聞笛	崔櫓	橫玉叫雲天似水	17/567/6568
將之京國贈薛員外	李群玉	莫奏武笛溪	17/568/6582
競渡時在湖外偶為成章	李群玉	笛聲幽遠愁江鬼	17/568/6584
秋登涔陽城	李群玉	斜笛夜深吹不落	17/570/6611
聞笛	李群玉	截而吹之動天地	17/570/6615
題柳	溫庭筠	羌笛一聲何處曲	17/578/6722
江樓夜聞笛	劉滄	寂寥橫笛怨江樓	18/586/6801
陽羨春歌	李郢	短簫橫笛說明年	18/590/6846
贈羽林將軍	李郢	唯有桓伊江上笛	18/590/6848
重陽日寄浙東諸從事	李郢	愁里又聞清笛怨	18/586/6801
立春一日江村偶興	李郢	漁家向晚笛聲哀	18/590/6851
南徐夕照	司馬扎	笛聲何處船	18/596/6905
幼作	鄭愚	漁浦颸來笛	18/597/6901
山村曉思	于濆	腰笛期煙渚	18/599/6925
太湖詩	皮日休	堪弄白玉笛	18/610/7034
江南詩情二十韻寄秘閣韋校書貽之商洛宋先輩垂文二同年	皮日休	孤竹寧收笛	18/610/7034
夜會問答十	皮日休	霜中笛	18/616/7107
奉和襲美太湖詩—明月灣	陸龜蒙	或徹三弄笛	18/586/6801
雜諷九首之八	陸龜蒙	橫笛喝秋風	18/619/7127
紀夢遊甘露寺	陸龜蒙	邊樓數聲笛	18/619/7132
江城夜泊	陸龜蒙	更須江笛兩三聲	18/629/7217
浙東罷府西歸酬別張廣文皮先輩陸秀才	李縠	柯笛遺音更不傳	19/631/7238
重陽山居	司空圖	一川風物笛聲中	19/632/7250
力寂山下吳村看杏花十九首之一	司空圖	王老小兒吹笛看	19/634/7277

宴邊將	張喬	橫笛休吹塞上聲	19/638/7305
送友人歸江南	張喬	落日江邊笛	19/638/7310
題河中鸛雀樓	張喬	牧笛吹風起夜波	19/639/7327
笛	張喬	落梅楊柳曲中愁	19/639/7328
南遊	曹唐	何處笛聲江上來	19/640/7343
鄂渚清明日與鄉友登頭陀山	于鵠	落花風裏數聲笛	19/642/7358
關山月	李咸用	羌笛一聲來	19/644/7385
秋晚	李咸用	蒹葭一笛風	19/645/7394
廬陵九日	李咸用	笛聲迢遞夕陽中	19/646/7408
春日題陳正字林亭	李咸用	數聲橫笛怨斜陽	19/646/7415
交河塞下曲	胡曾	夕陽樓上笛聲時	19/647/7418
柯亭	胡曾	笛亡人沒事空傳	19/647/7428
過朱協律故山	方干	寒笛一聲聲	19/648/7440
胡中丞早梅	方干	可得更拈長笛吹	19/650/7466
題故人廢宅二首一	方干	山陽鄰笛若為聽	19/651/7482
自遣	羅鄴	江船吹笛舞蠻奴	19/654/7510
春閨	羅鄴	玉笛豈能留舞態	19/654/7511
秋日懷江上有人	羅鄴	月滿寒江夜笛高	19/654/7515
冬日寄獻庾員外	羅鄴	夜闌吹笛稱江天	19/654/7518
憶夏口	羅隱	吹笛橋邊木葉秋	19/655/7536
梅	羅隱	盤中磊落笛中哀	19/656/7546
秋日酬張特玄	羅隱	風急幾聞江上笛	19/657/7548
江邊有寄	羅隱	醉吹村笛酒樓寒	19/658/7556
經故友所居	羅隱	一聲橫笛似山陽	19/661/7580
倚櫂	羅隱	倚櫂聽鄰笛	19/661/7582
城東即事	章碣	玉笛一聲芳草外	20/669/7652
春日經湖上友人別業	章碣	黃鳥逢人玉笛休	20/669/7653
癸卯歲毗陵登高會中貽同志	章碣	鳳笙龍笛數巡酒	20/669/7654
春陰	唐彥謙	感事不關河裏笛	20/672/7693
塞下曲	周朴	愛吹橫笛引秋風	20/673/7703
贈別	鄭谷	離聲滿笛秋	20/674/7709
寄司勳張員外學士	鄭谷	橫笛數聲長	20/674/7710

長安感興	鄭谷	可悲聞玉笛	20/674/7720
遷客	鄭谷	離夜聞橫笛	20/675/7725
淮上與友人別	鄭谷	數聲風笛離亭晚	20/586/6801
雁	鄭谷	驚散漁家吹短笛	20/675/7737
梅花	韓偓	龍笛遠吹胡地月	20/680/7792
漢江行次	韓偓	牧笛自由隨草遠	20/681/7813
野廟	吳融	何處喧喧鼓笛來	20/684/7853
過故友居	王駕	鄰笛寒吹日落初	20/690/7919
題田翁家	杜荀鶴	追隨鼓笛喧	20/692/7967
題開元寺門閣	杜荀鶴	幾家鳴笛咽紅樓	20/692/7969
題汪明府山居	杜荀鶴	牛笛漫吹煙雨裏	20/692/7969
登石壁禪師水閣有作	杜荀鶴	牧童寒笛倚牛吹	20/692/7974
河梁	黃滔	羌笛靜猶悲	21/704/8105
塞上	黃滔	玉笛自淒清	21/706/8123
壺公山	黃滔	翠竹雕羌笛	21/706/8126
梅花	徐夤	肯隨羌笛落天涯	21/708/8151
梅花	崔道融	橫笛和愁聽	21/714/8202
牧豎	崔道融	臥牛吹短笛	21/714/8203
江夕	崔道融	半夜吹笛聲	21/714/8203
小兒詩	路德延	笛管欠聲鑴	21/719/8256
遊洞庭湖	裴說	鐵笛未響春風羞	21/720/8260
感舊	胡宿	塢中橫笛偏多感	21/731/8369
殘花	胡宿	愁將玉笛傳遺恨	21/731/8369
田家三首之一	李建勳	遙聞數聲笛	21/739/8427
迎神	李建勳	擂蠻鼉，吟塞笛	21/739/8434
贈泉陵上人	廖匡圖	草接寺橋牛笛近	21/740/8441
碧戶	張泌	怨笛落江梅	21/742/8452
塞下三首	沈彬	將軍寒笛老思鄉	21/743/8456
秋日	沈彬	笛引西風顯氣涼	21/743/8456
金陵雜題二首之一	沈彬	一笛月明何處酒	21/743/8456
小笛弄	陳陶	江南一曲罷伶倫	21/745/8474
湓城贈別	陳陶	氣調桓伊笛	21/745/8478

姑蘇懷古	李中	漁笛起偏舟	21/747/8498
依韻和蠡澤王去微秀才見寄	李中	笛聲何處樓	21/747/8499
思九江舊居三首之一	李中	遙村處處吹橫笛	21/747/8505
聽蟬寄朐山孫明府	李中	鼉笛悲猶少	21/748/8514
懷舊夜吟寄趙杞	李中	長笛聲中海月飛	21/749/8533
吉水寄闒侍御	李中	風笛起漁舟	21/749/8534
吹笛兒	李中	妙竹嘉音際會逢	21/749/8537
泊秋浦	李中	漁兒隔水吹橫笛	21/750/8541
旅夜聞笛	李中	長笛起誰家	21/750/8543
送魏舍人仲甫為蘄州判官	徐鉉	如聞郡閣吹橫笛	22/751/8551
寄蘄州高郎中	徐鉉	併在山城一笛中	22/751/8553
又和	徐鉉	橫笛乍隨輕吹斷	22/754/8578
柳枝詞十首之一	徐鉉	更有梨園笛裏吹	22/756/8598
太傅相公以東觀庭梅西垣舊植昔陪盛賞今獨家兄唱和之餘俾令攀和輒依本韻伏愧斐然	徐鍇	唱酬勝笛曲	22/757/8607
太傅相公與家兄梅花酬唱許綴末篇再賜新詩俯光拙句謹奉清韻用感鈞私伏惟采覽	徐鍇	非關塞笛悲	22/757/8626
村行	成彥雄	吹笛尋山去	22/759/8626
楊柳枝四首之一	孫光憲	酒樓橫笛不勝吹	22/762/8658
江上聞笛	譚用之	管吹青玉動江城	22/764/8670
河橋樓賦得群公夜讌	譚用之	滿座馬融吹笛月	22/764/8670
秋宿湘江遇雨	譚用之	長笛一聲歸島門	22/764/8672
江邊秋夕	譚用之	曲內橘香江客笛	22/764/8673
泊姑熟口	王周	愁聲一笛村	22/765/8676
過武寧縣	王周	一笛起漁歌	22/765/8680
早春西園	王周	孤愁笛破空	22/765/8684
蜀都春晚感懷	劉兼	誰家玉笛吹殘照	22/766/8688
秋夕書懷	劉兼	夜靜倚樓悲月笛	22/766/8688
秋夕書懷呈戎州郎中	劉兼	霜砧月笛休相引	22/766/8689
春晚閒望	劉兼	立處晚樓橫短笛	22/766/8690

蓮塘霽望	劉兼	遠岸牧童吹短笛	22/766/8690
登樓寓望	劉兼	橫笛牛童臥蓼灘	22/766/8692
江樓望鄉寄內	劉兼	淚襟霜笛共淒涼	22/766/8692
春夕遣懷	劉兼	風飄玉笛梅初落	22/766/8695
律中應鐘	裴元	商聲辭玉笛	22/780/8818
哭李遠	盧尚書	風木蕭蕭鄰笛悲	22/783/8841
晦日同志昆明池泛舟	無名氏	曉吹兼漁笛	22/787/8876
題璘公院	段成式	鄰笛足疑清梵餘	22/792/8919
小小寫真聯句	段成式	庾樓吹笛裂	22/792/8921
宮詞	花蕊夫人徐氏	先按君王玉笛聲	22/798/8972
早梅	劉元載妻	憑仗高樓莫吹笛	23/801/9018
題竹郎廟	薛濤	何處江村有笛聲	23/803/9041
塞下曲二首之一	皎然	胡人吹入笛聲來	23/820/9241
嘎銅椀為龍吟歌	皎然	寥亮掩清笛	23/821/9260
牧童	隱巒	笛聲纔一舉	23/825/9296
春晚書山家屋壁二首之一	貫休	牧童吹笛和衣浴	23/826/9311
鼓腹曲	貫休	東鄰老人好吹笛	23/827/9322
古塞上曲七首之一	貫休	白雁兼羌笛	23/830/9364
贈抱麻劉舍人	貫休	落日愁聞笛	23/830/9366
悼張道古	貫休	一聲蠻笛滿江風	23/837/9437
月夕	貫休	樓中羌笛催	23/837/9437
贈村公	尚顏	醉舞神筵隨鼓笛	24/848/9602
牧童	棲蟾	一笛一簑衣	24/848/9610
七言	呂巖	笛中日月混瀟湘	25/886/10020
牧童	呂巖	笛弄晚風三四聲	24/858/9698
題黃鶴樓石照	呂巖	黃鶴樓前吹笛時	24/858/9701
贈馬植	峽中白衣	截竹為筒做笛吹	24/866/9793
山居雨霽即事	長孫佐輔	高低遠村笛	25/883/9981
南陽見柳	崔櫓	戌笛牛歌遠近陂	25/884/9997
晚步	姚揆	數聲長笛吹沉日	25/886/10020
秋氣尚高涼	林披	寒笛吹萬木	25/887/10025

五、唐代笳樂詩一覽表

詩題	作者	詩句	冊/卷/頁
帝京篇	太宗皇帝	鳴笳臨樂館	1/1/3
過舊宅	太宗皇帝	譙邑駐鳴笳	1/1/5
望送魏徵葬	太宗皇帝	哀笳時斷續	1/1/13
初次陝州	明皇帝	鳴笳從此去	1/1/31
早登太行山中言志	明皇帝	凝笳上太行	1/3/39
戰城南	鼓吹曲辭	笳喧雁門北	1/17/166
隴頭水	橫吹曲辭	笳添離別曲	1/18/181
後出塞	橫吹曲辭	吹笳天未明	1/18/187
後出塞	橫吹曲辭	夜夜聞悲笳	1/18/194
門有車馬客行	相和歌辭	朱鷺入鳴笳	1/20/245
門有車馬客行	相和歌辭	龍頭劈浪哀笳發	1/21/268
門有車馬客行	舞曲歌辭	凝笳哀琴時相和	1/22/287
胡笳十八拍	蔡琰	共十八拍	1/23/300
第二		胡笳夜聽隴山頭	2/27/380
謝都督挽歌	上官儀	胡笳臨武庫	2/40/506
和吳侍御被使燕然	盧照鄰	胡笳折楊柳	2/42/526
浣紗篇贈陸上人	宋之問	秋月纏胡笳	2/51/620
同餞陽將軍兼源州都督御史中丞	蘇頲	邊馬思胡笳	3/74/811
從軍中	駱賓王	且悅清笳楊柳曲	3/77/833
王昭君	駱賓王	唯有清笳曲	3/78/840
樂大夫輓詞	駱賓王	昔去梅笳發	3/78/851
晚度天山有懷京邑	駱賓王	夜夜泣胡笳	3/79/854
宿溫城望軍營	駱賓王	塞靜胡笳徹	3/79/858
和孫長史秋日臥病	駱賓王	笳繁思落梅	3/79/868
侍從過公主南宅侍宴探得風字應制	張易之	鳴笳上苑東	3/80/868
出塞	喬備	笳吹鐵關城	3/81/879

安樂郡主花燭行	張說	節鼓清笳前啓路	3/86/939
侍宴瀘水賦得濃字	張說	清笳入九重	3/87/944
幽州夜飲	張說	塞上重笳音	3/87/948
扈從溫泉宮獻詩	張說	鳴笳步步引南熏	3/87/961
扈從幸韋嗣立山莊應制	張說	笳繁谷自虛	3/88/963
奉和聖制太行山中言志應制	張說	百谷晨笳動	3/88/966
陪幸韋嗣立山莊應制	李乂	霜笳徹紫虛	3/92/999
奉和李令扈從溫泉宮賜遊驪山為侍郎別業	盧僎	清笳玉洞虛	4/99/1071†
奉和幸新豐溫泉宮應制	武平一	清笳度國門	4/102/1084
奉和幸韋嗣立山莊侍宴應制	武平一	薄暮清笳動	4/102/1085
送金城公主適西蕃應制	鄭愔	笳聲出虜塞	4/106/1106
胡笳曲	鄭愔	正是胡笳吟	4/106/1106
塞外三首之一	鄭愔	秋色引胡笳	4/106/1108
塞外三首之二	鄭愔	吹笳斷夜聲	4/106/1108
折楊柳	余延壽	莫吹胡笳曲	4/114/1165
汴堤柳	王泠然	鳴笳疊鼓泛清流	4/115/1173
送趙都護赴安西	盧象	胡笳送酒卮	4/122/1220
奉和聖製答張說南出雀鼠谷	崔翹	笳吟中嶺樹	4/124/1229
從軍行	王維	笳悲馬嘶亂	4/125/1236
燕支行	王維	鳴笳亂動天山月	4/125/1257
雙黃鵠歌送別	王維	悲笳嘹唳垂舞衣	4/125/1262
送宇文三赴河西充行軍司馬	王維	橫吹雜繁笳	4/126/1273
恭懿太子輓歌	王維	笳悲馬不前	4/126/1282
故南陽夫人樊氏輓歌	王維	凝笳隨曉斾	4/126/1284
塞下曲	李頎	金笳吹朔雪	4/132/1338
聽董大談胡笳聲兼寄語弄房給事	李頎	蔡女昔造胡笳聲	4/133/1357
關山月	儲光義	胡笳在何處	4/139/1418
明妃曲四首之一	儲光義	羌笛兩兩奏胡笳	4/139/1419
胡笳曲	王昌齡	自有金笳引	4/142/1438
張公子行	常建	邊笳落日不堪聞	4/144/1461

送裴使君赴荊門南充行軍司馬	劉長卿	寒笳發渚宮	4/147/1484
代邊將有懷	劉長卿	暮笳吹塞月	4/147/1491
同諸公袁中郎宴筵喜加章服	劉長卿	寒笳發後殿	4/149/1529
觀校獵上淮西相公	劉長卿	笳隨晚吹吟	4/151/1565
疲兵篇	劉長卿	胡笳只解催人老	5/151/1576
涼州詞二首之一	王翰	夜聽胡笳折楊柳	5/156/1605
涼州詞	孟浩然	羌笛胡笳不用吹	5/160/1668
江夏贈韋南陵冰	李白	鳴笳按鼓戲滄流	5/170/1755
送皇甫齡宰交河	張謂	樓上胡笳傳別怨	6/197/2020
胡笳歌送顏真卿使赴河隴	岑參	君不聞胡笳聲最悲	6/199/2053
苗侍中輓歌	岑參	清笳怨暮風	6/200/2093
故僕射裴公輓歌	岑參	悲笳出帝畿	6/200/2093
獻封大夫破播仙凱歌	岑參	鳴笳疊鼓擁回軍	6/201/2103
酒泉太守席上醉後作	岑參	胡笳一曲斷人腸	6/201/2105
武陽送別	沈宇	羌笛胡笳淚滿衣	6/202/2108
送袞州杜別駕之任	李嘉祐	促軫奏胡笳	6/206/2152
故燕國相公輓歌	李嘉祐	笳簫咽又悲	6/206/2160
故吏部郎中贈給事中韋公輓歌	李嘉祐	聞笳春色慘	6/206/2160
和袁郎中破賊後經剡縣山水上太尉	李嘉祐	鳴笳山月曉	6/206/2161
部落曲	高適	鳴笳漢使愁	6/214/2225
留花門	杜甫	哀笳曙幽咽	6/206/2160
夏夜歎	杜甫	北城悲笳發	7/217/2285
後出塞	杜甫	悲笳數聲動	7/218/2293
八哀詩	杜甫	笳鼓凝皇情	7/222/2351
喜達行在所三首之一	杜甫	愁思胡笳夕	7/225/2405
奉送郭中丞兼太僕卿充隴右節度使	杜甫	笳吟細柳營	7/225/2406
秦州雜詩	杜甫	城上胡笳奏	7/225/2419
雨晴	杜甫	胡笳在樓上	7/225/2420
遣懷	杜甫	客淚墮清笳	7/225/2421
秋興	杜甫	山樓粉堞隱悲笳	7/230/2510

洛陽	杜甫	清笳去宮闕	7/230/2522
獨坐	杜甫	胡笳在樓上	7/230/2527
夜	杜甫	城郭悲笳暮	7/230/2534
奉送卿二翁統節鎮軍還江陵	杜甫	嘹唳吟笳發	7/231/2547
哭韋大夫之晉	杜甫	笳簫急暮蟬	7/233/2573
送王相公赴范陽	錢起	燕雁拂笳聲	8/238/2662
塞下曲	郎士元	黃沙戍下悲笳發	8/248/2785
送李騎曹之靈武寧侍	郎士元	聽笳帳月生	8/248/2791
聞吹楊葉	郎士元	妙吹楊葉動悲笳	8/248/2792
崔十四宅各賦一物得簷柳	皇甫冉	胡笳曲中出	8/249/2810
謝韋大夫柳栽	皇甫冉	本在胡笳曲	8/250/2820
秋怨	柳中庸	胡笳塞北天	8/257/2875
故太常卿贈禮部尚書李公及夫人輓歌	蔣渙	薤輓疑笳曲	8/258/2884
送薛尚書入蜀	嚴維	凝笳臨水發	8/263/2915
從軍行	顧況	笳奏遝以哀	8/264/2933
劉禪奴彈琵琶歌	顧況	蔡琰愁處胡笳哀	8/265/2948
酈公合祔輓歌	顧況	笳簫最悲處	8/266/2955
相國晉公輓歌	顧況	凝笳催曉奠	8/266/2955
晉公魏國夫人柳氏輓歌	顧況	秋雨咽笳簫	8/266/2956
送柳宣城葬	顧況	鳴笳已逐春風咽	8/267/2966
王郎中妓席五詠	顧況	隴水胡笳咽復通	8/267/2969
酬張少尹秋日鳳翔西郊見寄	耿湋	遠恨邊笳起	8/269/2994
涇州觀元戎出師	戎昱	吹笳覆樓雪	8/270/3010
聽杜山人彈胡笳	戎昱	囑咐胡笳入君手	8/270/3011
貞懿皇后輓歌	竇叔向	上陌咽清笳	8/271/3028
立春後言懷招汴州李匡衙推	竇常	每聽寒笳離夢斷	8/271/3033
四皓驛聽琴送王師簡歸湖南使幕	竇庠	城笳三奏曉	8/271/3045
邊城曲	戴叔倫	胡笳聽徹雙淚流	9/273/3071
關山月	戴叔倫	胡笳在何處	9/274/3099
轉應詞	戴叔倫	胡笳一聲愁絕	9/274/3111

送張郎中還蜀歌	盧綸	須臾醉起簫笳發	9/277/3149
賦得花發上林	王儲	梅處入胡笳	9/281/3200
五城道中	李益	笳簫漢思繁	9/282/3210
鹽州過胡兒引馬泉	李益	幾處吹笳明月夜	9/283/3219
塞下曲	李益	蔡琰沒去造胡笳	9/283/3225
和丘員外題湛長史舊居	李益	靈波結繁笳	9/283/3229
送客歸振武	李益	蘆吹塞北笳	9/283/3230
奉送宋中丞使河源	李端	笳聲悲塞草	9/285/3266
代宗輓歌	李端	野吹咽笳簫	9/285/3267
張左丞輓歌	李端	清笳出曉風	9/285/3267
早發湘中	楊憑	按節鳴笳中貴催	9/289/3296
塞上逢故人	王建	羌笳三兩曲	9/299/3390
田侍郎歸鎮	王建	笳聲萬里動燕山	9/301/3436
石州城	武元衡	胡笳李少卿	10/317/3569
奉和鄜州劉大夫麥秋出師遮虜有懷中朝親故	權德輿	亭障鳴笳入	10/321/3614
工部發引日屬傷足臥疾不逐執紼	權德輿	笳簫里巷咽	10/326/3658
觀葬者	權德輿	笳簫出古陌	10/326/3658
太行皇太后輓歌詞	權德輿	哀笳出長信	10/327/3661
贈文敬太子輓哥詞	權德輿	清笳悲畫綬	10/327/3662
贈鄭國莊穆公輓歌	權德輿	笳簫向煙霧	10/326/3658
贈魏國憲穆公主輓歌	權德輿	凝笳悲馭馬	10/327/3662
故太尉兼中書令贈太師西平王輓詞	權德輿	笳簫咽暮雲	10/327/3663
廣陵詩	權德輿	笳簫發連雲	10/328/3670
題郡南山光福寺寺即嚴黃門所置時自給事中京兆少尹出守年三十性樂山水故老云每旬數至後分闥	楊巨源	賓從亞鳴笳	10/332/3705
贈張將軍	楊巨源	日暮清笳入塞長	10/333/3723
和劉員外陪韓僕射野亭公宴	楊巨源	寒笳一曲嚴城暮	10/333/3727

豐陵行	韓愈	逾梁下阪笳鼓咽	10/334/3747
大行皇太后輓歌詞	韓愈	秋天笳鼓歇	10/344/3854
隴上行	王涯	鳴笳度隴頭	10/344/3875
同劉二十八院長述舊言懷感時書奉寄灃州張員外使君五十二韻	柳宗元	城聞隴上笳	11/352/3926
韋使君黃溪祈雨見召從行至祠下口號	柳宗元	鳴笳度碧虛	11/352/3947
連州臘日觀莫徭獵西山	劉禹錫	金笳發麗譙	11/354/3972
德宗神武孝文皇帝輓歌	劉禹錫	凝笳背直城	11/357/4021
竇朗州見示與灃州元郎中早秋贈答命同作	劉禹錫	金笳入暮應清商	11/359/4050
晚歲登武陵城顧望水陸悵然有作	劉禹錫	叢祠發迴笳	11/362/4089
順宗至德大聖大安孝皇帝輓歌詞	呂溫	笳凝六馬遲	11/371/4170
莊陵輓歌詞	張籍	簫笳遠更悲	12/384/4322
黃草峽聽柔之琴	元稹	胡笳夜奏塞聲寒	12/416/4595
小胡笳引	元稹	哀笳慢指董家本	12/421/4630
德宗皇帝輓歌詞	白居易	笳簫向晚悲	13/441/4927
元相公輓歌詞	白居易	墓門已閉笳簫去	14/449/5069
開成大行皇帝輓歌詞	白居易	風引笳簫入柏城	14/458/5205
白紵詞	楊衡	凝笳哀瑟時相和	14/465/5284
寄永平友人	牟融	關月寥寥咽暮笳	14/467/5317
寒食三日殿侍奉進詩	李德裕	鳴笳朱鷺起	14/475/5388
潤州聽暮角	李涉	風引胡笳怨思長	14/477/5433
羽林行	鮑溶	簫笳整部曲	15/487/5537
春遊	殷堯藩	車騎西風擁鼓笳	15/487/5537
夜酌溪樓	殷堯藩	坐對城頭起暮笳	15/492/5568
太和公主還宮	李敬方	胡笳悲蔡琰	15/508/5776
觀宋州于使君家樂琵琶	張祜	隴霧笳凝水	15/510/5812
聽薛陽陶吹蘆管	張祜	末曲新笳調更高	15/511/5848

牓句	楊乘	數拍胡笳彈未熟	15/517/5908
邊上聞笳三首之一	杜牧	何處吹笳薄暮天	16/525/6010
懿安皇太后輓歌詞	許渾	笳引柏城風	16/528/6041
昭肅皇帝輓歌詞	李商隱	笳簫淒欲斷	16/540/6202
越亭二十韻	元晦	笳吟寒壘迴	16/547/6316
送李裴評事	趙嘏	入夜笳聲含白髮	17/549/6352
贈邊將	姚鵠	清笳遠塞吹寒月	17/553/6435
旅次夏州	馬戴	鳴笳燒色來	17/555/6435
邊館逢賀秀才	馬戴	不堪吟斷邊笳曉	17/556/6446
春晚岳陽言懷	崔櫓	暮笳嗚咽調孤城	17/556/6446
雉場歌	溫庭筠	六糾歸去凝笳遠	17/575/6699
春江花月夜詞	溫庭筠	龍頭劈浪哀笳發	17/576/6707
邊笳曲	溫庭筠	朔管迎秋動	17/577/6711
邯鄲郭公詞	溫庭筠	金笳悲故曲	17/577/6712
陳宮詞	溫庭筠	驚雉避凝笳	17/577/6713
唐莊恪太子輓歌詞	溫庭筠	悲笳降杳冥	17/577/6714
贈蜀府將	溫庭筠	馬上聽笳寒草愁	17/578/6716
塞上寄家兄	高駢	笳聲未斷腸先斷	18/598/6923
關山月	翁綬	笳吹遠戍孤烽滅	18/600/6939
塞下二首之一	許棠	漢卒聞笳泣	18/603/6967
江南秋懷寄華陽山人	陸龜蒙	寒笳裂胏旌	18/623/7169
送邊上從事	周繇	殘陽壟上笳	19/635/7290
長安客舍敘邵陵舊晏寄永州蕭使君	曹唐	清笳三會揭天風	19/640/7345
贈功成將	方干	寒笳出塞情	19/648/7445
感舊	羅隱	丘隴笳簫咽	19/659/7565
贈進士王雄	翁洮	笳吹古堞邊聲遠	19/667/7639
湖外送友人	崔塗	笳愁隴月曛	20/679/7770
竹山四十韻	吳融	笳鼓迎暢轂	20/686/7886
金橋感事	吳融	哀笳一曲戍煙中	20/686/7886
塞上曲	王貞白	寒笳業戍樓	20/701/8058
胡笳曲	王貞白	隴底悲笳引	20/701/8060

晚泊盱	喻坦之	笳清泗水樓	21/713/8200
邊上送友人歸寧	曹松	凝笳塞色中	21/716/8233
弔賈島	曹松	清笳出曉風	21/716/8234
句	左偃	胡笳聞欲死	21/740/8445
塞下曲	江為	胡兒移帳寒笳遠	21/741/8448
文獻太子輓歌詞	徐鉉	蕭笳咽無韻	22/755/8590
光穆皇后輓歌	徐鉉	凝笳畢陌長	22/755/8592
漢宗廟樂舞辭	張昭	薦櫻鶴館笳蕭咽	22/763/8665
白紵辭	楊衡	凝笳哀琴時相和	22/770/8737
部落曲	馬逢	鳴笳漢使愁	22/772/8761
胡笳曲	無名氏	月明星稀霜滿野	22/786/8865
建元寺西院寄李員外縱聯句	皇甫曾	雨帶清笳發	22/811/9141
河源破賊後贈袁將軍	法振	悲笳碎葉聲	22/789/9141
送李騎曹之武寧	無可	聽笳帳月生	23/813/9153
送薛重中丞充太原副使	無可	吹雨曉笳清	23/813/9157
奉送袁使君詔徵赴行在效曹劉體	皎然	繁笳思河邊	23/819/9228
同袁高使君送李判官使迴	皎然	遙思凝寒笳	23/819/9228
陪顏使君餞宣諭蕭常侍	皎然	繁笳咽水閣	23/813/9153
寺院聽胡笳送李殷	皎然	一奏胡笳未停	23/819/9238
觀大駕出敘事寄懷	法輪	鳴笳猶度闕	24/850/9626

【引用文獻】

一、古籍

《十三經注疏・禮記》阮元校勘　臺北：藝文印書館重刻宋版文選樓藏
　　本校定民 90 年 12 月

《釋名》劉熙撰　北京：中華書局 1985 年

《史記》司馬遷撰　北京：中華書局 1973 年

《漢書》班固撰　北京：中華書局 1973 年

《後漢書》范曄撰　北京：中華書局 1973 年

《隋書》魏徵・令狐德棻撰　北京：中華書局 1973 年

《晉書》房玄齡撰　北京：中華書局 1975 年

《梁書》姚思廉撰　北京：中華書局 1973 年

《通典》杜佑撰　台北：臺灣商務印書館民 24 年

《唐才子傳》杜佑撰　辛文房撰　台北：文津出版社民 77 年

《唐國史補》李肇撰　台北：世界書局民 80 年

《舊唐書》劉昫撰　北京：中華書局 1975 年

《新唐書》歐陽脩撰　北京：中華書局 1975 年

《唐會要》王溥撰　台北：世界書局民 63 年

《文獻通考》馬端臨撰　台北：臺灣商務印書館民 24 年

《唐摭言》王定保撰　台北：世界書局民 77 年

《貞觀政要》吳兢撰　台北：黎明文化公司民 78 年

《列子》列禦寇撰　台北：臺灣中華書局據守山閣本校刊民 70 年

《淮南鴻列集解》劉安撰　上海：商務印書館 1931 年

《風俗通義》應劭撰　北京：中華書局 1991 年

《古今注》崔豹撰　台北：臺灣中華書局民 76 年

《唐語林》王讜撰　台北：臺灣商務印書館民 52 年

《資暇集》李匡乂撰　北京：中華書局 1985 年

《琴史》朱長文撰　台北：臺灣商務印書館民 72 年

《夢溪筆談》沈括撰　台北：臺灣商務印書館民 49 年

《酉陽雜俎》段成式撰　北京：中華書局 1985 年

《羯鼓錄》南卓撰　台北：臺灣商務印書館民 72 年

《教坊記》崔令欽撰　台北：世界書局民 67 年

《藝文類聚》歐陽詢撰・汪紹楹校　京都：中文出版社 1977 年

《文心雕龍注釋》劉勰著・周振甫注　台北：里仁出版社民 73 年

《本事詩》孟棨撰　台北：臺灣商務印書館民 72 年

《唐詩紀事》計有功撰　台北：木鐸出版社民 71 年

《唐詩別裁》沈德潛撰　台北：臺灣商務印書館民 67 年

《碧雞漫志》王灼撰　台北：藝文印書館民 63 年

《樂府詩集》郭茂倩撰　台北：臺灣中華書局民 76 年 4 月

《全唐詩》清聖祖康熙敕編　北京：中華書局 1996 年

《歷代賦彙》陳元龍輯　北京：北京圖書館出版社 1999 年 11 月

《先秦漢魏南北朝詩》逯欽立輯校　台北：木鐸出版社民 72 年

《樂府雜錄》段安節撰　台北：臺灣商務印書館民 55 年

二、唐詩綜論與研究集

《教坊記箋訂》任二北箋訂　上海：中華書局 1962 年

《唐聲詩》任二北箋訂　上海：上海古籍 1982 年

《唐代文苑風尚》李志慧著　台北：文津出版社民 78 年 7 月

《唐詩的美學詮釋》李浩著　台北：文津出版社 2000 年 5 月

《雅人深致與宗教情緣—唐代文人的生活樣態》李乃龍著　台北：文津
　　出版社 2000 年

《初盛唐的文化闡釋》杜曉勤著　北京：東方出版社 1997 年 7 月

《中國意象詩的探索》吳晟著　廣東：中山大學出版社 2000 年

《唐代樂舞新論》沈冬著　台北：里仁書局民 89 年 3 月

《浪漫情懷與詩化人生—唐代文人的精神風貌》尚永亮・李乃龍著　台
　　北：文津出版社 2000 年

《中國詩學通論》范況著　台北：臺灣商務印書館民 84 年

《中國詩歌原理》松浦友久著，孫昌武・鄭天剛譯　台北：洪葉文化公
　　司民 82 年

《唐代音樂史的研究》（上）（下）岸邊成雄著，梁在平・黃志炯譯　台
　　北：臺灣中華書局民 62 年 10 月

《唐詩百話》施蟄存著　上海：上海古籍出版社 1987 年

《唐詩研究》胡雲翼著　台北：臺灣商務印書館民 76 年

《唐代文學》胡懷琛著　上海：商務印書館 1993 年

柯慶明著《中國文學的美感》河北：河北教育出版社 2001 年 11 月

《唐學與唐詩—中晚唐詩風的一種文化考察》查屏球著　北京：北京商
　　務印書館 2000 年 5 月

《唐詩與政治》孫琴安著　上海：人民出版社 2003 年 7 月

《古典樂舞詩賞析》徐昌洲・李嘉訓編　合肥：黃山書社 1988 年

《意與境—中國古典詩詞美學三昧》陳銘著　杭州：浙江大學出版社 2001
　　年 11 月

《唐詩的語意研究》高友工・梅祖麟著　台北：聯經出版公司民 65 年

《唐詩的魅力》高友工・梅祖麟著　上海：上海古籍出版社 1989 年

《古典樂舞詩賞析》徐昌洲・李嘉訓編　合肥：黃山書社 1988 年

《全唐詩中的樂舞資料》陰法魯編　中國舞蹈藝術研究會編北京：人民
　　音樂出版社 1996 年
《唐代樂舞書畫詩選》彭慶生‧曲令啟注　　北京：北京與言學院出版社
　　1988 年 8 月
《唐詩中和親主題研究》馮藝超著　台北：天山出版社民 83 年
《唐代詩歌》張步雲著　安徽：安徽教育出版社 1997 年
《雄渾飄逸大唐詩》張曉雲著　廣東：汕頭大學出版社 1997 年
《中國文學的精神世界》葉太平著　台北：正中書局民 83 年
《唐代音樂文化之研究》楊旻瑋著　台北：文史哲出版社民 82 年
《漢唐文學的嬗變》葛曉音著　北京：北京大學出版社 1990 年 6 月
《唐詩通論》劉開揚著　台北：木鐸出版社民 72 年
《唐詩與音樂軼聞》樂維華著　上海：文藝出版社 1991 年 7 月
《唐文化研究論文集》鄭學檬等著　上海：人民出版社 1994 年
《唐代文學的文化精神》鄧小軍著　台北：文津出版社民 77 年 5 月
《歷代西陲邊塞詩研究》薛宗正著　蘭州：敦煌文藝出版社 1993 年
《中國詩歌美學》蕭馳著　北京：北京大學出版社 1986 年
《詩歌鑑賞入門》魏怡著　台北：萬卷樓圖書公司民 88 年 6 月

三、近代論著與音樂論集

《中國音樂詞典》中國藝術研究院音樂研究所編輯部北京：人民音樂出
　　版社 1984 年 10 月北京第一版
《中國音樂藝術賞析》孔繁洲著　山西：人民出版社 1991 年 4 月
《聖殿的巡禮》方立平著　上海：百家出版社 1997 年 11 月
《音樂美學新論》王次炤著　台北：萬象公司 1997 年
《漢唐大曲研究》王維真著　台北：學藝出版社民 77 年 5 月

《漢唐音樂文化論集》王崑吾著　台北：學藝出版社民 80 年 7 月

《中西詩的情趣》朱光潛著，（美）約翰丁‧迪尼，劉介民主編四川：四川人民出版社 1988 年

《詩論》朱光潛著　台北：漢京文化公司民 71 年

《談美》朱光潛著　台北：康橋出版社民 75 年

《中國音樂文學史》朱謙之著　北京：北京大學出版社民 1989 年

《神與物遊—論中國審美的方式》成復旺著　台北：商鼎文化出版社民 81 年 4 月 1 日初版

《中國古代音樂史》伍國棟著台北：臺灣商務印書館民 82 年 12 月

《漢代畫像石》吳曾德著　台北：丹青圖書公司民 76 年 4 月 2 日

《美的歷程》李澤厚著　台北：風雲出版社 1994 年

《詩美學》李元洛著　台北：東大圖書公司 1990 年

《中國古代游藝史》李建民著　台北：東大圖書公司民 82 年

《中國古代音樂史》余甲方著　上海：人民出版社 2003 年 1 月版

《中國音樂史》祁文源著‧李錦生增補　甘肅：人民出版社民 72 年

《圖說中國音樂史—追尋逝去的音樂踪跡》吳釗著　北京：東方出版社 1999 年 10 月

《詩歌與音樂論稿》李時銘著　台北：里仁書局民 93 年 8 月 20 日

《美從何處尋》宗白華著　台北：駱駝出版社民 76 年

《美學原理》　帕克著　北京：北京商務印書館 1994 年

《傳統音樂概論》林谷芳著　台北：漢光文化公司民 87 年

《東亞樂器考》林謙三著　北京：人民音樂出版社 1962 年

《嘈切雜談—林石城教授琵琶文錄》林石城著　台北：學藝出版社民 85 年 4 月

《絲綢之路的音樂文化》周菁葆著　新疆：人人出版社 1987 年

《藝術原理》（英）科林伍德著‧王至元、陳華中譯　北京：中國社會科學出版社 1985 年

《周振甫文集》周振甫著　南京：江蘇教育出版社 2005 年

《中國古代樂器藝術發展歷程》洛秦編　北京：中國文聯出版社 1990 年

《中國音樂之「音的思維」研究》翁志文著　台北：學藝出版社 2000 年

《音樂美學通論》修海平著　上海：上海音樂出版社 1994 年 4 月

《實用修辭學》黃麗貞著　台北：國家出版社 2000 年

《中國詩學—思想篇》黃永武著　台北：巨流出版社民 80 年 5 月

《中國詩學—設計篇》黃永武著　台北：巨流出版社民 81 年 5 月

《中國詩學—鑑賞篇》黃永武著　台北：巨流出版社民 66 年 8 月

《中國音樂小史》許之衡著　台北：臺灣商務印書館民 65 年 11 月

《中國音樂思想批判》黃友棣著　台北：樂友書房民 64 年 9 月

《中國音樂哲學》黃炳寅著　台北：國家出版社民 71 年

《中國音樂文學史話》黃炳寅著　台北：國家出版社民 71 年 10 月

《中國古代音樂研究》陳萬鼐著　台北：文史哲出版社 89 年 2 月

《音樂美的尋求》郭長楊著　台北：樂韻出版社民 80 年 6 月

《中國音樂賞介》陳篤正編　台北：國立臺灣藝術教育館民 88

《中國笛之演進與技巧研究》陳勝田著　台北：生韻出版社民 72 年 4 月初版

《聲音與音樂教育》郭美女著　台北：五南書局 2000 年 3 月

《中國音樂史稿論述》張世彬著　香港：友聯出版社民 63 年 11 月

《中國古代的樂舞》張援著　台北：文津出版社 2001 年 5 月

《唐音論藪—論唐代樂舞的價值》張明非著　南寧：廣西師範大學 1993 年 8 月

《消逝的樂音—中國古代樂器鑑思錄》曾遂今著　四川：教育出版社 1998 年 7 月

《藝術鑑賞心理學》畢盛鎮・劉暢著　長春：吉林文史出版社 1990 年 10 月

《中國音樂史》楊隱著　台北：學藝出版社民 66 年 1 月

《中國古代音樂史稿》楊蔭瀏著　台北：丹青出版社民 76 年 4 月

《勝國元音—中國的音樂》楊振良・李國俊著　台北：幼獅文化公司民 75 年 3 月

《中國音樂美學史》蔡仲德著　台北：藍燈文化事業公司民 82 年

《音樂之道的探求—論中國音樂學史及其他》蔡仲德著　上海：上海音樂出版社 2003 年 3 月

《絲綢之路樂舞大觀》趙世騫著　新疆：新疆美術攝影出版社 1997 年

《笛藝春秋》趙松庭著　浙江：人民出版社 1985 年 3 月

《中國傳統美學的當代闡釋》樊美筠著北京：中國社會科學出版社 1997 年

《中國音樂的人文闡釋》劉承華著　上海：上海音樂出版社 2002 年 10 月

《中國音樂的神韻》劉承華著　福州：福建人民出版社 1998 年

《中國古代音樂史簡述》劉再生著　台北：丹青出版社民 1989 年 12 月

《中國音樂美學研討會論文集》劉靖之主編香港：香港大學亞洲研究中心・香港民族音樂學會 1995 年 9 月

《唐代美學思潮》霍然著　長春：長春出版社 1997 年

《中國音樂史論集》戴粹倫等著　台北：中華文化出版社民 57 年

《中國音樂史—樂器篇》薛宗明著　台北：台灣商務印書館民 72 年 9 月

《中國琵琶史稿》韓淑德・張之年著　台北：丹青圖書公司民 76 年 9 月 30 日

《音樂心理學》羅小平・黃虹著　廣東：三環出版社 1989 年 12 月《中國音樂賞介》陳篤正編著　台北：國立臺灣藝術教育館民 88 年 6 月

四、學位論文

《唐代西域樂舞傳入之研究》王維芳撰　政治大學中文研究所碩士論文
　　民 74 年

《笛樂風格形成之研究》吳瑞呈撰　中國文化大學藝術研究所碩士論文
　　民 79 年 6 月

《隋唐西域樂部與樂律之研究》沈冬撰　台灣大學中文研究所碩士論文
　　民 80 年

《唐代詩歌之樂器音響研究》林恬慧撰　逢甲大學中文研究所碩士論文
　　民 90 年 6 月

《中唐樂舞詩研究》周曉蓮撰　中國文化大學中文研究所博士論文民 92
　　年 6 月。

《琵琶音樂的研究》陳啟成撰　中國文化大學藝術研究所碩士論文民 66
　　年 6 月

《唐代燕樂十部伎二部伎之樂舞研究》劉怡慧撰　高雄師範大學中文研
　　究所碩士論文民 89 年

《唐代琴詩研究》歐純純撰　中興大學碩士論文中文研究所民 87 年

五、論文集論文

〈音樂與象徵〉王美珠著　東吳大學音樂系東吳大學文學院第五屆系際學
　　術研討會收錄於《音樂研討會論文集》台北：東吳大學 1994 年 1 月

〈音樂與諷刺─新樂府考〉（香港）黃耀著《唐代文學》研究第五輯廣西：
　　師範大學出版社 1994 年 10 月。

〈中國傳統音樂的特色與類別〉莊本立著收錄《中國音樂賞介》台北：
　　國立臺灣藝術教育館民 88 年 6 月。

〈唐宋大曲之來源及其組織〉陰法魯撰《國立北京大學五十週年紀念論
　　文集》1948 年 12 月

六、期刊論文

〈唐代胡樂之研究〉王婉冰著《中國文化復興月刊》第五卷第一期民 61
　　年 1 月
〈垂珠碎玉空中落—漫談中國的豎琴—箜篌〉王維真著《音樂與音響》
　　124 期民 72 年
〈唐詩與唐樂〉李石根撰《交響—西安音樂學院學報》1997 年第 4 期
〈中國音樂的藝術性及其價值〉林谷芳撰《中華文化復興月刊》九卷二
　　期，民 65 年 2 月。
〈唐詠樂詩的史料價值與美學價值〉（上）（下）周暢著上海：《音樂藝術》
　　1995 年第一期、第二期
〈箜篌探索—樂器起源、形態與現況研究〉張儷瓊著國立臺灣藝術學院
　　《藝術學報》民 85 年
〈琵琶行「掩抑」二字的釐清與琵琶婦演奏心境的探討〉彭元岐著《國
　　文天地》第 101 期民 82 年 10 月
〈從佛學的「六根」說看藝術「境界」的審美心理因素〉張文勛撰《社
　　會科學戰線》第二期 1980 年 2 月。
〈唐詩樂器管窺〉齊柏平著《黃鐘》武漢：音樂學院學報 1994 年第 3 期
〈中國琵琶發展史上的第三高峰—論二十世紀琵琶演奏技術的發音和應
　　用〉葉緒然著《北市國樂》199 期，雜誌版 117 期，2004 年 6 月。
〈橫吹笛〉韓國璜著　《北市國樂》期　雜誌版 112 期 1999 年
〈琵琶—漢代弦樂器六種及「相和歌」傳衍研究〉（一）《故宮文物月刊》
　　民 86 年 9 月第十五卷第六期

〈琴、箏─漢代弦樂器六種及「相和歌」傳衍研究〉(二)《故宮文物月刊》民 86 年 10 月第十五卷第七期

〈箜篌、筑─漢代弦樂器五種及「相和歌」傳衍研究〉(三)《故宮文物月刊》民 86 年 9 月第十五卷第八期

〈漢代相和歌的傳衍─漢代弦樂器五種及「相和歌」傳衍研究〉(四)《故宮文物月刊》民 86 年 9 月第十五卷第九期

七、研討會論文

〈中國傳統文化背景下的中國音樂〉王次炤著 北京中央音樂學院台北：東吳大學音樂系主辦「2005 年國際民族音樂學術論壇」民 94 年 10 月 6 日第十三場

〈琵琶絃上說相思〉演講人：許牧慈 臺師大音樂系講師收錄於國立臺灣師範大學 94 學年第一學期《通識教育專書》台北：臺灣師範大學音樂系 民 94 年 11 月 2 日

八、網路期刊

〈唐詩樂器管窺〉齊柏平著中國期刊網：www.cnki.net

〈羌笛研究究〉網址：http://www.diyun.com

〈音樂、音樂學與音樂科系生─從音樂領域談音樂科系學生的學習規劃〉潘柏偉主講 網址：http://powei.mto.idv.tw/Articles/speech.htm

〈文化與象徵〉鄧福星著 網址：http://www.riccibase.com

〈胡琴琵琶現羌笛─唐代邊塞詩中的樂器〉

網址：http://www.diyun.com/title/hugin.htm

國家圖書館出版品預行編目

唐人音樂詩研究：以箜篌琵琶笛箏為主 / 劉月珠著
.-- 一版 .-- 臺北市：秀威資訊科技 , 2007[民 96]
面； 公分 .-- (語言文學類；AG0058)
參考書目：面
ISBN 978-986-6909-41-2 (平裝)

1. 中國詩 - 歷史 - 唐 (618-907)
2. 中國詩 - 評論
820.9104   96003726

 語言文學類　AG0058

唐人音樂詩研究
─以箜篌琵琶笛箏為主

作　　者 / 劉月珠
發 行 人 / 宋政坤
執行編輯 / 周沛妤　林世玲
圖文排版 / 黃莉珊
封面設計 / 林世峰
數位轉譯 / 徐真玉　沈裕閔
圖書銷售 / 林怡君
網路服務 / 徐國晉
法律顧問 / 毛國樑律師
出版印製 / 秀威資訊科技股份有限公司
　　　　　台北市內湖區瑞光路 583 巷 25 號 1 樓
　　　　　電話：02-2657-9211　　　傳真：02-2657-9106
　　　　　E-mail：service@showwe.com.tw
經 銷 商 / 紅螞蟻圖書有限公司
　　　　　台北市內湖區舊宗路二段 121 巷 28、32 號 4 樓
　　　　　電話：02-2795-3656　　　傳真：02-2795-4100
　　　　　http://www.e-redant.com

2007 年 4 月 BOD 一版
定價：420 元

讀 者 回 函 卡

感謝您購買本書，為提升服務品質，煩請填寫以下問卷，收到您的寶貴意見後，我們會仔細收藏記錄並回贈紀念品，謝謝！

1. 您購買的書名：_____

2. 您從何得知本書的消息？

　　□網路書店　□部落格　□資料庫搜尋　□書訊　□電子報　□書店

　　□平面媒體　□朋友推薦　□網站推薦　□其他_____

3. 您對本書的評價：(請填代號　1.非常滿意 2.滿意 3.尚可 4.再改進)

　　封面設計____　版面編排____　內容____　文/譯筆____　價格____

4. 讀完書後您覺得：

　　□很有收獲　□有收獲　□收獲不多　□沒收獲

5. 您會推薦本書給朋友嗎？

　　□會　□不會，為什麼？_____

6. 其他寶貴的意見：_____

_____

_____

_____

讀者基本資料

姓名：_____　年齡：_____　性別：□女 □男

聯絡電話：_____　E-mail：_____

地址：_____

學歷：□高中(含)以下　□高中　□專科學校　□大學

　　　□研究所(含)以上 □其他_____

職業：□製造業 □金融業 □資訊業 □軍警 □傳播業 □自由業

　　　□服務業 □公務員 □教職　□學生 □其他_____

To：114

台北市內湖區瑞光路 583 巷 25 號 1 樓

秀威資訊科技股份有限公司　　　收

寄件人姓名：

寄件人地址：□□□

(請沿線對摺寄回,謝謝!)

秀威與 BOD

BOD（Books On Demand）是數位出版的大趨勢,秀威資訊率先運用 POD 數位印刷設備來生產書籍,並提供作者全程數位出版服務,致使書籍產銷零庫存,知識傳承不絕版,目前已開闢以下書系:

一、BOD 學術著作—專業論述的閱讀延伸
二、BOD 個人著作—分享生命的心路歷程
三、BOD 旅遊著作—個人深度旅遊文學創作
四、BOD 大陸學者—大陸專業學者學術出版
五、POD 獨家經銷—數位產製的代發行書籍

BOD 秀威網路書店：www.showwe.com.tw
政府出版品網路書店：www.govbooks.com.tw

永不絕版的故事・自己寫・永不休止的音符・自己唱